SYLVIA LOTT
Goldene Zeiten im Inselsalon

AF177185

SYLVIA LOTT

Goldene Zeiten im Inselsalon

Roman

blanvalet

Der Verlag dankt dem Stadtarchiv Norderney und besonders Matthias Christian Pausch für die Bereitstellung der historischen Fotos.

Dieser Roman wurde mit einem Stipendium der VG WORT gefördert.

Penguin Random House Verlagsgruppe FSC® N001967

2. Auflage
Copyright © 2023 der Originalausgabe
by Blanvalet Verlag,
in der Penguin Random House Verlagsgruppe GmbH,
Neumarkter Str. 28, 81673 München
produktsicherheit@penguinrandomhouse.de
(Vorstehende Angaben sind zugleich Pflichtinformationen nach GPSR)
Redaktion: Margit von Cossart
Umschlaggestaltung: www.buerosued.de
Umschlagmotiv: George Marks/Retrofile RF/
Getty Images; www.buerosued.de
LH · Herstellung: sam
Satz: Buch-Werkstatt GmbH, Bad Aibling
Druck und Bindung: GGP Media GmbH, Pößneck
Printed in Germany
ISBN: 978-3-7341-0892-1

www.blanvalet.de

Die Hauptpersonen
rund um
den Inselsalon

Frieda Merkur, geb. Dirks, verwitwete Fisser
Die flachsblonde Fischertochter mit den blauen Augen führt voller Leidenschaft den Inselsalon Fisser, in den sie vor dem Krieg eingeheiratet hat. Ihr Mann Hilrich ist gefallen, und da sie den Betrieb nur mit einem Meister weiterführen darf, aber kein Geld hat, einen einzustellen, heiratet sie kurzerhand den gleichaltrigen, dreißigjährigen Friseurmeister Paul Merkur. Von ihm weiß sie kaum mehr, als dass er aus Lüneburg stammt und kein Geld hat. Dennoch, und trotz der Sorgen um ihre Tochter Lissy, die ihren ganz eigenen Kopf hat, bleibt Frieda zuversichtlich.

Grete Lubinus, geb. Lehmann
Grete, Tochter eines Berliner Fabrikanten, hat Norderney, wo sie früher Urlaube mit der Familie verbrachte, zu ihrer Heimat gemacht. Die Seeluft tut ihr gut, von den Ekzemen und ihrem quälenden Asthma ist fast nichts mehr zu spüren. Sie hat im Seehospiz eine Schwesternausbildung absolviert und den Arzt Dr. Max Lubinus geheiratet, der allerdings erst mehr als ein Jahr nach Kriegsende aus der Gefangenschaft zurückkehrt. Endlich ist sie glücklich. Grete wird schwanger, doch Max findet auf Norderney keine Arbeit, und sie möchte nicht aufs Festland ziehen …

Jakomina Fisser

Die Matriarchin der Friseurfamilie spricht abends auf dem Sofa mit dem Foto ihres verstorbenen Mannes Fritz »Mucki« Fisser. Auch der Tod ihres Sohnes Hilrich macht ihr noch immer das Herz schwer. Im Salon muss sie weniger aushelfen, dafür hat sie mehr Zeit, sich um die Verpflegung von Familie und Belegschaft zu kümmern. Die Entwicklung von Gerichten aus ungewöhnlichen Zutaten wird deshalb mehr und mehr zu Jakominas Passion. Ihre größte Freude sind die Enkelkinder, denen sie gern Sagen von Rittern und Burgfräulein vorliest, und die Brieffreundschaft mit dem früheren Altgesellen Rudolf.

Lissy Fisser

Friedas Tochter Lissy wächst zu einer hübschen jungen Frau heran. Sie lernt das Friseurhandwerk im Inselsalon, doch eigentlich träumt sie von einem aufregenden Leben in Berlin und einem modernen kultivierten Mann von Welt. Einem, der so ganz anders ist als ihr ungeliebter Stiefvater Paul. Seit ihrer Kindheit schon sehnt Lissy sich nach etwas, das sie nicht näher benennen kann. Ist es nur Fernweh? Nach ihrer Lehre setzt sie durch, in einem Salon in Berlin arbeiten zu dürfen. Dort hofft sie, das zu finden, was sie vermisst …

Dr. Max Lubinus

Nach der spontanen, überraschenden Hochzeit mit Grete – natürlich war es Frieda, die das ungleiche Paar zusammenbrachte – und nach langen Jahren als Stabsarzt im Krieg und in französischer Gefangenschaft, kehrt der Mediziner endlich auf die Insel zurück. Der charmante Ostfriese ist Pazifist geworden und immer noch Anhänger der Reformbewegung, für die er auch seine Frau begeistert. Als er erfährt, dass er Vater wird, beschließt er, eine Arbeitsstelle auf dem Festland anzunehmen, um die kleine Familie ernähren zu können.

Paul Merkur

Der gepflegte, sympathisch wirkende Friseurmeister hat den Krieg an der Front unversehrt überstanden, doch als er in seine Heimatstadt Lüneburg zurückkehrt, ist der Salon seiner Eltern pleite und seine Verlobte Rosemarie schwanger von einem anderen Mann. Paul lernt über eine Anzeige die ersehnte »Dame mit eigenem Friseursalon zwecks baldiger Heirat« kennen. Die junge Witwe Frieda Fisser verlangt allerdings, dass er sich in ihrer Ehe an ein paar unkonventionelle Regeln hält und lässt ihn einen Vertrag unterschreiben.

Erwin Eils

Der Altgeselle Erwin war überzeugt, dass Frieda nach dem Tod ihres Mannes ihn heiraten würde. Als sie dann einen anderen Kandidaten präsentiert, schwört er sich, es ihr heimzuzahlen. Er beginnt an der empfindlichsten Stelle der Friseurfamilie, bei Lissy, der er etwas über ihren Vater verrät.

Jantje, das Wickwief

Die Witwe lebt allein in einem Häuschen in den Dünen. Sie gilt als Wahrsagerin, liest aus Teeblättern die Zukunft und hat manchmal Visionen. Weil ihre Zauber, Heilkräuter und Rituale schon vielen Insulanern geholfen haben, genießt sie allgemein Respekt. Die abergläubische Jakomina ist eine treue Kundin. Zu Frieda hat das Wickwief eine ganz besondere Beziehung, nicht nur, weil sie ihr immer das Haar umsonst zuhause onduliert – sie weiß, dass Frieda unter einer Glückshaube geboren wurde, und das gilt als ein gutes Omen.

… wie du einen Menschen liebst, das ist
schon weitgehend festgeschrieben, bevor du
ihm begegnest. Ob's dir passt oder nicht – in
deine Art zu lieben spielt immer mit hinein,
wie deine Eltern und deine Großeltern
geliebt haben oder andere Menschen, die dir
in jungen Jahren nahestanden.

Jantje, Wickwief

Frieda

Norderney, Februar 1920

Als Frieda am Morgen nach ihrer Hochzeitsnacht erwachte, glaubte sie einen Moment lang, sie befände sich auf dem Fischerboot ihres Vaters. Doch der vermeintliche Wellenschlag gegen schwankende Planken war in Wirklichkeit das Pulsieren ihres Blutes. In ihrem Schädel pochte es, sie hatte einen Riesenkater. Vorsichtig öffnete sie die Augen und blinzelte auf die andere Seite. Gott sei Dank – sie lag allein im Bett. Ihr frisch angetrauter Ehemann Paul hatte sich wie vereinbart, ohne sie zu bedrängen, für den Rest der durchfeierten Nacht in sein Zimmer zurückgezogen.

Sie setzte sich mit dem Rücken gegen das Betthaupt und stöhnte auf, weil nun wahre Wellenbrecher durch ihren Kopf krachten. Auf dem Nachttisch stand ein Glas Wasser, das sie gierig austrank. Allmählich beruhigten sich die schmerzenden Wogen. Frieda schloss erneut die Augen, dachte an die Ereignisse des Vortags und musste lächeln.

Geschafft! Sie durfte zufrieden sein. Der Inselsalon Fisser war gerettet. Sie brauchte keine Angst mehr zu haben, dass sie, ihre zehnjährige Tochter Lissy und ihre Schwiegermutter Jakomina demnächst auf der Straße stehen würden.

Ohne einen Friseurmeister hätten sie den Betrieb schon im kommenden Monat schließen müssen. Da sie es sich aber finanziell nicht leisten konnten, eine teure Fachkraft einzustellen, war es ihr wie ein Wink des Schicksals erschienen, als sie vier Monate zuvor in der Friseurzeitung eine ungewöhnliche Anzeige entdeckt hatte: *Friseurmeister wünscht die Bekanntschaft einer Dame mit eigenem Friseursalon zwecks baldiger Heirat.*

Rasch hatte sie geantwortet und bald darauf einige Auskünfte über den Kandidaten, einen Mann namens Paul Merkur, eingeholt. Er kam aus Lüneburg, war wie sie selbst dreißig Jahre alt und unversehrt, obwohl er vier Jahre als Soldat an der Westfront gedient hatte. Der elterliche Friseurbetrieb in Lüneburg hatte im letzten Kriegsjahr Insolvenz anmelden müssen, und seine Verlobte Rosemarie war schwanger geworden von einem älteren Bierbrauer. Im November hatte Frieda ihn zu einer Probearbeitswoche in den Inselsalon nach Norderney eingeladen. Sie hatte ihn in einem der Fremdenzimmer ihrer Eltern untergebracht, wo er, ohne es zu ahnen, die Charakterprüfung durch ihre Mutter, Meta Dirks, bestanden hatte. Seine fachlichen Leistungen waren ebenfalls überzeugend gewesen, und so hatte Frieda ihm am Ende der Probewoche ihre Bedingungen für eine Verbindung unterbreitet.

Auf jeden Fall wollte sie nach der Eheschließung im Salon weiterarbeiten, bei wichtigen Entscheidungen gefragt werden und gleichberechtigt mitbestimmen. Da sie ihren Beruf liebte und weiter ausüben wollte, wünschte sie vorerst keine Kinder. Nach der entbehrungsreichen Kriegs- und Nachkriegszeit wollte sie endlich das Leben genießen – und an Weiterbildungskursen sowie Frisurenwettbewerben auf dem Festland teilnehmen. Sowohl aus Freude an der Herausforderung als auch weil sie hoffte, die eine oder andere Auszeichnung zu erhalten. Damit würde sich der Inselsalon weiterhin als der führende unter Norderneys Friseurläden behaupten können.

Vor dem Krieg hatten zur Stammkundschaft des Salonbegründers, ihres vor einem Jahr an der Spanischen Grippe verstorbenen Schwiegervaters Fritz Fisser, einheimische Honoratioren und vornehme Kurgäste beiderlei Geschlechts gehört, darunter kein Geringerer als der damalige Reichskanzler Bernhard von Bülow. Jeden Sommer pflegte er ihren Salon zu beehren. Frieda hatte ihm die Fingernägel maniküert, der Prinzipal sich um Haupthaar, Bartschnitt und Rasur gekümmert. Es galt also, einen Ruf zu verteidigen und ihn an die neue Zeit anzupassen.

Ihr erster Mann Hilrich Fisser, der 1916 an der Ostfront gefallen war, hatte ihr leider – obwohl sie die Leidenschaft für alles, was mit Haarkunst zusammenhing, verband – die Teilnahme an Fortbildungen und Wettbewerben nicht erlaubt.

Frieda sackte langsam tiefer und ließ den Kopf zurück aufs Kissen sinken. Sie zog die Decke hoch bis über beide Ohren, als könnte sie so die Gedanken verscheuchen, die sich ihr nun aufdrängten. Erinnerungen an ihren schönen, eleganten blonden Hilrich.

Sie hatten sich gemocht, geschätzt, ja, auch liebgehabt. Als Backfisch hatte sie sogar leidenschaftlich für ihn geschwärmt. Seiner heiteren, liebenswürdigen Art war es zu verdanken, dass der Inselsalon immer noch eine besondere Strahlkraft besaß. Der Kitt ihrer Ehe war jedoch ein doppeltes Geheimnis gewesen. Sie hatten einander versprochen zu schweigen. Darüber, dass ihre Tochter Lissy nicht sein leibliches Kind war. Und darüber, dass er in Wahrheit Männer liebte statt Frauen.

Ihr im Alltag recht harmonisches Verhältnis hatte erst Risse bekommen, als Hilrichs Wunsch nach einem Sohn immer dringlicher geworden, sie jedoch noch nicht bereit gewesen war. Eines Abends hatte er sich stark alkoholisiert gegen ihren Willen »sein Recht genommen«.

Körperlich war die Nacht folgenlos geblieben, seelisch nicht. Die Wut, der Ekel, das Gefühl der Demütigung und Hilflosigkeit, die sie durchlitten hatte, wirkten nach. Etwas in ihrer Beziehung war unwiederbringlich zerstört worden.

Aus diesem Grund enthielt der Ehevertrag, den Paul neulich bei einem Notar in der Stadt Norden hatte unterschreiben müssen, auch ausdrücklich die Klausel: *Die Erfüllung ehelicher Pflichten setzt das Einverständnis beider Eheleute voraus.* Gott, was hatte es sie für Überwindung gekostet, dieses Thema überhaupt zur Sprache zu bringen! Aber es war ihr gelungen. Und Paul hatte sich, sogar ohne große Überredungskunst ihrerseits, einverstanden erklärt.

In der vergangenen eisigen Februarnacht hatte er sie bei Mondschein auf dem schneebedeckten Rasen im Garten umarmt, gewärmt und geküsst, was ihr nicht unangenehm gewesen war. Doch dann hatte er ziemlich abrupt aufgehört und geflüstert, weiter ginge es erst, wenn sie ihn anflehen würde. In seinen Augen hatte sie ein kleines amüsiertes Glitzern beobachtet. Phh! Was der sich einbildete! Sie war nicht die Spur verliebt in diesen Kerl aus Lüneburg, der keinen Pfennig auf der Naht hatte.

Grete, ihre beste Freundin, die als einziger Mensch all ihre Geheimnisse kannte, verstand nicht, dass sie ihr Jawort ganz ohne Liebe gegeben hatte. Dabei war es ja nicht so, dass Frieda keine romantischen Gefühle kannte. Aber das Quantum, das ihr für dieses und mindestens zwei weitere Leben zur Verfügung stand, hatte sie bereits für den Mann aufgebraucht, der Lissys leiblicher Vater war. Fortan würde es ihr genügen, sich an den Liebesgeschichten anderer zu erfreuen. Vielleicht gelang es ihr deshalb so gut, Verliebte zusammenzuführen. Jedenfalls sagte man ihr nach, sie habe ein Talent zum Verkuppeln. Aber sie war eben auch Realistin, zumindest, soweit es ihr eigenes Leben betraf. »Es ist schon viel gewonnen, wenn ein Mann seine Frau nicht einschränkt, sondern sie einfach machen lässt«, hatte sie Grete zu erklären versucht.

Und was ist das gestern Nacht gewesen?, fragte sie sich. Als Paul ihr von der Tanzfläche aus zugezwinkert und wie sie, beschwingt von den schönen Aufregungen des Tages und schon reichlich beschwipst, auf einmal gedacht hatte: Na, das wollen wir doch mal sehen, wer hier wohl noch wen anfleht! Nein, das war ohne Bedeutung gewesen. Von einer solchen Stimmung fühlte sie sich an diesem Morgen himmelweit entfernt. Darum ging's ja auch überhaupt nicht.

Frieda spürte Übelkeit aufsteigen. Hoffentlich hatte sie sich nicht zu viel zugemutet. Plötzlich wurde ihr erschreckend klar, dass sie gerade alles riskierte – für die Familie, den Salon und ihren Traum, sich in ihrem Beruf als Friseurin zu vervollkommnen. Es konnte durchaus schiefgehen. Was, wenn sich ihr neuer Ehemann als Tyrann, Nichtsnutz oder Nervensäge entpuppte? Wie sollten sie eigentlich ihre Abende verbringen? Vielleicht würden sie nur in der Stube sitzen, voller Anspannung oder gelangweilt, und sich nichts zu sagen haben.

Nein, nein, redete Frieda sich selbst Mut zu, du hast doch Menschenkenntnis. Jetzt ist erst mal wichtig, in diesen stürmischen Zeiten nicht unterzugehen. Alles andere wird sich finden. Du bist unter einer Glückshaube auf die Welt gekommen, vergiss das nicht, das wird dir auch diesmal helfen.

Wieder blitzten vor ihrem geistigen Auge Bilder vom Vortag auf. Sie sah Paul und sich im geschmückten Pferdeschlitten mit Glöckchenklang unter einem strahlend blauen Himmel auf der Promenade am Meer vorübergleiten. Wie märchenhaft schön der schneebedeckte Strand im Sonnenlicht geglitzert hatte … Und dann fiel ihr die Überraschung des Tages ein – ihr Lieblingsbruder Dodo war zurückgekehrt! Unverletzt aus der britischen Gefangenschaft in Scapa Flow. Die Familie hatte ihn nach seiner Rückkehr einige Tage lang versteckt gehalten, um ihn als das schönste Hochzeitsgeschenk zu präsentieren. Wie wunderbar!

Sie streckte sich. Auf einmal schienen alle Beschwerden wie weggeblasen. Dodo ging es gut, er lebte jetzt wieder mit ihnen auf der Insel. Frieda warf die Decke zur Seite und stand auf. Sorgfältig machte sie sich im Bad zurecht. Sie kämmte den flachsblonden Bubikopf, den Pony, kniff sich in die Wangen, gab einen Hauch Rouge darauf, puderte dezent die Stupsnase und tupfte etwas rosafarbene Lippenpomade auf den Mund. Sie nahm einen frisch gestärkten weißen Friseurkittel aus dem Schrank, um ihn nach dem Frühstück überzuziehen. Die Georgette-Bluse, die sie zu einem grauen Rock trug, schimmerte in sanftem Rosé. Dieser Farbton brachte das helle Blau ihrer Augen zum Strahlen. Hoffentlich wirkt es auch heute, dachte sie, als sie ins Erdgeschoss hinunterging.

In der großen Küche mit Gartenblick, die zugleich als Aufenthaltsraum für das Personal diente, brummte es schon vor Leben. Else, die Haushälterin, spülte das letzte Geschirr vom Fest ab. Das Teewasser kochte. Der gefliese Boden glänzte vom Feudeln. Ihre Schwiegermutter hatte, sicher zusammen mit dem Lehrling und den Gesellen, die bereits im Salon werkelten, wo sie die Nacht zuvor gefeiert hatten, alles wieder auf den rechten Platz gerückt.

»Oh, ihr seid fleißig gewesen … Danke schön!«

Ein schlechtes Gewissen beschlich Frieda. Einige Nachbarinnen hatten schon in der Nacht mit den Aufräumarbeiten angefangen und dafür die Reste des Hochzeitsmahls eingepackt bekommen. Sie erinnerte sich nur dunkel daran, ihr Kopf funktionierte noch nicht wieder einwandfrei.

Lissy, mit blauer Haarspange in den kinnkurzen braunen Locken, schien während des Frühstückens ein Gedicht auswendig zu lernen. Jedenfalls hielt sie eine Hand auf eine Schulbuchseite, sah nicht hin und murmelte: »*Festgemauert in der Erden ...*«

»Guten Morgen, Frau Merkur«, sagte Paul.

Er saß auf dem Stuhl, der früher der von Hilrich gewesen war. Der Platz am Kopfende des Tisches, den ihr Schwiegervater Fritz Fisser innegehabt hatte, blieb tabu. Eine ewige Leerstelle. Ihre Schwiegermutter pflegte dort eine Vase mit Blümchen oder kleine Fundstücke aus der Natur zu drapieren. Jeder verstand, dass es sich um eine Art Gedenkstätte handelte.

Frieda spürte, wie ihr die Hitze in die Wangen schoss. Sollte sie Paul mit einem Küsschen begrüßen? Sicher glaubten die anderen, dass sie die Nacht zusammen verbracht hatten. Aber allein zu wissen, dass die Gesellen sich vorstellten, was in der Hochzeitsnacht geschehen sein könnte, machte sie verlegen. Noch dazu, wo doch in Wirklichkeit nichts passiert war. Ein wenig kam sie sich vor wie eine Betrügerin.

Paul lächelte. Er war schon rasiert. Wieder dachte sie, dass er ohne den Schnurrbart, den er noch bei ihrem Kennenlernen im November getragen hatte, jünger und moderner aussah. Das dunkelbraune, seitlich gescheitelte Haar über der hohen, breiten Stirn war akkurat mit Pomade zurückgekämmt.

»Ausgeschlafen, Frau Merkur?«

»Guten Morgen!« Frieda begriff nicht sofort, dass er sie angesprochen hatte.

»Frau Merkur ...«, wiederholte ihre Schwiegermutter

gedehnt. »Wird dauern, bis die Leute sich dran gewöhnt haben. Schließlich warst du gut elf Jahre lang Frau Fisser.«

Gekonnt überprüfte sie den Sitz ihrer silbergrauen Pompadourfrisur, und es schien Frieda, als wollte die Patronin damit sagen: Eigentlich gibt es ja sowieso nur eine Frau Fisser, seit Jahrzehnten schon, und das bin ich. Aber vielleicht bildete sie sich das auch nur ein.

Frieda setzte sich. »Die meisten nennen mich ohnehin nur beim Vornamen«, warf sie ein. »Lissy, du sollst doch nicht deine Bücher auf den Tisch legen, wenn aufgedeckt ist.«

»Gestern konnte ich aber nicht lernen«, antwortete ihre Tochter mit einem trotzigen Ausdruck in den schönen dunkelblauen Augen. »Du musstest ja heiraten.«

»Ich musste nicht, ich wollte.«

»Müssen is', wenn was Kleines unterwegs is'«, ließ sich Else von der Spüle her vernehmen.

»Du willst doch jetzt nicht etwa in den Salon und arbeiten?« Ihre Schwiegermutter zeigte kopfschüttelnd auf den Friseurkittel. »Unser Haus ist voll mit Gästen, die hier übernachtet haben. Und das deiner Eltern auch. Ihr werdet sie ja wohl nach dem Frühstück zur Fähre bringen und verabschieden …«

»Liegen alle noch in Sauer«, merkte Else beruhigend an.

»Natürlich«, erwiderte Frieda entschuldigend. Sie würde nichts runterbekommen können außer Tee und Zwieback. »Die Macht der Gewohnheit …«

»Gibt's keinen Kaffee?«, fragte Paul mit Blick auf die Teekanne. »Ich brauch morgens zum Wachwerden 'ne starke Bohne. Und heut besonders.« Offenbar brummte ihm auch der Schädel.

»Else, kannst du eigentlich Kaffee kochen?«, fragte Frieda. »Wir werden wohl ein paar neue Gewohnheiten einführen.«

16

»Ich hab meinem Fritz jeden Morgen seine erste Tasse Ostfriesentee ans Bett gebracht.« Schwärmerisch klärte ihre Schwiegermutter Paul auf. »Jeden Morgen, bis zu seinem letzten Tag. Ich war natürlich immer schon fertig zurechtgemacht.« Sie seufzte, Tränen stiegen ihr in die Augen. »Unser kleines Ritual. Fritz hat es sehr geliebt. Und ich auch.«

»Guter Anfang ist halbes Glück«, sagte Paul. Er massierte sich beide Schläfen.

»Lissy, lauf doch schnell mal zum Kaufmann und hol uns ein paar Salzheringe«, bat Frieda. Die halfen am besten gegen einen Kater. »Aber lass dich nicht von Minna-Überbiss aushorchen. Wenn sie fragt, wie das Fest gewesen ist, sagst du einfach nur, es war ganz wunderbar.«

»Die haben noch gar nicht auf.«

»Dann klingel. Wach werden sie schon sein.«

»Und wenn sie keine Salzheringe haben?«

»Nimmst du Matjes oder Rollmops, ein Dutzend, wenn du kriegen kannst«, antwortete Frieda. »Aber keinen Bückling.« Geräucherten Hering konnte sie an diesem Morgen nicht mal riechen, außerdem steigerte Bückling die Wollust, und sie wollte wahrlich nichts forcieren. »Nimm die Lebensmittelkarten mit und guck auch, ob du Kaffee bekommst.« Paul schenkte ihr einen dankbaren Blick. »Minna ist die Tochter der Kaufleute …«, erklärte sie ihm.

»… eine alte Jungfer«, steuerte ihre Schwiegermutter bei.

»… sie hat einen Überbiss, deshalb der Beiname. Tut immer ganz freundlich, ist aber eine fürchterliche Tratschtante.«

Er grinste. »Solche Minnas gibt's überall. In Lüneburg hatten wir auch eine, sie hieß Alma. Du wirst mich sicher noch ins Bild setzen über die anderen Originale der Insel.«

Frieda lächelte zurück. »Na, klar. Am besten nehme ich

dich mit in die Vereine, und du suchst dir ein paar aus, bei denen du Mitglied werden möchtest. Gemischter Chor und Kegelverein, natürlich gibt's noch den Männergesangverein, Feuerwehr …« Die Idee war ihr gerade erst gekommen, und sie erleichterte sie. »Wir werden auch ein paar Besuche bei Freunden und Verwandten machen.«

»Kriegerverein«, schlug ihre Schwiegermutter vor. »Fritz und Hilrich waren im Kriegerverein. Bei Fritz' Beerdigung haben seine Kameraden Kanonenschüsse abgegeben und seinen Sarg unter nachlassendem Trommelwirbel ins Grab gelassen. Sehr ergreifend …« Sie schluckte schwer.

»Seenotretter«, steuerte Lissy schnell noch von der Tür aus bei, »Fokkos Papa sitzt immer im Rettungsboot am Ruder.«

»Nee«, erwiderte Paul skeptisch. »Ich glaub, das Wasser ist nicht so mein Element. Gibt's hier auch einen Turnverein?«

Frieda nickte. »Und eine richtig gute, moderne Turnhalle. Überhaupt viele Sportmöglichkeiten, jedenfalls in der Saison.«

»Hervorragend«, antwortete er zufrieden. »Sport ist meine große Leidenschaft. Ich turne für mein Leben gern.«

»Tatsächlich?«

Wir wissen eigentlich noch gar nichts voneinander, dachte Frieda.

Jakomina

»Ich muss mich loben«, sagte Jakomina, als sie am Abend allein in ihrer Stube saß und halblaut mit Fritz redete, dessen Augen sie von seinem Porträtfoto aus in jede Ecke des Wohnzimmers zu begleiten schienen. »War doch 'ne gute Idee, die Friseurzeitung mit der Anzeige ›zufällig‹ auf der Anrichte zu platzieren.« Verschmitzt lächelte sie dem Foto zu. »Dieser Paul Merkur macht sich ganz gut, Mucki. Natürlich ist er nicht so witzig und versiert wie du, er hat auch nicht die Raffinesse und Eleganz unseres Sohnes. Aber er nützt dem Inselsalon.« Sie nickte zur Bekräftigung, bevor sie sich wieder über eine Näharbeit für Lissy beugte.

Ein klein wenig bedauerte sie es, dass Paul und Frieda fast jeden Abend unterwegs waren. Dadurch fühlte sie sich noch einsamer. Früher hatten ihre Schwiegertochter und sie zwei oder drei Abende in der Woche gemeinsam verbracht. Das war vorbei. Aber andererseits beteiligte sich der Mann aus der Heide, den sie kurz den Heidjer nannten, nach Kräften am wieder aufblühenden Vereinsleben der Insel, und das konnte nur gut sein fürs Geschäft. Zunehmend erwies er sich als angenehmer Zeitgenosse. Die meisten Norderneyer begegneten ihm so aufgeschlossen, wie sie einem Nichtinsulaner gegenüber nur sein konnten. Schon allein deshalb, weil Frieda beliebt war und man ihr ein neues Glück gönnte.

Jakomina sorgte sich allerdings um ihre Enkeltochter. Lissy, die im April elf geworden war, schien nicht richtig warm zu werden mit ihrem Stiefvater. Manchmal gab sie pampige Antworten, sie sprach ihn nie direkt an. Obwohl Paul sich bemühte, freundlich zu ihr zu sein. Wahrscheinlich brachte das Kind es nicht über die Lippen, Papa oder Vater zu ihm zu sagen. Das war ja auch verständlich, wenn man bedachte, was für einen wundervollen Vater sie verloren hatte. Aber so langsam wäre es doch an der Zeit, dass Lissy ihren Widerstand aufgab.

Zuweilen tat dem Nachwuchs eine harte Hand ganz gut. Auch deshalb war es zu begrüßen, dass wieder ein Mann im Haus lebte.

»Kinder sind wie junge Bäume, sie müssen von Zeit zu Zeit beschnitten werden. Das hast du immer gesagt, nicht wahr, Mucki?« Sie seufzte.

Es war einigermaßen hellhörig im Haus. Jedenfalls, wenn man wie sie jahrzehntelang darin gewohnt hatte, konnte man den Geräuschen ganze Geschichten ablauschen. Ihre Wohnung war zwar durch eine dicke Zwischentür im Flur von dem Anbau getrennt, in dem ihre Schwiegertochter mit Paul und Lissy wohnte, doch trotzdem verriet ein Knarren hier, ein Quietschen dort oder das Rauschen der Wasserleitung zu ungewöhnlicher Zeit ihr alles, was wichtig war. Zum Beispiel, wer wann wessen Zimmer betrat oder verließ. Frieda hatte ihr anvertraut, dass Paul ebenso wie einst Hilrich schnarche und sie deshalb getrennte Schlafzimmer vorzögen. Nun gut, dagegen war nichts einzuwenden, man konnte sich schließlich besuchen. Doch das, was die Geräusche ihr bislang verraten hatten, beunruhigte sie. Denn es war – nichts. Wenn sie die akustischen Zeichen von nebenan richtig deutete, dann teilten Frieda und Paul noch immer nicht das Bett miteinander.

»Da waren wir zwei von ganz anderem Kaliber, was?«

In ihrem Innern hörte sie, wie Fritz ihr beipflichtete. Wenn sie die Augen schloss, sah sie ihn sogar auflachen und seine Hasenzähne entblößen, die ihm stets ein charmantes, gewitztes Aussehen verliehen hatten.

Aber dass du dich bitte zurückhältst, mein Minchen, sagte er nun streng. *In diesem Punkte solltest du dich wirklich nicht einmischen*. Erneut seufzend nickte sie ergeben und konzentrierte sich auf ihre Näharbeit.

Noch etwas Gutes hatte Pauls Anwesenheit – sie musste weniger im Salon mitarbeiten und hatte mehr Zeit, sich um die Verpflegung von Familie und Belegschaft zu kümmern. Noch immer waren Nahrungsmittel knapp, viele Norderneyer litten Hunger. Die Entwicklung von Gerichten aus ungewöhnlichen Zutaten wurde deshalb mehr und mehr zu Jakominas Passion. Morgen würde sie ausprobieren, was ihr neulich eine alte Insulanerin erzählt hatte. Angeblich war es früher üblich gewesen, die Wurzeln von Stranddisteln zu kochen und wie Spargel zuzubereiten. Sie sollten nicht nur nahrhaft sein, sondern auch schmecken.

Als sie den Mädchenrock durch Auslassen und Umnähen des Saums fertig verlängert hatte, griff sie nach einem Buch mit Sagen vom Rhein. Eigentlich lag es hier, weil sie Lissy daraus vorlesen wollte. Es war ein Hochzeitsgeschenk ihres früheren Altgesellen Rudolf, der in der Nähe des Loreleyfelsens ein Schiffsrestaurant geerbt hatte. Wahrscheinlich hatte Frieda ihm auf seine letzte Postkarte hin von ihrer Wiederverheiratung geschrieben.

»Ach, Mucki, sei still, ich denk überhaupt nicht mehr dran!«, beteuerte sie entrüstet. Rudolf hatte ihr damals vor dem Krieg so niedlich unbeholfen den Hof gemacht – bis ihr Mann ihn hochkant rausgeschmissen hatte. Sie unterdrückte ein geschmeicheltes Kichern. »Das ist doch eine Ewigkeit her …«

Aber es freute sie, dass Rudolf den Krieg überstanden und noch eine Frau, die Kriegerwitwe eines Kameraden, gefunden hatte. Sein Lokal lief offenbar auch auskömmlich.

Sie konnte ja schon mal ein bisschen vorab in dem Buch lesen, damit sie wusste, welche Geschichte sich für welches ihrer Enkelkinder eignete. Die Kleinen ihrer Tochter Frauke und ihres Schwiegersohns Felix Rosenau, der ein Juweliergeschäft auf der Insel betrieb, liebten es, wenn Oma ihnen vorlas. Helmi war sechs Jahre alt, und Annelieschen mit ihren sechs Monaten würde sicher schon Freude an den bunten Bildern haben. Aufmerksam studierte Jakomina die Illustrationen und versank dann in der Lektüre. Nur zu gern ließ sie selbst sich von Geschichten über verwunschene Ruinen und spukende Burgfräulein, von tapferen Rittern und weinseligen Gelagen in eine andere Welt entführen.

Grete

Juni 1920

Max löste die Spange, die ihr Haar zusammenhielt. Grete wusste, wie sehr er den Augenblick liebte, wenn die schwarzen Wellen sanft über ihre Schultern fielen. Unwillkürlich schüttelte sie den Kopf ein wenig, um den Moment zu verlängern.

»Es macht mich wahnsinnig«, flüsterte er mit rauer Stimme. »Aber als zukünftiger Vater und als Arzt muss ich ...« Er stöhnte auf, gequält von der selbst verordneten Enthaltsamkeit, presste sie kurz noch enger an sich, womit er natürlich auch ihr Begehren weiter steigerte, schob sie aber gleich darauf von sich. Mit ein paar Schritten floh er zur Balkontür.

»Ich komme mir langsam vor wie der Teufel in Menschengestalt«, sagte sie halb spöttisch, halb liebevoll und legte lächelnd eine Hand auf ihren schon leicht gerundeten Bauch. »Jetzt mal ehrlich, Dr. Lubinus ... Unser Kind hat ein Tauchbad in der Nordsee im tiefsten Winter überstanden – meinst du wirklich, es wäre immer noch gefährlich?«

Er schaute aus dem Fenster über den Damenpfad aufs Meer hinaus. Sie folgte seinem Blick. Der mit Badekörben bestückte Strand war jetzt im Juni von Tag zu Tag mehr bevölkert, diese Saison würde besser werden als die des Vorjahres.

»Du bist nun mal mit deinen dreißig eine späte Erstgebärende, Grete«, antwortete Max betont vernünftig. »Da sollten wir jedes Risiko vermeiden.«

»Soweit ich das während meiner Schwesternausbildung gelernt habe«, sagte sie und ging aufreizend langsam auf ihn zu, »ist eine gewisse Anfälligkeit nur in den ersten drei Monaten der Schwangerschaft erhöht. Inzwischen bin ich doch schon im vierten Monat.«

»Aber sicher ist sicher.«

»Ach, wie sicher ist schon sicher? Könnte sein, dass ich vor Sehnsucht sterbe, bevor unser Sohn zur Welt kommt.«

»Ein Mädchen … wäre mir ebenso lieb«, versuchte Max ihren Verführungskünsten verbal etwas entgegenzusetzen.

»Ich fände es am schönsten, wenn wir erst einen Sohn bekämen und zwei Jahre später eine Tochter.«

»Wie … wie du meinst«, entgegnete er kurzatmig.

»Und wenn wir ganz vorsichtig sind?« Nur wenige Zentimeter trennten sie noch, in Max' braunen Augen sah Grete die mühsam unterdrückte Leidenschaft funkeln. »Gaaanz ganz vorsichtig?«, hauchte sie, bevor ihre Lippen seinen Mund berührten.

»Je, den Düwel ook!«, brach es da aus dem Ostfriesen hervor. Er packte sie, hob sie auf seine Arme und trug sie zum Bett.

»Halt«, flüsterte er nach einer Weile beschwörend, »beweg dich jetzt bloß nicht.« Schweißbedeckt, ineinander verschlungen, lagen sie da. Es war verdammt schwer, dem natürlichen Trieb nicht nachzugeben. Sie atmete gegen ihr Temperament an, ganz bewusst langsam tief ein und aus und unterdrückte den Impuls, in sich hineinzukichern.

»Was soll unser Kind nur von uns denken?«

»Es denkt noch nicht«, antwortete Max.

»Aber es fühlt.«

Er küsste sie. Und sie hoffte unbedingt, dass ihr Kind es

spüren und sich merken würde, für immer und ewig, dass es einst in einem Meer aus Lust und Liebe getrieben war.

Der Höhepunkt rollte in Wellen näher, nahm einen neuen Anlauf, Grete konnte sich nicht länger beherrschen, sie wollte, sie musste sich bewegen. Doch Max hielt sie fest umklammert, zwang sie stillzuhalten. Gleichzeitig begann er mit einer der Atemübungen, die sie für ihre Arbeit im Seehospiz entwickelt hatten. Sie tat es ihm nach. Holte ebenfalls tief Luft, beobachtete und lenkte ihren Atem, wie sie es oft gemeinsam geübt hatten.

Sie beruhigten sich, fanden den gleichen Rhythmus, sahen sich dabei tief in die Augen, verbunden durch Körper und Seele – bis sie in einem nie gekannten Gefühl explodierten, abhoben und sich auflösten.

Hinterher sprachen sie nicht über dieses ekstatische Erlebnis. Kein Wort sollte es entweihen.

Als sie etwas geschlafen, sich frisch gemacht und angezogen hatten, bereitete Grete einen Tee zu. Sie öffnete die Balkontür weit und deckte das Tischchen draußen. Wolken trieben am Himmel. Die verglasten Seitenwände schützten sie vor dem Seewind, immer wieder kam die Sonne durch und wärmte sie.

»Warst du heut schon bei Hans-Heinrich?«, fragte Grete, als sie den Tee einschenkte.

Ihr Bruder Hans-Heinrich bewohnte vorübergehend eine Wohnung im selben Haus wie sie. Er war gemütskrank nach mehreren Jahren in einem Gefangenenlager aus Deutsch-Südwestafrika zurückgekehrt. Das Kaufhaus, das er und ihr gefallener ältester Bruder Lulu vor dem Krieg in der Nähe von Windhuk aufgebaut hatten, war enteignet worden. Hans-Heinrich sollte nun von ihrem Vater die Leitung der

Lehmann'schen Werke in Berlin übernehmen. Das Fabrik-unternehmen hatte mit der Produktion von Uniformen, Zelten und Ausrüstungsgegenständen für Soldaten viel Geld verdient. Böse Zungen nannten Ludwig Lehmann einen Kriegsgewinnler. Doch zuerst musste Hans-Heinrich wieder gesund werden. Seit seiner Rückkehr nach Deutschland verhielt er sich antriebslos. Manchmal sprach er tagelang kein Wort, wollte keinen Menschen sehen. Einige Monate hatte Hans-Heinrich in Melancholie versunken in ihrem einstigen Zuhause in Berlin verbracht.

Grete war mit ihren Eltern zerstritten, weil sie den mittellosen Max Lubinus geheiratet hatte, der keiner angesehenen Familie entstammte, und weil sie Mitglied der Sozialdemokratischen Partei geworden war.

Schließlich hatte ihre Mutter, eine geborene von Wingenhorst, sich aber keinen anderen Rat mehr gewusst, als ihr trotz ihres Zerwürfnisses zu schreiben. Sie hatte Grete gebeten, sich um den Bruder zu kümmern, wenn sie ihn zur Erholung nach Norderney schickten, in die Sommerfrische seiner glücklichen Kindheit und Jugend, als letzten Versuch, bevor sie ihn in eine Nervenheilanstalt einweisen lassen müssten. Selbstverständlich lag es Grete sehr am Herzen, ihm zu helfen.

Max, der erst im Januar – mehr als ein Jahr nach Kriegsende – aus französischer Kriegsgefangenschaft zurückgekehrt war, hatte gleich erkannt, dass Hans-Heinrich selbstmordgefährdet war. Er unternahm mit ihm jeden Tag, bei jedem Wetter, einen Spaziergang durch die Dünen und am Meer entlang. Manchmal, das wusste sie aus den Schilderungen ihres Mannes, musste er den Schwager regelrecht vor sich hertreiben, mit Beschimpfungen oder unter Androhung von Gewalt durch die Natur scheuchen.

Max hatte im Krieg als Sanitätsarzt gedient. Er verarbeitete die schrecklichen Erlebnisse, die ihn manchmal nachts im Schlaf brüllen ließen, auf seine Art. Dazu gehörte, dass er anderen half. Seine Therapie, die Lebensgeister Hans-Heinrichs zu wecken, diente ebenso der eigenen Gesundung. Als Anhänger der Reformbewegung schwor er auf die Kräfte der Natur, auf die regulierende und stärkende Wirkung von Wasser, Wind und Sonne und den Wechsel von heiß und kalt.

Max schüttelte den Kopf. »Er hat nicht aufgemacht.«

Erschrocken sah Grete ihn an. »Meinst du, es ist was Ernstes?«

»Nein, ich glaube, das Schlimmste ist überstanden. Wahrscheinlich war er vorhin nicht da. Wir haben heute gutes Segelwetter.« Er lächelte. »Es war genau die richtige Idee, ihn aufs Segelboot zu lassen.« Seit einigen Wochen fuhr Hans-Heinrich häufig mit dem alten Segelboot des verstorbenen Fritz Fisser auf die Nordsee hinaus. Jahrelang hatte es eingemottet in einer Werfthalle an der Wattseite gelegen. Es gab in der Friseurfamilie Fisser niemanden mehr, der die *Minchen* zu segeln verstand.

Jetzt unterrichtete Hans-Heinrich, der in seiner Jugend oft auf dem Wannsee herumgekreuzt war, Fissers Tochter Frauke und deren Mann Felix Rosenau. Seltsamerweise verstand sich ihr Bruder gut mit dem Paar. Vielleicht lag es daran, dass die Rosenaus ein Juweliergeschäft besaßen und sich gern mit ihm über sein geliebtes Südwestafrika und über Diamanten und Farb-Edelsteine unterhielten, von denen es dort große Vorkommen gab.

Grete mochte Frauke nicht sonderlich. Sie hielt sie für eine eingebildete Ziege. Auch ihre Freundin Frieda hatte ein angespanntes Verhältnis zu ihrer Schwägerin, obwohl in der schlimmsten Hungerszeit sogar sie etwas Demut gelernt hatte.

»Wusstest du, dass sie manchmal Lissy zum Segeln mitnehmen?«, fragte Max. »Sie begreift die Kommandos schneller als ihre Tante, sagt Hans-Heinrich.«

»Ach! Nein, das hat sie mir noch gar nicht erzählt.« Eigentlich hatte Grete einen sehr guten Draht zu Friedas Tochter. Lissy vertraute ihr Dinge an, die sie ihrer Mutter verschwieg. »Ich weiß nur, dass sie ab und zu ihre Hausarbeiten bei Hans-Heinrich macht. Sie hat dort mehr Ruhe, und ich bin dann immer ganz froh, dass jemand bei ihm ist. Wenn er einen guten Tag hat, erzählt er ihr von Afrika, das mag sie gern.«

»Ich glaube, sie will ihre Oma überraschen«, erklärte Max. »Sie hat ihr wohl mal versprochen, dass sie segeln lernen werde, um sie davon abzuhalten, das Boot zu verkaufen.«

»Wie süß!«

»Ja, natürlich hängt Jakomina an dem Boot. Ihr Mann hat es schließlich eigenhändig für sie gebaut.«

»Es wäre sicher auch für Lissy schön, wenn sie Spaß daran fände«, überlegte Grete. »Sie hat's gerade nicht leicht. Ich glaube, sie fürchtet, dass ihre Mama bald wie wir ein Kind bekommt.«

»Darüber sollte sie sich doch freuen«, entgegnete der sonst so verständnisvolle Max.

»Na ja, sie hat ihre Mutter viele Jahre für sich allein gehabt«, gab Grete zu bedenken. »Und plötzlich ist da Paul, der sie übrigens neulich mal als verwöhntes Einzelkind beschimpft hat. Wenn nun noch ein Baby käme …«

»Ich finde Paul ja ein bisschen schlicht«, sagte Max.

»Er ist unkompliziert«, erwiderte Grete.

Sie schwiegen eine Weile. Vom Strand wehte der Lärm

spielender Kinder herüber. Möwen schrien, Geschirr klapperte. Es roch nach Salzwasser und frisch gebackenen Waffeln aus einem nahen Lokal, in dem Leute auf einer Veranda unter ausgespannten Segeltüchern saßen und plauderten.

»Herrlich!« Grete genoss die frühsommerliche Stimmung. »Und wir haben jeden Tag Urlaub.«

»Na ja«, antwortete Max. Sie spürte, dass er ihr etwas sagen wollte, was ihm nicht leichtfiel.

»Na ja?«, wiederholte sie fragend.

»Grete, wir können nicht ewig vom Ersparten leben. Die Inflation macht es auch nicht besser. Ich brauche beruflich eine Perspektive. Erst recht, da ich nun bald Familienvater sein werde.«

Sie nahm ihre Tasse und nippte am heißen Tee. Es stimmte, die Vorträge, die Max einmal in der Woche im Conversationshaus zum Thema *Der heutige Stand der Meeresheilkunde* hielt, brachten zwar etwas Renommee, aber nur wenig Honorar ein. Zum Selbstständigmachen fehlte ihm das Kapital, und die Banken wollten ihm nichts leihen.

»Die Gemeinde hat doch zwei Häuser in der Marienstraße gekauft, um ein modernes Krankenhaus zu errichten«, sagte sie dann. »Das wäre eine Perspektive.«

»Nein, leider nicht. Es dauert zu lange, bis die Entwürfe fertig sind und sie alles entsprechend umgebaut haben.«

Alarmiert sah sie ihren Mann an. Er wusste doch, dass sie unbedingt auf der Insel bleiben wollte. Nur hier hatte sie ihr Asthma unter Kontrolle, nur hier bekam sie nicht diese grässlichen Hautausschläge, die sie jahrelang gequält hatten.

»Was ist mit dem Seehospiz?«, fragte sie. Die letzten Monate vor dem Krieg hatten sie dort zusammengearbeitet. Sie als seine Assistentin bei einer einzigartigen Studie über die

Heilfaktoren des Nordseeklimas, untersucht an kranken Kindern, die zur Erholung auf die Insel geschickt worden waren. Damit hätte Max sich in der Fachwelt einen Namen gemacht. Doch die Mobilmachung war dazwischengekommen, die Unterlagen galten inzwischen als verschollen. »Du könntest deine Studie mit neuen Probanden wiederholen und diesmal zu Ende führen. Oder auch erst mal nur als Arzt im Hospiz arbeiten.«

Vielleicht würde sie dann wieder wie vor ihrer Assistenzzeit mit den jüngsten Patienten singen und spielen können. Beruflich war das ihre erfüllendste Zeit gewesen.

»Grete, wann hast du dir die Gebäude das letzte Mal angesehen?«, fragte er gereizt.

Fünf Jahre lang waren sie als Kaserne zweckentfremdet worden. Nun stand der Backsteinkomplex seit Monaten leer, was den Zustand auch nicht gerade verbesserte.

»Aber im Juli kommt eine Kommission der Regierung«, erwiderte sie aufgeregt. »Wenn die befindet, dass man das Seehospiz restaurieren müsste, kann's ganz schnell gehen.«

Max griff nach ihrer Hand. »Grete, versteh doch. Ich trage die Verantwortung. Deshalb werde ich eine Anstellung im Krankenhaus von Aurich übernehmen. Ab September oder Oktober. Es ist keine leitende Funktion, allerdings mit Aussicht darauf. Immerhin könnten wir uns dann ein kleines Häuschen zur Miete leisten und unser Kind wird in einem Garten spielen.«

»Aber … Ach, nein, bitte, Max!« Flehentlich sah sie ihn an. Gerade noch war sie so glücklich gewesen. Und nun diese Nachricht! »Bitte!« Sie drückte seine Hand, ihre Augen wurden feucht. »Hast du etwa schon fest zugesagt? Max, lass uns doch wenigstens noch abwarten, was der Besuch der Kom-

mission ergibt. Die Experten kommen direkt von der Reichsregierung. Das ist nicht irgendein Provinzgremium ohne Einfluss. Bitte …«

Schwer atmend neigte Max den Kopf. Er verzog den Mund.
»Also gut. Ich will versuchen, die Zusage noch etwas hinaus-
zuzögern.«

Sie presste die Lippen aufeinander. Mit den Augen dankte
sie ihm. Wie es ausgehen würde, wusste sie nicht. Aber eines
wusste sie gewiss – sie würde alle Register ziehen, um auf der
Insel bleiben zu können.

Schweigend tranken sie ihren Tee, jeder seinen Gedanken
nachhängend. Auf einmal hörte sie unten auf dem Damenpfad einen Mann von Herzen laut lachen. Die Stimme kam
ihr bekannt vor. Grete erhob sich und lugte neugierig über
die Brüstung. Es war Hans-Heinrich. Ihr Bruder lachte! Und
die Frau neben ihm, ihre Freundin Katharina, lachte ebenfalls. Die beiden spazierten aus Richtung Weststrand näher,
er trug Segelschuhe.

Erfreut hob Max seine buschigen Brauen. »Dein Bruder
lacht wieder.« Ein Strahlen ging über sein Gesicht.

»Ich fass es nicht«, murmelte Grete. Sie winkte. »He! Wir
haben gerade Tee fertig. Kommt doch rauf auf ein Tässchen.
Wenn ihr mögt, bringt noch ein paar Waffeln mit!«

»Geht in Ordnung!«, rief Hans-Heinrich.

»Ob mein Bruder weiß, dass Katharina geschworen hat,
niemals zu heiraten?«, fragte Grete Max nachdenklich.

Ihre Freundin war Lehrerin und arbeitete im Lehrerinnen-
erholungsheim, für das sie unter anderem ein anspruchsvol-
les Vortragsprogramm organisierte. Als eine der ersten Frauen
auf Norderney hatte sie sich im Inselsalon einen Bubikopf
schneiden lassen – und nebenbei mit ihren emanzipatorischen

Ansichten Frieda auf die Idee gebracht, einen Ehevertrag aufzusetzen.

»Ob Frieda sich vielleicht schon wieder einen Hut verdienen will?« Schmunzelnd stopfte Max seine Pfeife.

Bei ihrer Hochzeit hatte sie nämlich Katharina als Tischdame neben Hans-Heinrich platziert, genau genommen hatte sie die Lehrerin sogar nur seinetwegen eingeladen, damit er sich gebildet unterhalten konnte.

»Na, ich glaube, so schnell wird Katharina ihren Grundsätzen nicht untreu«, gab Grete zurück.

Wenig später saßen sie etwas beengt, aber gemütlich zu viert auf dem Balkon um den kleinen runden Tisch herum und verputzten warme Waffeln.

»Mhmm … genau wie sie sein sollen«, lobte Katharina, »dick, innen weich, außen knusprig, nicht zu süß. Und die frischen Erdbeeren dazu schmecken herrlich.«

»Waffeln müssen eigentlich knusprig und so dünn sein, dass man durch sie hindurchsehen kann«, behauptete Max. »Und man darf sie nur an den Tagen rund um Neujahr essen.«

Grete lächelte, er meinte ostfriesische Krüllerkes, die sie auch gern mochte, die aber furchtbar krümelten. »Wie schön, dass ihr Ostfriesen so weltoffen seid«, neckte sie ihn.

Während sich Hans-Heinrich und Katharina bei der lebhaften Schilderung ihres Segelausflugs abwechselten, stibitzten sie sich gegenseitig Früchte, Löffelspitzen Sahne und Vanilleeis von den Tellern. Beide hatten sonnengerötete Gesichter.

»Hans-Heinrich erzählt so spannend von Afrika«, schwärmte Katharina. »Die gewaltige Natur, die wilden Tiere … Ich wünschte, eines Tages könnte ich das auch alles einmal erleben.«

»Wer weiß«, antwortete Hans-Heinrich vieldeutig. »Ich hab

gerade gelesen, dass deutschsprachige Südwester, die ausgewiesen wurden, zurückdürfen, wenn unsere frühere Kolonie erst ein Mandatsgebiet des Völkerbundes geworden ist.«

»Aha, und wann könnte das sein?«, erkundigte sich Max.

»Vielleicht zum Ende des Jahres.«

In Katharinas Augen blitzte es abenteuerlustig. »Wer weiß, wer weiß«, antwortete sie kokett.

Grete konnte das Knistern zwischen den beiden beinahe hören. Sie und Max wechselten einen Blick. »Das wird unseren Eltern aber gar nicht gefallen«, sagte sie. »Papa wartet doch darauf, dass du die Firma übernimmst.«

»Ich weiß, ich weiß«, sagte ihre Bruder jetzt mit Grabesstimme.

»Ach herrje.« Grete ahnte, dass ein Problem auf sie zukam.

»Unsere Eltern haben sich auch schon angesagt«, eröffnete ihr Bruder ihr.

»Wie? Wo?«, fragte sie verwirrt.

»Sie kommen im Juli nach Norderney. Samt Eduard mit Familie. Und sie steigen wieder im Kaiserhof ab.«

»Wie nett, dass ich davon erfahre.«

»Der Brief von Maman ist gestern eingetroffen. Sie möchten endlich wieder Urlaub machen wie vor dem Krieg. Und unser Bruder will seinen Kindern zeigen, wo wir unsere schönsten Ferien verbracht haben.«

Ihr mittlerer Bruder Eduard, der im Auswärtigen Amt in Berlin arbeitete, hatte inzwischen zwei Söhne und zwei Töchter.

Grete musterte Hans-Heinrichs früh gealtertes Gesicht. »Aber du glaubst nicht, dass sie nur deshalb kommen, oder?«

Max und Katharina hielten sich plötzlich auffallend zurück.

»Natürlich nicht«, antwortete Hans-Heinrich. »Sie drängen darauf, dass ich nach Berlin zurückkehre und unseren Herrn Vater in der Geschäftsleitung ablöse. Was ich allerdings nicht möchte.«

»Das fällt dir reichlich spät ein.«

»Ich hab's ja auch erst allmählich begriffen. Bei den langen Spaziergängen mit diesem … Sklaventreiber hier.« Er sah Max halb anklagend, halb dankbar an. »Weißt du, mein Herz ist immer noch in Afrika. Es sind schlimme Dinge passiert, ja. Aber das Land, die Weite, das Klima, die Mentalität der Menschen, die Möglichkeiten dort … Es ist schwer, das in Worte zu fassen.«

»Hast du's Papa schon gesagt?«

»Nicht in dieser Deutlichkeit«, gestand er. »Ich glaube sogar, dass meine Melancholie oder wie immer man das nennen will, was mir die Seele verdüstert hat, damit zusammenhängt.«

»Puh!« Grete kannte aus eigener Erfahrung das Gefühl, den Eltern eine tiefe Enttäuschung zuzufügen. Es schmerzte sehr. »Da steht dir was bevor.«

»Ich fürchte, du hast recht«, sagte Hans-Heinrich leise. »Und ich hoffe auf deinen Beistand.«

Hilflos hob Grete die Schultern. »Mit mir reden sie doch gar nicht mehr. Was kann ich schon tun?«

»Maman kriegt immer eine zittrige Stimme, wenn sie von dir spricht«, vertraute er ihr an. »Ich habe ihr auch geschrieben, dass du ein Kind erwartest. Man müsste ihr nur eine goldene Brücke bauen. Sie würde dir zu gerne verzeihen.«

Im Inselsalon

Juli 1920

»Seit Monaten liegt meine Frau mir in den Ohren«, dröhnte Lübbo, jener Nachbar, der auf ihrer Hochzeit Akkordeon gespielt hatte, »ich soll mir endlich den Schnauzbart abnehmen lassen.«

Frieda musste lächeln. Sie und Paul hatten eine Wette abgeschlossen, wann es wohl so weit sein würde, nachdem sie seiner Frau Agnes vorgeschwärmt hatte, wie gut Küsse ohne kratzige Barthaare schmeckten.

»Gut, Lübbo, wird erledigt.« Paul legte ihm den Frisierumhang um. »Und wenn's dir nicht gefällt – wächst ja nach.«

»Wie geht's eurem Jüngsten?«, erkundigte sich Frieda. Der kleine Lambertus hatte im vergangenen Jahr wegen Unterernährung um sein Leben gekämpft.

»Der Bursche tobt wieder rum wie 'ne Seerobbe.«

»Wunderbar, das freut mich«, sagte Frieda. »Und sonst so?«

Lübbo erzählte von seiner Arbeit für ein ausländisches Schiff, das wegen – seit dem Krieg immer noch – fehlender Seezeichen vor der Insel auf Grund gelaufen war.

»Die hatten Säcke mit Mandeln an Bord. Die Havarieschäden sind natürlich alle ordnungsgemäß gemeldet worden.« Er senkte die Stimme. »Aber falls ihr mal Mandeln braucht … 'n paar sind bei der Bergung irgendwie danebengegangen.«

»Gut zu wissen«, antwortete Frieda augenzwinkernd. Sie

verriet ihm nicht, dass Agnes ihr schon vor Tagen eine große Tüte mit Mandeln im Tausch gegen eine Flasche mit wohl-riechendem Shampoo gegeben und dass sie am Morgen drei Backbleche voller herzförmig ausgestochener Mandelkekse gebacken hatte. Versehentlich stieß sie gegen Pauls Rücken. »Oh, tut mir leid«, murmelte sie.

»Alles gut, nix passiert.«

Er drehte sich um, strich zur Beruhigung kurz über ihren Arm, was jedoch im Gegenteil kleine Schauer in ihr auslöste. Sie hoffte, dass er es nicht bemerkte.

Schnell bat sie eine wartende Kundin in den Damensalon. Es handelte sich um eine jüdische Insulanerin, die häufiger die Synagoge in der Schmiedestraße aufsuchte als den Inselsalon. Sie trug, wie bei verheirateten orthodoxen Jüdinnen üblich, eine Perücke. Ihre war altmodisch frisiert, schimmerte aber in einem hübschen Kastanienbraun.

»Meine Scheitelmacherin in Norden ist krank«, sagte sie. »Vielleicht können Sie die Perücke auffrischen und mein Haar kurz scheren. Das macht sonst eigentlich immer meine Schwägerin bei uns zu Hause. Allerdings ist die verreist, und es wird mir jetzt im Sommer zu warm mit dem wachsenden Haar unter der Perücke.«

»Selbstverständlich«, antwortete Frieda höflich, während sie den Vorhang der Kabine zuzog. »Möchten Sie die Perücke hierlassen? Haben Sie noch eine?«

»Ja, in meiner Einkaufstasche. Ich möchte Sie aber bitten, direkt auf meinem Kopf auszuprobieren, ob man diese hier etwas moderner umfrisieren könnte. Verstehen Sie? Damit wir gleich sehen können, ob's mir auch steht …«

»Ja, natürlich, sehr gern. Wir finden eine schöne neue Frisur, und dann lassen Sie die Perücke einfach zur Reinigung hier.«

»Fein.« Während ihr kurzes brünettes, von grauen Strähnen durchzogenes Haar noch weiter gekürzt wurde, blätterte die Kundin in einem Magazin für Damen. Ab und zu schaute auch Frieda auf die Seiten. In einem Feuilleton, das offenbar besonders fesselnd geschrieben war, ging es um die ehelichen Pflichten. Als sich ihre Blicke im Spiegel trafen, war es Frieda etwas peinlich, beim Mitlesen ertappt zu werden, ausgerechnet bei diesem Thema. Doch die Kundin lächelte nur. »Das ist in unserer Religion keine Sünde«, sagte sie milde, »sondern Verpflichtung und Freude. Einmal in der Woche, jeden Freitagabend zum Sabbatbeginn, sollte man. So sagen unsere Vorschriften.« Frieda konnte ihr Erstaunen kaum verbergen, und das Lächeln ihrer Kundin vertiefte sich. »Davon haben viele falsche Vorstellungen. In der Ehe schmiedet *es* doch Mann und Frau zusammen. Das ist, wie wenn man Jacke und Hose zusammenheftet, oder? Ein Anzug hält einfach besser.«

Frieda lächelte zurück. Und die Kundin beschäftigte sich wieder mit ihrer Lektüre.

Frieda dachte an Paul. Seit Monaten umschlichen sie einander, scheuten die Zweisamkeit zu Hause. Fast jeden Abend waren sie unterwegs, zu Vereinsversammlungen oder bei Freunden und Verwandten, um ihn weiter einzugemeinden. Er trieb viel Sport. Bei gutem Wetter zeigte sie ihm die schönsten Winkel der Insel.

Entgegen ihrer Erwartung hatte er sie aber nie wieder so geküsst wie am Tag ihrer Hochzeit, als sie geglaubt hatte, der schneebedeckte Rasen unter ihren Füßen müsste schmelzen. Sie war ja durchaus nicht abgeneigt. In Gedanken hatte sie schon durchgespielt, wie sie Paul beim nächsten Mal großzügig signalisieren würde, dass sie bereit wäre für mehr.

Ein Blick würde wohl reichen, oder? Aber vielleicht sollte

sie auch besser laut und deutlich Ja sagen. Oder wäre es schicklicher, es nur zu hauchen? Hoffentlich glaubte er am Ende nicht etwa, er bräuchte ihr Einverständnis schriftlich. Wie unromantisch und lusttötend wäre das!

Andererseits war sie so viele Jahre ohne *es* ausgekommen. Die Woche mit Joseph, Lissys leiblichem Vater, war inzwischen derart glorreich überstrahlt, dass sie sich gar nicht mehr richtig erinnern konnte, wie *es* eigentlich gewesen war. Und der Akt gegen ihren Willen mit Hilrich, nein, daran wollte sie sich nicht erinnern. Manchmal dachte sie schon, am besten wäre es, überhaupt nichts zu wollen und zu erwarten. Doch dann machte Grete manchmal Andeutungen, wie überirdisch schön und erfüllend sie diesen Teil ihrer Ehe erlebte. Andererseits – Grete und Max liebten sich. Sie und Paul waren nicht mal verliebt ineinander.

In was für eine verzwickte Situation hatte sie sich nur mit diesem Ehevertrag hineinmanövriert! Grundsätzlich stand sie natürlich weiter dazu. Aber so rein praktisch auch irgendwie wieder nicht.

Sie hatte mit Grete über ihr Dilemma gesprochen. »Es ist nicht einfach mit der Gleichberechtigung«, hatte ihr die Freundin bestätigt. »Wir müssen quasi den Sprung aus dem vergangenen Jahrhundert in die Zukunft machen, und dabei möchten wir auch bitte noch anmutig aussehen.« Ein bisschen hatte Grete sie sogar aufgezogen. »Was machst du, wenn er nicht will? In eurem Vertrag steht ausdrücklich, dass beide einverstanden sein müssen.«

Frechheit! Frieda hatte ihr die Zunge rausgestreckt. Erstens wollten Männer immer, und zweitens: Einen normal gepolten Mann, der sie nicht wollte, den gab's doch gar nicht. Oder etwa doch? Hatte sie womöglich ausgerechnet den geheiratet? Je länger Paul und sie umeinander herumscharwenzelten, desto unsicherer wurde sie. Er schlief in Hilrichs früherem Zimmer neben dem Bad, und manchmal stand seine Tür offen. Anfangs hatte sie noch gedacht, dass sie zur Not einfach die ewige Eva in sich gewähren lassen sollte. Sie kannte schließlich alle, na gut, die meisten weiblichen Tricks. Grete hatte auch gemeint, ihr würde schon was einfallen. Aber das ging Frieda gegen den Strich, es weckte ihren Widerspruchsgeist. Obwohl sie manchmal nicht ganz widerstehen konnte und Paul bat, ihr eine Halskette im Nacken zu schließen oder ein Kleid im Rücken zuzuknöpfen. Ohne nennenswerten Erfolg.

Nüchtern betrachtet, könnte sie ihn einfach fragen: Ich möchte jetzt gern, wie sieht's bei dir aus? Das erschien ihr jedoch reichlich verwegen. Was, wenn er gerade nicht in Stimmung war? Sie wollte sich auf keinen Fall einen Korb holen.

Wenn er nur ein Abenteuer hätte sein können und wie ein Kurgast die Insel bald wieder verlassen würde, wäre sie risikofreudiger gewesen. Schließlich – wenn sie sich selbst half, eine gewisse Anspannung loszuwerden, sehnte sie sich einfach nach einem Mann, einem richtigen Mann. Da waren ihr romantische Gefühle schnurzpiepegal. Aber angenommen, der intime Kontakt mit Paul endete in einer Katastrophe, dann wäre sie ja anschließend immer noch mit ihm verheiratet, und er lebte weiter mit im Haus. Das musste alles bedacht werden.

Sobald er ein wenig getrunken hatte, wurde er lockerer. Doch er trank nie so viel, dass er sich nicht mehr unter Kontrolle hatte, was sie letztlich natürlich auch sehr schätzte. Beschwipst nahm er sie durchaus mal in den Arm und liebkoste sie ein wenig. Gemeinerweise oft vor den Augen anderer. So musste er schon aus Gründen des Anstands abbrechen, bevor es richtig spannend wurde. Zu Hause verhielt er sich überaus korrekt. Frieda schüttelte den Kopf. In ihrem ganzen Leben hatte sie sich noch nie über ein Thema so viele Gedanken gemacht.

Abgesehen von diesem unbefriedigenden Aspekt aber war sie ganz zufrieden mit ihrer Wahl. Die Atmosphäre im Inselsalon hatte sich verändert. Noch immer kamen früh am Morgen die vier Stammkunden, die sich schon seit einer Ewigkeit jeden Morgen rasieren ließen und dabei die aktuelle Lage der Welt und der Insel kommentierten. Inzwischen waren sie alte Männer. Auch im Salon spürte man, dass eine ganze Generation fehlte. Über hundertfünfzig Söhne Norderneys hatten im Großen Krieg ihr Leben gelassen. Und die meisten der Heimgekehrten hatten ihre Gesundheit, ihren Seelenfrieden, ihre Leichtigkeit verloren. Die Älteren, die Zurückgebliebenen waren verbittert. Sie fühlten sich um den Lohn ihrer Lebensleistung betrogen und wie wohl jeder Deutsche durch den Schmachfrieden erniedrigt. Nicht nur das Porträt des Kaisers im Verkaufsraum fehlte inzwischen, auch das Flair seiner Epoche war unwiederbringlich dahin.

Theo, der Redakteur der Inselzeitung und Jüngster im Quartett, trug nach wie vor das Haar zurückgekämmt wie August Bebel und einen Spitzbart wie sein Vorbild, das einst die Sozialdemokratische Partei mitbegründet hatte. Der inzwischen ergraute, früher blonde Hüne Onno Remmers schien geschrumpft zu sein, seit er sein Hotel hatte verkaufen müssen, um einer Zwangsversteigerung zuvorzukommen. Ebenso wie der Älteste, der erzkonservative, aber herzensgute Tabakwarenhändler Jan Gerdes legte Onno weiter großen Wert auf seinen hochgezwirbelten Schnurrbart. Der bürgerlich-liberale Kurarzt Dr. Hermann Seut, der Frieda mit seinem Charakterstärke ausdrückenden Bart immer an ein freundliches zerknautschtes Walross erinnerte, hatte seit seiner Gallenoperation sehr gelitten. In ihren Gesprächen schwangen statt der heiteren, gutmütigen Selbstzufriedenheit von einst in diesen Tagen häufig Schmerz und Enttäuschung mit. Da war es klüger, man sprach über Unverfängliches.

Und nun arbeitete Paul im Inselsalon. Er war jung, er verbreitete Lebensfreude und Zuversicht. Statt auf einen politischen Streitpunkt einzugehen, lenkte er gern das Gespräch auf sein Lieblingsthema, den Sport.

»Lassen Sie mich Ihr Profil ansehen«, bat Frieda, nachdem sie der jüdischen Insulanerin die Perücke wieder aufgesetzt hatte.

Sie löste das ondulierte Haar, kämmte es durch und steckte es anders, nicht mehr hoch auf dem Wirbel zu einem runden Knoten, sondern am Hinterkopf längs gesteckt wie eine Banane. Diese Variante gefiel der Kundin. Als Frieda die Frau verabschiedet hatte, kam ihre Schwiegermutter in den Salon.

»Du musst los«, mahnte sie mit einem Blick auf die Uhr. »Du sollst doch das Komitee im Seehospiz bewirten helfen.«

»Ach herrje«, antwortete Frieda, »das hätte ich beinahe verschwitzt. Danke!« Sie schaute in die halb volle Warteecke. »Ihr kommt ohne mich klar, nicht?«

Ihre Schwiegermutter nickte nur. Frieda zog schnell den Kittel aus, machte sich etwas frisch und schlüpfte in ihre Ausgehjacke. Sie schnappte sich die Blechdose mit den Mandelherzkeksen und eilte zum Seehospiz. Dort waren bereits die anderen Helferinnen versammelt, die Grete aus ihrer Turngruppe zusammengetrommelt hatte, um Kaffee und Tee zuzubereiten. Sie winkten ihr zu – Katharina, die beiden Kapitänstöchter Hetty und Netty, die alte Badefrau Herta, ihre Schulfreundin Lieske, die inzwischen als Hausschneiderin die Familienkasse aufbesserte, und Emmi Behrends vom Hotel Behrends.

Grete

»Die Veranden könnte man auch zumauern«, meinte einer der Herren, die zum Komitee gehörten.

Als sie anfingen, ausführlich die Vor- und Nachteile einer solchen baulichen Veränderung zu erörtern, schweiften Gretes Gedanken ab. Ihre Eltern hatten es seit ihrer Ankunft nicht für nötig erachtet, sie über ihren Aufenthalt auf Norderney zu informieren. Geschweige denn, sie einzuladen oder sonst irgendwie ein Treffen mit ihr zu planen.

»Ruf doch einfach im Hotel an und bitte sie um ein Wiedersehen«, hatte Hans-Heinrich vorgeschlagen, »oder gib am Empfang eine Karte ab.«

»Phh! Auf gar keinen Fall«, hatte sie trotzig erwidert. »Nach dem Rausschmiss im vergangenen Jahr in Berlin? Da müssen sie schon auf mich zukommen.« Immer noch stieg Groll in ihr auf, wenn sie daran dachte. Andererseits fehlte ihr der Kontakt, besonders, seit sie wusste, dass sie schwanger war und sie ihrer Mutter gerne viele Fragen gestellt hätte.

Die Lehmanns befanden sich bereits seit einer Woche auf der Insel. Grete hoffte, dass sie wenigstens ihren Bruder Eduard mit Frau und Kindern zu Gesicht bekommen würde.

»Wünschenswert wäre auch ein modernes Labor im neuen Seehospiz«, hob nun ein anderer Mann hervor. Max pflichtete ihm bei.

Gretes Handrücken juckte. Wahrscheinlich lag es daran, dass sie ihre eigens für diesen Anlass hervorgekramten Glacéhandschuhe im Benzinbad hatte reinigen lassen. Aber das war jetzt unwichtig. Sie drehte leicht ihren eleganten Hut in Position, strich über den offenen Sommermantel, der wie das Umstandskleid nicht mehr verbergen konnte, dass sie guter Hoffnung war, und konzentrierte sich auf die Gegenwart. Die Witwe von Dr. Hartmann, dem einstigen ärztlichen Direktor des Seehospizes, der in Belgien gefallen war, und sie waren die einzigen Frauen in der Norderneyer Abordnung, welche die Kommission bei der Begehung begleitete. Erneut versuchte sie, näher an den Reichstagsabgeordneten heranzukommen, um den sich alle scharten.

Dieser Mann von vielleicht Anfang vierzig strahlte eine auffallende Autorität aus. Dabei war er nicht besonders groß. Sein glänzender Quadratschädel trug nur noch einen spärlichen Haarkranz, ein unscheinbares Bärtchen zierte die Oberlippe. Er hatte etwas hervortretende Augen und einen klaren, durchdringenden Blick. Man spürte gleich, dieser Mensch verfügte über Intelligenz und Horizont. Wenn sie ihn davon überzeugen konnten, dass das Seehospiz wieder eine Erholungsstätte für kranke Kinder werden musste, hatten sie gewonnen.

Doch die Honoratioren der Insel belegten den Mann aus Berlin mit Beschlag. Und die Witwe Hartmann redete immerzu auf sie ein und ließ sie nicht aus ihrer gut gemeinten Obhut.

»Als ich damals schwanger war …«, begann sie von Neuem.

Grete hörte nicht hin. Sie war betroffen vom Ausmaß der erforderlichen Reparaturen. Das alte Kesselhaus, das sie gleich am Anfang besichtigt hatten, musste komplett erneuert werden. Auch viele andere Vorrichtungen waren defekt. Max steuerte immer wieder Beispiele über die unvergleichliche Wirkung des Klimas auf die Gesundheit bei, vor allem in Verbindung mit fortschrittlichen Therapien wie der Atemgymnastik, die sie hier vor dem Krieg erprobt hatten.

»Medizin und Meteorologie …«, setzte er gerade wieder an.

Grete hörte einen Mann dagegenreden, er vertrat einen Großinvestor, der das Hospiz zu einem Kur-Grandhotel ausbauen wollte. Ein anderer Herr meinte, es sei doch auch denkbar, eine Lehranstalt, »ein Internat oder ein Fortbildungszentrum«, in dem Komplex einzurichten.

Als sie das Hauptgebäude betraten, wurde Grete von Erinnerungen überwältigt. Sofort meinte sie, wieder die typische Mischung aus Kampfer und Desinfektionsmitteln zu riechen. Entscheidende Jahre ihres Lebens hatte sie hier verbracht, erst als blutjunge Patientin, dann als Schwester.

Sie gab sich einen Ruck und schob sich durch die Phalanx der wichtigen Herren. Als sie schon fast auf Tuchfühlung mit dem Reichstagsabgeordneten war, der sie, wie sein offener interessierter Blick verriet, nun auch wahrnahm, drängte sie jemand vom »Verein der Kinderheilstätten an den deutschen Seeküsten« zur Seite und öffnete die Tür, die hinaus auf die offene, efeuumwucherte Veranda führte. Und dann hakte sich die Witwe Hartmann bei ihr ein, zog sie an die Brüstung, zeigte auf die Direktorenvilla, in der sie früher mit ihrem Mann gelebt hatte, und schwelgte wortreich im Angedenken an ihn. Es war zum Verzweifeln!

Grete unterdrückte ein Aufstöhnen. Sie kam einfach nicht ran an den Reichstagsabgeordneten. Da fiel ihr Blick auf eine Frauengestalt, die sich hastig dem Hospiz näherte. Es war Frieda. Rettung nahte.

Frieda

Der Plan bestand darin, der Kommission während des – im Protokoll vorgesehenen – Spaziergangs durch die Kiefernschonung zum Strand an der Bank, wo sich früher die Hospizschwestern nach Feierabend getroffen und gesungen hatten, eine kleine Erfrischung anzubieten. Kaffee, Tee, Waffeln und Mandelkekse. Das war Gretes Idee gewesen. »Eine kleine angenehme Überraschung nur. Nichts Großes. Sie gehen anschließend sowieso ins Café Lehmkuhl.« Das Café des einst Königlichen Hofkonditors Hoegel im kleinen Logierhaus hatte gerade den Besitzer gewechselt. Otto Lehmkuhl würde sich ordentlich ins Zeug legen, um die Herrschaften zufriedenzustellen. »Aber meine liebe Frieda«, hatte ihre Freundin sie beschworen, »du musst unbedingt in der Nähe sein, wenn die Begehung stattfindet. Egal, was du machst, sei einfach nur da und stimm die Götter gnädig!«

»Ich weiß wirklich nicht, was ich tun könnte«, hatte Frieda abgewehrt, sich auf Gretes Drängen hin aber doch bereit erklärt, mitzuhelfen und Kekse beizusteuern.

Dieser Julitag hätte wirklich freundlicher sein können, dachte sie, als sie nun den anderen Frauen zuwinkte. Es war windig, es sah nach Regen aus. Die Frauen begaben sich in die provisorisch eingerichtete Küche.

Katharina schaute aus dem Fenster. »Da sind sie!«

Sie machte eine Kopfbewegung in Richtung Hauptgebäude. Die Verantwortlichen des Seehospizes, der Vorsitzende des Trägervereins und dessen Kurator, außerdem der Bürgermeister, der neue Badedirektor, der früher Kapitän gewesen war, die Witwe des letzten ärztlichen Direktors, ein paar ihr unbekannte Herren sowie Grete und Max bewegten sich gemessenen Schrittes auf der Veranda des Hauptgebäudes. Dann gingen sie wieder hinein, spazierten wohl durch den großen Saal und etliche Nebenräume, kamen wieder ins Freie, um jeden der Backsteinpavillons einzeln zu inspizieren.

»Sie müssen auch noch ins ehemalige Spielhaus«, wusste Lieske, die ihre wunderschöne rotblonde Naturkrause zu Friedas Bedauern, wie die meisten Fischerfrauen schlicht verknotet trug. Mit ihr zusammen brachte sie die Kannen hinaus zur Bank, neben der schon zwei weiß gedeckte Tische im Dünensand standen. Die Waffeln und Kekse ordneten sie ansprechend auf Etageren und Tellern an. »Dr. Lubinus hält noch einen kleinen Vortrag über die Heilerfolge.«

Frieda nickte. Sie wusste, dass Grete ihren Mann und den Bürgermeister auf die Idee dazu gebracht hatte. »Poppe Folkerts, der Maler, macht es doch vor«, hatte Grete Max erklärt. »Er zeigt den Insulanern mit seinen Gemälden, was das Besondere an Norderney ist. Genau das musst du auch machen, mit deiner Kunst eben. Dann werden sie dich zu schätzen lernen.«

Hetty und Netty schleppten einen schweren Wäschekorb herbei. Ihre Mutter hatte ihr bestes Geschirr zur Verfügung gestellt, jedes Stück war sorgfältig in Papier eingewickelt. Vorsichtig packten sie Tassen und Kuchenteller aus. Der Wind ließ die Tischdecken flattern. Katharina legte als Tischdekoration Strandflieder und Sonnenröschen dazwischen, die sie mit Muscheln beschwerte.

»Hoffentlich halten unsere Kannenwärmer die Getränke auch heiß genug«, sorgte sich eine der Frauen.

Endlich kam die Gruppe näher. Sitzgelegenheiten gab es, abgesehen von der Holzbank, nicht, allerdings waren auf Gretes Anregung ein paar Wolldecken ausgebreitet worden.

»Das ist nichts für feine Leute«, sagte Emmi Behrends entrüstet. »Das geht nicht.«

Wie sich wenig später zeigte, ging es doch. Vor allem, weil man tief in der Dünenmulde angenehm windgeschützt saß. Einer der Männer, den Frieda aus der Zeitung zu kennen glaubte, machte den Anfang. Er ließ sich mit Kaffee und Keksen auf eine Decke sinken. Die anderen Herren und Damen taten es ihm nach. Die Älteren nahmen auf der Bank Platz. Alle begrüßten die unerwartete süße Stärkung.

Auf einmal hielt die Witwe Hartmann eine Flasche Seehund-Kräuterlikör in der Hand, trank ein Schlückchen »zum Aufwärmen«, wie sie sagte, und reichte sie samt einem Schnapsglas weiter. Zuerst sorgte die Form der Flasche für Heiterkeit, dann ihr Inhalt.

In dieser aufgelockerten Stimmung versorgte Frieda mehrfach einen fast glatzköpfigen Herrn mit Mandelherzen, die ihm offenbar sehr gut schmeckten. Sie hatte auch ein paar mit Johannisbeergelee bestrichen, weil der rote Belag auf dem Herz so hübsch aussah. Aber die mochte er weniger.

Während Max mit dem Kurator des Trägervereins sprach und ein anderer Mediziner über die Nützlichkeit von Sonnenstrahlung bei Knochentuberkulose dozierte, kam der Herr mit dem Glatzkopf wieder zum Tisch.

»Nehmen Sie einfach einen Teller mit Mandelherzen mit«, schlug Frieda vor.

»Nein, danke«, erwiderte er. »Eigentlich will ich nicht so viel naschen.« Und steckte sich schnell noch einen Keks in den Mund.

»Na, Herz kann man doch nie genug haben«, scherzte Frieda.

Er lachte. »Die schmecken aber auch wirklich wunderbar!«

»Mit Liebe gemacht«, sagte Frieda lächelnd. »Eine Idee meiner Freundin, der Frau von Dr. Lubinus.«

Sie schaute zu Grete hinüber, die sich mit den Händen hinter sich aufgestützt in den Dünenhang gesetzt hatte. Dadurch lag sie halb und wirkte hingegossen wie das Modell für einen Künstler. Die Schwangerschaft stand ihr ausnehmend gut. Sie lächelte ihnen zu.

Frieda hielt dem Herrn einen Kuchenteller unter die Nase. Er nahm noch einen Keks. Während er die Mandeln zerknabberte, ruhte sein Blick gedankenverloren auf Grete.

»Wirklich wunderbar«, wiederholte er versonnen.

»Sie war vierzehn, als wir uns kennenlernten, und schrecklich entstellt von Hautausschlägen«, erklärte Frieda ihm. »Außerdem musste sie ständig husten, manchmal hatte ich Angst, sie würde gleich ersticken.«

»Kaum zu glauben.«

»Ja, ein kleines Wunder. Bei uns auf der Insel ist sie gesund geworden. Und sie hat sich zur Krankenschwester ausbilden lassen, um im Seehospiz den Kleinsten und Schwächsten zu helfen. Wie Grete immer sagt: mit Licht und Lied, Luft und Liebe …« In diesem Augenblick brach die Sonne zwischen den Wolken hervor und zauberte eine besondere Stimmung. Sie schwiegen. Der Mann schien jetzt erst den Ausblick aufs Meer wahrzunehmen, das Rauschen der Wellen und die Möwenschreie ringsum zu hören. Er atmete tief durch. Ihr lag auf der Zunge zu sagen: Es kann doch nicht angehen, dass so was nur für reiche Leute erschwinglich sein soll, oder? Aber sie spürte, dass es gar nicht nötig war. Also wickelte sie ein paar Mandelherzen in Papier ein und reichte sie ihm. »Für die Rückfahrt.«

Amüsiert nahm er das kleine Päckchen entgegen und stopfte es in seine Jackentasche, wobei er noch einmal seinen Blick schweifen ließ. »Ich muss unbedingt mal mit mehr Zeit wiederkommen, privat.«

»Schon viele Politiker haben hier Erholung gefunden. Zum Beispiel der frühere Reichskanzler von Bülow.«

»Muss ich erst noch Reichskanzler werden, bevor ich wiederkommen kann?«

»Oder Sie werden es, nachdem Sie sich hier erholt haben.«
Sie lachten beide herzhaft.

Am folgenden Tag schaute eine strahlende Grete im Salon vorbei. »Ich glaube, unsere Chancen stehen gut«, sagte sie. »Danke noch mal für deinen Einsatz.«

Frieda winkte ab. »Hat Spaß gemacht. Interessante Leute. Wer war eigentlich der Herr mit der Glatze?«

»Der, den du mit deinen Mandelherzen bezirzt hast? Dr. Stresemann. Beim Abschied hat er versprochen, dass er sich dafür einsetzen will, unser Hospiz wieder als Kinderheilstätte zu nutzen. Unbedingt, hat er sogar gesagt.«

»Wat moi! Das klingt ja fast zu schön, um wahr zu sein!« Frieda freute sich. »Komm mit nach hinten, ich zieh meine Teepause vor.« Sie setzten sich in den Garten, in dem auch dieses Jahr allerlei Gemüsesorten statt Blumen wuchsen.

»Habt ihr, du und Paul, eigentlich inzwischen …?«, fragte die Freundin auf einmal in vertraulichem Ton. Frieda schüttelte den Kopf. »Möchtest du denn?« Frieda schaute pfeifend zu den Bohnenstangen rüber. »Ich habe noch ein unbenutztes Paar sehr reizvoller Seidenstrümpfe«, erwähnte Grete neckisch, »die kann ich dir geben, wenn du möchtest.«

»Phh!«

»Na gut, dann eben nicht.«

»Jedenfalls nicht so.«

»Hmmm. Na gut. Ich glaub, zwischen Katharina und Hans-Heinrich bahnt sich was an«, wechselte Grete das Thema. »Dabei will sie doch nicht heiraten. Ob sie vielleicht Frauen lieber mag als Männer?«

»Nur weil sie Bubikopf, Männerhemden und Fliege trägt? Nee!« Frieda lächelte wissend. »Das wird was mit den beiden.«

»Ach! Hattest du wieder eine deiner Visionen?«

Frieda nickte.

»Is ja doll! Was hast du gesehen? Ein Hochzeitsfoto?«

»Einfach ein Bild von den beiden als Paar. Nein, sie war nicht wie eine Braut zurechtgemacht. Aber sie gehörten zusammen, das konnte man erkennen.«

»Wie schön! Ich finde, das passt.«

Frieda nickte. »Wie geht's dem kleinen Lubinus?«, fragte sie mit Blick auf Gretes Bauch.

»Prächtig! Er stupst mich schon.«

»Ich freu mich so für euch. Wenn du erst ein Kind auf Norderney zur Welt gebracht hast, giltst du praktisch als Insulanerin.«

»Glaubst du wirklich?« Grete sah sie skeptisch an. »Das erscheint mir, zumindest aus Insulanersicht, doch etwas überstürzt.«

Frieda grinste. Sie zog aus ihrem Friseurkittel ein Schreiben, das vorhin erst mit der Post gekommen war. »Guck mal«, sagte sie aufgekratzt. »Ich werde demnächst an meinem ersten Frisurenwettbewerb teilnehmen. In Oldenburg. Das ist meine Anmeldungsbestätigung.«

»Ich drücke dir die Daumen.« Grete gratulierte ihr, und Frieda war es fast ein wenig unheimlich, wie gut gerade alles lief.

Auf dem Marktplatz gaben auswärtige Chöre ein Konzert. Frieda hatte noch zu tun, und Paul ging schon vor, weil ein paar neue Vertonungen von Hermann-Löns-Gedichten zu Gehör gebracht werden sollten, die er nicht verpassen wollte. Als sie nachkam, entdeckte sie ihren Mann am Rande der Zuhörermenge stehend. Er wirkte wie erstarrt, und in seinen Augen schimmerte es feucht. Sie wagte nicht, sich neben ihn zu stellen. Mit etwas Abstand behielt sie ihn im Auge, während der Chor eine bewegende Melodie sang.

»Rose Marie, Rose Marie, sieben Jahre mein Herz nach dir schrie. Rose Marie, Rose Marie, aber du hörtest es nie.«

Die Einsicht traf Frieda unerwartet. Daran hatte sie nie gedacht. Dass Paul deshalb so zurückhaltend sein könnte, weil er immer noch seiner früheren Freundin, die ausgerechnet Rosemarie geheißen hatte, nachtrauerte. Zum ersten Mal spürte sie seinetwegen etwas wie Eifersucht.

»Jedwede Nacht, jedwede Nacht hat mir im Traume dein Bild zugelacht. Kam dann der Tag, kam dann der Tag, wieder alleine ich lag.«

Ach Gott, dachte sie ärgerlich aufbegehrend, wie kitschig! Aber dann sah sie den Schmerz und die Traurigkeit in Pauls Gesicht. Er hatte etwas Redliches, Anständiges und im besseren Sinne Biederes, das sie rührte.

Und sie verstand ihn doch. Sie selbst konnte keine Melodie von Paul Lincke hören, ohne an Joseph zu denken, die Liebe ihres Lebens. Joseph Graf Ritz zu Gartenstein aus Österreich, der ewig unerreicht und ewig von ihr geliebt bleiben würde. Zwölf Jahre war es nun schon her. Im vergangenen Jahr hatten sie sich zum ersten Mal seitdem wiedergesehen, für eine abenteuerliche Nacht, und das Gefühl zwischen ihnen, das war immer noch da gewesen.

Doch Joseph hatte die Tochter eines Düsseldorfer Pharmazieunternehmers heiraten müssen, um den Stammsitz seiner Familie vor dem Niedergang zu retten. Bis heute wusste er nicht, dass Lissy seine Tochter war. Außer Grete und Max wusste es kein Mensch. So sollte es bleiben.

Manchmal kam es Frieda vor, als wäre seit ihrer Liebeswoche mit Joseph eine Ewigkeit vergangen. Und manchmal nicht. Immer noch wachte sie ab und zu mitten in der Nacht vor Sehnsucht nach ihm auf. Im Schlaf war alles wieder gegenwärtig, und sie vermisste ihn dann ganz schrecklich. Die Zeit heilte nicht alles. Im Gegenteil – sie kristallisierte nur stärker heraus, was das Besondere an diesem Mann und an ihrer Liebe gewesen war.

Joseph, ich vermisse dich so! Ihre Augen wurden feucht. Seit er sie verlassen hatte, fehlte etwas. Es war, als hätte jemand ein Stück aus ihrem Herzen gebissen. Immer, wenn sie zur Ruhe kam, wenn sie etwas Schönes erlebte, wie vorhin, als Grete ihr von der Zustimmung Dr. Stresemanns erzählt hatte, und wenn sich ihr Herz vor Freude weiten wollte, bemerkte sie, dass es nicht mehr ganz aufging, weil dann die Narbe schmerzte.

Grete

Grete blieb dickköpfig. Sie dachte nicht daran, im Hotel Kaiserhof vorzusprechen. Sie mied sogar Spaziergänge durch den Ort und auf der Promenade, um ihren Eltern nicht zu begegnen. Doch so weit, ihretwegen auf ihr tägliches Bad im Meer zu verzichten, ging es nicht. Zur Vorsicht blieb sie am Strand in der Nähe des Damenpfades.

»Warum willst du nicht versuchen, dich auszusöhnen?«, fragte Max, während er ein blau-weiß gestreiftes Badelaken vor ihrem Strandkorb hochhielt, damit sie sich blickgeschützt umziehen konnte. »Es wäre vielleicht auch für unser Kind von Vorteil.«

»Wegen des Geldes?«

»Wegen der Großeltern.«

»Nein«, erwiderte sie trotzig. »Sie haben mich jahrelang am langen Arm auf Distanz gehalten, sie haben dich niedergemacht und sind nicht bereit, meine Ansichten, meinen Lebensstil zu respektieren.«

»Aber man hat nur eine Familie, ich meine, wenn man wenigstens eine hat, so wie du.«

Max war als das uneheliche Kind einer Magd von einem Pastor adoptiert worden und auf dem ostfriesischen Festland aufgewachsen. Seine Mutter kannte er nur flüchtig. Ob oder wo sie lebte, wusste er nicht. Deshalb machte er sich wohl etwas zu rosige Vorstellungen davon, wie das Leben mit Eltern war.

»Fertig.« In einem einteiligen Trikotbadeanzug trat sie aus dem Schatten des Strandkorbs. Um ihren immer runder werdenden Bauch zu kaschieren, zog sie eine weite kurzärmlige Umstandsbluse darüber.

»Aber bald reisen sie wieder ab«, wandte Max ein. »Dann ist die Chance vertan.«

Sie schüttelte den Kopf. Ihr Vater hatte sie viel zu tief verletzt. Sie erwartete den ersten Schritt von ihm, bevor sie ihm verzeihen konnte. Und ihre Mutter? Sie fehlte ihr, ja, aber sie zeigte nicht das Rückgrat, das eine Mutter ihrer Meinung nach für ihr Kind zeigen sollte.

»Wie willst du dann Hans-Heinrich helfen?«, fragte Max.

Zwei Frauen, die vollständig bekleidet im benachbarten Strandkorb saßen, starrten auf Gretes Bauch und tuschelten.

»Schamlos, man muss es ja nicht zur Schau tragen!«

»Unverfroren!«

Demonstrativ nahm Max ihre Hand. »Bezaubernd siehst du aus«, sagte er extra laut.

»Hans-Heinrich ist ein erwachsener Mann«, antwortete sie davon unbeeindruckt. Doch ganz wohl fühlte sie sich nicht. »Wenn wir meinen Eltern erklären würden, dass es für ihn das Beste ist, seinem Herzen zu folgen, würden sie es ebenso wenig akzeptieren, wie sie das bei mir getan haben. Also, was soll's.«

Max zog sie bis an die Brandung. Grete begab sich anders als früher langsam ins Wasser, um das Ungeborene nicht zu erschrecken. Als sie endlich schwimmen und unter den Wellen hindurchtauchen konnte, war alles Schwere vergessen. Die Nordsee – ihr Allheilmittel!

Sie und Max hatten sich schon abgetrocknet und umgekleidet, als ihr am Flutsaum ein Mann im Badeanzug mit einem rot-weiß geringelten Oberteil auffiel. Er baute etwas staksig mit zwei Kindern an einer Wasserburg. War das etwa Eduard?

»Geh du ruhig schon«, sagte sie zu Max, denn sie wusste, dass er gleich eine Verabredung mit dem Badedirektor und dem Bürgermeister hatte. »Ich komme allein klar.«

»Na gut, lass dich nicht von fremden Männern ansprechen«, scherzte er beim Weggehen.

»Wo denkst du hin? Natürlich werd ich mir einen aussuchen und ihn selbst ansprechen.«

Sie näherte sich dem Burgenbauer. »Eduard?«

»Grete!« Der Mann stieß seine Schaufel in den Sand und umarmte sie behutsam.

»Sind das etwa deine Kinder?«, fragte sie. »Meine Güte, was seid ihr gewachsen!« Bei ihrem Besuch in Berlin gleich nach Kriegsende hatte sie die Kleinen zuletzt gesehen.

Er nickte stolz. »Agathe ist inzwischen fünf und Ludwig vier. Kinder, das ist meine Schwester Margarete-Viktoria, eure Tante Grete. Ihr könnt euch bestimmt nicht an sie erinnern.« Die Kinder schauten sie neugierig an, das Mädchen knickste vorbildlich, der Junge machte einen Diener. »Der Rest der Familie residiert dort drüben, wir haben eine große Sandburg mit zwei Körben. Unsere Eltern sind allerdings noch bei den Kuranwendungen.«

»Gott sei Dank!«

»Wollen wir ein Stück spazieren?«, fragte Eduard. Grete nickte. Sie freute sich, ihren Bruder wiederzusehen. Er schickte die Kinder zum Strandkorb. »Sagt eurer Mutter, ich komme später.« Verlegen sah er sie an. »Ich hätte dich in den nächsten Tagen noch besucht«, sagte er und ließ durchblicken, dass es nicht einfach war, der Kontrolle ihrer Eltern zu entkommen. »Dein Name darf nicht erwähnt werden, sonst rastet Vater aus. Du bist die Kommunistin, die Rote, die unsere Arbeiter dazu bringen will, zu streiken und die Lehmann'schen Werke zu enteignen. Er regt sich jedes Mal so auf, dass er nur noch berlinert.«

»Unsinn! So extrem, wie er glaubt, bin ich nicht. Dir wird bekannt sein, dass es im linken Spektrum einige Abstufungen gibt. Aber ich befürworte, wie die Sozialdemokraten für Frauenrechte kämpfen.«

»Ach, lass uns nicht über Politik reden. Ich hab Ferien. Es ist schön, dich rund und gesund zu sehen. Wann ist es so weit?«

»Ende November, Anfang Dezember, denke ich.« Lächelnd studierten sie ihre Gesichter, wohl beide verwundert darüber, dass die Zeit schon einige Spuren hinterlassen hatte. »Erzähl mir lieber, wie's dir geht, Bruderherz.«

Eduard, der ein bedeutender Diplomat hatte werden wollen, arbeitete noch immer im Auswärtigen Amt, als einer der ganz wenigen, die schon zu Kaisers Zeiten dort gewesen waren. Sein Ziel hatte er nicht erreicht, das glanzvolle diplomatische Parkett mit Versetzungen ins Ausland war ihm versagt geblieben. Man hatte ihn, wie er Grete erklärte, nur deshalb noch nicht »entsorgt«, weil er der Paragrafenexperte, der Bücherwurm, der Kenner völkerrechtlicher Spitzfindigkeiten war. »Aber ich bin in die Hinterstube verbannt. Früher schadete es, keinen Adelstitel zu haben. Heute schadet es, wenn die Mutter eine geborene von und der Vater Fabrikant ist.«

»Macht es dir denn überhaupt noch Freude?«

Er blieb stehen. Auslaufende Wellen umspülten lauwarm ihre Knöchel. »Freude? Was für eine seltsame Frage.« Er schien zum ersten Mal darüber nachzudenken. Grete spürte, wie ihre Fersen langsam durch den Sog des Wassers im Sand versackten. »Nein«, antwortete er schließlich. »Ich habe mich aus Überzeugung und Pflichtgefühl für diese Laufbahn entschieden. Meine letzten Ideale sind gestorben, als Hermann Müller den Versailler Vertrag unterzeichnet hat.«

»Oje.«

»Die Hampelmänner, die derzeit Politik machen wollen, verachte ich.« Er setzte sich wieder in Bewegung. »Manchmal bereue ich, dass ich mich nicht wie unsere Brüder fürs Kaufmännische entschieden habe. Ich glaube sogar, es hätte mir gelegen. Mathilde meint auch, dass Unternehmerblut in meinen Adern fließt.« Eduards Frau Mathilde stammte selbst aus einer Fabrikantenfamilie.

»Wie läuft's eigentlich derzeit mit dem Lehmann'schen Unternehmen?«

»Soweit ich weiß, wohl noch zufriedenstellend. Unser Vater klagt allerdings darüber, dass es nicht möglich ist, Zeltplanen in der gleichen Qualität wie vor dem Krieg herzustellen. Na ja, ich hätte längst das Sortimentsangebot verändert.«

Die Sonne kitzelte Gretes Nase, das Kind bewegte sich. »Oh!« Sie hielt beide Hände auf den Bauch und spürte noch einmal einen kleinen Fußtritt. Glücklich lachte sie auf. »Das war ein Zeichen!« Eduard sah sie überrascht und etwas befangen an. »Dein Neffe schickt dir eine Botschaft, glaube ich«, sagte sie in scherzhaftem Ton.

»Und die wäre?«

»Stell dich endlich mal auf die Hinterbeine! Lass dir die schlechte Behandlung im Amt nicht länger gefallen.«

»Als ob das so einfach wäre! Sei mir nicht böse, aber das klingt in meinen Ohren reichlich naiv.«

Grete schüttelte den Kopf. Auf einmal kam ihr eine fantastische Idee. »Hat Hans-Heinrich schon mit dir gesprochen?«

»Wie? Über was?«, fragte er verwirrt. »Wir sprechen jeden Tag miteinander.«

»Ich meine über seine neuen Zukunftspläne.«

»Nein«, antwortete er mit Fragezeichen in der Stimme.

»Pass auf, rede mit ihm«, sagte sie begeistert. »Erzähl ihm genau das, was du gerade mir anvertraut hast. Dass dir die Befriedigung bei deiner Arbeit fehlt und dass du glaubst, deine Talente als Kaufmann und Unternehmer besser einsetzen zu können.«

Er schüttelte den Kopf. »Ich hab Kinder, Grete. Es ist zu spät, noch mal von vorne anzufangen. Außerdem … in diesen Zeiten!«

»Unser Vater sucht doch einen Nachfolger, oder etwa nicht? Warum führst nicht du die Lehmann'schen Werke weiter? Deine Kontakte in die Politik können der Firma nur nützlich sein.«

»Ja, aber was wird dann aus Hans-Heinrich? Er ist als Nachfolger vorgesehen.«

»Sprich mit ihm«, wiederholte Grete vergnügt. Sie drehte sich um und strich über ihren Bauch. »So, nun möchten wir wieder nach Hause und uns ein bisschen ausruhen.« Auf dem Rückweg schwieg ihr Bruder die meiste Zeit, aber sie spürte, dass er aufgewühlt war und dass seine Gedanken durcheinandersausten. »Verratet Papa und Maman besser nicht, wer euch auf die Idee gebracht hat«, schärfte sie ihm beim Abschied ein. »Sonst stoßt ihr auf mehr Widerstand, als euch lieb ist. Tragt den Vorschlag als euren eigenen vor.«

Zu Hause angekommen gönnte sie sich ein Schläfchen im Liegestuhl auf dem Balkon. Sie erwachte, als ihr Mann zurückkehrte.

»Max, ich weiß jetzt, wie Hans-Heinrich geholfen werden kann!«

Sie wollte ihm von der Begegnung mit Eduard berichten, doch ein Blick auf seine Miene verriet ihr, dass sein Gespräch nicht gut verlaufen war. Er setzt sich in den Korbstuhl neben sie.

»Grete, wir haben uns zu früh gefreut«, sagte er. »Die Kommission ist zwar der Meinung, dass das Seehospiz wieder im Sinne seiner ursprünglichen Bestimmung wirken müsste. Aber sie kriegen das Geld für die Renovierung nicht zusammen.«

Grete setzte sich auf. »Wie …« Sie griff sich an den Kopf, weil ihr durch das schnelle Aufrichten schwindlig geworden war.

»Es ist so. Der Trägerverein hat nicht genug Geld, die Inflation hat das Vereinsvermögen aufgezehrt … Staatliche Stellen winken ab, weil überall Not herrscht, die oft noch dringender bekämpft werden muss. Es steht eine kleine Hypothek der staatlichen Inselhilfe zur Verfügung, aber der Betrag reicht bei Weitem nicht aus.«

»Ja, wollen sie die Gebäude denn verfallen lassen? Und was ist mit all den Kindern, die so dringend ans Meer müssten?«

»Das Kuratorium des Vereins zieht in Erwägung, ein anderes Seehospiz, das ihnen ebenfalls gehört, zu verkaufen, wahrscheinlich das von Wyk auf Föhr in Nordfriesland. Sie stehen in Verhandlungen mit der Stadt Hamburg. Aber das alles dauert furchtbar lange.«

»Wie lange?«

Max schluckte. »Einer der Experten hat ausgerechnet, dass die komplette Instandsetzung auf Norderney erst 1923 abgeschlossen sein wird.«

»So lange …« Grete atmete schwer aus.

Max lächelte trotz seiner Niedergeschlagenheit. »Also«, er richtete sich auf, »es gibt Schlimmeres. Wir haben immer noch das Angebot aus Aurich, und das werde ich heute annehmen.«

Zwei Tage später fuhr Max mit der Fähre zum Festland, um in Aurich den Vertrag zu unterschreiben. Er blieb eine Nacht, weil er gleich einige Häuser, die zu mieten waren, besichtigen wollte.

Grete weihte Frieda ein. »Dann kommt ihr eben in zwei oder drei Jahren wieder nach Norderney«, versuchte Frieda sie aufzumuntern.

Aber diesmal gelang es ihr nicht. Selbst zwei Jahre waren eine Ewigkeit. Und ob es dann mit einer Anstellung im Seehospiz klappen würde, stand in den Sternen.

Im Inselsalon

Dr. Seut wurde an diesem Morgen vom Altgesellen Siebold rasiert. Als es ans Haareschneiden ging, unterbrach Frieda ihn.

»Bitte geh mal ins Lager und räum die neue Lieferung ein, ich mach hier weiter.«

Sie gönnte dem Arzt vor dem Waschen eine gründliche Kopfmassage mit Sanddornöl, was ihm sichtlich behagte. Und während sie dem alten Walross angenehme Gefühle bescherte, sprach sie von den Freuden des Pensionärdaseins.

»Ich hab doch nur meine Patienten«, wandte der Witwer ein. Seine Kinder lebten auf dem Festland. Die Tochter, mit der er sich am besten verstand, wohnte am weitesten entfernt, im österreichischen Kärnten. »Nee, nee, wenn ich nicht mehr praktiziere, vereinsame ich.«

»Würde sich nicht jeder ehemalige Patient über einen Hausbesuch freuen? Nur zum Tee, auf einen Klönsnack mit seinem alten Doktor?«, fragte Frieda.

»Und wer soll sie dann verarzten?« Er hielt sich für unentbehrlich, das war klar. »Niemand kennt so gut wie ich die echten und eingebildeten Krankheiten der Hiesigen, ihre häuslichen Verhältnisse. Und niemand hat so viel Erfahrung mit verwöhnten Kurgästen.«

»Das ist ganz sicher so«, pflichtete Frieda ihm bei. »Aber muss man deshalb sein ganzes Leben für sie opfern? Darf man denn nie an sich denken?« Sie malte ihm aus, dass er, wenn er sich zur Ruhe setzen würde, endlich mehr Zeit für sein

Hobby, die Erforschung der Seevögel, hätte. Der Inseldoktor ließ seine Hand wärmend unter dem Rippenbogen ruhen. Ob aus reiner Gewohnheit oder weil die Stelle noch immer schmerzte, wusste Frieda nicht. »Was machen eigentlich die Beschwerden seit der Gallenoperation?«, fragte sie.

»Ach«, griesgrämig winkte er ab, »ich kann längst nicht alles wieder essen. Lauter Stümper, diese jungen Krankenhausärzte auf dem Festland.«

»Na, nicht alle, hoffe ich. Unser Dr. Lubinus zum Beispiel, aus dem könnte ein hervorragender Kurarzt werden. Ich meine, bei seinem Wissen über Lungen- und Hauterkrankungen und auch rein menschlich gesehen.«

»Frieda-Kindchen, bilde dir bloß nicht ein, dass ich deine Absichten nicht durchschaue!«, mahnte Dr. Seut mit erhobenem Zeigefinger. »Ich mach weiter. So. Und nun mach du auch weiter ohne sabbeln.«

Zu schade, dachte Frieda. Aber ich hab's wenigstens versucht.

Grete

Grete ging mit prüfendem Blick durch die Wohnung, um zu überschlagen, was sie für den Umzug an Verpackungsmaterial benötigen würden. Allzu viel war es nicht, denn sie hatte das liebgewonnene Domizil am Damenpfad möbliert und mit vollständig eingerichteter Küche gemietet.

Heftiges Klopfen riss sie aus ihren Überlegungen. Sie öffnete, und Hans-Heinrich stürmte herein.

»Grete, du Engel!« Er versuchte sie zu umarmen und hochzuheben, ließ es dann jedoch. »Ich hab vorhin alle zum Anleger gebracht, die ganze Familie. Vater zahnt noch etwas, aber im Grunde ist er einverstanden. Was für eine geniale Idee! Ich wäre ja nie darauf gekommen, dass unser Diplomat die Leitung der Fabriken übernehmen könnte, dass er es überhaupt wollte … Es ist fantastisch!«

»Na, immerhin«, gab sie zur Antwort. Dann brachte sie ihn auf den neuesten Stand.

»Ach, das kann ich mir gar nicht vorstellen … Norderney ohne euch.« Er zog die Augenbrauen zusammen. »Wer soll denn nun auf mich aufpassen?«

Sie zwinkerte. »Vielleicht eine junge Dame, deren Vorname mit K anfängt?«

Seine Gesichtsfarbe veränderte sich. »Glaubst du, sie hätte ernsthaft Interesse an dieser anspruchsvollen Aufgabe?«

»Frieda meint ja. Du weißt, ihr Gespür für Liebespaare ist legendär. Sie sieht in kurzen Visionen manchmal sogar Leute, die sich noch gar nicht kennen, auf Bildern ihrer künftigen Hochzeit.«

Hans-Heinrich grinste. »Bei so viel romantischem Potenzial«, spottete er, »ist es ja geradezu tragisch, dass sie aus Vernunftgründen einen Simpel geheiratet hat.«

Grete schüttelte den Kopf. »Was ihr nur immer alle gegen Paul habt! Ich finde ihn nett.«

»Er redet nur in Sprüchen und über Sport.«

»Sport ist groß im Kommen«, konterte sie. »Aber was hast du denn jetzt vor?«

»Ich warte ab, bis wir deutschsprachigen Südwester wieder zurückdürfen. Es kann sich nur noch um wenige Monate handeln.«

»Willst du das alte Warenhaus wieder aufbauen?«

»Vielleicht. Vielleicht steige ich auch ins Diamantengeschäft ein. Die Gespräche mit Friedas Schwager Felix, dem Juwelier, haben mich da auf ein paar Ideen gebracht. Ich kann's kaum erwarten, wieder nach Afrika zu reisen.«

»Allein?«

Hans-Heinrich antwortete lange nicht. »Ähm … das mit Katharina und mir hat Frieda wirklich gesehen?«, fragte er.

Frieda

»Liebe Grüße und alle guten Wünsche von Paul«, sagte Frieda. »Er muss leider im Salon die Stellung halten.« Sie lächelte, aber in Wahrheit war ihr zum Heulen zumute, als sie an diesem klaren Septembertag mit Grete und Max Koffer und Umzugskisten am Hafenkai aufreihte. Sie wollte ihnen den Abschied nicht noch schwerer machen. »Ich beneide euch«, behauptete sie munter. »Das Stadtleben ist viel abwechslungsreicher. Gerade in der dunklen Jahreszeit, die nun bevorsteht.«

»Ja, sicher«, antwortete Grete blass. »Max hat zum Glück ein wirklich schönes, zentral gelegenes Häuschen gefunden.«

»Ein Grund mehr für mich, an Weiterbildungskursen der Innung in Aurich teilzunehmen.«

»Dann musst du bei uns wohnen!« Grete lächelte tapfer.

Frieda spürte einen Kloß im Hals. Seit ihr früherer Geselle Erwin bei einem Friseur in Aurich arbeitete, löste der Gedanke an die Kreisstadt im Herzen Ostfrieslands bei ihr eigentlich ungute Gefühle aus. Dieser Mistkerl, der mit Hilrich im Krieg bei den Sanitätern gedient hatte, war dem Geheimnis ihres Mannes auf die Spur gekommen. Nach dem Krieg hatte er wieder im Inselsalon gearbeitet und die Meisterprüfung absolviert – in der Hoffnung, dass sie ihn heiraten würde. Aber sie hatte Erwin nie gemocht und ihn abgewiesen. Woraufhin er aus Rache Lissy gesagt hatte, dass ihr Vater »ein warmer Bruder« gewesen sei. Zum Glück hatte das verstörte Kind Rat bei Grete gesucht, und die hatte geistesgegenwärtig irgendetwas fabuliert, das nicht schlimm, sondern richtig nett klang. Irgendwann würde Lissy sicher die wahre Bedeutung erfahren. Sie und Grete hatten schon darüber geredet, wie man das Kind am besten darauf vorbereiten könnte, allerdings, ohne zu einem Ergebnis zu gelangen. Frieda verdrängte das Thema rasch.

»Deine Urkunde vom Frisurenwettbewerb in Oldenburg macht doch schon was her«, lobte Max. »Willst du denn noch mehr gewinnen?«

»Warum nicht?«

»*In Aurich isses traurich* …«, kalauerte Hans-Heinrich, der in Katharinas Begleitung erschienen war.

»… *in Leer noch viel mehr*«, beendete Max die Redewendung. »Tja, wir können direkt froh sein«, versuchte Max den Blödelton aufzugreifen, »dass es uns nur nach Aurich verschlägt.«

Doch jedem war klar, dass gerade niemand froh war. Betreten standen sie da. Und die leicht schwüle Luft umschmeichelte sie auch noch mit würzigen Aromen in einer Intensität, wie sie die Insel nur an wenigen Tagen des Jahres hervorbrachte.

»Heute wäre das ideale Wetter für eine Wanderung durchs Ostland«, sagte Grete und brach unvermittelt in Tränen aus.

Frieda umarmte sie. »Du kannst doch immer auf Besuch zu uns kommen«, flüsterte sie ihr ins Ohr, vergoss aber auch ein paar Tränen. »Du wirst mir so fehlen …«

»Das Schlimmste«, Grete schluchzte auf, »das Schlimmste ist, dass nun statt Norderney auf der Geburtsurkunde Aurich stehen wird.«

Max reichte seiner Frau ein Taschentuch, Hans-Heinrich gab Frieda seines. Über die Gleichzeitigkeit der Gesten mussten sie dann alle lachen. Sie und Grete tupften sich gegenseitig ihre Tränen ab.

Träger brachten die letzten Gepäckstücke an Bord. »Nu mal los, der Dampfer wartet nicht«, knurrte der Fahrkartenkontrolleur.

Max und Grete rissen sich los. An Deck wandte Grete sich noch einmal um und hob das Taschentuch zum Gruß. Dieses Bild, wie die Freundin mit ihrem dicken Bauch traurig hinter der Reling stand und winkte, prägte sich Frieda tief ein.

Hans-Heinrich und Katharina nahmen den Pferdeomnibus zurück. Frieda wollte lieber zu Fuß zurück, um ungestört ein bisschen an der frischen Luft weinen zu können. Grete in ihrer Nähe zu wissen, war immer eine Freude und ein Trost gewesen. Wie mochte es nur ohne sie werden? Sie fühlte sich verlassen.

Auf der Deichstraße trocknete der Wind ihre Tränen. Sie kam an der Seeflugstation vorbei, die ungenutzt vor sich hin rottete. Ein niederdrückender Anblick.

Am Abend traf sich der Kegelverein in der alten Meierei. Frieda war so traurig über Gretes Weggang, dass sie seltener eine Schnapsrunde aussetzte als sonst. Jedes Mal, wenn jemand einen Pudel geworfen, also keinen einzigen Kegel umgeschmissen hatte, war eine fällig. Normalerweise schüttete sie jeden zweiten oder dritten spendierten Klaren unauffällig in einen in der Nähe stehenden Blumentopf oder spuckte ihn dezent in ein Glas mit Wasser, das sie immer dazubestellte, oder sie schob ihn einem trinkfreudigeren Vereinskameraden rüber. Aber an diesem Abend kippte sie jeden Kurzen, der ihr eingeschenkt wurde. Die Männer rauchten Zigarre, Pfeife oder Zigarette. Bald kegelten sie auf der verqualmten Bahn nur noch nach Gehör. Die Gespräche wurden tiefsinniger.

Dabei ließ der Spediteur Harm eine Spitze gegen Paul los. »Du hast dich doch ins gemachte Nest gesetzt.«

»Dummerjan!«, fuhr Frieda ihn an. »In Hungerzeiten sind die Habenichtse die Anständigen. Hast du das noch nicht kapiert?«

Wer in diesen Tagen Geld besaß, das war ihre tiefste Überzeugung, der musste entweder ein Kriegsgewinnler oder ein Schieber sein.

Paul drückte unterm Tisch dankbar ihre Hand. Als wenig später Antje vom Wollgeschäft über sogenannte Vernunftehen herzog, die ihrer Meinung nach »nur aus Berechnung oder Hoffnungslosigkeit« geschlossen würden, was wiederum als Angriff auf Frieda verstanden werden konnte, revanchierte sich Paul.

»Ich will dir mal was verraten, liebe Antje«, sagte er. »Der Mangel an Freundschaft schadet den meisten Ehen weit mehr als der Mangel an Liebe.«

Antje verstummte für den Rest des Abends.

Auf dem Nachhauseweg fragte Frieda ihren Mann: »War das vorhin eigentlich ein Kalenderspruch?«

»Nee, das war ich. Ein echter Merkur.«

»Oh.«

Zum ersten Mal hatte Paul sie beeindruckt. Sie schwankte ziemlich. Er legte seinen Arm um ihre Schultern. So gingen sie nach Hause. Über ihnen schimmerte die Milchstraße.

Bei ihrer Schwiegermutter war schon alles dunkel. Paul zog auf dem Flur seine Jacke aus, während sie wie immer zuerst in Lissys Zimmer schaute. Ihre Tochter atmete regelmäßig im Schlaf. Leise schloss sie die Tür und ging zur Garderobe, wo Paul ihr aus dem Mantel half.

»Soll ich noch Tee machen?«, fragte sie.

»Dass ihr Ostfriesen sogar noch mitten in der Nacht Tee trinken könnt und trotzdem gut schlaft …«, sagte er kopfschüttelnd. »Ich würde senkrecht im Bett stehen.«

Sie lächelte. »Es geht ja nicht ums Teetrinken, es geht ums Sitzen und Reden.«

Er legte beide Hände um ihre Taille. »Ich möchte jetzt was anderes«, sagte er leise und sah ihr fest in die Augen.

»Ja«, flüsterte sie, dem Blick standhaltend. »Das möchte ich auch.« Ihre beste Freundin lebte nicht mehr auf Norderney, sie brauchte unbedingt Trost.

Paul war lieb und einfühlsam. »Gefällt es dir so?«, fragte er leise an ihrem Ohr. Nach anfänglicher Scheu fand er erstaunlich schnell heraus, wie sie gern angefasst werden mochte. »Oder soll ich aufhören?«

»Bloß nicht«, flüsterte sie. »Untersteh dich.«

Am nächsten Morgen mochte sie ihn ein bisschen mehr, und in den folgenden Nächten tröstete Paul sie noch häufiger. Die Wasserleitung im Bad rauschte zu ungewohnten Zeiten.

»Soll ich dir mal verraten, was ich bei unserer ersten Begegnung gedacht hab?«, fragte er, als sie schon vertrauter geworden waren.

»Keine Ahnung.«

»Ich hab gedacht: Die würde ich sogar ohne Salon nehmen.« Sie lächelte geschmeichelt. »Mir macht's nur Spaß, wenn ich spüre, dass es der Frau auch Spaß macht«, gestand er.

»Das trifft sich gut.«

Ansonsten sprachen sie nicht weiter über das, was sich neuerdings im Bett zwischen ihnen ganz selbstverständlich abspielte. Es war ein Geben und Nehmen zur beiderseitigen

Zufriedenheit. Frieda verstand gar nicht mehr, warum sie sich so lange den Kopf darüber zerbrochen hatte.

Schließlich zog er ganz zu ihr ins große Schlafzimmer um.

»Das Inselklima hat Paul vom Schnarchen befreit«, erklärte Frieda ihrer Schwiegermutter beim Frühstück.

Die kaute entspannt weiter. »Jaja, die gute Nordseeluft, die hat schon so manches geheilt.«

Lissy zog einen Flunsch, was Frieda aber nicht weiter beachtete.

Grete

Es war ein neblig grauer Novembertag, der alle Geräusche dämpfte. Aber in der Küche brutzelte es. Grete bereitete das Abendessen vor, das sie bis zu Max' Rückkehr im Backofen warmhalten wollte. Seit er im Krankenhaus Aurich arbeitete, hatten sie wenig Zeit für sich, und die wollte sie nicht am Herd verbringen. Immer hektischer suchte sie nun nach einem Pfannenwender, bis ihr einfiel, dass sie gar keinen besaß. Der alte hatte zum Inventar der Wohnung am Damenpfad gehört. Der Eierspeckkuchen musste dringend gelöst werden, es roch schon etwas angebrannt. Sie wollte das Backwerk aber ungern mit Löffel und Gabel zerreißen. Man konnte einen Pfannkuchen in der Luft wenden, nur war sie darin völlig unerfahren. Beherzt hochwerfen und einfach wieder auffangen, hatte Meta Dirks, Friedas Mutter, ihr einmal ihre bewundernswerte Technik erklärt. Also lockerte Grete den Teigrand mit einem Messer, nahm den Pfannenstiel in beide Hände und schleuderte den Eierkuchen in die Höhe. So kräftig, dass er unter die Decke klatschte, herunterfiel und dann am Lampenschirm haften blieb. So ein Mist! Grete brach in Tränen aus.

Hochschwanger in einer fremden Umgebung, fern der besten Freundin, ständig an den Unzulänglichkeiten des spärlich ausgerüsteten Haushalts scheiternd, passierte es ihr seit ihrer Ankunft öfter, dass Kleinigkeiten sie aus der Fassung brachten. Obwohl sie sich doch so auf das Kind freute! Das Klingeln des Telefons im Flur unterbrach ihren Weinkrampf.

»Hier Aurich 3-4-7«, meldete sie sich mit heiserer Stimme.

»Hallo, ich bin's, Frieda.«

»Ach, Frieda! Wie schön, dass du anrufst.«

»Wie geht's?«

»Och ja.«

»Alles in Ordnung mit dem Baby und dir?«

»Ich denke schon. Bin etwas angeschlagen, aber sonst ist alles gut.«

Sie zog die Nase hoch. Allein Friedas Stimme zu hören munterte sie auf.

»Meine Liebe, halt dich fest. Oder besser, setz dich hin.«

Grete ließ sich in den blau gepolsterten Sessel neben dem Telefon sinken. »Ich bin bereit«, sagte sie erwartungsvoll. »Schieß los.«

»Also«, hob Frieda triumphierend an, »heute hab ich Dr. Seut wieder die Haare geschnitten. Und bei der Kopfmassage ächzt er plötzlich ganz gequält. ›Nur Grippe, Unterernährung und Rheuma im Wartezimmer‹, hat er gesagt. ›Ich hab's so satt.‹«

Grete umfasste die Sprechmuschel mit beiden Händen. »Du meinst …?«

»In Kärnten sprudeln heiße Thermalquellen‹, hat er auf einmal geschwärmt. ›Da werd ich meine alten Knochen wieder schön geschmeidigbaden.‹«

»Ja, was bedeutet das denn nun?«

»Er hat's richtig spannend gemacht.« Frieda lachte. »Ein bisschen knurrig hat er noch einen Moment gezögert, aber in seinen Augen konnte man schon die Vorfreude blitzen sehen.«

»Vorfreude auf Kärnten? Auf die heißen Bäder, oder wie?«

Sie ahnte zwar, was kommen würde, sie musste es jedoch erst aus Friedas Mund hören, um es auch glauben zu können.

Ihre Freundin verstellte die Stimme und sprach wie Dr. Seut. »Na, dann gib mir mal die Telefonnummer von Lubinus.« Sie lachte. »Der alte Doktor gibt seine Praxis ab, Grete! Er will sich zur Ruhe setzen und deinen Mann als seinen Nachfolger. Ihr könnt wieder nach Norderney zurück!«

»Oh, Frieda«, flüsterte sie überwältigt. »Ist das wirklich wahr?«

»Er will mit der Ärztekammer, dem Bürgermeister oder dem Badedirektor sprechen, weiß der Kuckuck, wer da alles ein Wörtchen mitzureden hat. Aber er ruft Max heute noch an.«

Grete konnte kaum mehr sprechen, so sehr überwältigte sie die Nachricht. Ihre Gebete waren erhört worden.

»Danke«, hauchte sie, »ich danke dir«, bevor sie wieder einhängte.

Ihr Sohn kam noch in Aurich zur Welt. Sie nannten ihn Ludwig. »Nach meinem gefallenen Bruder, nicht nach meinem Vater«, betonte sie bei der Tauffeier, die bereits auf Norderney stattfand. Frieda wurde natürlich Taufpatin.

Im Februar des Jahres 1921 begann Dr. Seut, Max in seine Praxis einzuarbeiten. Früher konnte Max nicht aus seinem Vertrag raus. Weil ihre alte Wohnung längst wieder vermietet war, zogen sie erst einmal in Hans-Heinrichs Wohnung am Damenpfad. Es passte sogar gut, weil ihr Bruder zu Jahresbeginn mit Katharina an seiner Seite, ohne Trauschein, nach Kapstadt aufbrach, um von dort aus die Möglichkeiten im früheren Deutsch-Südwestafrika zu erkunden. »Wenn da nichts geht, bleiben wir eben im benachbarten Südafrika«, hatte Hans-Heinrich angekündigt. Katharina hoffte, in der neuen Heimat als Lehrerin arbeiten zu können.

Da sich die Praxis von Dr. Seut in dessen Wohnhaus befand, handelten er und Max eine Regelung aus, wonach der alte Arzt nach der Übergabe in ein anderes Domizil umziehen und sie ihm eine Miete für das Haus zahlen würden.

»Ihr erhaltet ein Vorkaufsrecht. Irgendwann werden die Zeiten wieder besser, dann leiht euch bestimmt eine Bank das Geld zum Kauf. Schließlich gehören Arbeit und Leben unter ein Dach«, sagte Dr. Seut. »Anders kann's nicht laufen bei den vielen Notfällen.«

Ihr kleiner Sohn, bald von allen Lubi genannt, schlug nach Max. Seit seiner Geburt erlebte Grete Liebe noch einmal anders, als sie sie bislang gekannt hatte. Lubi entwickelte sich zu einem sonnigen Kerlchen, gesund und kräftig, das sie rund um die Uhr auf Trab hielt. Manchmal trat sie nachts nach dem Stillen mit ihm auf dem Arm hinaus auf den Balkon und ließ ihn das Meeresrauschen hören.

»Horch, mein Schatz«, flüsterte sie ihm zu, »so klingt Zuhause.«

Lissy

Norderney, Mai 1923

Blau-silbrig-grün. Auf der Nordsee, die an diesem Tag wie eine Heringshaut schillerte, erfüllte Lissy das Gefühl grenzenloser Freiheit. Sie schmeckte Salz auf den Lippen, roch die am Bug aufschäumende Gischt. Der Frühlingswind wirbelte ihre Locken durcheinander, die inzwischen dunkler als in ihrer Kindheit waren. Sie drehte den Kopf absichtlich so, dass er ihr die frische Luft direkt in die Nasenlöcher presste. Dadurch ließ sich auch der Gestank der Esel besser ertragen.

Lissy stand neben Fokko und seinem älteren Freund Jap an Bord der *Frisia* und passte auf die kleine Herde auf, die nun wieder, wie früher jedes Jahr zu Saisonbeginn, vom Festland auf die Insel gebracht wurde. Wer dem Eselsvermieter half, die Tiere rüberzuholen, durfte umsonst auf der Fähre fahren. Auch Trienchen und Elke waren mit von der Partie. Auf den Eseln würden Urlauberkinder gegen Bezahlung, je nachdem, wie störrisch die Viecher sich zeigten, mehr oder weniger vergnügliche Ausritte am Weststrand unternehmen.

»Hey, du! Deine Fahrkarte hab ich noch nicht gesehen«, raunzte ein Kontrolleur Fokko an.

»Ik hör to de Esels«, antwortete er auf Plattdeutsch.

»Das sieht man doch«, blödelte Jap. Alle lachten.

Endlich fertig mit der Schule! Das Abschlusszeugnis bescheinigte Lissy in allen Fächern gute oder sehr gute

Leistungen. Der Klassenlehrer hatte sie sogar für die Mittelschule vorgeschlagen. Aber ihr Stiefvater war der Meinung, Mädchen heirateten ja doch, sie sei begabt und könne besser gleich im Salon anfangen. Ihre Mutter hatte darauf bestanden, dass sie eine richtige Lehre machte und nicht nur als Gehilfin arbeitete.

Sie selbst war unentschieden gewesen. Einerseits hätte sie gern noch mehr in der Schule gelernt, andererseits brannte sie darauf, praktische Erfahrungen zu sammeln. Und je früher sie mit der Lehre anfinge, desto eher würde sie fertig sein und nach Berlin aufbrechen können.

Berlin – ihr Traumziel seit frühesten Kindertagen. Ihr Vater Hilrich hatte ihr immer vorgeschwärmt von der Hauptstadt, der großen weiten Welt, und versprochen, nach dem Krieg mit ihr dorthin zu reisen. Aber er war gefallen. Sie musste ihr Schicksal selbst in die Hand nehmen.

Nachdem sie nun konfirmiert war und die Schule beendet hatte, fühlte sie sich praktisch erwachsen. Versonnen betrachtete sie Japs frisches Gesicht und ertappte sich bei dem Gedanken, dass es langsam Zeit wurde für den ersten Kuss. Er hatte braunes Haar, Sommersprossen auf der Nase, gesunde Zähne und ein unbeschwertes Lachen. Und schöne Lippen. Den Stimmbruch hatte er schon überstanden. Fokko dagegen, der die rotblonde Naturkrause seiner Mutter Lieske geerbt hatte, kiekste manchmal so lächerlich. Er war für sie ohnehin mehr wie ein Bruder. Und er wollte Fischer werden wie sein Vater. Von ihrem Opa Dirk Dirks und von Onkel Dodo, die auch beide frühmorgens mit dem Fischerboot rausfuhren, wusste sie, wie hart dieser Broterwerb war.

Jap besuchte die Mittelschule, besaß ein eigenes Fahrrad und würde eines Tages das Textilgeschäft seiner Familie übernehmen. Zum Küssenlernen schien er ihr ein geeigneter Kandidat zu sein. Er verhielt sich ihr gegenüber zwar freundlich, sogar etwas ritterlich, denn er sammelte mit der Schippe die Hinterlassenschaften jener Esel auf, für deren Benehmen eigentlich sie zuständig gewesen wäre – doch leider sah er nur Mädchen hinterher, die älter waren als sie.

Als sie die Esel nach der Ankunft scherzend zu ihrem Stall über die Insel trieben, dachte Lissy, dass dieses Jahr ihr Jahr werden würde. Sie lernte einen Beruf, und sie würde wohl ihren ersten Kuss bekommen, wenn nicht von Jap, dann von jemand anders. Allein die Vorstellung fühlte sich schon ziemlich prickelnd an.

In den folgenden Wochen veränderte sich eine Menge, ohne dass wirklich etwas geschah. Der Kleiderstoff über ihrer Brust begann zu spannen. Ihre Stimmung wechselte schneller als die Gezeiten, sie bekam Pickel, und ihre Wahrnehmung veränderte sich. Sie war jetzt vierzehn und durchschaute, dass die meisten Einheimischen schreckliche Spießbürger waren. Die Enge im Ort, Haus an Haus, das Hinter-den-Gardinen-Stehen, Die-Nachbarn-Beobachten und Über-alles-mit-Scheuklappen-Urteilen widerte sie an. Fokko fand das nicht schlimm, aber er war ja auch ein Jahr jünger als sie.

Nach Ostern hatte ihre Lehre im Salon begonnen. Es war in der Woche nach Pfingsten, als sie ihren ersten Fehler machte und aus Versehen eine Flasche mit Dauerwellflüssigkeit umstieß. Paul, den sie noch immer nicht freiwillig mit Vater oder ähnlich ansprach, insgeheim für sich aber »Sprüchemacher« nannte, verabreichte ihr eine heftige Backpfeife. Ihre Wange brannte, sie war entsetzt und wütend. Was bildete der Kerl sich ein? Tagelang sprach sie kaum ein Wort mit ihm.

Am Montag, Friseurs Sonntag, wanderte sie – immer noch schmollend – in Richtung Nordbad.

»Großer Ozeanriese zu sehen!«, hörte sie da von der Georgshöhe. Sie konnte nicht widerstehen und gab ihr erstes Trinkgeld dafür aus, auf der Aussichtsdüne beim alten Rauschebart Herrn König durch dessen legendäres Riesenfernrohr zu schauen. »Überseedampfer nach Amerika! Dreimastrahsegler mit Holz aus Finnland!«

Ach, endlich aufbrechen, dachte sie sehnsüchtig, was wäre das schön! Ich will die ganze Welt kennenlernen, ich will nach Berlin und Südafrika, nach Paris, Venedig und nach New York. Ich will interessanten Menschen begegnen und ganz viel über Kultur und Schönheit erfahren.

Sie verabschiedete sich vom alten König. Es zog sie zum Treffpunkt der Dorfjugend ans Kaiser-Wilhelm-Denkmal. Dort gesellte sie sich zum Schäkern mit den Jungs zu Elke und Trienchen und einigen anderen Mädchen.

Nach einer Weile, als die meisten schon wieder gegangen waren, sprach sie das Thema an, das sie gerade beschäftigte. »Habt ihr das auch?«, fragte sie ihre Freundinnen, »dass es sich anfühlt, als hätte jemand einen Angelhaken nach euch ausgeworfen und würde ziehen und ziehen?«

Elke und Trienchen sahen sie mit großen Augen an. Sie wollten mal einen Ausflug oder eine Reise irgendwohin unternehmen, aber es drängte sie nicht sonderlich, und so richtig trauten sie sich eigentlich auch nicht.

»Man kennt sich in der Fremde doch gar nicht aus.« Trienchen zögerte. »Die Menschen reden woanders auch ganz anders. Und da herrschen andere Sitten.«

»Ja, eben«, sagte Lissy. »Draußen ist irgendwas, das hier fehlt, aber eigentlich dazugehört.«

»Och nöö, was ich nicht hab, das fehlt mir doch nicht«, erwiderte Trienchen verständnislos.

»Es liegt vielleicht daran, dass dein Vater gefallen ist, Lissy«, meinte Elke, die schon immer einfühlsamer gewesen war. »Könnte sein, dass du deshalb das Gefühl hast, dir fehlt was.«

Lissy seufzte. »Vielleicht.« Überzeugt war sie nicht.

Sie verabschiedete sich und schlenderte durch die Bismarckstraße ans Wasser, um die Farbwechsel in der Abendstimmung zu betrachten. Die ersten Kurgäste, die bereits auf der Insel weilten, hatten sich fürs Abendessen zurückgezogen. Stille senkte sich über den Badestrand. In den Prielen spiegelte sich das gelbrot flammende Licht des Himmels.

Und plötzlich erschrak sie. Es war ein eigenartiger Moment. Lissy erkannte, dass sie allein war. Nicht nur hier, sondern im Leben. Ein einzelner Mensch. Derart einsam und unverstanden hatte sie sich noch nie gefühlt.

Am folgenden Tag nahm ihr Stiefvater sie nach Feierabend zur Seite. Sie hatte weiter nur das Nötigste mit ihm gesprochen.

»Du musst das verstehen, Lissy. Lehrjahre sind keine Herrenjahre. Ich darf bei dir keine Ausnahme machen, alle Stifte müssen angespitzt werden. Bei dir als Tochter des Hauses sollte ich sogar strenger sein als bei den anderen. Sonst heißt es noch, ich würde dich vorziehen.« Patzig schob sie die Unterlippe vor. Eine richtige Entschuldigung war das nicht. »Siehst du das ein?« Bittend sah er sie an.

Na ja, wenn man es so betrachtete … Etwas widerwillig nickte sie. Der Streit belastete sie natürlich auch.

»Ja, Meister«, erwiderte sie, froh, dass er die leichte Ironie offenbar nicht heraushörte. Fortan nannte sie Paul »Meister«.

Sie sagte »meine Mutter und mein Meister« oder auch »Mama und der Meister«.

Da nun die Verlegenheit der direkten Anrede überwunden war, folgten Phasen, in denen sie sich sogar gut verstanden. Auch wenn sie den Mann ihrer Mutter selbstverständlich niemals an die Stelle ihres Vaters Hilrich treten lassen würde.

An einem sonnigen Sonntagnachmittag im Juni besuchte sie Tant' Grete. Die lebte mit ihrer Familie inzwischen in dem weißen, im Jugendstil erbauten Kurarzthaus mit Rundbogenfenstern, Erkern, roten Geranien in den Balkonkästen und grün gestrichenen Fensterläden. Sonntags passte Lissy manchmal ein paar Stunden auf die Kinder auf, den süßen kleinen Lubi und sein Schwesterchen Waltraud, Wally genannt, das gerade laufen lernte.

Tant' Grete hatte Apfelblechkuchen gebacken. »Schön, dass du kommst, Lissy. Onkel Max und ich möchten nachher gern ohne die Kinder zur Weißen Düne rausradeln. Könntest du so lange bleiben und mit ihnen spielen?«

»Klar, natürlich.«

Tant' Grete beschenkte sie mit einem besonders liebevollen Lächeln. Ihre Sommersprossen kamen schon wieder deutlicher durch. Sie war so alt wie ihre Mutter und immer noch eine sehr gut aussehende Frau.

»Hättest du nicht auch gern Geschwister, Lissy?«, fragte sie plötzlich.

»Vom Meister?« Die Vorstellung entsetzte sie. »Nein.«

Tant' Grete ließ sich nichts anmerken. Das war das Gute an ihr, sie ermahnte und beurteilte sie selten. Sie nahm sie ernst. Deshalb konnte sie mit ihr auch besser reden als mit ihrer Mutter. »Tant' Grete?«

»Ja?«

»He, Lissy, wie sieht's aus?« Onkel Max begrüßte sie im Vorübergehen, er stellte Wally in einen Laufstall auf dem Rasen und nahm schon erwartungsvoll am gedeckten Gartentisch unterm Apfelbaum Platz. Die Lubinus beschäftigten zwar ein Mädchen im Haushalt, aber das hatte sonntags frei.

»Alles bestens, Onkel Max«, antwortete sie brav.

»Dich bedrückt doch was«, sagte Tant' Grete, als sie zusammen ins Haus gingen, um Tee und Kuchen zu holen. »Ich seh's dir an. Was ist los?«

»Ach, ich weiß gar nicht, wie ich das beschreiben soll ... Diese Woche ... also .... Ich hab mich auf einmal so allein gefühlt. Das klingt sicher ziemlich albern ...«

»So allein?«

»Ja, es war, als würde ich zuerst noch fröhlich auf einem Seil balancieren, und dann guck ich runter und seh, wie tief der Abgrund ist.« Sie kam sich immer dümmer vor. »Außerdem hab ich solches Fernweh ...«

Tant' Grete nahm sie in die Arme. »Ach, Lissy«, sagte sie sanft. »Das ist überhaupt nicht albern. Und nichts Schlimmes. Mach dir deshalb keine Sorgen. Das ist einfach ein Zeichen dafür, dass du erwachsen wirst.«

»Ehrlich?«

»Ja, alles ganz normal.«

»Aber meine Freundinnen haben das nicht ...«

»Es sind eben nicht alle Menschen gleich«, sagte Tant' Grete. »Aber alle begabten und empfindsamen Menschen sind so. Und du gehörst dazu. Freu dich.« Sie lächelte ihr aufmunternd zu. »Es gibt Gleichgesinnte. Ich werde dir mal ein paar Bücher heraussuchen und ausleihen, die keine Kinderbücher sind.«

Im Inselsalon

»Euer Rosenstrauch blüht ja dieses Jahr prachtvoll«, lobte Dr. Seut beim Betreten des Salons. Er hatte sich nach seiner Pensionierung aufs Rosenzüchten verlegt, eher zufällig, weil im Garten seines neuen Domizils bereits jede Menge historischer Sorten gediehen. »Ein herrliches Rot!« Den Strauch, der die Mauer zwischen Schaufenster und Eingangstür des Inselsalons zierte, hatten Paul und Frieda im Frühjahr nach ihrer Hochzeit gemeinsam gepflanzt. Paul hatte ihn nach der Pleite des elterlichen Friseurbetriebs in Lüneburg vor deren Laden ausgegraben und mit nach Norderney gebracht. Nun wuchs und gedieh er in dem Maße, in dem auch Paul auf der Insel Wurzeln schlug. »Den würde ich am liebsten klauen.« Dr. Seut zwinkerte gutmütig.

»Der Neid sieht nur den Garten, nicht den Spaten«, erwiderte Paul, während er ihm schwungvoll einen Frisierumhang überwarf.

Die anderen drei von der Morgenrunde waren bereits anwesend, und bald debattierten sie wieder darüber, wer Schuld hatte an der Zerrissenheit der Weimarer Republik.

»Die Revolution war richtig und gut«, behauptete Theo, während er seinen Spitzbart kraulte. »Sie ist nur nicht anständig durchgezogen worden.«

»Papperlapapp!«, widersprach Jan. »Diese sogenannte Revolution war das Machwerk von Verbrechern. Damit ist die Heimat unseren tapferen Soldaten an der Front in den Rücken gefallen. Das war der Dolchs-toß von hinten!« Der Tabak-warenhändler s-tieß beim Sprechen besonders heftig gegen den s-pitzen S-tein. Es regte ihn maßlos auf, dass offiziell nur noch einhunderttausend Männer als Soldaten in der Reichs-wehr dienen durften. Vor mehr Militär in Deutschland hat-ten die alliierten Siegermächte Angst, deshalb war es ver-boten – ebenso wie die Freikorps, die sich nach dem Krieg gebildet hatten. Aber eine unüberschaubare Vielfalt an para-militärischen Volks-, Sicherheits- und Selbstschutzwehren, Wehrverbänden und Geheimorganisationen beunruhigte die braven Bürger. Sie fürchteten das Chaos, fühlten sich von an-archistischen Verhältnissen bedroht, was zur Folge hatte, dass sich noch mehr Wehren bildeten. Die verschiedenen Macht-gruppen belauerten sich. Radikale Kräfte, Linke wie Rechte, lehnten die Demokratie ab. »Wehrlos ist ehrlos!«, polterte Jan. »Wenn nun immer öfter vaterländische Verbände auf-marschieren, um zu protestieren, dann finde ich das völlig in Ordnung.«

Im Januar hatten französische und belgische Truppen mit der Besetzung des Ruhrgebiets begonnen, um im Konflikt um die deutschen Reparationsleistungen den Druck auf Deutsch-land zu erhöhen. Das erzeugte Gegendruck.

»Was wir an Reparationen für den Krieg zahlen sollen, ist der Wahnsinn«, donnerte Onno. »Dagegen muss man aufste-hen und marschieren!« Täglich schien sein nur noch mühsam zurückgehaltener Zorn zu wachsen.

Ihn verbitterte vor allem, dass das kleine Vermögen, das er für sein Hotel bekommen hatte, und wovon er und seine Frau eigentlich ihren Lebensabend bestreiten wollten, schneller da-hinschmolz als Eis in der Sonne.

»Die Juden sind schuld«, mischte sich Heye ein.

»Der HSV ist Deutscher Fußballmeister geworden. Was sagt ihr dazu?«, versuchte Paul das Gespräch in andere Bahnen zu lenken. »In Berlin haben sie mit drei Toren gewonnen – vor über vierundsechzigtausend Zuschauern! Ein neuer Besucherrekord.«

»Ja, ja«, Theo ging darauf ein, »was früher die Heeresberichte waren, das sind heutzutage die Sportberichte. Wir müssten das in der Inselzeitung eigentlich auch anders gewichten.«

»Es gibt so flotte neue Sportbekleidung«, rief Jakomina vom Verkaufstresen aus in ihre Richtung. »Viele Urlauber tragen jetzt nur noch Weiß wie Tennisspieler, lässig und doch elegant.«

»Unsere Norderneyer Turner haben beim Stiftungsfest auch blendend ausgesehen«, ergänzte Frieda und lächelte ihren Mann an. Paul hatte in langer weißer Hose und langärmligem weißem Sporthemd beim Schauturnen eine hervorragende Figur gemacht. »Also, mir gefällt das.«

Die Leute bewegten sich auch anders als vor dem Krieg. Die Frauen sowieso, weil sie – bis auf einige ältere konservative – kein Korsett mehr trugen, aber auch die Männer. Sie gingen sportlicher, geschmeidiger, nicht mehr so zackig und gewollt würdevoll. Biegsamkeit, Gymnastik, Freikörperkultur – all diese neuen Ideale veränderten die Körpersprache der Wohlhabenden. Frieda beobachtete es genau. Denn zu einer anderen Körpersprache gehörten andere Frisuren. Sie mussten ihrer Meinung nach ebenso möglichst der Natur folgen, frei schwingen und unkompliziert sein.

»Aber Weiß wird so schnell schmutzig«, steuerte Jakomina bei, während sie einen Stapel frischer Handtücher in den Herrensalon brachte. »Ich finde ja, dass unser Waschpulver längst noch nicht wieder die alte Friedensqualität hat.«

»Früher war alles besser«, brummelte Dr. Seut.

»Ja«, pflichtete Paul ihm scheinbar bei, »vorgestern zum Beispiel. Da war Sonntag.«

Allgemeines Gelächter, teils amüsiert, teils leicht verärgert, beendete das Morgenritual.

»Nein, tut mir leid, meine Schwiegertochter ist am Mittwoch schon komplett ausgebucht«, sagte Jakomina am Telefon. Sie nahm die Kundenanrufe entgegen und überwachte den Terminplan. An diesem Tag klingelte es wieder fast ununterbrochen. »Wenn Sie eine Dauerwelle möchten, sollten Sie auf jeden Fall fünf Stunden einplanen.« Kaum hatte sie aufgelegt, kam die nächste Anfrage. »Ja, wir machen Mittagspause, aber nur eine Stunde.«

Der Inselsalon florierte wie noch nie. Norderney war einer der lebendigsten und verrücktesten Kurorte Deutschlands. In vielen Etablissements fanden Tanzturniere statt, für Amateure wie für Berufstänzer– auch Tanzunterricht stand dieses Jahr als Sommervergnügen ganz hoch in Kurs. Jazzbands spielten wilde Musik. Und auf der anderen Seite litten viele Insulaner bittere Not. Die Winterhilfe hatte zwischen Herbst 1922 und Frühjahr 1923 mit ihrer Volksküche sechshundert Norderneyer durchfüttern müssen.

»Wie viele Bündel kriegst du?«, fragte Onno, der bei Frieda sein Monatsabonnement fürs Rasieren bezahlen wollte. Es wurde schon lange nicht mehr in einzelnen Geldscheinen gerechnet.

Sie nannte den Preis. »Dazu kommen noch für einmal Haareschneiden zwanzigtausend Reichsmark.«

»Die Welt ist verrückt geworden«, brummte er und schob ihr den Betrag über den Tresen. »Vorgestern hat jemand nachts aus der Badedirektion 'ne Schubkarre voller Banknoten geklaut. Hast du schon gehört?«

»Nein!«, rief sie entsetzt.

»Sie haben aber nur die Karre mitgenommen, das Papiergeld haben sie liegen lassen.«

Onno lachte dröhnend, und Frieda wusste tatsächlich nicht, ob er einen Scherz gemacht hatte oder nicht.

Die Welt ist verrückt geworden – kein Satz fiel in diesen Tagen häufiger im Inselsalon. Paul zahlte das Personal inzwischen zweimal pro Woche in bar aus. Für diese Saison beschäftigten sie vier Lehrlinge einschließlich Lissy, vier Gesellen und fünf Gehilfen. Dazu kamen noch zwei Masseure beiderlei Geschlechts, eine Schönheitspflegerin, die früher als Kammerjungfer in feinsten Häusern gearbeitet hatte, und ein alter Sanitätsfeldwebel als Fußpfleger, der allerdings auf eigene Rechnung arbeitete und nur die Miete für die stundenweise Nutzung eines Hinterzimmers einbrachte.

»Könnten wir unseren Lohn wohl in Zukunft ausbezahlt kriegen, solange die Läden noch aufhaben?«, bat Heye als ältester Geselle. »Wir würden die versäumte Zeit auch am Wochenende nacharbeiten.«

Paul ließ sich darauf ein. Drei Tage später sprintete das Personal nach der Auszahlung los wie Nurmi, das Laufwunder aus Finnland, um schnell noch, bevor der Wert des Geldes über Nacht weitersank, davon etwas zu kaufen. Heye kehrte keuchend mit einem Oberhemd zurück, Siebold mit einer Mettwurst.

»Das Hemd ist doch viel zu groß für dich, Heye«, merkte Lissy verwundert an. »Und Siebold, wieso kaufst du eigentlich jedes Mal Mettwürste?«

»Du hast das wohl noch immer nicht verstanden«, antwortete der Geselle. »Die Hauptsache ist, dass man was Wertbeständiges hat, das man gegen etwas anderes eintauschen kann.«

Lissy schämte sich. Wie naiv sie war.

Eine alte Fischersfrau betrat schüchtern den Laden. »Sammelt ihr noch Haare?«

»Aber sicher, Gesche«, antwortete Jakomina. »Die werden immer gebraucht, zum Auspolstern von Prothesen. Gib mal her, wir wiegen sie hinten und gucken, was du dafür bekommst.«

Es hatte leider oft etwas Unappetitliches, deshalb mochte sie die Haarannahme nicht vorne im Laden abwickeln. Schließlich behauptete der Inselsalon seinen Rang als bester Friseurladen Norderneys. Besonders, seit Frieda eine bronzene und zwei silberne Medaillen des Bundes für Friseurkunst und Paul eine Urkunde beim Preisfrisieren der Herren gewonnen hatten und diese im Verkaufsraum aushingen.

Statt sich nun damit zufriedenzugeben, wollte ihre Schwiegertochter unbedingt noch im November am deutschlandweiten Wettstreit der besten Coiffeure teilnehmen. Um überhaupt zugelassen zu werden, musste sie sich noch jetzt im Juni bei einer Vorentscheidung in Hannover qualifizieren. Jakomina wunderte sich, dass Paul seiner Frau diese Ausflüge durchgehen ließ. Hilrich hätte es ihr bestimmt nicht erlaubt.

Sie zuckte mit den Schultern. Die Zeiten änderten sich. Und sie war inzwischen eine alte Frau und kam nicht mehr so richtig mit. Allein dieses Ungetüm von Dauerwellenapparat! Keine zehn Pferde würden sie dazu bringen, es zu bedienen, geschweige denn, sich selbst damit verkabeln zu lassen. Es sah aus wie ein Gerät aus der Zukunft. Die mit Strom verbundenen

Bolzenwickler standen aufrecht wie Stacheln vom Kopf ab, das Wickeln selbst dauerte schon mal eine Ewigkeit. Dann kam eine stinkende Lauge aufs Haar. Es reagierte schnell angegriffen, wenn man die Flüssigkeit nicht exakt dosierte. Da verhielt sich aber jedes Haar anders, insofern erforderte die Beurteilung Erfahrung und Gespür. Mit Elektrizität wurden die einzelnen Wickler erhitzt. Man konnte noch so sorgfältig den Abstand zwischen ihnen und der Kopfhaut durch Gummiplättchen zu schützen versuchen – es kam doch immer wieder zu kleinen Verbrennungen. Deshalb stellten sie bei jeder Dauerwelle einen fixen Lehrling ab, dessen Aufgabe nur darin bestand, die Kundin im Auge zu behalten und im Notfall einzuschreiten.

Aber gut, eine Dauerwelle hielt viel länger als eine Ondulation mit der Brennschere, man erkannte sie auch an der anderen Wellung. Die war eben jetzt in Mode, und das Ganze spülte ordentlich Geld in die Kasse. Da wollte sie dann mal nicht so sein.

»Sie müssen mir helfen!« Die junge Dame, die sich an Frieda wandte, wirkte völlig verzweifelt. »Heute Abend nehme ich mit meiner Freundin an einer Kostümkonkurrenz teil, und ich … ich möchte unbedingt die Aufmerksamkeit eines bestimmten Herrn erregen.«

Eigentlich hatte Frieda noch einmal alle Arbeitsschritte für ihre Wettbewerbsfrisur durchgehen wollen. Sie spürte die Aufregung schon körperlich. Aber dies war offenbar ein Notfall.

»Wie lautet denn das Motto des Abends?«, erkundigte sie sich.

Die Veranstalter ließen sich tolle Sachen einfallen. Frieda liebte derartige Herausforderungen.

»Historische Persönlichkeiten«, antwortete ihre Kundin aufgeregt. »Aus sicherer Quelle weiß ich, dass ›er‹ als Tutanchamun geht.«

Seit vor einem Jahr in den Pyramiden das Grab des berühmten Pharaos entdeckt worden war, faszinierte Altägyptisches alle Welt.

»Möchten Sie sich als Nofretete verkleiden?«, fragte Frieda. »Aber die hatte doch gar keine Frisur, soweit ich weiß. Da bräuchten Sie nur eine entsprechend hohe Kopfbedeckung.«

»Das ist es ja gerade«, antwortete die Dame, die ihr brünettes Haar bis zu den Ohrmuscheln gekürzt trug. »Ich fürchte, das kleidet mich nicht – so streng und ohne Pony. Sehen Sie doch, meine Stirn …« Sie strich das Haar hoch aus der Stirn. Der unregelmäßige, niedrige Haaransatz wirkte nicht sonderlich schmeichelhaft. »Haben Sie nicht eine andere Idee?«

»Hmmm …« Frieda ging im Halbkreis um sie herum. »Was halten Sie von Cleopatra?«, fragte sie dann. »Ich könnte Ihnen eine Schwarzhaarperücke zurechtmachen. Das wäre exklusiv, auch vom Preis her, aber es würde Ihnen fantastisch stehen.«

»Glauben Sie wirklich?« Friedas Begeisterung wirkte ansteckend.

»Bestimmt. Sie haben wunderschöne Augen! Unser Fräulein Gundula würde Sie wie eine Ägypterin schminken, mit viel Kajal, das verleiht Ihrem Blick noch mehr Ausdruck.«

»Klingt pyramidal!«

Frieda zögerte nun allerdings. »Oje! Ich fürchte … Wahrscheinlich ist sie für heute schon ausgebucht …«

»O nein, bitte, zaubern Sie!«, bat die Kundin inbrünstig. »Mein Leben hängt davon ab. Ich zahle auch gern einen Aufpreis.«

»Warten Sie einen Moment, bitte …«

Frieda ging nach hinten, klopfte an die Tür des Behandlungszimmers, wo gerade eine Dame unter einer dicken Gesichtscrememaske lag, und überredete flüsternd die Kosmetikerin mit der Aussicht auf einen Zuschlag, noch einen Termin in ihren vollen Kalender zu quetschen.

Erst als am Abend die Perücke fertig angepasst war und die junge Dame als Doppelgängerin von Cleopatra den Salon verließ, spürte Frieda wieder die kribbelige Anspannung, die sich schon seit Tagen wegen des Frisurenwettbewerbs in Hannover in ihr aufbaute. Noch nie hatte sie solches Lampenfieber gehabt.

Frieda

Nur ein schmaler Spalt zwischen den waldgrünen Vorhängen ließ Mondlicht ins Zimmer. Frieda lag wohlig in Pauls Armen und genoss die Wärme. Da er nach wie vor viel Sport trieb, fühlte sich sein Körper fest und angenehm an. Sie hatten einander wieder reichlich Trost gespendet. So nannten sie die Freuden der Ehe. *Ich brauche Trost.* Oder: *Möchtest du etwas getröstet werden?* Das waren die Geheimsätze, mit denen sie sich verständigten.

Frieda gefiel diese Seite ihres Ehelebens mehr, als sie zuzugeben bereit gewesen wäre. Sie mochte auch Paul. Er war ein guter Lebenspartner, freundlich, ehrlich und grundsätzlich wohlwollend. Aber sie spürte, dass er allmählich ungeduldig wurde, was die Frage des eigenen Nachwuchses anging.

»Gestern war der Sohn von Grete und Max zum ersten Mal mit seinem Papa zum Haareschneiden im Salon«, sagte er. »Da bist du gerade im Ort unterwegs gewesen. Der kleine Lubi ist wirklich zu süß.«

»Die Zeiten sind so unsicher«, entgegnete sie auf die Frage, die unausgesprochen im Raum hing. »Die Wirtschaftskrise …«

»… ist nur ein Vorwand, weil du unbedingt an diesen Wettbewerben teilnehmen willst.«

»Das stimmt nicht. Aber selbst wenn, was ist denn so schlimm daran, dass man sich mit den Besten seines Fachs messen möchte? Ich bring ja außerdem neue Anregungen mit, das ist gut für den Salon und alle, die von ihm leben.«

»Anregungen kann man sich aus Fachblättern holen.«

»Nicht so.«

»Du bist eine Frau. Du solltest Kinder kriegen.«

Jetzt fing er also auch an, ihr Druck zu machen. Genau wie damals Hilrich. Frieda schloss die Augen und atmete tief durch. Bitte nicht noch einmal das Drama!

»Wir haben einen Vertrag«, erinnerte sie Paul.

»Ja«, antwortete er vorwurfsvoll. »Wir wollten ›vorerst‹ keine Kinder. Aber wann ist ›vorerst‹ vorbei?«

Eine Weile sagten sie beide nichts. Sein Körper spannte sich an, und sie fühlte sich unbehaglich. Sie wollte nicht mit ihm streiten. Er offenbar auch nicht mit ihr. Sie spürte, dass er zu schwitzen begann.

»Kleine Kinder brauchen doch nicht viel«, sagte er in leise bittendem Ton. »Nur Muttermilch im ersten Jahr.« Sie antwortete nicht. Er versuchte, witzig zu sein. »Wir würden das Geld für die Kondome sparen.«

Frieda hätte einige Einwendungen vorbringen können. Doch sie behielt sie für sich. »Wenn ich einen Preis beim großen Coiffeur-Wettbewerb im November gewinne«, sagte sie bedächtig, »und wenn die Inflation sich langsam beruhigt, dann können wir von mir aus …«

Paul stieß einen erleichterten Seufzer aus. »Ja, das sollten wir!« Er zog sie enger in seinen Arm und küsste ihre Schläfe. »Schließlich werden wir auch nicht jünger.«

»Aber vorher möchte ich noch die höchste Ehre für unseren Salon erringen. Das wäre wirklich die Krönung, verstehst du?« Er brummte etwas Unverständliches.

Sie wusste schon genau, welche Frisur sie beim Vorentscheid präsentieren wollte – einen Bubikopf mit handgelegter Wasserwelle. Ihre jüngere Schwester Rieka hatte sich bereit erklärt, als Modell zur Verfügung zu stehen. Noch trug sie ihr langes flachsblondes Haar meist geflochten und am Hinterkopf zu einem Knoten verschlungen. Es kürzen zu lassen, würde sie Überwindung kosten, sie war jedoch entschlossen. Wahrscheinlich wollte Rieka sich damit dafür bedanken, dass sie ihr im vergangenen Jahr die Aussteuer vervollständigt hatte, damit sie ihren Gerd endlich heiraten konnte. Abgesehen davon freuten sie sich beide auf eine Reise nach Hannover, ihre Schwester war bislang über die Stadt Norden nicht hinausgekommen.

Die neue Frisur würde ihr wunderbar stehen, daran hegte Frieda keinen Zweifel. Das Einzige, worüber sie immer noch nachdachte, war der Festiger. Das eine Mittel machte die Frisur nach ihrem Empfinden zu hart und etwas stumpf, das andere glänzte zwar, verlieh aber nicht genügend Stand. Beide zu mischen, funktionierte leider nicht, das hatte sie schon ausprobiert.

Frieda küsste ihren Mann auf die Wange, bevor sie sich über die Besucherritze in ihre Betthälfte rollte. »Schlaf gut«, murmelte sie müde.

Am nächsten Vormittag suchte sie das Wickwief in dessen Haus in den Dünen auf. Seit ihrer ersten Ehe machte sie der alten Jantje, die wegen ihrer Hellsichtigkeit und Heilkünste von den Einheimischen ebenso gefürchtet wie bewundert wurde, regelmäßig die Haare schön. Auch diesmal ondulierte sie ihr das Haar wieder auf die bewährte Art nach Marcel. Der große Pariser Friseur Marcel Grateau hatte das Verfahren einst entwickelt. Nebenbei tranken sie Tee und unterhielten sich über neuste Verfehlungen bekannter Insulaner und Auswüchse der Inflation.

»Wir nehmen im Salon immer öfter Bezahlung in Naturalien an.«

»Was ist denn heute ein Ei wert?«

»Der Kurs steht aktuell bei eintausendfünfhundert Mark«, berichtete Frieda kopfschüttelnd. »Wenn ich da an früher denke! Vorm Krieg haben mein Bruder Dodo und seine Freunde als Jungs öfter mal den Strandkorbstrand nach goldenen Zehn- und Zwanzigmarkstücken durchsiebt. Goldwäsche nannten sie das, und von der Ausbeute konnte man richtig was kaufen.«

Jetzt hockte Dodo trübsinnig zu Hause. Meist redete er von Scapa Flow. Wie furchtbar es gewesen sei, als sich die deutsche Marine nach Kriegsende der Royal Navy hatte ausliefern müssen. Die Briten waren ihnen auf der Nordsee mit ihrer Kriegsflotte entgegengefahren und hatten sie dann breit eskortiert in die Gefangenschaft nach Scapa Flow gebracht. »Großes Theater, nur, um uns zu demütigen«, sagte er einmal. »Deshalb war's auch eine einzige Genugtuung, als wir vor ihren Augen die deutsche Marine versenkt haben.«

Ihr Bruder bereitete ihr Sorgen. Der Krieg hatte ihn aus der Bahn geworfen. Sein angeblicher Freund Fidelius, der mit Dodos Ersparnissen, statt sie wie versprochen anzulegen, nach Amerika ausgewandert war, hatte nie wieder etwas von sich hören lassen. Die Frau, die er liebte, Onnos Tochter Wiebke, hatte einen anderen geheiratet, mit dem sie aber offenbar nicht glücklich war. Der Fischfang, mit dem er notgedrungen seinen Lebensunterhalt verdiente, machte ihm keine Freude. Dodo hatte immer davon geträumt, ein eigenes Logierhaus zu führen.

»Jau, und heute basteln die Kinder aus Geldscheinen Flugzeuge.« Das Wickwief holte sie aus ihren Gedanken zurück. »Die Welt ist verrückt geworden.«

Frieda nickte. »Ach, ich hab dir übrigens 'nen neuen dicken Wilhelm mitgebracht.« Sie legte die Ondulierzange ab, um aus ihrer Arbeitstasche einen aus schneeweißem Haar geflochtenen Zopf zu ziehen. »Mir ist beim letzten Mal aufgefallen, dass dein Haar nicht mehr grau ist. Dieser Zopf passt farblich besser.«

Er schien Jantje zu gefallen. »Den kann ich mir nur nicht leisten«, wandte sie ein.

»Natürlich kannst du das«, widersprach Frieda. »Ich schenke ihn dir. Du hast mir schon so viel Gutes getan, das ist gar keine Frage.«

Am Ende saß die alte Frau mit ihrem eindrucksvollen schneeweißen Dutt ganz aufrecht vor dem Spiegel. »Heel moi«, sagte sie und nickte sich selbst würdevoll zu, »sehr schön.«

Sie schenkte Frieda eine letzte Tasse ein, diesmal, ohne den Tee durchs Sieb zu gießen. Frieda kannte das Ritual. Vorsichtig schlürfte sie die heiße Flüssigkeit, stellte dann das Schälchen kopfüber auf die Untertasse, schnipste ein paarmal mit dem Zeigefinger dagegen, dass es Pling machte, und reichte Jantje den mit Blättern übersäten Unterteller. Aus dem Muster konnte sie etwas über die Zukunft lesen.

»Was möchtest du wissen?« Ihre hellen, wachen Augen musterten Frieda.

»Welchen Festiger ich bei der Vorentscheidung des Frisurenwettbewerbs nächste Woche in Hannover nehmen soll«, antwortete sie spontan.

Jantje lüpfte eine Augenbraue. Aber sie bewertete nie ein Ansinnen, das an sie gestellt wurde. Es folgte das übliche Brimborium, das Frieda zwar immer noch faszinierte, doch nicht mehr einschüchterte. Die Alte schloss ihre Augen und konzentrierte sich. Ihr Geist schien in eine andere Welt abzudriften und nach einer Weile mit neuen Erkenntnissen zurückzukehren. Da Frieda unter einer Glückshaube geboren worden war, was vom Schicksal Bevorzugten vorbehalten war, ließ das Wickwief ihr gegenüber gelegentlich durchblicken, dass sie unabhängig von ihren echten, aber doch recht seltenen Visionen, die man Vörlopp nannte, auch gern ein bisschen Budenzauber veranstaltete. Einfach, weil ihre Klienten so etwas erwarteten. Das Eingeständnis bewirkte aber nicht, dass sie darauf verzichtete, wenn Frieda sie aufsuchte.

»Und?«

»Zwei Dinge«, begann Jantje und stand auf. Sie ging zu ihrem halb offenen Küchenschrank, dessen Regale voller Gläser mit Kräutern, Heil- und Zaubermitteln standen. »Ach, hier sind sie ja …« Sie griff nach einem Weckglas. »Quittenkerne. Daraus kochst du dir einen Saft. Der dürfte ein gutes Festigungsmittel abgeben.« Langsam füllte sie eine Handvoll in einen großen Briefumschlag um. Staunend nahm Frieda ihn in Empfang. Dazu reichte die Alte ihr ein Fläschchen mit einer Tinktur. »Gib davon noch fünf Tropfen auf einen halben Liter dazu.« Sie setzte sich wieder. »Und zweitens: Pass auf, Frieda! Da will dir einer am Zeug flicken und was wegnehmen.«

»Wo? Hier?«

»Nein, bei deinem Wettbewerb.«

»Konntest du sehen, wer oder wie?«

Jantje schüttelte den Kopf. Sie wirkte auf einmal erschöpft. Frieda wusste, mehr würde sie nun von ihr nicht erfahren.

»Danke dir.« Sie erhob sich. »Ich muss dann auch.«

»Bis bald, Frieda. Und grüß Jakomina von mir.«

»Mach ich. Tschüss!«

Auf dem Rückweg grübelte Frieda über die Warnung nach – bis sie auf der Promenade Gerd, ihrem Schwager, über den Weg lief, der hier Streife ging. Als er und Rieka sich kennengelernt hatten, war er noch bei der Militärpolizei gewesen. Inzwischen erfüllte er als Ortspolizist eine wichtige Funktion und war sich die meiste Zeit auch seiner Bedeutung sehr bewusst.

Sie unterhielten sich ein wenig. »Guck dir den an«, Gerd zeigte auf den Inselfotografen, »der macht ja wohl das Geschäft seines Lebens.«

Der Lichtbildner animierte am Strand eine überwiegend in geringelte Bademoden gekleidete Großfamilie dazu, als Dampflok die Wellen zu durchpflügen. Auf sein Geheiß legte jeder seinem Vordermann die rechte Hand auf die Schulter, während er oder sie den anderen Arm wie das Gestänge eines Laufrads bewegte. Alle schnaubten und zischten wie eine Lok, lachten übermütig, alberten herum und bespritzten sich gegenseitig.

»Die Aufnahmen gibt's morgen im Geschäft!«, rief der Fotograf. Dort würde man die Fotos auch als Postkarte mit der Unterschrift *Frohsinn im Bade* erwerben können. Eine junge Dame mit japanischem Sonnenschirm und Schoßhündchen auf dem Arm setzte sich in einen Strandkorb und posierte mit Kussmündchen für ein Foto.

Frieda fand es ebenso erstaunlich wie sympathisch, dass viele Besucher einfach nur Spaß und Erholung wollten. Sie unterschieden sich vom Vorkriegspublikum. Ihre Lebensfreude wirkte ansteckend. Frieda vergaß darüber ihre Bedenken.

»Danke übrigens, dass du mir Rieka für Hannover ausleihst«, sagte sie ihrem Schwager.

Er lächelte großzügig, mahnte jedoch mit erhobenem Zeigefinger: »Aber dass du ihr nicht die Haare färbst! Und bloß nicht zu kurz schneiden.«

»Nein, bestimmt nicht. Flachsblond und platinblond sind zurzeit die begehrtesten Haarfarben überhaupt, sieh dir die amerikanischen Filmstars an. Da werde ich doch nicht so dumm sein und sie ändern, wenn jemand sie schon von Natur aus hat.«

Der Fotograf begab sich mit seinem Assistenten, der die schwere Ausrüstung schleppen musste, auf die Promenade, um dort Flaneure abzulichten. Munter forderte er Freundescliquen wie auch wildfremde Leute auf, untergehakt in breiter Reihe mit vergnügtem Gleichschritt auf ihn zuzumarschieren. Die meisten waren sofort für solche Albernheiten zu haben. Frieda fühlte sich an die Filmrevuen erinnert, die neuerdings im Kino liefen.

Gerd setzte seinen Streifengang fort. Sie beschloss, Grete noch einen Besuch abzustatten und sich von ihr ein paar Ratschläge für die Reise geben zu lassen. Als sie dort ankam, verabschiedete ihre Freundin gerade den Kindersingkreis, der sich einmal in der Woche im Hause Lubinus einfand. Dr. Seut hatte ihnen den Flügel seiner verstorbenen Frau überlassen, als er in sein neues, kleineres Haus umgezogen war. Und Grete hatte das Klavierspielen wiederentdeckt.

Erst vor Kurzem war endlich das Seehospiz fertig renoviert und nach zwei Jahren des behelfsmäßigen Betriebs neu eröffnet worden. Man hatte einen auswärtigen Mediziner als ärztlichen Direktor eingesetzt, was Max geschmerzt haben mochte. Doch er hatte sich mit der Praxis und seiner wachsenden Familie gerade in dem schönen großen Haus eingewöhnt, und seine Frau hätte ihm wegen der Kinder bei weiteren Forschungen im Hospiz auch kaum mehr als Assistentin zur Seite stehen können. Grete betätigte sich jedoch ehrenamtlich eifrig hier und dort, besonders, wenn's um das Wohl von Kindern und um die Winterhilfe ging.

Etwa zwei Dutzend Jungen und Mädchen liefen Frieda lärmend entgegen, einige sangen noch ein Lied, das sie wohl gerade eben geübt hatten.

Grete winkte ihnen nach. »Bis nächste Woche!« Ihr Lächeln wurde breiter, als sie Frieda erblickte. »Du kommst gerade recht. Magst du einen Tee?«

»Nein, danke, hab gerade. Ich war beim Wickwief.«

Frieda begrüßte im Flur noch kurz Lubi und Wally, die von einem Kindermädchen für eine Spazierfahrt fertig gemacht wurden. Dann folgte sie Grete in die Wohnküche. Sie tauschten ein paar Neuigkeiten aus, Grete gab ihr einige Empfehlungen fürs Zugreisen, gegen Reisekrankheit und Lampenfieber. Und dann erzählte die Freundin ihr von einer Kindergruppe, die am Vortag aus dem Ruhrgebiet eingetroffen war. Sie hatte geholfen, sie an der Fähre in Empfang zu nehmen und zu ihren Unterkünften zu bringen.

»Die hättest du sehen sollen, Frieda. So arme Würmchen allesamt. Bleich, unterernährt, einige waren sogar ohne Schuhe!«

»Unsere laufen im Sommer auch barfuß.«

»Nein, sie besitzen keine, nicht einziges Paar!«

»Ach herrje! Es ist wirklich ein Jammer«, pflichtete Frieda ihr bei. »Und ein großes Politikum.«

Mehrere Hundert Ruhrkinder suchten inzwischen bereits auf Norderney Erholung. Man hatte sie zum Teil in Familien, zum Teil in Kinderheimen untergebracht. Der Hintergrund war, dass die Siegermächte aus Ärger über die schleppende

Zahlung der vereinbarten Reparationen von deutscher Seite zusätzlich zu den linksrheinischen Gebieten nun auch noch die Ruhrregion besetzt und dort die Führung in den Industriebetrieben übernommen hatten. So glaubten sie, besser an das ausstehende Geld und andere Entschädigungsleistungen zu kommen. Die Arzneimittelfabrik, die Joseph in Düsseldorf von seinem Schwiegervater übernommen hatte, musste davon ebenfalls betroffen sein. Jedes Mal, wenn Frieda Neues vom Ruhrkampf hörte, dachte sie an Joseph und hoffte, dass es ihm gelingen würde, das Unternehmen gut durch alle Wirren zu steuern.

Die Bevölkerung der besetzten Rhein-Ruhr-Region war natürlich empört über die Fremdbestimmung. Beamte und Arbeiter leisteten passiven Widerstand, was die deutsche Reichsregierung unterstützte. Es gab Sabotageakte und Sprengstoffanschläge. Da die Streikenden oder streng nach Vorschrift Arbeitenden von den Besatzern weniger oder keinen Lohn mehr erhielten, unterstützte die deutsche Regierung sie und ihre Familien finanziell. Das erforderte enorme Ausgaben, das fehlende Geld wurde einfach gedruckt. Die Notenpressen liefen heiß, was die Inflation weiter befeuerte.

»Es ist ein Teufelskreis«, sagte Grete aufgebracht. »Ausgerechnet die Kinder, die Schwächsten, leiden am meisten darunter.«

Frieda nickte. Weil das so war, hatte die Reichsregierung einen Aufruf gestartet und dort, wo die Republik nicht besetzt war, Familien auf dem Lande und in Erholungsregionen aufgefordert, freiwillig Kinder aus dem Ruhrgebiet und dem Rheinland für einige Wochen oder Monate bei sich aufzunehmen. Man sprach bereits von einer halben Million Kinder, die deshalb von ihren Familien getrennt waren. Aus Patriotismus und Menschlichkeit, hieß es, solle man die Aktion unterstützen. Einige appellierten auch an die christliche Nächstenliebe. Doch damit begannen neue Probleme.

»Du glaubst nicht, was für Ärger wir bei der Verteilung der Kinder wegen der Religionszugehörigkeit haben«, berichtete Grete. »Viele Familien möchten, dass ihre Kleinen bitte nur zu ›ordentlichen Katholiken‹ kommen. Und einige evangelische Insulanerfamilien wollen keine katholischen Kinder durchfüttern. Da unten sind aber nun mal die meisten Leute katholisch und hier oben eben evangelisch. Na ja, und ein paar jüdische Kinder gibt's auch.«

»Meine Güte«, schimpfte Frieda, »sollen sie doch froh sein, dass die Kinder gut untergebracht sind und satt zu essen kriegen.«

»Es gibt bei uns nur drei katholische Kinderheime. Knapp hundert Kinder will das Kinder-Erholungsheim der Zion-Loge hier auf Norderney aufnehmen – ob die nun alle jüdisch sein müssen, weiß ich nicht.« Grete zuckte mit den Schultern. Sie seufzte tief. »Man müsste eine Benefizveranstaltung organisieren«, sagte sie. »Hier verbringen so viele vermögende Leute den Sommer, ehrlich, mir wird manchmal richtig übel, wenn ich die Gegensätze sehe.«

Jetzt zuckte Frieda mit den Schultern. »Es ist, wie es ist«, antwortete sie. Doch ihre Augen begannen zu leuchten. »Trotzdem, die Idee mit der Wohltätigkeitsveranstaltung ist ziemlich fabelhaft. Lass uns mal darüber nachdenken.«

Grete beugte sich vor. Sie kniff ein Auge zu. »Hab ich schon getan.«

»Und?«

Grete lehnte sich wieder zurück. »Wir singen«, verkündete sie.

»Singen? Und wer ist ›wir‹?«

»Ich werde alle Ruhrkinder auf der Insel zusammentrommeln. Wir werden ein paar Lieder aus ihrer Heimat und einige andere Lieder einüben, schöne bewegende Melodien, und als Chor am Meer auftreten.«

Frieda stieß einen anerkennenden Pfiff aus. »Allerhand!«, sagte sie. »Du, am besten wäre so ein Auftritt vor den neuen Strandhallen, die eröffnen doch Ende des Monats wieder. Sie wollen sich künftig Hotel Astoria nennen.« Die schönen, alten, verglasten Wandelgänge hatte man zwar abreißen müssen, aber dafür wurde die Terrassenanlage zur Promenade hin komplett neu gestaltet. »Der Besitzer war bei uns im Salon. Er sagt, der Beton auf der Terrasse wird knallrot eingefärbt. Das neue Tanzlokal im renovierten Saal wollen sie deshalb Roter Teppich nennen.«

»Wie originell.«

»Auf der Terrasse und drumherum ist viel Platz. Stell dir das mal vor: ein Riesenkinderchor draußen, die Nordsee im Hintergrund …«

»Ja, das wäre fantastisch! Ich hab keine Ahnung, wie viele Hundert Ruhrkinder derzeit auf Norderney sind. Neulich meinte jemand aus meinem Unterstützungskomitee, es könnten wohl schon an die Tausend sein oder noch werden.«

»Uii! Da brauchst du aber jede Menge Mitstreiter!«

Grete blinzelte unternehmungslustig. »Ich hab doch beste Kontakte zu allen, die auf der Insel irgendeinen Chor leiten. Die hol ich mit ins Boot.«

»Und dann brauchst du Förderer, hiesige Geschäftsleute oder reiche Kurgäste, die etwas spenden«, fiel es Frieda ein. »Da wird dann zum Konzert noch was verlost oder versteigert.«

Gretes Ohren glühten vor Aufregung. »Ich werde das

nächste Pferderennen besuchen. Da trifft man doch all die Damen aus den reichsten Familien, die sich gern mit Wohltätigkeit schmücken. Die werde ich ansprechen und bitten mitzuhelfen.« Nachdenklich spielte sie mit den Fransen der Tischdecke. »Na ja, einfach wird das nicht. Es ist schon ein bisschen verrückt, oder?«

»Du wirst es schaffen. Mach es!« Frieda hielt es nicht mehr auf dem Stuhl. Sie sprang auf und tanzte ein paar Schrittfolgen. »Verrückte Zeiten erfordern verrückte Maßnahmen!«

Im Zug von Norddeich nach Hannover mussten Frieda und Rieka sich durch mehrere voll besetzte Waggons drängeln. Es war warm, sie hatten allerlei Gepäck bei sich, das Frieda nicht hatte schicken wollen, aus Sorge, es könnte bis zum Ziel abhandenkommen. Entsprechend gerieten sie ins Schwitzen und waren froh, als sie endlich zwei freie Plätze einnehmen konnten.

»Ich hab ein neues tolles Fixativ«, erklärte sie Rieka. »Es wirkt wahre Wunder an Haltbarkeit. Ist selbst gemacht nach einem Rezept vom Wickwief. Ich hab's an meinem Haar ausprobiert, also müsste es für deins ebenso gut sein.«

Rieka grinste. »Wenn meine Frisur ein Reinfall wird, will Gerd dich ins Gefängnis stecken, hat er gesagt. Nicht unter einem Monat.«

Frieda grinste zurück. »Netter Schwager.« Sie stand auf. »Ich muss mal austreten.«

»Fall nicht aus dem Zug dabei«, frotzelte Rieka.

Frieda verdrehte die Augen.

Als sie auf dem Weg zur Toilette den anschließenden Waggon durchquerte, erblickte sie einen Mann, rothaarig, sommersprossig, dem sie lieber nie wieder in ihrem Leben begegnet wäre – Erwin. Er trug mittlerweile Spitzbart, Goldrandbrille und Seidentuch, was ihm vermutlich ein feineres, städtisches Gepräge geben sollte. Ihr früherer Altgeselle, der inzwischen als angestellter Friseurmeister in einem Auricher Salon arbeitete, saß neben einer gut aussehenden Frau.

Frieda zögerte sekundenlang. Alles Blut schien eiskalt in ihren Bauch zu schießen. Sollte sie umkehren? Doch jetzt erkannte er sie auch. Ihre Blicke duellierten sich. Während sie ihn am liebsten ermordet hätte, schien er nach erstem Erstaunen durchaus belustigt zu sein und sah ihr frech ins Gesicht. Frieda hielt den Atem an, ging aber mit energischem Schritt an ihm vorbei.

Dieser feige Hund! Elender Schubbjack! Ihr Herz raste. Auf der Zugtoilette überlegte sie, ob sie ihn jetzt gleich auf dem Rückweg zur Rede stellen oder beschimpfen sollte. Wie gemein war es gewesen, einem unschuldigen Kind den geliebten Vater schlechtmachen zu wollen! Zum Glück hatte Lissy die böse Absicht nicht begriffen, wohl aber etwas geahnt, wie sie wiederum von Grete wusste. Geistesgegenwärtig hatte Grete einfach behauptet, ein warmer Bruder sei jemand, der so warmherzig wie ein Bruder sei. Und man benutze den Begriff in der Theatersprache für beliebte männliche Darsteller weiblicher Bühnenrollen, was angeblich noch aus der Zeit herrühre, da es Frauen verboten gewesen war, als Schauspielerin aufzutreten.

Frieda wurde leicht übel. Sie atmete tief durch. Nein, sie würde jetzt keine Szene machen. Sie musste sich konzentrieren. Ihr fiel ein Bibelspruch ein. *Die Rache ist mein, spricht der Herr.* Und falls der Herr so schnell nicht dazu kam, würde sie später immer noch etwas tun können. Allerdings nicht an diesem Tag.

Sie zog ihr Reisekostüm mit der hüftlangen Jacke zurecht und straffte sich. Ohne Erwin eines weiteren Blickes zu würdigen, ging sie zurück an ihren Platz.

Lissy

Ein menschlicher Leuchtturm war für Lissy in diesem Sommer 1923 Fräulein Gundula. Groß, schlank, haselnussbrauner Bubikopf mit schmal gezupften Augenbrauen, die sich wie Mondsicheln über grünlichen Augen bogen. Sie behauptete, fünfundzwanzig zu sein. Manchmal hatte Lissy das Gefühl, sie könnte beim Alter mogeln. Jedenfalls strahlte die Berlinerin eine moderne Lässigkeit und Verruchtheit aus, die sie faszinierte. Allein, wie sie sich bewegte, wenn sie ausging! Das Becken vorgeschoben, eine Hand auf den Hüftknochen gelegt, die Schulterpartie gerundet. Mit gefährlichem Augenaufschlag bei leicht gesenktem Kopf begab sie sich auf die Jagd wie eine Raubkatze. Ihre Beute waren Männer. Heimlich versuchten Lissy und ihre Freundinnen, diesen Gang nachzuahmen, was stets in Gelächter endete.

Wenn Lissy ihr beim Aufräumen und Saubermachen im Schönheitszimmer half, predigte Fräulein Gundula Weisheiten wie »Du darfst dich nie von einem Kerl abhängig machen«. Im Winterhalbjahr verdiente sie, wie viele andere Norderneyer Saisonkräfte, ihr Geld in einem Skikurort. »Du musst deinen eigenen Unterhalt bestreiten. Männer sind dazu da, einem das Leben zu verschönen. Und wenn sie das nicht können, dann adieu! Lass dir nur ja kein Kind andrehen.« Ein anderes ihrer Gebote lautete: »Ich suche mir die Männer aus, die mich amüsieren dürfen.« Wenn man Fräulein Gundula zuhörte, schien alles ganz klar zu sein: Das Leben war ein verrücktes Abenteuer. Das Volk war beraubt worden. Deshalb brauchte man keine Scheu mehr vor Verrücktheiten zu haben.

Sie brachte Lissy die ersten Tangotanzschritte bei, schenkte ihr amerikanisches Kaugummi und zeigte ihr eines Tages, wie sie sich schminken konnte. Kajal um die Augen, die Brauen schmal in Form gebracht, Mascara vom schwarzen Block aus einem Kästchen mit einem feuchten Bürstchen auf den Wimpern, etwas Rouge auf den Wangen und Lippenrot mit einem Wachsstift auf den sorgfältig konturierten Mund – so wirkte Lissy schon richtig erwachsen, was sie natürlich hinreißend fand. Der Meister allerdings reagierte entsetzt.

»Wisch dir sofort den Malkasten aus dem Gesicht!«, befahl er ihr harsch und erteilte Fräulein Gundula einen Rüffel, der sie allerdings nicht zu beeindrucken schien.

»Jaja«, raunte sie spöttisch, als sie Lissy mit einer Spezialcreme abschminkte, »angeblich verzichten anständige Frauen auf verschönernde Kosmetik. Dass ich nicht lache! Was glaubst du wohl, wer sich schon alles bei mir Ratschläge abgeholt hat und dezent nachhilft? Nicht nur deine Mutter, Lissy. Die macht das übrigens sehr gekonnt. Ich sag dir eins: Der Schönheitspflege gehört die Zukunft! In Amerika ist das schon eine Industrie.«

Auf Norderney war es üblich, dass die Kinder der etwas besseren Familien nach ihrer Konfirmation einen Tanzkursus absolvierten. Vor allem Geschäftsleute legten Wert darauf, dass ihr Nachwuchs der vornehmen Kundschaft wegen Benimm lernte. Da nun aber das Geld für solchen Luxus fehlte, hatte sich Tant' Frauke großzügig bereit erklärt, Lissy den Kursus zu spendieren. Er würde demnächst anfangen.

Während ihre Mutter in Hannover war, nutzte Lissy die freie Zeit, mit Elke und Trienchen erste Erkundungen über die

Verlockungen des Norderneyer Nachtlebens anzustellen. Was war auch plötzlich alles los! Modenschau im Arcadia, Rennball im Europäischen Hof, Tennismeisterschaft der Nordseebäder, die Eröffnung des neuen gemauerten Cafés auf der Marienhöhe, dazu jede Menge Reunion- und Mottobälle. Sie beobachteten die Paare nachmittags beim Tanztee und abends auf den Hotelterrassen, bewunderten die elegante Aufmachung der Damen und Herren, sie lugten durch erleuchtete Fenster oder warteten darauf, dass die Tür zu einem Saal mal länger offen blieb und Einblicke ins funkelnde Paradies erlaubte. Ein verheißungsvolles kribbliges Gefühl machte sich während solcher Sekunden in Lissys Bauch breit.

»Du hast es gut«, sagte Trienchen, deren Vater auf einem Fischkutter arbeitete, neidisch, »du darfst bald richtig tanzen lernen.«

Auch Elke würde den Kurs mitmachen, ihr Vater war Dentist. Sie zeigte auf die Plakate, die am Bazar-Gebäude aushingen. »So was lernen wir aber gar nicht. Nur altmodische Sachen.«

Im Regina fand ein Gesellschaftsabend mit Fantasie-Tanzturnier statt – Fantasie-Boston und Grotesk-Shimmy sollten vorgeführt werden. Namen mit Zauberklang, die ihre Fantasie wie ein fliegender Teppich in eine Märchenwelt entführten. Die Gewinner erhielten wertvolle Preise.

Auf dem Plakat stand *Je-kan-mita*. Sie rätselten eine Weile, was das bedeuten mochte. Durch die Kommentare von Passanten, die stehen blieben, um ebenfalls die Plakate zu betrachten, begriffen sie dann, dass es eine Abkürzung war für: Jeder kann mittanzen.

»*Nicht moderne Schritte sind entscheidend*«, las Trienchen laut vor, »*sondern musikalische Empfindung und Gesamtheit.*« Sie kicherte. »Dann hätte ich ja doch Chancen.«

»Du bist immer so schnabelschnell. Dich lassen sie überhaupt gar nicht erst rein«, wies Elke sie zurecht. »Keine von uns, wir sind zu jung.«

Eine der Damen, die neben ihnen standen, erzählte ihrer Freundin von einem Tanzturnier im Hotel Kaiserhof. »Sie haben ihre neue Parketterrasse eingeweiht, und ich bin mit diesem baltischen Baron darübergeschwebt. Du weißt schon, ich hab dir von ihm erzählt.« Leises Kichern folgte.

»Die Salonkapelle Lutter spielt rhythmisch sehr hochwertige Musik«, erwiderte die Freundin, die sich in Begleitung eines Herrn befand, geziert.

»Und stimmungsvoll! Wir haben viel gelacht und gescherzt, die Gäste waren alle so fröhlich. Das hat man sich ja auch verdient.«

»Das Leben ist kurz, lasst es uns genießen«, bekräftigte der Herr. »Heut Abend gehen wir ins Regina, Bärchen.«

»Au ja, es ist so entzückend intim dort, immer bis auf den letzten Platz gefüllt. Und der Conférencier hat einen goldigen Humor.«

»Ach, schau mal, der bunte Gesellschaftsabend in der Kurhausbar, der könnte aber auch nett werden. Da spielt eine Jazzband. Es gibt amerikanische Misch- und Eisgetränke, steht da.«

»*Cocktails* nennt man das, *my dear.*«

»Hahnenschwänze?«, fragte die Gezierte. »Was, um Himmels willen, soll das bedeuten?«

Sie erhielt keine Antwort.

»Und beim anschließenden Tanzturnier werden nur Amateure zugelassen«, stellte der Herr fest.

»Das finde ich sehr richtig«, sagte die andere Dame mit Nachdruck. »All diese Profitanzpaare, die berufsmäßig von einem Kurort zum anderen reisen und sämtliche Preise einheimsen, so was als Konkurrenz verdirbt einem doch glatt den Spaß am Mitmachen.«

»Ja«, die Freundin seufzte, »hier ist leider allerlei internationales Schlafwagengesindel unterwegs. Neulich traf ich ein zugegeben recht attraktives Paar wieder, das mir schon im Frühjahr an der Cote d'Azur aufgefallen ist.«

»Ach, sieh an …« Der Herr zückte sein Monokel und studierte das Kleingedruckte. »Die Turnierleitung im Strandhotel Kaiserhof hat das Tanzinstitut Kossack. Dieses Institut unterrichtet doch auch moderne Tänze.«

Lissy und ihre Freundinnen machten große Augen. Da stand es: *Camel Walk, Paso doble, Milonga, Java – Anmeldungen jederzeit.*

»Das möcht ich viel lieber lernen als Rheinländer und Polka«, sagte Lissy sehnsüchtig.

Ein herablassender Blick der Dame gab den Mädchen das Gefühl, sich nicht länger vor den Plakaten im Zentrum des Kurbetriebs aufhalten zu dürfen. Lissy hakte sich bei ihren Freundinnen unter, und sie schlenderten weiter. Im Schaufenster einer Berliner Firma, die während der Saison im Bazar-Gebäude Pelzmäntel verkaufte, waren die Sachpreise für das Tanzturnier im Kaiserhof ausgestellt. Sie ergötzten sich eine Weile daran, bestaunten anschließend die kostbaren Schmuckstücke in den Auslagen des Juwelierladens Rosenau. Lissy war stolz, dass er ihrem Onkel und ihrer Tante gehörte.

»Das sind echte Diamanten aus Südafrika«, raunte sie ihren Freundinnen zu.

Drinnen sah sie Tant' Frauke einen Kunden bedienen. Sie winkten einander zu.

Tant' Frauke bestärkte sie immer darin, mehr aus ihrem

Leben machen zu wollen. Wenn ich nicht stets nach Höherem gestrebt hätte, pflegte sie zu sagen, wäre ich heute noch Friseuse und nicht Juweliersgattin.

Am Tag, bevor ihre Mutter aus Hannover zurückkehrte, geriet der gewohnte Ablauf im Hause Fisser etwas durcheinander. Jeder wollte schnell noch die Ausnahmesituation nutzen und tun, was sonst nicht ging. Das Mittagessen stand zwar pünktlich auf dem Tisch, doch ihre Großmutter traf sich mit einer Kusine im neuen Strandcafé Cornelius, das am Nordstrand in der Nähe des vor Jahren bei einer Sturmflut zerstörten Ausflugslokals Wilhelmshöhe errichtet worden war. Alle schwärmten von den Fleischpasteten dort, und die musste ihre Großmutter natürlich probieren. Der Meister unternahm in der Pause einen Strandlauf. Lissy überlegte sich, dass es eine günstige Gelegenheit wäre, Tant' Grete rasch ihre Bücher zurückzubringen. Familie Lubinus aß nämlich später zu Mittag als sie.

Else schimpfte. »Wofür stehe ich denn den ganzen Vormittag am Herd, wenn sich alle verdrücken?«

Aber das Personal war ja noch da, und vermutlich würden die Lehrlinge und Gehilfen nun einen Nachschlag mehr bekommen.

Tant' Grete freute sich über das Nadelkissen mit Borten und Schleifen, das Lissy ihr als Dank fürs Bücherleihen genäht hatte. Es war mit Sand gefüllt und eignete sich für die Aufbewahrung von Broschen und Hutnadeln. In einem gepflegten Haushalt fand sich in jedem Zimmer so ein Kissen.

»Danke, Lissy, das ist wirklich sehr hübsch! Freust du dich schon aufs Tanzen? Ich hätte auch mal wieder Lust.« Tant' Grete legte im Wohnzimmer eine Schellackplatte mit Gesang von Richard Tauber auf und zeigte ihr ein paar Tanzschritte. »Du hast eine natürliche Anmut«, lobte sie.

Auch Lubi drehte sich freudig im Kreis, bis er auf den Arm seiner Mutter wollte, um mit ihr zu tanzen, und die kleine Wally ging schon richtig rhythmisch in die Knie.

»Ich würde ja lieber die modernen Tänze lernen«, gestand Lissy schüchtern.

»Tut mir leid, die beherrsche ich nicht.«

»Das Tanzinstitut Kossack bietet Unterricht darin an.« Verlegen drehte sie einen Fußballen auf der Stelle hin und her.

»Soso«, antwortete Tant' Grete. »Das ist sicher teuer. Und du hast wahrscheinlich kaum Zeit dafür, oder? Du musst ja auch noch zur Berufsschule.« Lissy spürte, dass sie errötete. »Weißt du, am besten tanzt man sowieso erst, wenn man verliebt ist.« Tant' Grete zwinkerte ihr zu. »Wart's mal ab.«

»Nein«, Lissy schüttelte den Kopf, »ich will mich jetzt noch gar nicht verlieben. Dann müsste ich am Ende noch hier auf der Insel bleiben.« Sie träumte von einem Mann von Welt, der ihr fremde Länder zeigen und alles erklären konnte. Die Wanduhr schlug. »So spät schon! Ich muss in den Salon.«

Sie beeilte sich. Nun hatte sie nichts gegessen, ihr Magen knurrte. Zum Glück ertastete sie in ihrer Kitteltasche noch ein Kaugummi von Fräulein Gundula. Das Kauen half gegen Hungergefühl, hieß es. Sie steckte das nach Pfefferminz schmeckende harte Gummi in den Mund und hoffte, dass es stimmte.

Der Meister war schon zurück im Salon. Offenbar befand er sich in der Stimmung zu unterrichten. Er rief sie und die anderen drei Lehrlinge zu sich.

»Was entscheidet darüber, ob eine Damenfrisur gelingt?«, fragte er.

»Dass man den Haaransatz, die Haarqualität, die Wuchs-richtung und den Fall des Haares berücksichtigt«, antwortete Lissy lehrbuchmäßig.

»Entscheidend ist, dass die Frisur so aussieht, wie der Mann der Kundin sie sich wünscht«, erwiderte der Meister spaßig. »Genau das müsst ihr durch geschicktes Fragen aus der Dame herauskitzeln.« Die anderen Lehrlinge lachten. Lissy nicht.

Betont gelangweilt schaute sie am Meister vorbei.

»Wer schmatzt denn hier so?«, fragte er plötzlich scharf.

Lissy hörte auf zu kauen. Das fehlte noch, dass er ihr vor den anderen eine Backpfeife gab.

Sie schluckte das Kaugummi runter. Hoffentlich verklebte ihr Magen nicht. Die Augen des Meisters wurden schmal, aber er sagte nichts. Wenig später erteilte er ihr den Auftrag, das kräftige lange Haar einer Kundin in dünnen Strähnchen auf Wickler zu drehen. Es war nervtötend, und es dauerte eine Ewigkeit. Lissy riss sich zusammen, sie wollte dem Meister keinen weiteren Grund zur Beschwerde liefern.

Natürlich wusste er, wie ungern sie diese Arbeit machte. Zur Kontrolle kam er näher wie ein Schulmeister. »Es gibt kein Entkommen, es gibt nur ein Hindurch«, sagte er im Vorübergehen.

Wahrscheinlich kommt er sich furchtbar schlau vor, dachte Lissy ärgerlich. Wie hatte ihre Mutter nur diesen Sprüchema-cher ehelichen können? Eines wusste sie jetzt schon sicher – dass sie nie, wirklich niemals einen Friseur heiraten würde.

Frieda

Die Friseurinnung hatte ihnen eine angenehme Unterkunft besorgt. Da sie wegen der häufigen Zugverspätungen vorsichtshalber einen Tag mehr eingeplant und zu früh angekommen waren, blieb Frieda und Rieka noch genügend Zeit, sich die Herrenhäusergärten und die prächtige Innenstadt von Hannover anzusehen. Alles war aufregend. Allein in der großen Stadt mussten sie immer wieder Fremde um eine Auskunft bitten. Ob vor den Fontänen des Barockgartens oder den Schaufenstern großer Kaufhäuser – Frieda machte sich überall darauf gefasst, Joseph zu begegnen. Dabei wusste sie, dass es Unsinn war, denn es gab überhaupt keine Verbindung zwischen ihm und Hannover.

Doch während Rieka staunte und redete und guckte, malte Frieda sich marzipansüße Szenen aus. Sie und Joseph würden sich anlächeln und aufeinander zulaufen. Sie würden sich in die Arme fallen, sich küssen und unendlich glücklich sein. In seinen Augen würde sie lesen können, dass er sie ebenso vermisst hatte wie sie ihn. Immerzu, all die Jahre. Wo warst du nur so lange?, würde sie ihn fragen. Und er würde antworten: Ich lass dich nie wieder allein. Hast du denn wirklich ernsthaft geglaubt, dass du ohne mich leben kannst?

»Frieda? Ist das nicht ein schönes Kleid?« Rieka stupste sie an und zeigte in ein Schaufenster. »Meinst du, Lieske würde mir so was nachschneidern?«

»Was?« Frieda sah hin. Das Kleid war bis zur Hüfte gerade geschnitten, das Oberteil locker geschoppt. Es erhielt durch einen schräg angesetzten, bis zu den Waden reichenden Volantrock Schwung. »Ach … Ja, sehr hübsch. Es würde dir stehen mit der tiefen Taille. Vielleicht 'ne andere Farbe. Grün macht dich blass.«

»Wollen wir mal reingehen und fragen, ob sie das Schnittmuster dazu verkaufen? Lieske hat ja immer noch die ollen Kriegsschnittmuster von Ullstein.« Rieka sah sie zweifelnd an. »Aber der Laden wirkt so vornehm. Da trau ich mich gar nicht.«

»Das ist ein exklusiver Modeschöpfer, Rieka, der verkauft bestimmt keine Schnittmuster. Du könntest allerdings schnell eine Skizze machen.«

Frieda war nicht recht bei der Sache. Ihr Bauchgefühl sagte ihr, dass es bald Schwierigkeiten geben würde.

Sie teilten sich ein Doppelzimmer. Als sie am Abend das Licht schon ausgemacht hatten, unterhielten sie sich noch etwas und kamen auf ein Thema, das sie sonst ausklammerten. Kinder und Verhütung.

»Wir wollen noch etwas unsere Zweisamkeit genießen«, gestand Rieka.

»Das versteh ich gut«, antwortete Frieda. »Wir möchten auch abwarten, bis die Verhältnisse stabiler sind.«

»Gerd sagt, die Leute sind im Moment wie im Fieber. Neulich war er, dienstlich natürlich, in einem Etablissement bei uns auf der Insel, da haben Frauen in Jakominas Alter auf den Tischen getanzt. Er sagt, es wäre wie ein Hexentanz gewesen. Tango und so was, völlig enthemmt und richtig anrüchig. Die Weiber wollten alle, na ja, du weißt schon …«

Frieda kicherte in ihr Kopfkissen. »Ihr passt also gut auf?«

»Gerd passt auf. Oft nimmt er Pariser.«

»Die sind teuer.«

»Er kriegt sie ja bei Paul zum Einkaufspreis.« Riekas Stimme klang belustigt.

»Das wusste ich gar nicht«, gab Frieda zu. »Paul ist sehr diskret, was seine Fromms-Kundschaft angeht.«

»Ich bin froh, dass unsere Männer sich gut verstehen«, sagte Rieka. »Paul hat ihm erzählt, dass es Männer und auch Frauen gibt, die heimlich mit 'ner Nadel ein Loch in so'n Ding stechen, weil sie eigentlich doch ein Kind wollen.«

Frieda gähnte. »Wer macht denn so was?« Sie drehte sich auf die andere Seite. Am kommenden Morgen musste sie ausgeruht sein. »Schlaf gut, Rieka.«

»Du auch. Gute Nacht.«

Kurz nachdem sie den auf gusseisernen Säulen ruhenden Veranstaltungssaal betreten hatten, in dem schon alles für den Vorentscheid zum Frisurenwettbewerb vorbereitet war, wusste Frieda, worin das Problem bestand, das ihr Bauchschmerzen bereitet hatte – es war Erwin. Er gehörte zu den Teilnehmern. Die gut aussehende Frau, die im Zug neben ihm gesessen hatte, war sein Modell. Und damit nicht genug, sie wurden auch noch direkt nebeneinander platziert. Zwischen ihnen stand lediglich eine mit Blumengirlanden umwickelte kannelierte Säule.

Er grinste wieder frech zu ihr rüber. Sie grüßte ihn nicht einmal. »Mehr als zwei Dutzend Teilnehmer, und wir landen ausgerechnet neben diesem Klöötsack!« Sie stöhnte leise.

»Gaa nich um kümmern«, riet Rieka.

Erwin unternahm einige subtile Störmanöver, die sie wohl nervös machen sollten. Frieda konzentrierte sich und versuchte, alles um sich herum auszublenden.

Sie schnitt ihrer Schwester das lange Haar ab. Dabei hielt Rieka sich tapfer, doch in ihren Augen schimmerte es verdächtig. Sie teilte präzise die Partien ab, schnitt sehr akkurat, überprüfte immer wieder den natürlichen Fall. Dann wusch sie Rieka den Kopf, umwickelte das feuchte Haar mit einem Frotteehandtuch und suchte nach ihrem Quittenfestiger. Doch er war nicht an seinem Platz. Wo sie auch schaute und nachguckte – das Töpfchen blieb verschwunden!

»Ich hab's ganz bestimmt mitgenommen, Rieka. Hier hat's gestanden, gleich neben Kamm und Bürste. Im grünen Glastiegel. Ich bin mir ganz sicher. Erinnerst du dich nicht auch?«

Ohne Fixativ würde die Frisur nur halb so gut sitzen. Sie brauchte Ersatz. Aber weil das neue mit dem Quittendicksaft so exzellent wirkte, hatte sie die anderen beiden Festiger gar nicht mehr eingepackt.

»Von mir aus spuck rein«, sagte Rieka gottergeben.

»Quatsch!«

Erwin konnte sie natürlich nicht fragen. Trotzdem musterte sie sein Sortiment an Pflegemitteln, und ihr Blick streifte dabei sein Gesicht. Als sie das boshafte Funkeln in seinen Augen registrierte, wusste sie Bescheid. Ihr blieb die Luft weg vor Zorn. Ihre Hände begannen zu zittern.

»Was ist?«, fragte Rieka,

»Dieser Mistkerl muss es geklaut haben«, flüsterte sie ihr entrüstet ins Ohr.

»Ehrlich? Ach, du meine … Aber was kannst du tun? Er wird das Zeug nicht rausrücken.« Das stimmte. Und wenn sie ihn ohne Beweis öffentlich beschuldigte, hätte sie schlechte Karten. Erwin würde alles abstreiten, der Zwischenfall fiele nur negativ auf sie zurück. Frieda holte ganz tief Luft. Sie ging zu dem Friseur, der links von ihr werkelte, und bat ihn, ihr etwas von seinem Festiger abzugeben.

»Ich arbeite ohne Festiger«, beschied er ihr hochmütig.

Frieda ging weiter und sprach den nächsten Kollegen an. »Ich benutze nur meine eigene Pomade.« Er zögerte.

In diesem Moment kam der Mann von der Innung, der den Wettkampf überwachte, und forderte sie auf, an ihren Platz zurückzukehren. »Wir möchten Absprachen vermeiden, es soll keine Wettbewerbsverzerrungen geben, liebe Dame. Jeder leistet, was er kann, aus eigener Kraft.«

Innerlich kochte sie. »Mein Festiger ist verschwunden«, sagte sie.

»Es könnte mich nicht weniger interessieren«, antwortete er und drängte sie zurück. »Mit Ausreden gewinnt man keinen Wettbewerb. Kämpfen Sie wie ein Mann, junge Frau.«

Seine Äußerung regte sie noch mehr auf. Doch ihr blieb nichts anderes übrig, als ohne Hilfsmittel weiterzumachen. Mit einem Kamm und den Fingern schob sie Wellen ins Haar, Reihe für Reihe, und klipste sorgfältig die Wellentäler dazwischen fest. Manche Könner drückten die Wellen nur mit ihren Fingern ins Haar. Andere benutzten Wasserwellkämme, Klammern oder Wellenreiter. Letztere lehnte Frieda ab, weil sie auf Dauer Schaden anrichteten, und außerdem fielen die dadurch gepressten Wellen nie so sanft wie die nach ihrer Methode gelegten. Schließlich föhnte sie sehr vorsichtig das Haar.

Das Ergebnis sah hübsch aus. Es glänzte auch. Aber die Wellen besaßen nicht genügend Halt.

»Och, ich könnt mich dran gewöhnen«, sagte Rieka und drehte ihren Kopf vor dem Spiegel hin und her. »Wenn bei uns zu Hause der Wind weht, sieht's sowieso gleich zerzaust aus. Das hat was.«

Doch Frieda standen Tränen in den Augen, weil sie wusste, dass ihr Beitrag so nicht für eine Nominierung reichen würde. Die Frisur sollte eng am Kopf anliegen, der Sitz war wichtig, den durfte man nicht der Natur überlassen. Schließlich musste jede Modefrisur zugleich die Existenzberechtigung des Friseurs nachweisen und Ausdruck einer Zeitströmung sein. Man wollte zwar nicht mehr aufgeplustert und steif daherkommen wie 1912, musste aber die einfachere Form, die nun en vogue war, beherrschen.

Die Jury schritt näher wie ein Ärztekollegium um Professor Sauerbruch. Die Herren begutachteten das Werk. Der eine oder andere nickte wohlgefällig, was auch daran liegen mochte, dass Rieka mit ihren vor Aufregung geröteten Wangen und ihrem schüchternen Lächeln süß aussah. Ein Jurymitglied lobte den akkuraten Haarschnitt.

»Sehr gute Technik«, sagte er. »Und der Schnitt ist perfekt auf die Kopfform abgestimmt.«

Ein anderer pustete doch tatsächlich von hinten in die Frisur, die viel zu leicht in alle Richtungen zerstob. »Das Haar weht«, bemängelte er.

Eine bange Stunde verging noch bis zur Verkündung der Ergebnisse, Frieda verspürte Bauchgrummeln. Sie gehörte nicht zu den Gewinnern.

»Das war knapp, liebe Frau Merkur«, sagte der Juryvorsitzende anschließend.

»Aber knapp daneben ist eben auch vorbei«, ergänzte Erwin, der plötzlich hinter ihr stand.

»Besser als unter ›ferner liefen‹ abzuschneiden«, gab Frieda zurück. Erwin war nicht einmal lobend erwähnt worden, was sie wenig wunderte.

»Ihre Schnitttechnik und die Wellenformung haben mich durchaus beeindruckt«, versuchte ein anderes Mitglied der Jury ihr Trost zu spenden. »Ein guter sechster Platz ist doch ein ordentliches Ergebnis für eine Frau.«

»Unser Festiger ist gestohlen worden«, traute sich Rieka vorzubringen. »Im grünen Glastiegel.«

»Ach was, hier kommt nichts weg«, antwortete ein Jurymitglied ärgerlich.

»Gelernt hat sie ja bei mir«, schaltete Erwin sich gönnerhaft ein. »Ich war damals der leitende Geselle im Norderneyer Inselsalon, da kam die kleine Fischertochter Frieda als Gehilfin zu uns. Sie hat nie eine Lehre gemacht«, er legte eine vielsagende Pause ein, »aber dafür eingeheiratet.«

Was wollte er? Sich in ihrem Glanze sonnen oder sie heruntermachen? Wahrscheinlich beides. Jetzt reichte es Frieda.

»Der Inselsalon musste sich leider von ihm trennen«, sagte sie, absichtlich, ohne seinen Namen zu nennen. »Die Gründe möchte *er* wohl kaum genannt haben.«

Erwin fasste an sein Seidentüchlein. »So wie *sie* die Hintergründe dafür vertraulich halten möchte, nehme ich an.«

Frieda drehte sich zu ihm um, und sie maßen sich mit Blicken. Sie könnte nun vor aller Welt verraten, dass Erwin, der Etappenhengst, sich mit Heldentaten an der Front brüstete, die er nie vollbracht hatte. Andererseits konnte er auch vor allen Kollegen den Ruf ihres gefallenen Mannes ruinieren.

Rieka zupfte sie am Ärmel. »Komm …«, flüsterte sie beunruhigt, »lass uns gehen.«

Frieda besann sich einen Augenblick. Die Herren von der Jury schienen noch abzuwarten, ob es wohl zu einem handfesten Skandal kommen würde. Doch als sie scharf durchatmete und sich straffte, gingen sie weiter zu einem der fünf Sieger, der ihnen wortreich dankte und versprach, bei der Endausscheidung in Berlin »alle Ehre für Norddeutschland« einzulegen.

»Du hast recht«, sagte Frieda und fasste Rieka am Arm, »wir gehen. Wir packen jetzt unsere Sachen und fahren nach Hause.«

Grete

Grete setzte alle Hebel in Bewegung. Es machte ihr Spaß, aktiv zu werden. Während das Kindermädchen auf Lubi und Wally aufpasste, sprach sie mit dem Badedirektor und ihren Mitstreitern in den verschiedenen ehrenamtlichen Arbeitskreisen. Alle fanden die Idee mit der Benefizveranstaltung für Ruhrkinder großartig.

Grete half auch weiterhin, kleine Neuankömmlinge am Fähranleger in Empfang zu nehmen. Und deren Anblick erschütterte sie jedes Mal aufs Neue. Diesen Kindern fehlten wahrhaftig Licht und Lied, Luft und Liebe. Sie hätte am liebsten jedes einzeln in den Arm genommen. Manche waren drei Tage und Nächte unterwegs gewesen, weil's bei der Bahn immer wieder zu Verzögerungen kam – teils wegen fehlender Züge, teils wegen der Streiks an der Ruhr.

Der beliebte Bürgermeister Jann Berghaus hatte überraschend Karriere gemacht und war seit dem vergangenen Jahr Regierungspräsident in Aurich.

»Ich möchte gern, dass jedes Ruhrkind die Insel mit wenigstens einem Paar eigener Schuhe verlassen kann«, versuchte sie seinem Nachfolger die Wohltätigkeitsveranstaltung schmackhaft zu machen.

Doch er reagierte zurückhaltend. »Auch viele Insulaner bräuchten dringend Unterstützung«, wandte er ein. »Wir können nicht zuerst Geld für Fremde sammeln, wenn unsere eigenen Leute hungern.«

»Aber es wird den Badegästen imponieren. Damit zeigen wir, dass Norderney hinter den Streikenden steht, die im Ruhrkampf Widerstand leisten.«

»Zuerst kommt Norderney«, sagte der Bürgermeister entschieden, »dann Deutschland und dann das Ruhrgebiet.«

Was für ein harter Brocken.

Grete überlegte. »Wie wäre es denn, wenn wir den Erlös aufteilten?«, schlug sie vor.

Sie verhandelten hart über die Verteilung des zu erwartenden Gewinns und einigten sich schließlich auf zwei Drittel für die Ruhrkinder und ein Drittel für die Winterhilfe.

Nach diesem Besuch ging Grete gleich weiter zu den ehemals Königlichen Strandhallen, die jetzt als Hotel Astoria firmierten, um sich die Zustimmung zu holen, dass die Veranstaltung dort stattfinden konnte. Der Besitzer, der für die Unterhaltung im zum Hotel gehörenden Tanzlokal Roter Teppich etliche Künstler engagiert hatte, schlug vor, dass diese zwischen den Liedern der Kinder auftreten könnten.

»Das sind Profis! Und nur so kriegen wir ein wirklich ansprechendes, abendfüllendes Programm zustande. Unser Conférencier kann moderieren«, sagte er.

»Das wäre fabelhaft!«

Grete freute sich, wie bereitwillig er mitmachte und dass er den Plan sogar noch weiterentwickelte. So verhielt es sich oft mit Menschen, die voller Elan ein eigenes Geschäft eröffneten – sie konnten sich auch für die Ideen anderer viel schneller begeistern.

»Wollen wir nicht gleich zwei Veranstaltungen machen?«, regte er an. »Eine schon am Nachmittag und eine am Abend?«

»Ja, wunderbar! Das bedeutet doppelte Chancen.« Als Termin vereinbarten sie den Sonnabend in gut zwei Wochen. »Ich kümmere mich weiter«, versprach sie, »und halte Sie auf dem Laufenden.«

Sie klapperte alle Kinderheime ab, die Jungen und Mädchen aus dem Ruhrgebiet und dem Rheinland aufgenommen hatten. Max meinte, sie solle einfach telefonieren. Doch sie hielt es für besser, persönlich vorzusprechen. Sie brauchte die Unterstützung der Heimleiter oder Heimleiterinnen sowie der Chorleiter und Chorleiterinnen. Da spielten Sympathie und Überzeugungskraft eine wichtige Rolle. Mittlerweile existierten auf der Insel rund fünfzig Kinderheime, mehr als je zuvor.

In den letzten Jahren waren viele Einwohner gezwungen gewesen, ihre Häuser zu verkaufen. Die Gemeinde hatte Dutzende Gebäude günstig erworben, und auch andere Kommunen hatten die Gelegenheit genutzt. So befanden sich nun Heime im Besitz von Landkreisen oder Städten, etwa von Arnsberg, Bielefeld, Hagen, Iserlohn, Recklinghausen und Warburg. Grete begann mit den Häusern am Weststrand. Der Landkreis Gelsenkirchen hatte zwei Jahre zuvor jene Villa Edda erworben, die vor dem Krieg als Sommerdomizil des damaligen Reichskanzlers von Bülow bekannt geworden war. Sogar Postkarten mit Einblicken in die vornehmen Wohn- und Arbeitszimmer waren verschickt worden. Nun hieß das Haus Kinderheim Wanne-Eickel. In den beeindruckend hohen Musiksaal hatte man ein Zwischengeschoss eingezogen. Die Nutzung war sozial gerechter geworden, aber zu Gretes Bedauern auch proletarisch trist. Bei Fragen der Schönheit kämpften immer noch zwei Seelen in ihrer Brust.

Die benachbarte Villa Knyphausen, einst Sommerresidenz der gleichnamigen ostfriesischen Fürstenfamilie, war in ein Restaurant umgewandelt worden, in die Altdeutsche Weinstube.

Die legendäre, im Ort gelegene Gaststätte Frisia, in deren Saal jahrzehntelang alle wichtigen Versammlungen der Norderneyer stattgefunden hatten, war im Herbst an die Stadt Dresden verkauft worden. Die Umbauarbeiten zum Kinderheim kamen allerdings schleppend bis gar nicht voran, weil der sächsischen Stadt das Geld ausging.

Schräg gegenüber der gerade wieder brachliegenden Dauerbaustelle lag die Schule. Grete sprach mit deren Rektor, denn die meisten Ruhrkinder besuchten während ihrer Erholungszeit dort den Unterricht. Auf diese Weise würde sie auch jene erfassen, die privat untergebracht waren.

»Wir können nicht gleichzeitig mit eintausend Kindern Singen üben«, stellte er nüchtern fest.

»Ja, aber wenn viele Chöre das Gleiche üben, müssten sie doch am Ende zusammen singen können.«

»Das wollen wir hoffen.« Gemeinsam überlegten sie, was vorgetragen werden sollte. »Am besten nehmen wir nur Lieder, mit denen die Kinder bereits vertraut sind. Das Ruhrlied zum Beispiel. So schnell können wir nicht alles neu einstudieren.« Er rief einen Musiklehrer zu sich und beauftragte ihn, sechs Lieder auszuwählen, darunter mindestens einen Kanon. »Kanons mögen die Leute gern«, wusste er aus Erfahrung, »Kanonsingen macht fröhlich.«

Die endgültige Liederliste verteilte Grete dann an sämtliche beteiligten Chorleiter in den Heimen. Sie erzählte auch Geschäftsleuten von der geplanten Veranstaltung und erbat Spenden. Dabei stieß sie keineswegs nur auf Zustimmung.

»Seit nebenan ein Kinderheim ist, beschweren sich unsere Feriengäste über den Lärm. Die Rotzlöffel halten sich überhaupt nicht an die Ruhezeiten«, schimpfte ein Kolonialwarenhändler, der auch Zimmer vermietete.

Woanders erfuhr sie, dass der Wert von Immobilien sank, die direkt neben einem Kinderheim lagen.

»Es sind einfach zu viele«, klagte die Frau eines Kunsttischlers. »Ich will denen ja gerne Erholung gönnen, aber nicht hier, das passt doch nicht! Ständig traben diese Gören durch die Straßen, singen unflätige Lieder. Die kommen doch alle aus erbärmlichen Verhältnissen. Wie soll sich da ein kultivierter Badegast erholen?«

»Was, die sollen wir noch unterstützen?« Ein Ladenbesitzer schlug Grete die Tür vor der Nase zu. »Die Kinderheime ruinieren noch unseren Ruf als Nordseeparadies.«

Solche Reaktionen schlugen ihr aufs Gemüt. Das verkraftete sie nicht gut. Zu Hause sagte sie, sie fühle sich unpässlich, und legte sich einen Tag ins Bett. Sie beschloss dann, die Presse einzuschalten, statt selbst weiter wegen der Spenden Klinken zu putzen.

Frieda war aus Hannover zurückgekehrt und besuchte sie.

»Komm rein«, sagte Grete. »Ich muss gleich los in die Redaktion der Badezeitung, aber Zeit für einen Tee ist immer.«

Sie setzten sich nach draußen unter den Apfelbaum. »Sechster Platz«, verkündete Frieda niedergeschlagen. »Nur die ersten fünf dürfen nach Berlin.«

»Was? Das glaub ich nicht. Du bist doch diejenige mit der Glückshaube …« Grete war einigermaßen fassungslos.

Friedas hübsches Gesicht spiegelte ihre ganze Enttäuschung wider. »Es war knapp. Die Frisur hatte wirklich zu wenig Stand. Aber nur, weil Erwin mein Fixativ geklaut hat. Ich bin mir sicher. Ich konnte es ihm nur nicht nachweisen, und die Jury hat das leider überhaupt nicht interessiert.«

»Dieser Mistkerl!«, empörte sich Grete. »Den sollte man bei

Nebel und Ebbe im Watt anpflocken!« Sie schenkte ihnen Tee ein. »Was willst du tun?«

»Der Familie hab ich nur gesagt, ich will nicht drüber reden«, erwiderte Frieda kleinlaut. »Und ich denke, das ist auch das Vernünftigste. Nützt ja nix.« Seufzend hob sie die Schultern.

»Och, Mensch!«, sagte Grete mitfühlend und etwas ratlos. »So kenn ich dich gar nicht. Was ist bloß los?«

Frieda legte den Teelöffel in die Tasse, zum Zeichen dafür, dass sie nicht mehr nachgeschenkt haben wollte.

»Grüß Theo von mir«, sagte sie, statt auf Gretes Bemerkung einzugehen. »Er soll einen schönen Aufruf an die Geschäftsleute schreiben, damit sie ordentlich was für die Tombola spendieren.«

Sie wollte wohl tatsächlich nicht weiter darüber reden. Ihr großer Traum war zerplatzt. Also gut, dachte Grete, lassen wir etwas Zeit verstreichen.

»Du, Frieda, neulich hab ich mit Lissy gesprochen. Sie möchte so furchtbar gern die modernen Tänze lernen. Und ich hab mir überlegt, dass ich ihr einen Lehrgang …«

Frieda ließ sie nicht ausreden. »Auf keinen Fall! Für Tango und so anzügliche Sachen ist sie viel zu jung. Sie soll mal erst die bewährten Tänze und Benimm lernen.«

»Schade.«

»Außerdem … Hast du mir nicht erzählt, dass ihr auch haushalten müsst?«

Grete nickte widerwillig. Das Einkommen vieler Ärzte lag derzeit unter dem Existenzminimum. Ihr Mann war zum Glück sehr tüchtig und vielseitig. Und oft erhielt er Naturalien als Honorar, was zur Folge hatte, dass sie und das Hausmädchen spontan körbeweise Gemüse, Obst oder Fisch irgendwie konservieren mussten, damit nichts verdarb.

»Na ja, stimmt schon«, räumte sie ein. »Ich ersetze ja deshalb seine Sprechstundenhilfe an drei Vormittagen in der Woche, damit wir Geld sparen. Ich kann mich nur so gut in Lissy einfühlen, weißt du? Es ist für sie gerade so wichtig …«

»Sie muss lernen, dass es dauert, bis Träume in Erfüllung gehen. Und vor allem, dass man dafür selbst etwas leisten muss.«

»Gott, du bist heut aber auch schlecht gelaunt!«

»Mag sein. Tut mir leid.« Frieda sah sie halb bedrückt, halb entschuldigend an. »Was planst du denn als Nächstes?«

Grete war nicht nachtragend. »Na ja, als Nächstes will ich sehen, dass ich einige Damen der Gesellschaft zur Mitwirkung bewege. Damit steht und fällt letztlich der Erfolg.«

»Viel Glück! Ich will dich jetzt nicht länger aufhalten, wollte mich sowieso nur kurz blicken lassen und dir berichten.« Frieda stand auf. »Wir spenden natürlich auch was. Ein Herrentoupet und einen wirklich wunderschönen Schmuckkamm mit Swarovski-Steinen.«

»Danke.« Grete erhob sich ebenfalls. »Das wird schon wieder«, sagte sie tröstend. »Wer weiß, wofür's gut ist.«

»Seit Hannover ist mir irgendwie dauernd blümerant zumute. Die Sache schlägt mir auf den Magen.« Sie umarmten sich zum Abschied. Frieda lächelte selbstironisch. »Und es ärgert mich, dass es mich dermaßen ärgert.«

»Übrigens, das Pferderennen muss ausfallen«, sagte Max während des Abendessens. »Hab ich vorhin von einem Patienten erfahren.«

»Was?« Grete hörte auf zu kauen. »Die gesamte Prominenz fiebert seit Tagen darauf hin. Wie ist das möglich?«

»Die Pferde sind nicht rechtzeitig angekommen«, Max nahm noch eine Scheibe vom frisch aufgeschnittenen Roggenbrot, das sie am Nachmittag für sechstausend Reichsmark erstanden hatte. »Ein Sabotageakt im Ruhrkampf hat landesweit die Transportpläne der Bahn durcheinandergebracht.«

»Ach, was für ein Jammer!« Enttäuscht sah sie ihn an. Wie sollte sie jetzt an die Damen herankommen, die sie um Unterstützung hatte bitten wollen? Nachdenklich fütterte sie Lubi, der momentan nur aß, wenn sie spielte, dass jedes Häppchen ein Flugzeug war, das nach etlichen Loopings in seinem Mund landen wollte. Da sie sich bemühte, ihre Kinder ohne Strafen und allzu große Strenge zu erziehen, benötigte sie mehr Geduld als andere Mütter.

»Ich hab Konzertkarten«, verkündete Max stolz, »für das Kurorchester im großen Saal des Conversationshauses. Der Dirigent wollte die Behandlung seiner Schleimbeutelentzündung lieber mit Karten bezahlen als mit Geld«, er lächelte, »und mir war's recht.«

»Oh, Max, wie schön!« Gleich fühlte sie sich besser. »Da können wir bestimmt auch einige Damen ansprechen.«

»Du, mein Schatz. Lass mich außen vor.«

Sie schickte ihm einen Luftkuss über den Tisch. Seit Wallys Geburt waren sie nicht mehr richtig abends ausgegangen. Sie hatten keine Zeit mehr für tiefsinnige Gespräche, für Ekstase oder Romantik. Im Bett fand sie es immer noch schön, wenn sie mal dazu kamen, aber meist zu hastig, oft gierig und immer zu kurz. Der Alltag mit zwei kleinen Kindern musste bewältigt werden. Das Einzige, woran sie festhielten, war das morgendliche Tauchbad in der Nordsee. Ansonsten gab's ab und zu einen innigen Moment, einen Blick, eine zärtliche Geste. Richtig ausgehen und mehrere Stunden die ungeteilte Aufmerksamkeit des anderen genießen, das war inzwischen so selten wie eine Zeltplane in Vorkriegsqualität.

»Herzlichen Dank an den Schleimbeutel«, sagte sie.

Das Rennen fand dann doch statt, allerdings liefen je nach Rennen nur zwei oder drei Pferde gegeneinander. Das gesamte Preisgeld in Höhe von fünfundzwanzig Millionen Mark wurde verteilt. Die Zuschauer auf der Tribüne verhielten sich weniger steif als sonst, weil man eben improvisieren musste und sich gern nonchalant gab. Letztlich war das gar nicht so übel. Mit Schaudern erinnerte Grete sich an die eisige Gemessenheit, die man früher bei solchen Gelegenheiten zur Schau getragen hatte. In den Rennpausen hatte sie gleich einen guten Gesprächsaufhänger. Es gelang ihr, ein paar einflussreiche Damen zu begeistern. Sie versprachen ihre Unterstützung, finanziell und durch ihre Mitwirkung.

Und dann redete die eine mit der Nächsten und die wieder mit ihrer Freundin, und am Ende hatten sie mehr Freiwillige, als sie brauchten.

Grete fand kaum Zeit, einmal eine der vielen kleinen Chorproben zu besuchen. Die Spenden für die Tombola wurden werbewirksam in den Schaufenstern des Hotel Astoria ausgestellt. Ihre Nervosität wuchs.

Dann endlich brach der große Tag an, mit klarem Himmel und strahlender Sonne. Es wurde warm, dann heiß, noch heißer und etwas schwül. Gretes Vorfreude dagegen trübte sich zunehmend ein. Alle Menschen, die es sich erlauben konnten, strömten gleich nach dem Frühstück an den Strand, um der brütenden Hitze zu entkommen, in der Hoffnung auf ein kühlendes Bad und wenigstens kurz auffrischende Meeresbrisen im Schatten ihres Strandkorbs. Die Nachmittagsveranstaltung sollte um vier Uhr beginnen. Grete wechselte bereits um zwölf zum zweiten Mal ihre Bluse. Sie schwitzte nicht nur wegen der Hitze.

Im Inselsalon

Frieda wünschte dem Postboten, der ihr die Briefsendungen auf den Tresen gelegt hatte, noch einen guten Tag und öffnete den Umschlag, der den Stempel der Friseurinnung aus Hannover trug. Eine Bescheinigung darüber, dass sie den sechsten Platz gemacht hatte, dachte sie, würde sie ganz bestimmt nicht im Salon aufhängen. Doch in diesem Schreiben ging es um etwas anderes.

Man habe beim Abnehmen der Blumengirlanden von der Säule neben ihrem Arbeitsplatz einen grünen Glastiegel, vermutlich mit einem Fixativ gefüllt, entdeckt.

(…) Der Tiegel ist offenbar absichtlich darin verborgen worden. Während wir in der Jury noch darüber berieten, wie wir uns in dieser Causa verhalten wollten, erreichte uns die Nachricht, dass einer der fünf Sieger aus familiären Gründen an der Endausscheidung im November nicht teilnehmen kann. Wir möchten Sie deshalb davon in Kenntnis setzen, dass nunmehr auch Sie zu den Teilnehmern in Berlin gehören.

Mit ausgezeichneten kollegialen Grüßen …

»Nein!«, rief Frieda aus. »Paul!«

Er entschuldigte sich bei seinem Kunden. »Himmel? Was ist denn los?«

Sie gingen nach hinten in die Küche, und Frieda las die entscheidende Passage noch mal laut vor. Ihre Schwiegermutter, Else und Fräulein Gundula hörten mit. Lauter Jubel brach aus. Alle gratulierten und freuten sich mit ihr. Ungläubig sah sie immer wieder auf das Schreiben. Erst nach und nach sickerte die Erleichterung durch die Anspannung hindurch, mit der sie sich seit der Enttäuschung gepanzert hatte. Doch dann umarmte sie Paul.

»Ich bin im Finale!« Sie küsste ihn, und er drückte sie fest.

»Das müssen wir feiern!«, rief er.

»Ja, heut Abend bei Gretes Benefizveranstaltung im Roten Teppich.«

Wohl angelockt durch die aufgeregten Stimmen kam Lissy in die Küche. Auch sie freute sich mit ihr.

»Du hast heute wieder Tanzstunde, nicht?«, fragte Frieda.

Lissy nickte. Ihre dunkelblauen Augen strahlten. Was für eine hübsche Tochter sie doch hatte! Frieda umarmte sie im Überschwang der Gefühle.

»Da ist ein Vertreter im Geschäft.« Ein Lehrling stand in der Küchentür.

»Ich geh schon«, sagte Paul.

»Denk bitte dran, Dr. Dralles Sonnencreme nachzubestellen«, erinnerte ihn Frieda. Die Leute waren mittlerweile ganz versessen darauf, eine gleichmäßig gebräunte Haut zu bekommen. »Und wir brauchen noch Nachschub an Gillette-Reiserasierapparaten für Frauen.«

Als Lissy zurück im Herrensalon unaufgefordert Haarspitzen zusammenfegte, dachte sie an ihre ersten beiden Tanzstunden. Obwohl sie nur Gesellschaftstänze lernten und viele der teilnehmenden Jungen in ihren Augen kleine Milchbubis waren, freute sie sich auf den Unterricht. Ihre Freundinnen und sie hatten viel zu kichern. Es gab jede Menge unterhaltsamer Peinlichkeiten, schwitzige Hände, lustige Fehlstarts und wahrhaftige Ausrutscher auf den gebohnerten Bohlen. Herzklopfen jedes Mal, wenn der Pianist das Startzeichen gab und die angehenden Kavaliere von der Jungenreihe quer durch den Saal auf die Mädchenreihe zustürmten. Banges Zittern, von wem und wann man wohl erwählt wurde, ob schon am Anfang oder als Übriggebliebene oder ob sich vielleicht sogar mehrere Bewerber um eine von ihnen rangeln würden.

Lissy gehörte zu den gefragten Mädchen, das hatte sie schon herausgefunden, und es beruhigte sie ein wenig. Dass sie sich richtig freute auf den Unterricht, lag aber vor allem am Tanzmeister. Er hieß Herr von Fromann, sah außergewöhnlich gut aus, trug ein Menjou-Bärtchen und erinnerte in der Eleganz seiner Bewegungen an ihren Vater Hilrich. Er hatte allerdings eine etwas andere Augenfarbe, eine faszinierende Mischung aus Braun- und Grüntönen und braunes, welliges Haar, das vor Pomade glänzte. Er sprach mit rollendem R in einem östlich gefärbten Deutsch. Man merkte gleich, dass er als Leutnant gedient hatte. Ab und zu wählte er eine Partnerin aus der Schar der Tanzschülerinnen aus. Alle Mädchen bewunderten ihn, einige himmelten ihn geradezu schamlos an. Lissy hielt sich schüchtern zurück. Aber in der letzten Stunde hatte er sie ihrem Übungspartner Gerdchen abgeklatscht, um mit ihr zusammen eine Polka vorzuführen. Während sie vorher nur herumgestolpert war, hatte sie auf einmal fliegen können! Er hatte sie gelobt, als er sie galant ihrem Übungspartner zurückbrachte. Und dann war mit Gerdchen wieder das Gehoppel weitergegangen.

Lissy schüttete das Zusammengekehrte in einen Mülleimer und wollte gerade Besen und Schippe abstellen, als Fräulein Gundula aus ihrer Teepause zurückkehrte.

»Ach, Lissy, würdest du so lieb sein und mein Behandlungszimmer auch fegen?«

»Natürlich.« Sie betrat den Raum, in dem es trotz der zum Lüften weit geöffneten Fenster nach teuren Cremes und Lotionen duftete.

»Tanzstunde?«, griff Fräulein Gundula das eben Gehörte auf, während sie die Fläschchen und Tiegel auf einem Beistelltisch ordnete. »Bei wem hast du Unterricht?«

»Bei Herrn von Fromann von der Tanzschule Kossack.«

»Oh, là, là!« Fräulein Gundula lächelte vielsagend.

»Kennen Sie ihn?«, fragte Lissy neugierig.

»Carl Georg von Fromann? Er ist der beste Tangotänzer, der mir je begegnet ist! Ach, überhaupt, ob Shimmy, Foxtrott oder Walzer – er kann alles.«

»Nehmen Sie denn auch noch Unterricht?«, fragte Lissy staunend.

Fräulein Gundula lachte. »Nein, das hab ich wohl nicht mehr nötig. Aber man begegnet sich doch unweigerlich, wenn man auf dem Tanzparkett unterwegs ist.« Sie füllte ein Fläschchen auf. »Carl Georg ist als Eintänzer im Kaiserhof engagiert.«

»Was ist denn das, ein Eintänzer?«

»Na ja, er betanzt die alleinstehenden Damen.«

»Und das macht ihm Freude?«

»Er wird dafür bezahlt, mein Kind. Es gibt so viele Frauen ohne Mann, die wollen im Urlaub wenigstens mal 'ne kesse Sohle aufs Parkett legen oder sich gepflegt im Kreis drehen.«

»Ach …« Lissy sah vor ihrem geistigen Auge vereinsamte Witwen, dicke und dünne, junge und alte, die sich in Herrn von Fromanns Armen wiegten.

»Warum macht er das nur?«, wiederholte sie trotz der eben gegebenen Antwort.

»Er hat nichts Ordentliches gelernt, Lissy«, erklärte Fräu-

lein Gundula nonchalant. »Er entstammt einer deutschbalti-
schen Adelsfamilie. Ich glaub, sie hatten ein Gut in Livland,
aber ich verwechsel die Länder da oben immer. Jedenfalls ist
alles verloren.« Lissy fiel ein, wie neulich die Dame vor den
Plakaten von einem baltischen Baron geschwärmt hatte, mit
dem sie übers Parkett geschwebt war – ob sie Herrn von Fromann gemeint hatte? »Männer wie er sind sehr vielseitig, in
allerlei ritterlichen Künsten geschult«, fuhr Fräulein Gundula
fort, »sie haben nur keinen Beruf erlernt. Deshalb hält er sich
als Gigolo über Wasser. Denn auf Frauen versteht er sich.«

Lissy machte große Augen. Das neue Wissen beflügelte ihre
Fantasie. Ein Gigolo, was das nun wieder genau war, wusste
sie nicht. Aber sicher war er besonders höflich und galant und
konnte gut küssen. Jetzt sah sie ihrer Tanzstunde mit noch
größerer Neugier entgegen.

Jakomina begrüßte eine vornehme alte Dame und geleitete
sie in eine Kabine. »Man erkennt sein Norderney kaum wieder«, sagte die Kundin. »So vieles wird abgerissen oder umgebaut und neu eröffnet.«

»Wohl wahr.« Jakomina nickte. »Möchten Sie etwas trinken? Heut ist es so heiß.«

»Nein, danke.«

Sie bediente diese Kundin schon seit der Vorkriegszeit jeden Sommer. Sie sprach sie weiter mit Frau Gräfin an, obwohl
der Adel abgeschafft war. Schließlich trugen sie beide auch
immer noch ein Korsett, wenngleich nicht mehr so eng ge-
schnürt wie damals. Nichts stand einer Frau im Alter – abgesehen von der inneren Schönheit, die sie ausstrahlte – besser
zu Gesicht als eine stolze aufrechte Haltung. Damit konnte
man über einiges hinwegtäuschen.

In Wirklichkeit war das Alter nämlich eine beständige Kränkung. Für sie wie für jede Frau, die es gewohnt gewesen war, als attraktiv zu gelten. Jakomina erkannte intuitiv eine Gemeinsamkeit mit der Gräfin, die nun, während sie ihr das Haar hochsteckte, mit einer Stielbrille in der Hand die Inselzeitung las.

Sie beide versuchten, ihr Schicksal mit Würde zu tragen. Denn darin bestand das Geheimnis: Man musste nach außen hin so tun, als verliehen einem die Jahre mehr Gelassenheit und ein Wissen, das Jüngere – oder nicht adlig Geborene – nicht besaßen. Sollten sie doch rätseln, die Jüngeren, die Bürgerlichen, sollten sie sie sogar ein wenig beneiden um ihre Abgeklärtheit und Erfahrung. Wie schmerzhaft, oft demütigend das alles in Wahrheit war, würden sie noch früh genug am eigenen Leib, in der eigenen Seele erfahren.

Zum Glück spürte Jakomina die Kränkung nicht ununterbrochen. Das Gefühl ließ sich überlisten und aussetzen, zum Beispiel, indem man für viele Menschen eine schmackhafte Mahlzeit zubereitete.

Jakominas Begriff von Glück hatte sich gewandelt. Früher war es Glück gewesen, ihrem Mann morgens seine erste Tasse Tee ans Bett zu bringen und bei Sonnenuntergang mit ihm auf der *Minchen* vor Norderney zu kreuzen. Heute bedeutete Glück, dass ihr nichts wehtat und es ihrer Familie gut ging. Großes Glück war, wenn nachts, während sie schlief, Muckis Seele vorbeikam und ihr etwas Kraft daließ. Aber für sich selbst erwartete sie nichts mehr. Was sollte denn noch kommen?

Die Gräfin studierte die aktuelle Fremdenliste. »*Mendelsohn, Liebmann, Lewin, Lewinsky, Cohn, Hirsch*«, las sie vor. »Fällt Ihnen etwas auf?«

»Nun ja«, antwortete Jakomina. »Wir haben viele jüdische Gäste, das war schon immer so, und mir scheint, es werden gerade noch mehr.«

»Ich schätze, es sind mehr als ein Drittel«, sagte die Gräfin. »Wussten Sie, dass die Juden aber noch nicht einmal ein Prozent der deutschen Gesamtbevölkerung ausmachen?«

»Das habe ich wohl schon mal gehört«, erwiderte Jakomina. Sie wollte jedoch nicht in die Hetze gegen Israeliten einstimmen, die seit einiger Zeit auf einigen anderen Inseln immer lauter wurde. Auf Borkum etwa, wo man versuchte, Juden mit Schmähgesängen und Spottversen zu vergraulen – dort sangen sie: *Doch wer dir naht mit platten Füßen, mit Nasen krumm und Haaren kraus, der soll nicht deinen Strand genießen, der muss hinaus, der muss hinaus! Hinaus!*

»Wir bieten auf Norderney eben vieles, was solche Gäste zu schätzen wissen.«

Die Gräfin spürte offenbar ihre Zurückhaltung.

In den Karikaturen etlicher Zeitschriften ging es wenig schüchtern zu. Kriegs- und Inflationsgewinnler trugen fast immer eine typische Judennase. Stahlmagnaten, Kaufhausbesitzer, Börsenspekulanten, Industrielle. Ihnen galten tiefer Hass und grenzenlose Bewunderung. Man wusste Bescheid. Nur die Wirtschaft zählte noch. »Was ist bloß aus unseren humanistischen Werten geworden? Wir waren einmal eine Kulturnation«, die Gräfin seufzte, »heute regiert nur noch der schnöde Mammon.«

»Jaja, die Zeiten ändern sich«, erwiderte Jakomina ausweichend.

»Ach, sagen Sie«, unterschwellig bekam die Stimme der Gräfin etwas Unangenehmes, Heuchlerisches, »dieser Juwelier Rosenau, ist der nicht mit Ihnen verwandt?«

»Er ist mein Schwiegersohn«, antwortete Jakomina. Und zum ersten Mal empfand sie Unbehagen dabei, es zu erwähnen. »Aber er ist getaufter Christ.« Sie ärgerte sich über sich selbst – das klang wie eine Ausrede, oder wie eine Rechtfertigung. Hatte sie das nötig? »Er stellt viele seiner Schmuckstücke selbst her. Wirklich wunderschön.«

»Ich habe die Auslagen im Schaufenster gesehen.«

»Dank seiner ausgezeichneten Verbindungen zu einem deutschen Großhändler in Südafrika kann er Diamantschmuck von hervorragender Qualität einmalig günstig anbieten. Trotzdem, natürlich, man muss es sich leisten können.« Jakomina stockte einen Atemzug lang. Und dann sagte sie es doch. »Aber das ist vielleicht nichts mehr für Sie, Frau Gräfin, oder?«

Grete

Um vier Uhr am Nachmittag herrschte auf der Terrasse und im Saal des Lokals Roter Teppich bis auf ein paar vereinzelt unter Sonnenschirmen sitzende Gäste gähnende Leere. Nur die Ruhrkinder, die freiwilligen Helferinnen und die Interpreten des künstlerischen Begleitprogramms waren anwesend, oft jedoch versteckt, weil sie sich schattige Plätze suchten.

»Das ist ja man sehr schmach besucht«, bemerkte Theo, der für die Inselzeitung berichten wollte.

»Dabei haben wir das Eintrittsgeld mit fünftausend Mark extra niedrig angesetzt«, sagte der Hotelleiter enttäuscht. Grete spürte, wie sich ihre Eingeweide zusammenzogen. Sie hatte schon wieder eine Bluse durchgeschwitzt, ihr Kopf fühlte sich heiß an, ihr war leicht schwindlig.

»Das ist in dieser Sonnenglut doch auch keinem Menschen zuzumuten«, kommentierte eine Architektengattin aus Dortmund, die Dienst am Glücksrad hatte.

»Bestimmt kommen die Leute zum Fünf-Uhr-Tee«, versuchte Grete den Kapellmeister des Astoria zu trösten, unter dessen Leitung die Kinder ihre Lieder darbieten sollten. Er war nervös, weil er noch nie einen so großen Chor ohne Probe dirigiert hatte.

Der Conférencier wartete noch ab, begann mit Verspätung. Doch um fünf Uhr sah es nicht viel besser aus.

Eine Solotänzerin verweigerte den Auftritt. »Es ist mir zu heiß, ich muss mich für heute Abend schonen.«

Die meisten Künstlerinnen und Künstler traten eher nachlässig auf. Die Kinder dagegen gaben sich große Mühe. Grete war zwischendurch dennoch fast schon froh, dass nicht mehr Leute zuhörten, weil die Chöre in komplett unterschiedlichen Tempi geübt hatten. Sie in Einklang zu bringen, war eine große Herausforderung. Erst gegen Ende der Nachmittagsveranstaltung harmonierten die Stimmen einigermaßen.

Zum Abendessen wurden die Kinder zurück in ihre Unterkünfte gebracht. Grete war zum Weinen zumute. Was für ein Reinfall! Doch sie riss sich zusammen und bemühte sich, das Beste aus der Situation zu machen, indem sie lächelte und die Freiwilligen aufmunterte.

Die Pause bis zum Beginn der Abendveranstaltung nutzte sie, um schnell nach Hause zu laufen. Sie wollte sich noch einmal umziehen und einen Happen essen. Kaum war sie oben im Schlafzimmer, klingelte es an der Haustür. Ein weinender Junge mit Schürfwunden an Bauch und Oberschenkel wurde gebracht.

»Er ist beim Plantschen an der Buhne über eine Muschelbank geratscht«, erklärte sein Begleiter.

Grete rief nach Max, brachte den Jungen in den Praxisraum und besorgte schon mal Jod und heißes Wasser. Max übernahm. Sie sah auf die Uhr und stellte fest, dass sie sich beeilen mussten.

»Geh du schon vor«, sagte Max.

Ihre Bluse hatte Blutflecken. Es war ihre letzte frische Bluse gewesen. Sie ging nach oben zum Kleiderschrank und griff nach einem Kleid. Viele besaß sie nicht. Wenn schon Blamage, dann mit Stil, sagte sie sich und nahm ihr schönstes – ein schwarzes Hängerkleidchen aus leichtem Ausbrennersamt mit tiefem Rückenausschnitt, herrlich luftig. Sie sagte noch den Kindern gute Nacht. Lubi machte ausgerechnet an diesem Abend Schwierigkeiten, er beharrte auf seinem Abendritual. Sie musste ihm eine Geschichte vorlesen. Ohne eine Minute Ruhe gehabt zu haben, lief sie endlich zum Hotel Astoria.

Dort traute sie ihren Augen nicht: Die Terrasse war brechend voll! Auch im Saal und in den anderen unteren Räumen des Hotels drängten sich die Leute. Vornehme Leute. Frisch gebadet und eingecremt, nach Parfüm duftend, in bester Ferienstimmung. Grete mischte sich unters Publikum, beobachtete erleichtert den Trubel ringsum. Die Tombola und das Glücksrad waren ständig umlagert. Damen der Gesellschaft verkauften charmant schäkernd Blumen und Konfitüren oder schenkten an einer Bude Sekt aus. Es gab eine brüllend komische amerikanische Versteigerung, bei der ein Auktionator das Publikum dazu brachte, richtig tief in die Taschen zu greifen.

Nun nahmen die Kinder draußen um die Terrasse herum Aufstellung und trugen ein vaterländisches Lied vor. Danach amüsierten drei Kabarettisten das Publikum mit Deklamationen und Scherzen. Es folgte eine Solotanzeinlage. Die Gelenkigkeit der Künstlerin war absolut atemberaubend. Wieder sangen die Kinder. Die Nachmittagsvorstellung war wie eine Generalprobe gewesen. Jetzt passten die Einsätze.

Das Licht wurde milder, die warme Seeluft schmeichelte der Haut, man roch das Wasser, die Sonne stand tief überm Horizont, und die wechselnden Farben am Himmel spiegelten sich im endlosen Meer.

Grete nahm mit einem Glas Sekt am Tisch mit Norderneyer Geschäftsleuten Platz. Sie stieß mit jedem an, der für die Tombola gespendet hatte. Frieda und Paul waren ebenfalls da. Frieda kam zu ihr und erzählte ihr ganz glücklich, dass sie nun doch zur Endausscheidung des Friseurwettbewerbs in Berlin zugelassen war.

»Eins weiß ich jetzt schon«, sagte sie, »beim nächsten Mal mach ich Rieka vorher eine Dauerwelle.« Auch darauf stieß sie an.

Der Sekt prickelte Grete in der Nase, sie spürte, wie sich ihre Blutbahnen weiteten und aller Druck von ihr abfiel. Max schob sich durch die Menge näher. Er stellte noch einen Stuhl an den Tisch, um sich neben sie zu setzen.

»Wunderbar«, sagte er mit stolzem Blick.

Sie strahlte.

»Und jetzt, meine sehr verehrten Damen und Herren«, kündigte der Conférencier an, »der Höhepunkt. Eintausend Ruhrkinder singen für Sie ihr Heimatlied, das Ruhrlied.«

Der Kapellmeister gab den Einsatz. »*Es wallt ein Strom hernieder ...*«, schmetterten die Kinder. Ganz bestimmt, dachte Grete, werden sie sich an diesen Auftritt ihr Leben lang erinnern.

Eigentlich mochte sie das Lied gar nicht sonderlich. Aber in dieser Umgebung, zu genau diesem Zeitpunkt klang es ergreifend schön. Und es gab wohl kaum einen Zuhörer, der ungerührt blieb. Nachdem der letzte Ton verklungen war, herrschte einige Augenblicke lang eine Stille, die nur von Meeresrauschen und Möwenrufen durchbrochen wurde.

Endlich brandete ein lang anhaltender Applaus auf. Danach dankte der Bürgermeister allen Kindern, Künstlern und Freiwilligen, und eine originelle Jazzband begann zu spielen. Sowohl draußen auf der Terrasse als auch im Saal tanzten die Besucher, vom guten Gewissen beflügelt, Stunde um Stunde mal ausgelassen, mal langsam und verträumt, bis ein lachsfarbenes Leuchten im Osten den Sonnenaufgang ankündigte.

Am folgenden Tag errechneten Grete und ihr Komitee den Reingewinn des Festes. Er überstieg alle Erwartungen. Zehn Millionen Reichsmark erhielt der Bürgermeister für die Norderneyer Winterhilfe. Etwa zwanzig Millionen gingen an die Kinderheime, damit sie weiter den Aufenthalt von Kindern aus dem Ruhr- und dem Rheingebiet finanzieren konnten. Außerdem sorgte Grete dafür, dass sofort für die ärmsten der Kinder gute Schuhe beschafft wurden.

Ein vierjähriger Junge namens Helmut, dem sie selbst neue braune Lederschuhe anpasste, schaute ehrfürchtig zu, als sie die Schnürsenkel band. »Die darfst du behalten«, sagte sie. »Das sind jetzt deine Schuhe.« Da fing er an zu weinen. »Das ist doch kein Grund zum Heulen. Freu dich lieber.«

»Tu ich ja auch«, schluchzte Helmut. »Aber … aber … ich kann keine Schleife.«

»Pass auf, ich zeig's dir.« Sie löste die Schleife, legte ihre Arme um den Jungen und nahm seine Fingerchen in ihre Hand, um sie die Bewegungen mit auszuführen zu lassen. »Was magst du lieber, Hasen oder Mäuse?«, fragte sie, bevor sie begann.

»Hasen.«

»Gut, dann merk dir diesen Spruch: Hasenohr, Hasenohr, einmal rum und dann durchs Tor.«

Helmut lachte. »Hasenohr!«

»Du kannst es ganz in Ruhe üben. Du hast die Schuhe doch jetzt immer dabei.«

»Hasenohr, Hasenohr!«

Das blieb ihr von der Benefizveranstaltung mit dem Tausend-Kinder-Chor am stärksten in Erinnerung – eine einzelne Jungenstimme, die »Hasenohr, Hasenohr« jubelte.

Frieda

Frieda spürte den Kater nach der Benefizveranstaltung noch am späten Nachmittag, als sie ihr Friseurköfferchen im Strandhotel Germania auspackte. Ihr Magen reagierte in letzter Zeit wirklich empfindlicher als sonst. Aber das war es wert gewesen. So ein denkwürdiges Fest! Ein Triumph für ihre Freundin, eine Hilfe für die armen Kinder, und sie selbst hatte schließlich auch allen Grund gehabt zu feiern. Was hatten sie und Paul gelacht beim Versuch, diesen neumodischen Camel Walk zu tanzen! Ihr standen wieder alle Möglichkeiten offen. Zwar dauerte es noch einige Monate bis zum Endausscheid im November, doch sie freute sich schon jetzt riesig darauf.

Die Kundin, die sie ins Germania bestellt hatte, wünschte Abendfrisur und Verschönerung auf dem Hotelzimmer. Gut, dass frische Luft hereinströmte. Durch das geöffnete Fenster sah Frieda den Seesteg, auf dem Hunderte fein gemachter Menschen zum Inhalieren und zum Sehen und Gesehenwerden flanierten, dasaßen oder in Liegestühlen ruhten. Von den Tennisplätzen vor der Kaiserstraße klangen regelmäßige Plopp-plopp-Geräusche herüber, die ihr eindeutig zu laut vorkamen.

»Mein Mann spielt noch auf dem neuen Golfplatz«, sagte die Kundin, eine übergewichtige Frau mittleren Alters, die ihren Frisiermantel offen über dem Seidenunterrock trug und das gerötete Gesicht mit einer dicken Schicht Puder wie mit Mehl bestäubt hatte. Man sah ihr an, dass sie nicht im Wohlstand aufgewachsen, aber heftig bemüht war, den gegenteiligen Eindruck zu erwecken. »Wir sind also ganz ungestört. Walten Sie Ihres Amtes.«

»Zu welcher Garderobe soll die Aufmachung denn passen?«, erkundigte sich Frieda. Die Kundin klingelte nach Dienstpersonal, ließ ihr Abendkleid aus dem Schrank holen – ein schillerndes Etwas in Lila mit silbernen Pailletten und vielen Fransen. »Diamantsterne und ein Diadem würden perfekt zu Ihren Ansprüchen passen, gnädige Frau.«

Die Kundin fühlte sich geschmeichelt. »Hach, meine Diamanten trag ich ungern auf Bällen, bei denen wild getanzt wird.«

»Das verstehe ich, sehr vernünftig. Ich hätte da etwas aus Swarovski-Steinen dabei, die sind mit dem bloßen Auge überhaupt nicht von echten Diamanten zu unterscheiden.« Sie präsentierte den mitgebrachten Haarschmuck aus geschliffenem Kristallglas.

Die Kundin war entzückt. Sie klingelte wieder und bestellte sich etwas zu trinken. »Und was machen wir mit dem Gesicht?«, fragte sie dann besorgt. »Ich hab leider zu viel Sonne abbekommen. Ist doch 'ne Unverschämtheit, man müsste besser gewarnt werden.«

»Ich zeig Ihnen gerne, wie Sie sich durch Lippenstift, Schminke und Puder vorteilhaft herausbringen«, versicherte Frieda.

Zuerst legte sie der Kundin eine kühlende, abschwellende Gesichtsmaske auf. Danach steckte sie ihr die Abendfrisur. Zuletzt schminkte sie das Gesicht und das Dekolleté. Als sie fast fertig war, kehrte der Mann der Frau zurück. Ohne die teure Kleidung und seine Intelligenzbrille hätte man ihn für einen Bierkutscher gehalten.

»Na, wie gefall ich dir?«, begrüßte die Kundin ihn.

»Prächtig, mein Goldstück.«

»Hast du schön gespielt?«

»Interessante Gespräche auf dem Platz«, sagte er, »hochinteressant. Dieser Hugo Stinnes macht es richtig. Immer uf Pump wat Neuet kofen. Unternehmen, Industriebetriebe … Und später die Schulden mit Geld zurückzahlen, das inzwischen viel weniger wert ist!« Er legte sein Jackett ab. »So macht man heutzutage ein Vermögen, so schafft man ein Imperium.«

»Ach, der Sonnenbrand quält mich so«, klagte seine Frau. »Wir sollten nächstes Mal doch lieber an die Kottasür fahren.«

»Kieken wa ma, kieken wa ma. Aber die Sonne scheint überall, wa?«

Frieda wurde während des Dialogs zunehmend übel. Ihr brach der Schweiß aus allen Poren, ihr Herz raste. Nun konnte sie nicht mehr an sich halten.

»Wo bitte ist das WC?«, fragte sie.

Die Frau sah sie abweisend an, wies aber mit dem Kinn zu einer Tür, auf die Frieda gleich losstürmte. Es war knapp, gerade noch rechtzeitig konnte sie den Toilettendeckel heben, und schon musste sie sich übergeben. Mit Unterbrechungen dauerte es einige Minuten. Sie antwortete nicht auf das Klopfen an der Tür. Endlich begannen Herzschlag und Körpertemperatur sich zu normalisieren.

Frieda spülte den Mund aus und putzte Spritzer weg.

»Entschuldigen Sie bitte vielmals«, brachte sie mühsam hervor, als sie ins Hotelzimmer zurückkehrte. Es war ihr schrecklich peinlich. »Ich muss etwas Falsches gegessen haben.«

Die Kundin klingelte wieder nach dem Personal. »Das muss sofort gesäubert werden.«

Frieda packte ihre Utensilien zusammen. Es kostete sie Überwindung zu fragen: »Möchten Sie gleich bezahlen?«

»Schicken Sie die Rechnung ans Hotel, auf unseren Namen«, antwortete die Kundin abwehrend. »Und gehen Sie bloß schnell nach Hause. Wer weiß, was Sie da ausbrüten. Hoffentlich nix Ansteckendes.«

»Gut, vielen Dank. Ich wünsche Ihnen ein schönes Fest.«

Mit letzter Beherrschung schaffte Frieda es aus dem Hotel heraus. Den Trubel ringsum ertrug sie nicht. Sie ging nach Hause, stellte ihr Köfferchen ab. Ohne etwas zu sagen, schnappte sie sich ihr Rad und fuhr raus zum Zuckerpad. Dort setzte sie sich in die Dünen.

O Frieda, Frieda, Frieda, dachte sie bestürzt. Du kannst nicht länger die Augen davor verschließen. Die ganze Übelkeit der vergangenen Wochen hatte nur einen einzigen Grund. Im Grunde ahnst du es schon länger und wolltest es nicht wahrhaben. Aber deine Regel ist doch auch schon zwei- oder dreimal ausgeblieben.

Du bist schwanger.

Sie behielt diese Erkenntnis zwei Tage lang für sich, weil sie erst ihre Gefühle sortieren musste. Es passte ihr überhaupt nicht. Der Zeitpunkt war zu früh, denkbar ungünstig. Sollte sie das Wickwief bitten, ihr eine Kräutermischung zu geben? Sollte sie über Grete und Max Erkundigungen wegen einer möglichen Abtreibung einholen? Vielleicht ging es ja auch noch von allein ab. So was kam vor. Ihrer Mutter war es zweimal passiert. Sie überlegte, ob Paul vielleicht absichtlich ein Loch in eines der Kondome gepikst haben könnte.

Am dritten Tag weihte sie Grete in ihr Geheimnis ein. Aber natürlich konnte eine derart kinderliebe Frau nur auf eine

Weise reagieren. Sie umarmte sie überschwänglich und gratulierte ihr. Für Grete war jedes Kind ein Geschenk, das man dankbar annehmen musste.

»Wo ist das Problem?«, fragte sie, als Frieda in Tränen ausbrach. »Du bist verheiratet. Du bist gesund.«

Wie sie es sagte, klang es, als wäre alles ganz einfach.

»Und was ist mit dem Friseurwettbewerb?«, flüsterte Frieda. »Mit meinem Traum …«

»Na, den kannst du dir auch später noch erfüllen. Und selbst wenn nicht. Ich bitte dich, was ist das gegen ein Kind?«

Frieda ärgerte sich fast, dass sie Grete ins Vertrauen gezogen hatte. Ihre beste Freundin verstand sie nicht. Das war bitter. Sie sah sich jetzt sogar mit deren Augen – als selbstsüchtige Frau. Das war sie doch überhaupt nicht. Nun fühlte sie sich noch schlechter.

»Und die wirtschaftliche Situation? Es wird immer chaotischer …«, wandte sie ein. »Ein Ei kostet diese Woche fünfzehntausend Mark, fünftausend mehr als die Woche davor. Wohin soll das noch führen?«

»Weiß Paul es schon?«, fragte Grete. »Der freut sich sicher wahnsinnig.«

Frieda schüttelte den Kopf. »Nein.«

Wenn er erst davon erfuhr, würde es kein Zurück mehr geben. Ihren Verdacht, dass er absichtlich den Verhütungsschutz unwirksam gemacht haben könnte, sprach sie nicht aus. Vielleicht lag sie falsch. Und es würde ja auch nichts mehr ändern.

Lissy

Lissy stand vor dem hohen ovalen Schrankspiegel in ihrem Zimmer und machte sich für den Blumentag zurecht. Im ganzen Haus duftete es nach Apfelsinen. Sie schmückte ihr weißes Baumwollkleid um die Hüfte mit einer hellblauen Schärpe und an den Kragen steckte sie eine rosafarbene Rose. Junge Norderneyerinnen mischten sich an diesem Sonntag unter die Kurgäste, um Spenden für die Unterstützungskasse der Kriegsbeschädigten- und Kriegshinterbliebenen-Kameradschaft zu sammeln. Sie hörte, dass ihre Mutter schon wieder zur Toilette lief. Seit Wochen war sie nicht richtig auf dem Damm. Die Geräusche verrieten ihr, dass sie sich übergab. Allmählich machte sie sich Sorgen. Sie hatte sich noch nie Sorgen um ihre Mutter gemacht, weil sie immer stark war und wusste, was getan werden musste.

Als der Schlüssel der Badezimmertür umgedreht wurde, ging sie auf den Flur. Ihre Mutter sah bleich und erschöpft aus.

»Mama, bist du krank?«, fragte sie ängstlich. »Sei ehrlich.«

Ihre Mutter blieb stehen. Sie zögerte und holte tief Luft, bevor sie antwortete. »Lissy, ich wollte es dir sowieso bald sagen, bitte behalte es noch eine Weile für dich. Ich … ich erwarte ein Kind.«

»Waaas?«

»Es kann immer noch was dazwischenkommen. Deshalb möchte ich nicht, dass es schon bekannt wird.«

»Vom Meister?«, fragte Lissy entgeistert.

»Von wem denn sonst?«, zischte ihre Mutter gereizt.

Lissy drehte sich um, lief auf ihr Zimmer und schloss sich ein. Sie war entsetzt. Wie peinlich! Dass ihre Mutter in ihrem Alter, mit fast vierunddreißig Jahren, noch ein zweites Kind bekam! Ihre Mutter klopfte an die Tür, aber sie öffnete nicht.

Elke und Trienchen waren guter Dinge, während sie mit ihren Sammelbüchsen über den Marktplatz streiften. Lissy als Dritte im Bunde trug einen Korb mit bunten Blumensträußchen zum Anstecken, die jeder Spender als Dank des Vaterlandes erhielt. Ihre Freundinnen nutzten es reiflich aus, dass sie einen moralisch einwandfreien Grund hatten, mit Kurgästen ins Gespräch zu kommen. Lissy stand noch unter Schock. Sie machte nicht mit bei den Scherzen, und sie reagierte auch nicht sofort, wenn sie angesprochen wurde.

Erst als Carl Georg von Fromann, ihr Tanzlehrer, direkt vor ihr stand und belustigt seine Frage wiederholte, registrierte sie ihn.

»Welches Sträußchen würden Sie mir zu meinem Jackett empfehlen, Fräulein Fisser?« Er schob einen gefalteten Norderneyer Notgeldschein in Trienchens Büchse und erwartete nun die Belohnung.

Sein freundlicher, leicht amüsierter Blick verunsicherte sie. »Ähm ... Ja, also dieser hier würde gut passen, glaub ich.« Sie reichte ihm gelbe Sonnenröschen mit Margeriten.

»Würden Sie so freundlich sein und ihn mir am Revers festmachen?«, bat er charmant. »Ich bin mit so was immer recht ungeschickt.«

Er beugte sich vor, sie erkannte den Duft wieder, den sie beim Tanzen mit ihm so angenehm fand – nach Holz und irgendwie würzig. Bestimmt war es etwas Italienisches, vielleicht aus Florenz. Fräulein Gundula ließ sie gelegentlich an den Duftwässern schnuppern, die sie verkaufte. Daher wusste sie, dass elegante Herren Duftwasser aus Florenz schätzten.

»Natürlich.« Scheu steckte sie das Sträußchen mit einer Sicherheitsnadel fest. Hinter ihrem Rücken hörte sie die Freundinnen kichern.

Herr von Fromann lächelte und schaute ihr tief in die Augen. »Sie sehen ganz bezaubernd aus, Fräulein Fisser.«

Was für schöne Augen er hatte! Eine interessante Farbmischung aus Olivgrün mit Sprengseln in Braun, Grau und Türkis.

»Ich freu mich auf unsere nächste Tanzstunde. Sie sind wirklich talentiert.«

Lissy spürte, dass sie errötete. Wie reagierte man denn angemessen auf ein Kompliment? Noch bevor sie etwas entgegnen konnte, wünschte er ihr und ihren Freundinnen einen erfolgreichen Blumentag und spazierte davon.

Während der Meister aufblühte und der Stolz darüber, dass er bald Vater werden würde, ihm aus jeder Pore quoll, während ihre Mutter sich täglich übergab und nur den Duft von Apfelsinenöl, das sie vom Wickwief bekommen hatte, ertrug, tröstete Lissy sich damit, von ihrem Tanzlehrer zu träumen. Er nahm sie in jeder Unterrichtsstunde dran. Meist korrigierte er Fehler, die Schüler bei der Schrittfolge machten, indem er mit ihr zusammen vorführte, wie es richtig ging. Seine reguläre Tanzpartnerin, die Tochter des Tanzschulbesitzers Kossack, pausierte derweil oder übte mit einem der tapsigen Jungen. Lissy war stolz darauf, dass er sie so häufig erwählte. Sie fieberte diesen Augenblicken entgegen. Auch um den Preis, dass einige Tanzschülerinnen schon anfingen zu lästern.

Herr von Fromann blieb stets korrekt. Doch sie spürte, dass er sie besonders mochte.

Zu Hause fühlte sie sich nicht mehr richtig wohl. Tant' Grete hatte sie gebeten, Rücksicht auf den Zustand ihrer Mutter zu nehmen, aber sie empfand bei ihrem Anblick meist eher Groll als Mitgefühl. Anscheinend reichte sie ihr als Kind nicht mehr. Oft suchte sie sich, um ihre Hausarbeiten für die Berufsschule zu machen, woanders ein ruhiges Plätzchen. Entweder in der Laube bei ihrer Oma Meta, wo allerdings auch immer Ablenkungen drohten, wenn Opa Dirk und Onkel Dodo nicht auf Fischfang waren, oder auf einer zwischen Haselnusssträuchern gelegenen Bank im Park am Schwanenteich bei der Franzosenschanze.

Dort brütete sie an einem Augusttag nach dem Abendbrot noch über einer Rechenaufgabe, als Herr von Fromann vorbeikam. Sie begrüßten sich fröhlich. Er hielt an und spähte auf ihr Heft.

»Soll ich helfen?«

»Wenn Sie gut rechnen können.«

»Gestatten Sie? Um was geht's?« Er setzte sich neben sie, und sie las ihm die Aufgabe vor.

»*Am 25. November 1921 wurden die Berufs- und Fachschulen in Preußen von 756 300 Jugendlichen besucht. 18 Prozent waren Mädchen. Wie viele Jünglinge und wie viele Mädchen waren eingeschult?*«

»Dürfte ich mal Ihren Stift haben?« Er rechnete es ihr in null Komma nichts aus.

»Und das stimmt?«

Er lächelte. »Eigentlich bin ich auf dem Weg in die Meierei, um mir ein Kummchen voll Schmandschaum zu gönnen. Das erinnert mich an meine Heimat. Wenn ich Sie einladen dürfte, können Sie es dort in Ruhe nachrechnen.«

Mit klopfendem Herzen begleitete sie ihn zum Ausflugslokal. Sie bestellte nur einen Kakao, weil sie daran dachte, dass er verarmt war. Das machte ihn in ihren Augen jedoch nicht weniger anziehend. Im Gegenteil, sie fand seine Ausstrahlung und seinen Lebensstil wahnsinnig aufregend.

»Wie möchten Sie leben, später einmal?«, fragte er. Sie konnte kaum fassen, dass sich ein Mann wie er dafür interessierte. Doch sie vertraute es ihm an. Je länger sie sich unterhielten, desto freier konnte sie sprechen. Und währenddessen wurde ihr klar, dass sie vor allem Freiheit wollte. Sie sehnte sich nach Gleichgesinnten, Großstadtleben, Spaß, Schönheit, vielleicht ein bisschen Abenteuer, vor allem aber nach der Freiheit, zu tun und zu lassen, was sie wollte. »Mit mehr Freiheit als ein Friesenkind auf Norderney kann ein Mensch doch gar nicht aufwachsen«, meinte er.

Sie schilderte ihm den Russenzaun, der den Strand abgesperrt hatte, und wie isoliert die Insulaner im Krieg gewesen waren und außerhalb der Saison immer noch lebten.

»Jeder kontrolliert jeden. Viele Läden sind zugenagelt. Und viele Köpfe auch. Wehe, da tanzt mal einer aus der Reihe!«

»Freiheit verlangt Mut«, gab er zu bedenken. »Freiheit bedeutet auch immer Einsamkeit. Und weniger Sicherheit. Damit kenne ich mich aus.« Was für eine faszinierende Aura diesen Mann umgab!

Er sprach von Berlin, von Riga, St. Moritz und Paris. Sie hing an seinen Lippen. Darüber vergaß sie völlig, die Aufgabe nachzurechnen. Es gefiel ihr, wie er das R rollte.

Seine Familie war nach dem Krieg enteignet worden. »Vor

dem Krieg pflegte der Kaiser bei uns zu übernachten, wenn er in die Gegend kam.«

Leider wurde es schon deutlich früher dunkel. Sie musste nach Hause und verabschiedete sich widerstrebend.

»Sie sind etwas Besonderes, Fräulein Lissy.«

»Eigentlich heiße ich Elisabeth.«

»Auf Wiedersehen, Fräulein Elisabeth.«

So war sie noch nie genannt worden. In ihrem Innern erklang eine wunderschöne leichte Melodie. Auf dem Rückweg durch den Park machte sie immer wieder Tanzschritte.

Grete

»Bitte nehmen Sie doch noch einen Moment Platz, Herr Plitter«, bat Grete den Patienten, der als Nächster dran war.

Der Mann hatte es mit dem Magen. Sie kannte ihn. Er malte expressionistische Bilder, Aktdarstellungen, die von einem neuen Körperbewusstsein kündeten. Oder verstörende Porträts, etwa von einem schizophrenen Menschen am Strand. Heinz Plitter hatte sich nach dem Krieg auf Norderney niedergelassen, aber die Inselzeitung berichtete nie über ihn, nicht einmal, wenn er in einer Gemeinschaftsausstellung der örtlichen Kunsthalle vertreten war.

Grete fand seine Gemälde faszinierend, viel zeitgemäßer als das, was der beliebtere Poppe Folkerts malte. Trotzdem erhielt Plitter nur wenig Anerkennung. Er lebte davon, dass er in einer Jazzband zur Unterhaltung von Urlaubern spielte.

Die Arbeit am Empfang in der Praxis ihres Mannes machte Grete Spaß. Sie beobachtete seine Patienten sehr genau und sprach oft später mit ihm über sie. Was für interessante Fälle es gab, und wie viele Krankheiten noch Spätfolgen des Krieges waren! Ihre Eindrücke halfen ihm zuweilen, seine Diagnose abzurunden. So hatten sie immer Gesprächsstoff. Den hatten sie natürlich auch sonst, durch die Kinder und den gemeinsamen Alltag, aber es verband sie eben noch mehr.

An diesem Morgen hatte Max sie inständig gebeten, sein Honorar nicht mehr in Form von Naturalien anzunehmen. »Egal, was sie dir andrehen wollen, verstanden?«, hatte er gedonnert.

In der Küche stapelten sich Kisten mit erntefrischem Gemüse, aktuell vor allem Blumenkohl und Kohlrabi, am Tag zuvor waren noch ein Eimer voller Mirabellen und ein Körbchen Johannisbeeren hinzugekommen. Grete musste ein bisschen in sich hineinschmunzeln. Manchmal sah es richtig niedlich aus, wenn die Patienten mit ihren guten Gaben anrückten. Einige bezahlten sogar, wie es sich gehörte, und schenkten zum Dank noch obendrein etwas aus dem Garten oder vom Kutter.

Sie und Max unterhielten sich auch immer noch gern über das große Ganze und alles, was mit neuen Ideen zur Lebensreform zusammenhing. So interessierten sie sich beide für die Experimente, die eine Gruppe ungewöhnlicher Persönlichkeiten auf dem Monte Verità am fernen Lago Maggiore in der Schweiz lebten. Sie wollten Körper und Seele nicht als Gegensätze verstanden wissen, sondern als Einheit, und lebten deshalb bewusst anders. Natürlicher, gleichberechtigter, gesünder und spiritueller.

Künstler wie Heinz Plitter verfügten über Kontakte, die weit über die Insel hinausreichten. Zudem verbreiteten Kurgäste, denen die Behandlungsmethoden von Dr. Max Lubinus geholfen hatten, die Kunde von ihm weiter. Seine Atemgymnastik, seine Ratschläge für das Verhalten im Licht-, Luft- und Sonnenbad sprachen eine bestimmte Klientel an. Und sie selbst sonnten sich ja privat auch nackt in den einsamen Dünen des Nordstrands, oder sie machten dort gymnastische Übungen. Das praktizierten sie ziemlich regelmäßig, weil sie sich dadurch freier fühlten und weil sie überzeugt waren, dass es dem Organismus guttat. Manchmal nahmen sie die Kinder mit, was einige Insulaner sicher missbilligen würden, wenn sie davon erführen.

Grete sah hinüber ins helle, mit Blumenbildern geschmückte Wartezimmer. Ja, sie war glücklich. Sie führte ein Leben, das ihr gefiel. Sie hatte viel Glück gehabt! Aus Dankbarkeit dafür engagierte sie sich gern, zuweilen etwas über ihre Kräfte, ehrenamtlich für jene, denen es schlechter ging.

Max kam mit einem Patienten aus dem Sprechzimmer, holte sich den Anmeldebogen von ihr, lächelte ihr kurz zu und bat dann: »Der Nächste bitte! Ah, Herr Plitter!«

Es betrübte sie, dass Frieda gerade keine glückliche Phase durchlebte. Sie hatte mit Max darüber gesprochen, ob sie sich vielleicht deshalb so oft übergeben musste, weil sie das Kind insgeheim ablehnte. Oder umgekehrt. Aber Max, der viel über Medizin wusste, war ein Mann. Und er schloss sich der Meinung seiner Kollegen an, dass manche Frauen während der Schwangerschaft eben hysterisch und überempfindlich reagierten. Grete hielt Frieda keineswegs für hysterisch. Bestimmt gab es körperliche Ursachen, die nur noch nicht erforscht waren.

Max hatte immerhin ein neues Medikament bestellt. Es enthielt in erster Linie Substanzen, die eine Mangelernährung ausgleichen sollten, damit das Ungeborene keinen Schaden nahm. Am Nachmittag brachte sie es Frieda.

»Mach dir bitte keine Vorwürfe«, sagte sie ihrer Freundin, die ausgemergelt auf dem Sofa lag. »Ich weiß, dass du inzwischen längst das Kind aus vollem Herzen begrüßen würdest, wenn es dir nicht ununterbrochen diese Übelkeit verursachen würde.« Sie hatte in der medizinischen Fachliteratur nachgelesen. »Halte durch! Nach dem fünften Monat hört es oft ganz plötzlich auf.«

»Ich falle ständig im Salon aus«, sagte Frieda erschöpft. »Man kann nichts vernünftig planen.« Sie lächelte tapfer. »Aber es rührt mich zu sehen, wie sehr Paul sich auf das

Kind freut. Alle alten Frauen sagen mir, es wird ein Junge werden, weil nur Söhne ihre Mütter so quälen können.« Sie seufzte. »Sie kennen Lissy nicht. Sie verhält sich in letzter Zeit schrecklich pampig!«

»Sei nachsichtig mit ihr, bitte.«

Grete beschloss, sich mehr um das Mädchen zu kümmern. Nach dem Besuch bei Frieda ging sie hinunter in den Salon, sagte Paul und Jakomina Guten Tag und lud Lissy ein, mit ihr und den Kindern am Sonntag, wenn Max Notdienst hatte, einen kleinen Ausflug zum Flughafen zu unternehmen. Lissy konnte sich nämlich wie sie für Flugzeuge und Piloten begeistern. Sie schauten sich gern die Maschinen, die Starts und Landungen aus der Nähe an. Vielleicht gab es ja bald mal wieder einen Tag der offenen Tür.

Es war eine der letzten Taten des Bürgermeisters Jann Berghaus für Norderney gewesen, dass er den Flughafen für die zivile Luftfahrt gerettet hatte. Große Pläne wurden nun geschmiedet. Gingen schon jetzt täglich Passagierflüge nach Bremen, sollten bald sogar internationale Verbindungen möglich sein. Insgeheim hielt Grete auch immer ein klitzekleines bisschen Ausschau nach Martin von Welser, ihrem Jugendflirt, der während der Novemberrevolution mit einer Maschine der Seeflugstation nach Dänemark geflohen war.

Auf ihrem Heimweg regnete es. Unter der Rundbogenüberdachung vor der Eingangstür ihres Hauses sah sie schon von Weitem den hageren Herrn Plitter mit einer Rolle unterm Arm stehen.

»Warum haben Sie denn nicht geklingelt?«, fragte sie erstaunt. »Es ist doch immer jemand da. Das Hausmädchen oder in der Praxis eine Arzthelferin …«

»Ich wollte es gern Ihnen persönlich zeigen, Frau Lubinus.«

Halb verlegen, halb stolz präsentierte er ihr eine bemalte Leinwand, die Strandkörbe und windgebeugten Strandhafer zeigte.

»Oh, wie schön!«, rief sie spontan.

»Meinen Sie«, fragte er, »also, ich hatte ein hochinteressantes Gespräch mit Ihrem Mann über die Idee einer Freiwirtschaftsbewegung ... Sie wissen doch, wie inflationär es gerade ist mit dem Bargeld. Ob ... Also, könnte ich meine Arztrechnung wohl mit diesem Gemälde bezahlen?«

Grete nahm es ihm aus der Hand, um es von Nahem zu betrachten. Es gefiel ihr. Natürlich würde es Ärger geben mit Max. Keine Naturalien mehr, hatte er gesagt. Sie seufzte. Und dann lächelte sie.

»Einverstanden«, willigte sie ein, »aber bitte sagen Sie's nicht weiter.«

Lissy

Die Flügel der nahen Windmühle drehten sich klappernd im Wind, Schwäne glitten über den Teich. Lissy saß wieder mit Hausarbeiten auf der Parkbank an der Franzosenschanze, als wie erhofft zufällig Herr von Fromann vorbeispazierte und sie ins Gespräch kamen. Auch diesmal verstanden sie sich wunderbar. Er setzte sich neben sie, und sie musste sehr lachen über seine Anekdoten vom Tanzparkett und vom Baltikum.

»Einmal kündigte sich der Kaiser an, und mein Großvater ließ schnell noch einen Anbau errichten. Der Kaiser genoss seinen Aufenthalt, der mit einer großen Jagdgesellschaft verbunden war. Beim Abschied bedankte er sich bei meinem Großvater und betonte, es gefalle ihm besonders, dass man bei uns immer so wenig Aufhebens von seinem Erscheinen mache.«

»Sie haben ihn also von Nahem gesehen?«

»Er wünschte, meine Geschwister und mich zu sehen. Wir wurden ihm in unseren feinsten Eton-Anzügen vorgeführt.«

»Eton?«, fragte Lissy.

»Der Etonboy-Anzug heißt so nach der britischen Stadt, in der Knaben die beste aller Schulausbildungen erfahren«, erklärte er. »Sie tragen schwarze Kniehosen mit langen schwarzen Strümpfen, einen breiten weißen Umlegekragen mit einer dunkelroten Schleife und einer gleichfarbigen Schärpe.«

»Oh«, sagte Lissy beeindruckt.

So etwas hatte sie schon bei Söhnen vornehmer Kurgäste gesehen. Jetzt konnte sie sich die Szene bildlich vorstellen.

»Der Kaiser reichte jedem von uns die Hand, die wir, wie uns vorher eingeschärft worden war, küssten. Nur mich küsste er auf die Stirn. Ich war nämlich eines seiner zahlreichen Patenkinder.«

»Tant' Grete hat ihn auch einmal von Nahem gesehen, als er auf Norderney war, lange vor dem Krieg.«

Sie sprachen weiter, unter anderem über den Krieg, und es stellte sich heraus, dass Herr von Fromann wie ihr Vater an der Ostfront gewesen war. Das verstärkte ihr Gefühl, dass sie mit diesem Mann über alles sprechen konnte, was sie bewegte.

»Sie sind noch jung und haben doch schon viel Schmerz erlebt«, sagte er mitfühlend. »Wir wussten in Ihrem Alter noch gar nicht, was Melancholie ist.« Sein Lächeln wärmte ihr Herz. »Es ist richtig, dass Sie tanzen lernen wollen. Tanzen tut der Seele gut.«

Dass sie zu spät nach Hause kam, fiel zum Glück nicht weiter auf. Ihre Großmutter saß bei ihrer Mutter und dem Meister in ihrem Wohnzimmer. Alle drei machten einen ungewöhnlich niedergedrückten Eindruck. Lissy blieb in der Tür stehen. Sie verstand nicht, was vor sich ging. Ihre Mutter fühlte sich doch seit ein paar Tagen deutlich besser. Auf dem Tisch lagen etliche amtlich aussehende Briefe.

»Ich weiß wirklich nicht, wie wir das bezahlen sollen«, sagte der Meister heiser.

»Kein Mensch kann wissen, was wird.« Ihre Großmutter seufzte schwer, sie schien den Tränen nahe. »Unser Gewinn zerrinnt.«

Der Meister nahm die Schreiben zu einem Fächer in die Hand und zählte sie der Reihe nach auf. »Gas, Wasser, Strom, Gemeindesteuer, Desinfektionsgebühren, Betriebssteuer, Grund- und Gebäudesteuer. Und alles ist teurer geworden.«

»Da können wir uns noch so abstrampeln! Warum arbeiten wir überhaupt noch, wenn das Geld im Winter nichts mehr wert sein wird?«, fragte die Großmutter bitter. »Wir schuften uns in die Miesen rein.«

»Wir arbeiten schon allein deshalb weiter, um nicht aus der Übung zu kommen«, erwiderte ihre Mutter. Sie sah sehr bleich aus, die Augenränder waren gerötet. »Wir gehen nicht unter. Wir werden weitermachen wie der Frosch, der in die Kanne mit Milch gefallen ist. Wir strampeln so lange, bis daraus Butter geworden ist und wir wieder festen Boden unter den Füßen haben.«

»Onno ist die Kraft vorher ausgegangen«, entgegnete ihre Großmutter dumpf und brach in Tränen aus.

Nun musste auch ihre Mutter weinen. Der Meister schnäuzte sich in sein großes kariertes Taschentuch.

»Wieso?«, fragte Lissy alarmiert. »Was ist mit Onkel Onno?«

»Ach, hast du's denn noch nicht gehört?« Ihre Mutter winkte sie zu sich aufs Sofa und legte einen Arm um ihre Schultern. »Onno Remmers ist tot. Er … er hat sich erschossen.«

»O nein!«

Der Meister wischte sich über die Augen. »Gestern im Salon hat er noch gesagt, das, was sein Hotel gebracht hat, würde heute gerade noch ausreichen, um einen Apfel und ein Ei zu kaufen.«

Ihre Mutter zog sich ein Taschentuch aus dem hochgeschobenen Ärmel. »Seine arme Frau! Und die Kinder!«

»Seine Tochter Wiebke hatte es vorher schon schwer genug«, meinte die Großmutter, »als Angestellte im einstigen Hotel der Familie. Und noch dazu unglücklich verheiratet.«

»Hätt' sie doch nur unseren Dodo genommen«, entfuhr es ihrer Mutter.

»Dodo?«, fragte Lissy verständnislos.

»Ja, die beiden waren mal ineinander verliebt. Aber er hat sich damals nicht getraut, es ihr zu sagen, weil er nicht genug Geld besaß. Da hat sie einen anderen geheiratet.«

»Selbstmord ist die abscheulichste Sünde, mein Kind«, sagte der Meister, »die einzige, die man nicht mehr bereuen kann, weil Tod und Missetat zusammenfallen.«

»Aber es können sich doch nicht alle Menschen umbringen!«, rief Lissy mit ungewohnter Beklemmung, fast panisch. Noch nie hatte sie Existenzangst so deutlich, geradezu körperlich, gespürt.

»Wir werden schon irgendwie durchkommen«, versuchte ihre Mutter, sie zu trösten. »Wir haben doch jetzt einen neuen Reichskanzler, Dr. Gustav Stresemann. Ganz abgesehen davon, dass er meine Mandelkekse gern mochte, weiß ich, dass er ein guter Mann ist. Ich habe ihm in die Augen gesehen, hier auf der Insel.«

»Als ob das ausreichen würde!«, bemerkte ihre Großmutter, und insgeheim musste Lissy ihr recht geben.

»Ist doch schon der siebte Kanzler in vier Jahren«, sagte der Meister verächtlich.

Ihre Mutter legte eine Hand auf den schon recht rundlichen Bauch. »Manchmal muss man einfach Vertrauen haben. Wie ein Gänsesägerküken, das aus seinem Nest hoch oben im Baum hinunter in den Fluss springt.«

Zum ersten Mal, seit sie von der Schwangerschaft wusste, schmiegte Lissy sich wieder an sie. Denn trotz allem wirkte das Gottvertrauen ihrer Mutter beruhigend auf sie.

Beim Abtanzball sprach Herr von Fromann sie an. »Manchmal tut's mir besonders leid, wenn ein Kurs zu Ende geht«, sagte er. »Ich hoffe doch, dass Sie sich für den Fortgeschrittenen-lehrgang anmelden.«

»Ich würde ja gern«, gab Lissy verlegen zu. »Aber leider meint meine Erziehungsberechtigte, dass ich für die modernen Tänze zu jung bin.«

»Auf gar keinen Fall!«, beteuerte er. »Je früher man sie einübt, desto leichter gehen sie einem in Fleisch und Blut über.«

»Ich möchte furchtbar gern Shimmy und Tango und so was alles lernen.« Lissy zuckte mit den Schultern. »Aber was soll ich machen?«

Er lächelte verschwörerisch. »Kommen Sie doch einfach am Donnerstag im Anschluss an den Fortgeschrittenenkurs, er endet gegen halb acht abends. Dann ist der Pianist noch da, und ich könnte Ihnen zumindest eine kleine Einführung in den Shimmy geben.«

»Oh, das wäre fabelhaft!«

»Es bleibt allerdings unter uns.«

»Natürlich!« Sie nickte heftig.

Bis dahin konnte sie sich kaum auf ihre Arbeit konzentrieren.

Ohne Onno war die Morgenrunde nicht mehr dieselbe. Jan kündigte an, er wolle es nun aufgeben, sich trotz der Schmerzen in seinem Bein zum Rasieren in den Inselsalon zu begeben. Für ihre Großmutter und Mutter bedeutete diese Veränderung einen großen Einschnitt. Aber Lissy verstand auch die jüngeren Männer, die sich inzwischen, um Geld und Zeit zu sparen, lieber mit den neuen Sicherheitsklingen selbst rasierten. Das hatte leider zur Folge, dass immer mehr Herrenfriseure arbeitslos wurden und versuchten, ins Damenfach zu wechseln. Damit wuchs die Konkurrenz. Schade fand sie das

Ende der Viererrunde natürlich auch, weil damit ein Stück Tradition und Gemütlichkeit schwand. Aber immerhin, Theo und Dr. Seut erschienen noch jeden Morgen.

Für weitere Aufregung in der Familie sorgte, dass eine Kusine ihrer Großmutter ihr Haus per Anzeige in der Inselzeitung zum Verkauf anbot: *Für 1300 Dollar, komplett möbliert, nur in ausländischer Währung.* Lissy berührte es nicht sonderlich. Sie freute sich auf den privaten Shimmy-Unterricht.

Am Donnerstag nach dem Abendbrot stahl sie sich noch mal davon. Herr von Fromann war bereits warmgetanzt, er verabschiedete die letzten Paare im Saal und steuerte freudestrahlend auf sie zu.

»Da sind Sie ja, Fräulein Elisabeth.« Mit einer eleganten Geste strich er über sein schmales dunkles Bärtchen. »Na, dann wollen wir mal.«

Er baute sich direkt vor ihr auf. »Der Shimmy ist der Nachfolger des Foxtrotts, ein sogenannter Platztanz, man kann dafür also auf der Stelle bleiben.« Er gab dem Pianisten ein Zeichen, und der begann, ein fröhliches, aufgekratztes Jazzstück zu spielen.

»Also, man schüttelt entweder die Hüften oder die Schultern.« Lissy ahmte Herrn von Fromanns Bewegungen nach. »Oder man beginnt unten mit dem Schütteln und arbeitet sich langsam schüttelnd nach oben hoch.« Lissy machte auch das nach. »Prima. Und dann wieder von oben nach unten, ja, richtig, sehr gut! Stellen Sie sich einfach vor, jemand hätte Ihnen gerade einen Kübel Eiswürfel in den Rückenausschnitt gekippt. Brr …«

Lissy musste lachen. »Brrr …!« Es machte so viel Spaß!

Nun beugte Herr von Fromann tanzend den Oberkörper

vor und zurück. »Einfach aus dem Bauch heraus, wunderbar machen Sie das, weiter so. Und jetzt mit X-Beinen! Und dann mal die eine Pobacke, danach die andere zum Vibrieren bringen.«

Lissy verlor ihre Scheu, sie folgte einfach immer spiegelverkehrt seinem Beispiel. Er lachte sie an, und sie lachte zurück.

»Schade, dass mein Kleid keine Fransen hat«, sagte sie schneller atmend. »Mit Fransen wirkt es sicher doppelt so gut.«

»Egal! Tanzen Sie, als würde niemand zuschauen. Denken Sie nicht an die Wirkung, gerade darin liegt nämlich der Unterschied zwischen Mode- und Gesellschaftstänzen.« Sie sah in seinen vor Begeisterung sprühenden Augen, dass es ihm ebenso viel Vergnügen bereitete wie ihr. »Die einen nennen es tanzen«, rief er und zog eine Augenbraue hoch, »ich nenn es leben!«

Sie warf den Kopf in den Nacken, schloss die Augen und folgte einfach dem Rhythmus. Ja, so stellte sie sich die Freiheit vor. Ihr Körper wusste, wie er sich bewegen wollte.

»Achtung, hier kommt der Bumb«, rief Herr von Fromann. Sie schaute wieder hin. Stoßartig schob er den Unterleib vor. Das erschien ihr nun doch irgendwie zu gewagt. Intuitiv wich sie aus und machte andere Bewegungen. Er registrierte es wohl, verzichtete aber auf einen Kommentar. Stattdessen ließ er die Lektion nach einer Weile mit harmloseren Tanzfiguren ausklingen. »So, das reicht für heute.« Er schickte den Klavierspieler in den Feierabend. »Vielen Dank, Fräulein Elisabeth!«

»Aber … ich müsste mich doch bei Ihnen bedanken«, sagte sie erhitzt und etwas verlegen.

»Nein, nein, es war mir eine Freude, Sie herrliches Kind«, widersprach er, während er sich dezent die Schläfen abtupfte.

»So viel Begabung und Unschuld vereint mit Schönheit und Jugend, das ist in diesen Tagen wahrlich eine Seltenheit.« Er ging zu einem an die Wand gerückten Tisch, auf dem eine Wasserkaraffe und Gläser standen. »Möchten Sie?«

Sie nickte. Nicht etwa, weil sie Durst verspürte, sondern, weil sie dadurch noch etwas bleiben konnte. Er schenkte ein und reichte ihr ein Glas. Sie stellte sich vor, es wäre ein amerikanischer Cocktail, und fühlte sich plötzlich ziemlich erwachsen. Ihre Blicke trafen sich.

Er seufzte. »Schade, dass Sie noch so jung sind.«

»Ich werd bald fünfzehn.«

»Soso. Wann?«

»Na ja, im April«, gestand sie kleinlaut.

»Das ist ja praktisch übermorgen«, stellte er mit liebevollem Spott fest und schaute demonstrativ auf einen über dem Tisch hängenden Wandkalender, der den aktuellen Monat September anzeigte. »Doch selbst das wäre noch sehr jung.«

»Was kann ich dafür?«, antwortete sie eine Spur kokett.

»Sie haben völlig recht. Man sollte niemandem sein Alter vorwerfen. Aber mit dem Alter steigt die Verantwortung.«

Sie nahm einen Schluck. »Darf ich Sie mal was fragen?«

»Natürlich. Sie dürfen mich alles fragen, Fräulein Elisabeth.« Er schenkte sich nach, seine Hände zitterten, was eigentlich überhaupt nicht zu dem weltmännischen Eindruck passte, den er machte. »Wollen wir uns darauf einigen, dass es keine verbotenen Fragen geben wird zwischen uns? Allerdings darf jeder die Antwort verweigern, wenn er es möchte.«

»O ja, das finde ich gut.« Lissy war ihm dankbar für diese Offenheit. Trotzdem kam ihre Frage ihr ziemlich frech vor, sie musste dafür all ihren Mut zusammennehmen. »Stimmt es, dass Sie als Eintänzer arbeiten?«

Er nickte. »Was genau möchten Sie wissen?« In seinen Augen las sie etwas Ironie, aber auch Interesse und ehrliche Sympathie für sie.

»Ist es wahr, dass Sie dafür Geld kriegen?«

»Ja, vom Besitzer des Tanzlokals. Er legt Wert darauf, dass auch die weiblichen Besucher ihren Spaß haben.«

»Und macht es Ihnen Spaß?«

»Darauf würde ein Gentleman nie ehrlich antworten.«

Sie lächelte verständnisvoll.

»Jetzt bin ich dran mit Fragenstellen«, fuhr er fort.

»Ja?« Was an ihr sollte ihn denn interessieren?

»Waren Sie schon mal verliebt? Haben Sie schon Ihren ersten Kuss bekommen?«

Sie senkte den Blick, wahrscheinlich färbten sich ihre Wangen gerade feuerrot. »Darauf antworte ich nicht.«

»Sie sind so süß!« Er nahm seine Aktentasche und warf sich lässig den Sommermantel über den Arm. Es kam ihr allerdings vor, als versuchte er, das stärker werdende Zittern seiner Hände zu verbergen. »Haben Sie denn nicht bemerkt, dass fast alle jungen Männer in der Tanzstunde in Sie verliebt waren?«

»Nein!« Erstaunt sah sie ihn an. »Das sind doch noch Jungs.«

Er wandte sich zum Ausgang, sie begleitete ihn quer durch den Saal. »Leider muss ich jetzt in meine Unterkunft«, erklärte er, »um mich frisch zu machen für das Strandfest heute Abend.«

»Gibt's ein Motto?«

»Schwarz und Weiß. Für die Herren also ganz einfach.« Er lächelte breit. »Ich wohne übrigens im letzten der Bremer Häuser.«

»Da ist es sicher schön.«

Sie kannte die Gärten. Für einen Angestellten war das eine angenehme Unterkunft.

Kurz vor der doppelten Saaltür blieb er stehen. »Schade, dass wir den Tango nicht üben konnten.«

Sein Blick streichelte sie, und sie fühlte sich plötzlich innerlich wie von warmem Fenchelhonig übergossen.

»Vielleicht nächstes Mal?«, fragte sie zaghaft, »wieder nach ...«

Er schüttelte den Kopf. »Nein, ich kann den Pianisten nicht immer um Überstunden bitten. Es würde wohl auch keinen guten Eindruck machen.« Jetzt war es ihr peinlich, dass sie sich quasi aufgedrängt hatte. »Aber«, ihm schien gerade eine Idee zu kommen, »ich besitze ein Grammofon und Platten mit echter argentinischer Tangomusik. Wenn Sie den Mut hätten und so unkonventionell wären, mich zu besuchen, würde ich Ihnen den Tanz bei mir zeigen. Montagabend bin ich zu Hause.« Er sah ihr tief in die Augen, was eine eigenartige Schwäche in ihren Beinen hervorrief, doch dann zögerte er. »Aber nein, das würde sich nicht ziemen. Ausgerechnet ich als Ihr Tanzmeister! Mancher Spießbürger könnte das in den falschen Hals bekommen.«

Sie war verwirrt. Nein, das gehörte sich wirklich nicht. Aber Lust hätte sie natürlich schon. »Och ...«

»Ein Jammer«, bedauerte er. »Tango kann eine Offenbarung sein.«

Von Fräulein Gundula wusste sie, dass Wackel- und Schiebetänze vor einigen Jahren noch amtlich verboten gewesen waren. Angeblich weckten sie niedere Gelüste.

»Das geht dann wohl leider nicht«, antwortete sie tugendhaft. »Aber ich hätte noch eine Frage.«

»Bitte, nur zu.« Ihm rutschte ein Schlüsselbund aus dem

Mantel. Als er ihn vom Boden aufhob, war das Zittern seiner Hände nicht mehr zu übersehen. »Wird Zeit für meine Medizin«, sagte er knapp. »Die Nerven. Ein Andenken an den Krieg.«

»Hoffentlich tut es nicht weh …«

»Nein, nein, ich brauche nur die Medizin«, beschwichtigte er. »Was wollten Sie fragen?«

»Also, der Bruder meiner Freundin Elke behauptet, Gigolos würden den Damen auch sonst … ähm … also, dass die Frauen oft mehr von ihnen wollen als nur tanzen und dafür bezahlen …«

Er lachte. »Nicht jeder Eintänzer ist ein Gigolo. Mir und meinen Mitstreitern sind weitergehende private Beziehungen zu den Damen sogar ausdrücklich untersagt. So etwas wäre ein Kündigungsgrund.« Sein Lächeln wurde milder. »Ganz im Vertrauen: Unter den Eintänzern finden sich besonders viele warme Brüder. Oft hätten die Damen nicht allzu große Freude an einem engeren Kontakt.«

»Warme Brüder?«, wiederholte sie aufgeregt. »Besonders viele Schauspieler?«

Er schüttelte verständnislos den Kopf. »Wieso Schauspieler?«

»Na, so nennt man doch Männer, die so herzlich sind wie ein Bruder, und die besonders gut … Frauenrollen spielen …« Unter seinem seltsamen Blick sprach sie immer langsamer und unsicherer, und plötzlich begriff sie, dass sie jahrelang an ein Kindermärchen geglaubt hatte.

»Männer, die Männer bevorzugen, gibt's in allen Berufen und in allen Schichten«, sagte er, während er ihr die Tür aufhielt, »aber tatsächlich besonders oft unter Künstlern.«

Lissy starrte ihn an. Jetzt endlich verstand sie es. Natürlich.

Eiskalte, glasklare Erkenntnis. Ihr Vater, Hilrich Fisser, war ein Schwuler gewesen. Ein Homosexueller, einer vom anderen Ufer, ein 175er, einer, der ins Gefängnis gehörte.

»Tschüss«, konnte sie gerade noch hervorbringen.

Und dann stürmte sie davon.

Wohin? Überall waren Menschen, Kurgäste, Ferienkinder, Insulaner. Lissy wollte allein sein, sie wollte schreien, toben und weinen. Und sie wollte ihre Mutter zur Rechenschaft ziehen. Die hatte sie jahrelang belogen!

Tränen rannen ihr aus den Augen, aber sie presste die Lippen aufeinander, eilte im Laufschritt, wollte kein Aufsehen erregen. Endlich kam sie zu Hause an. Kaum hatte sie die Treppe erreicht, ließen sich die Schluchzer nicht mehr unterdrücken. Sie hielt Ausschau nach ihrer Mutter. Noch war sie so wütend und aufgebracht, dass sie den Mut haben würde, sie mit ihrer Lüge zu konfrontieren.

Sie riss die Wohnzimmertür auf. Dort saß nur der Meister, Zeitung lesend. Sie lief durch den Flur. »Wo ist Mama?«, fragte sie ihre Großmutter, die in ihrer Wohnstube Besuch von zwei Nachbarinnen hatte.

»Wahrscheinlich wieder im Bad«, entgegnete sie verärgert. »Kannst du nicht vernünftig Guten Abend sagen? Was ist denn?«

»Nix!«

Sie schloss die Tür viel zu heftig. Dann hörte sie die inzwischen vertrauten Würgelaute. Ihre Mutter musste sich doch wieder übergeben. Wenigstens hat sie bislang keine Freude an dem neuen Kind, dachte Lissy einen Moment lang schadenfroh. Geschieht ihr ganz recht. Gleich darauf schämte sie sich dafür, und auf einmal fühlte sie sich wie ein Ballon, aus dem die Luft entwich. Sie ging auf ihr Zimmer, schloss die

Tür hinter sich ab und warf sich aufs Bett. Sie fühlte sich so wütend, enttäuscht, gedemütigt!

Das stärkste Gefühl, das übrig blieb, nachdem sie lange geweint und in ihr Kopfkissen geboxt hatte, war Scham. Sie schämte sich. Für ihren Vater, für die Familie, für sich selbst. Tochter eines Kerls, der es mit Kerlen getrieben hatte. Das war unglaublich.

Es war wirklich nicht zu glauben. Nein, immer wieder schoben sich Bilder ihres liebevollen, eleganten Vaters über die neue Erkenntnis, die sie anekelte. Sie bekam das nicht zusammen.

Aber darüber konnte sie nicht sprechen. Weder mit ihren Freundinnen noch mit ihrer Mutter. Auch sonst fiel ihr niemand ein. Dann erinnerte sie sich an das Gespräch damals mit Tant' Grete. Sie hatte ihr doch dieses Märchen erzählt. Lissy wusste noch, dass sie ihr einerseits geglaubt und andererseits das Gefühl gehabt hatte, dass irgendwas an der Geschichte nicht stimmte.

Anspielungen auf abartig veranlagte Männer und dass es so was überhaupt gab, hatte sie erst vor Kurzem begriffen. An der Berufsschule foppten die Lehrlinge anderer Gewerke künftige Friseure gern damit, dass sie sich in ihrer Gegenwart besonders geziert bewegten und etepetete gaben. Nur den Ausdruck »warmer Bruder« hatte sie in diesem Zusammenhang bislang nicht gehört. Nun wusste sie Bescheid. Sie setzte sich auf und putzte sich die Nase. Ja, nun war sie erwachsen. Und sie würde sich von niemandem mehr vorschreiben lassen, wie sie sich zu verhalten hatte.

»Elisabeth! Ich freu mich, dass du kommst!« Carl Georg von Fromann öffnete die Wohnungstür, schon bevor sie geklingelt hatte. Er trug eine weite Nadelstreifenhose und eine schwarze Weste über einem weißen Hemd und machte eine einladende Geste. Dass er sie auf einmal duzte, störte sie nicht. Im Gegenteil, es wirkte ganz natürlich, freundschaftlich. Sie fühlte sich ernst genommen, etwas geschmeichelt, und die Atmosphäre der luxuriös möblierten Wohnung, in die sie eintrat, erschien ihr, der künftigen, erwachsenen Lissy, die sie werden wollte, angemessen.

»Wie schön!« Sie schaute sich im großen Wohnzimmer um. Die halb von Außenmarkisen beschattete Fensterfront gab den Blick aufs Meer frei. Auf der rechten Seite schützten zugezogene Übergardinen die edle Einrichtung vor Sonneneinstrahlung. »Es steht aber gar nicht Ihr Name an der Tür«, bemerkte sie.

»Eine liebe Bekannte hat die Wohnung den ganzen Sommer über gemietet«, erklärte er. »Da sie nur selten hier sein kann, stellt sie sie mir zur Verfügung.« Oh, dachte sie beeindruckt, so großzügige Freunde hätte ich auch gern. Er bot ihr etwas zu trinken an, sie lehnte ab. »Am besten kommen wir mit einer Wiederholung unserer Shimmy-Lektion in Schwung«, schlug er vor. Sie tanzten zu Musik vom Grammofon. Auch diesmal machten die Bewegungen einen Riesenspaß, und sie verlor mit dem Schütteln wieder ihre Scheu. »Jetzt der Tango. Zunächst ein paar Trockenübungen.« Er nahm mit ihr die Grundposition ein. Schon allein seine Nähe bewirkte, dass ihr Herz schneller klopfte. Und er roch wieder so gut. »Die Dame beginnt mit rechts und geht nach hinten. Schritt, Schritt, Wiegeschritt. Die Knie etwas gebeugt, Rücken aufrecht. Und los geht's.« Etwas planlos ließ sie sich einfach führen. So ganz verkehrt war es wohl nicht gewesen. Jedenfalls setzte er das Grammofon mit einer anderen Platte in Gang. Als er auf sie zuschritt, sie mit stolzer Haltung entschieden in den Arm nahm und dabei auf eine besondere Art ansah, ohne zu lächeln, wurde ihr Körper von einem ganz und gar unbekannten, aufregenden Gefühl geflutet. »Leg deine linke Hand auf meinen Rücken, unter mein Schulterblatt.«

Er begann zu tanzen, sie verhedderte sich vor Nervosität mit den Schritten, machte sich steif, und sie begannen noch einmal vor vorn.

»Tut mir leid.« Sie stellte sich ungewohnt ungeschickt an.

»In die Ausgangsposition«, befahl er. Sie wiederholten die Grundschritte, sie trat ihm auf die Schuhspitzen. »Die Füße stehen immer auf Lücke«, sagte er und drängte sein Knie ein Stück zwischen ihre Beine. Hitze schoss ihr in die Wangen. Mit einem Ruck zog er sie fester in seine Arme.

Sein Gesicht war nun ganz dicht vor ihrem. »Der Tango ist feurig«, raunte er. »Voller Leidenschaft, Melancholie und Schmerz. Du musst es fühlen.«

»Ich bin so tölpelig«, entschuldigte sie sich unglücklich. Wie ein Brett stand sie in seinem Arm. Ihre Hände begannen zu schwitzen, sie atmete schneller.

»Schmerz und Melancholie kennst du doch schon, das weiß ich aus unseren Gesprächen.« Er fixierte ihren Blick, in seinen Augen sprühten Fünkchen. »Mach dir keine Sorgen. Ich glaube, ich weiß, was hilft.«

Sein Gesicht kam noch näher, sie konnte überhaupt nicht mehr denken, schloss die Augen, öffnete leicht den Mund. Und dann spürte sie seine Lippen auf ihren und … er küsste sie.

Es war toll! Aufregend, schwindelerregend! Aber was, fragte sie sich in ihrem Gefühlschaos, soll ich mit meiner Zunge machen? Und was sucht seine Zunge in meinem Mund? Beinahe hätte sie ihn gebissen. Bald verflogen auch diese Gedanken, und es war nur noch ein Fühlen und Strömen.

Nach einer Weile endete der Kuss. Er streichelte ihre Wangen, ihr Haar, ihren Hals.

»Das üben wir auch noch, süße Elisabeth«, sagte er lächelnd. »Aber du hast wirklich Talent.«

Grete

Hübsch sonntäglich herausgeputzt, mit Wally im Kinderwagen und Lubi an der Hand, klingelte Grete vormittags zur verabredeten Zeit bei Fissers und wartete auf Lissy. Statt ihrer kam Frieda aus dem Haus.

»Guten Morgen. Wie geht's dir, meine Liebe?«, fragte Grete.

»He, Grete! Besser. Die Übelkeit überkommt mich nur noch einmal am Tag«, antwortete Frieda. »Geht also bergauf.« Sie seufzte und sprach leiser weiter. »Allerdings ist Lissy unerträglich. Sie redet kaum, ist in Gedanken ständig woanders, vertauscht Bürsten, verlegt Scheren. Ich könnte ihr dauernd eine knallen, aber ich beherrsche mich. Und ehrlich gesagt, fehlt mir für Backpfeifen momentan auch die Kraft.«

»Och, du Ärmste!« Grete nahm sie kurz in den Arm. »Will sie denn nicht mit zum Flugplatz? Da werden doch heute die Wasserflugzeuge aus Holland erwartet, die beim internationalen Wettflug nach Schweden bei uns zwischenlanden. Die Kurkapelle spielt auf dem Flugplatz.«

»Lissy, Lissy!«, rief Lubi laut und hüpfte ungeduldig auf der Stelle.

»Er freut sich auf seine große Freundin.« Grete lächelte.

Nun öffnete sich die Haustür, und Lissy ließ sich doch blicken. Lubi riss sich los. Er lief in ihre ausgebreiteten Arme, sie schwenkte ihn im Kreis, bevor sie Grete und Wally begrüßte.

»Von mir aus können wir«, sagte sie nur.

»Und du möchtest wirklich nicht mitkommen?«, fragte Grete Frieda.

Die zeigte kopfschüttelnd auf ihren dicken Bauch. »Lasst Toiletten in meiner Nähe sein«, antwortete sie. »Ich bleib lieber hier. Euch viel Spaß!«

Lissy verhielt sich irgendwie anders als sonst. Sie war wortkarg und ging nur aus sich heraus, wenn sie mit den Kindern spielte. Grete beobachtete es verwundert.

Der Eintritt am Flugplatz kostete fünfzigtausend Mark pro Person. Deshalb blieben sie auf der Neuen Hafenstraße und beobachteten von dort die Landungen und Starts. Der Wind trug die Orchestermusik bis zu ihnen.

»Ist was mit dir, Lissy?«, fragte Grete. Sie blieb vor einer Holzbank stehen. »Komm, wir setzen uns mal. Ich hab was für die Kinder zum Knabbern dabei, Möhren und Apfelstücke. Möchtest du auch?« Lissy lehnte ab, nahm aber Platz.

Wally wollte aus dem Kinderwagen. Grete setzte sie ins Gras, wo ihre Kleine gleich anfing, Wiesenblumen und Schmetterlinge zu erforschen, während ihr Lubi, ganz großer Bruder, Möhrchen knabbernd die Welt erklärte.

»Willst du mir nicht verraten, was dich beschäftigt?«, versuchte Grete es noch einmal.

Lissy sah sie nicht direkt an. »Ich weiß jetzt, was … was ein warmer Bruder ist.«

»Oh!«

Vor diesem Augenblick hatte Grete jahrelang Angst gehabt. Sie schwiegen, zwei Flugzeuglandungen lang. Eine unangenehme, bleierne Stimmung machte sich breit und ließ sogar die Kleinen aufmerken. Schon oft zurechtgelegte, aber nie ausgesprochene Sätze gingen Grete durch den Kopf. Sie wusste, dass sie mit einer falschen Reaktion den letzten Rest

Vertrauen, den Lissy ihr noch entgegenbrachte, kaputtmachen konnte. Sie musste ehrlich sein, sie musste sie ernst nehmen.

»Du …«, Grete räusperte sich, »… du warst damals zehn Jahre alt, Lissy. Ich wollte dich nicht belügen, ich wollte dich schonen.« Lissy wandte den Kopf und sah sie vorwurfsvoll an. »Wie hätte ich denn reagieren sollen in der Situation? Was würdest du einem kleinen Mädchen sagen, das seinen gefallenen Vater sehr geliebt hat?«

Plötzlich senkte Lissy den Kopf und begann zu weinen. Grete nahm sie in den Arm. »Es tut mir schrecklich leid.«

»Ich schäm mich so«, flüsterte Lissy.

»Du? Für dich gibt's überhaupt keinen Grund.«

»Doch!«, schluchzte Lissy.

Nun brach alles aus ihr heraus. Die Vorwürfe, die Abscheu, die Enttäuschung. Grete hielt sie fest und ließ sie weinen.

»Ich will dir mal was erklären«, sagte sie schließlich, als sie ihr ein Taschentuch reichte. »Einige der feinsten, liebenswertesten und kreativsten Männer, die ich kennengelernt habe, sind homosexuell. Das ist zwar noch als sittenwidrig verboten, aber es gibt Bestrebungen, die Gesetze zu ändern.« Sie holte tief Luft. Wally machte Anstalten, die Bank zu erklimmen. Grete hob sie auf ihren Schoß. »Der Mensch kann nichts für seine sexuellen Neigungen, die sind uns angeboren wie die Haarfarbe.« Lissys große Augen verrieten ihr, wie begierig sie ihre Worte aufsog. »Du darfst nicht alles glauben, was die Leute Abfälliges über andere reden. Viele brave Bürger gehen mit Scheuklappen durchs Leben, sie denken nicht selbst, sondern plappern nur nach.«

»Du meinst, es sind nur Spießbürger?« Ein Ausdruck von Hoffnung erhellte Lissys Gesicht.

»Richtig. Das Leben kann so oder so oder so gelebt werden.

Nicht nur auf eine einzige richtige Art, wie manche Rechthaber behaupten.«

»Ich kann die Norderneyer Spießer nicht ausstehen.«

»Du wirst überall auf der Welt borniere Menschen treffen.«

»Und warme Brüder auch?« Lissy lächelte schon wieder etwas.

»Ja, auch Homosexuelle.« Grete hoffte inständig, dass das Mädchen sie nicht fragen würde, ob Hilrich denn dann überhaupt ihr Vater gewesen sei. Vielleicht fiel ihr auf, dass er blond gewesen war, ebenso wie ihre Mutter, die Natur sie dagegen mit braunen Locken beschenkt hatte. Grete wusste nicht, was sie darauf hätte antworten sollen. Nein, überlegte sie, falls Lissy das von mir wissen will, muss ich sie bitten, darüber mit ihrer Mutter zu sprechen. Ich will sie weder noch einmal täuschen, noch kann ich mein Versprechen Frieda gegenüber brechen, über Lissys leiblichen Vater zu schweigen. »Es ist ein Zeichen von Erwachsenwerden, wenn man sich eine eigene Meinung bildet«, sagte Grete.

»Glaubst du denn, dass ich erwachsen bin?«, wollte Lissy wissen.

Grete wog jedes Wort ab. Sie bewegten sich auf ganz dünnem Eis. Wenn sie sagte, dass Lissy ein typischer Backfisch sei, halb Kind, halb Erwachsene, könnte das Gespräch abrupt beendet sein.

»Ja, schon ziemlich«, antwortete sie.

»Mehr, als ihr alle glaubt«, trumpfte Lissy da auf. »Ich mache mir nämlich schon längst eigene Gedanken, und ich tue, was ich will.«

»Oh!« Das war ein neuer Ton. »Wie meinst du das?«, fragte Grete nach.

»Du darfst aber Mama und sonst niemandem was verraten, ja?« Lissys Blick schien zu prüfen, ob sie ihr vertrauen konnte. »Wenn du's tust, red ich nie wieder ein Wort mit dir.«

Grete musste schlucken. In Lissy loderte etwas, worüber sie unbedingt reden wollte. Sie hob drei Finger zum Schwur. »Großes Ehrenwort.«

»Ich lerne Tango«, eröffnete Lissy ihr stolz. »Heimlich, bei meinem Tanzmeister.«

»Bei diesem Herrn von Fromann? Wieso heimlich?«

»Bei ihm in der Wohnung.«

»Wie, du allein … mit ihm?«

»Ja.«

»Sonst niemand?«

»Nein. Nur noch das Grammofon.«

»Oh.« Sie beobachtete Lissy genau. Eine Wandlung ging mit ihr vor. Ihre dunkelblauen Augen leuchteten, ihre Züge bekamen etwas Weiches. Das konnte nur eines bedeuten – sie war verliebt. »Wie oft bist du denn schon bei ihm gewesen?«

»Ein Mal. Er sagt, dass ich sehr begabt bin. Und Montag, also morgen, machen wir weiter.«

»Lissy«, hob Grete an, höchst alarmiert, aber mit betont sanfter Stimme, wurde jedoch vom Dröhnen eines über sie hinwegfliegenden Wasserflugzeugs und dem nach Aufmerksamkeit heischenden Lubi unterbrochen. Sie nutzte die Redepause, um eine beruhigende Atemübung zu machen. »Er geht doch nicht etwa zu weit, oder?«, fragte sie schließlich und reichte Lubi noch ein Stück Apfel. »Ich meine, du kennst dich doch aus, nicht wahr? Du weißt, was passieren kann?«

»Hach, Tant' Grete, ich bin doch kein kleines Kind mehr.«

»Nein, natürlich nicht.« Jetzt saß sie in der Bredouille. »Eben drum«, rutschte es ihr heraus, »bin ich ja besorgt.«

»Er ist ganz anders als die Jungs, die ich kenne«, schwärmte Lissy. »Du glaubst nicht, wo er schon alles gewesen ist auf der Welt. Und wie interessant er vom Gut seiner Familie in Livland erzählt. Und was er auf dem Tanzparkett schon mit Frauen erlebt hat.«

Grete räusperte sich. Sie wollte auf keinen Fall wie eine spießbürgerliche Tante daherkommen. »Ich glaube, er war schon mal bei uns in der Praxis«, sagte sie. »Ein sehr gut aussehender Mann, bestimmt schon über fünfundzwanzig.«

»Er war Leutnant an der Ostfront«, plauderte Lissy etwas altklug aus. »Sicher ist er wegen der Medizin für sein Kriegsleiden zu Onkel Max gegangen.«

Grete zuckte mit den Achseln. »Mag sein. Ich weiß nicht, weshalb.« Die ärztliche Schweigepflicht galt auch für sie. Aber sie wusste tatsächlich nicht, aus welchem Grund er ihren Mann schon mehrfach konsultiert hatte. O Gott, dachte sie, was mache ich nur? Hoffentlich läuft das Kind nicht geradewegs in sein Unglück.

Frieda

Frieda lag zusammengerollt unter einer Wolldecke auf dem Sofa und wünschte inständig, dass diese Schwangerschaft endlich zu Ende wäre. Es war ein sonniger Sonntag Ende September, sie musste noch etliche Wochen bis zur Geburt durchstehen. Paul brachte ihr eine Tasse Tee und setzte sich zu ihr.

»Deine Mutter erwartet uns bestimmt heute zu ihrem Geburtstag«, sagte er, während er ihr übers Haar strich. »Wir gehen gemeinsam hin. Etwas Abwechslung wird dir guttun.«

Frieda nickte matt. »Ich kann's ja mal riskieren.«

Auch ihre Schwiegermutter und Lissy begleiteten sie, als sie sich am Nachmittag auf den Weg machten. Lissy führte sich zum Glück nicht mehr so ungezogen auf. Dafür schien sie in irgendwelchen rosaroten Wolkenschlössern zu leben. Vermutlich war sie verliebt.

Frieda fand es schön, endlich einmal wieder ihr Elternhaus zu besuchen. Seit sie von ihrer Schwangerschaft wusste, war sie nicht mehr dort gewesen. Ihr Vater und Dodo, die nach wie vor gemeinsam zum Fischen rausfuhren, hielten es zwar gemeinsam in Schuss, aber etliche Renovierungen waren überfällig, weil die Mittel dafür fehlten. Trotzdem ging ihr das Herz auf. Und alle verwöhnten sie.

»Du bleibst jetzt schön ruhig in der Laube sitzen. Wehe, du rührst einen Finger.« Rieka verdonnerte sie zur Tatenlosigkeit, während sie mit Mientje, ihrer von Borkum samt Ehemann Klaas und den vier Kindern angereisten ältesten Schwester, die Gäste bewirtete. Auch Grete kam mit Lubi und Wally, um zu gratulieren. Nachbarn und Insulanerinnen, die wie ihre Mutter einst als Badefrauen gearbeitet hatten, schauten vorbei und brachten ihr kleine Aufmerksamkeiten. Es war ein ständiges Kommen und Gehen. Grete unterhielt sich offenbar angeregt mit Lissy, sie selbst sprach lange mit Herta über die alten Zeiten am Damenstrand. Enkel- und Nachbarskinder brachten ihrer Mutter Geburtstagsständchen. Sie wurden mit Haferkeksen belohnt und spielten anschließend zusammen im Garten, während die Erwachsenen den neuesten Inselklatsch austauschten.

»Hast du schon gehört? Erwin kommt wieder öfter auf die Insel. Aber nicht nur, um seine Mutter zu besuchen. Er soll mit Minna-Überbiss poussieren, der alten Tratschtante!«

»Was? Mit dieser hässlichen Ziege? Der kann doch nur auf ihr Erbe aus sein.«

»Mutt woll. Sie ist ja auch das einzige Kind und erbt mal den Lebensmittelladen.«

»Die sind beide gleich gehässig, die passen gut zusammen.«

»Na, hoffentlich zieht das neugierige Weibsbild dann weg von der Insel zu ihm nach Aurich.«

»Was ist eigentlich heute ein Ei wert?«

»Ich will's gar nicht wissen. Die Welt ist doch völlig irre geworden. Solche Summen kann ich mir nicht mal mehr vorstellen.«

»Gut, dass die Politiker die Verhandlungen über unsere Reparationszahlungen wieder aufnehmen.«

»Das immerhin hat der Ruhrkampf gebracht! Die Welt muss doch mal begreifen, dass wir die übertriebenen Forderungen nach dem Versailler Vertrag nicht stemmen können.«

»Das haben wir Stresemann zu verdanken.«

»Er macht seine Sache nicht schlecht. Aber gleichzeitig Reichskanzler und Außenminister zu sein, na, ob das gut geht?«

»Ich meine auch, einen von beiden Posten sollte er aufgeben.«

So ging es die ganze Zeit munter hin und her. Dodo beteiligte sich auffallend wenig an den Gesprächen. Ihn schien etwas zu beschäftigen.

Frieda musste nur einmal kurz gegen Übelkeit ankämpfen. Ansonsten konnte sie die Abwechslung genießen. Die trauliche Gemeinschaft wärmte ihr Herz. Nachdem die meisten Gäste wieder gegangen waren und es draußen kühl wurde, wechselte der harte Kern zum Abendbrot in die Wohnküche. Lissy verabschiedete sich, weil sie noch für die Berufsschule lernen wollte. Die Schwiegermutter ging mit ihr nach Hause.

Als der Abendbrottisch gedeckt war, machte Dodo eine Ankündigung. »Da kommt gleich noch jemand, Moeder«, sagte er wie beiläufig. Aber wer ihn kannte, ahnte, dass es sich um etwas Wichtiges handeln musste.

Rieka legte noch ein Gedeck mehr auf.

»Meinst du, er hat nun doch endlich eine Braut gefunden?«, flüsterte Paul Frieda ins Ohr. Sie hob unsicher die Schultern. Eigentlich hätte sie erwartet, falls dem so wäre, früher davon zu erfahren als die anderen. Dodo strich mit der Hand über seinen rotblonden Vollbart und setzte die Miene auf, die er immer beim Skatspielen machte.

»Und wen erwarten wir?«, fragte ihre Mutter erstaunt.

»Meinen ... meinen alten Freund Fidelius.«

»Etwa den, der vorm Krieg nach Amerika ausgewandert ist?«, fragte ihre Mutter entgeistert.

»Und der all deine Ersparnisse mitgenommen hat?«, ergänzte Frieda.

Jetzt konnte Dodo seine Gefühle nicht länger verbergen. Er grinste breit. »Genau der.«

»Der Klöötsack soll an unserem Tisch bewirtet werden?«, donnerte ihr Vater empört.

»Jau.« Dodo sah auf die Wanduhr, es war kurz vor acht. Er stand auf. »Fidelius hatte mir damals versprochen, mein Geld sicher in Aktien anzulegen.«

»Na, dann isses ja jetzt wohl nix mehr wert«, bemerkte ihr Vater trocken.

»Das hat er aber nicht gemacht, weil er's erst einmal als Startkapital in Amerika nutzen wollte. Inzwischen ist er mit einer Immobilienfirma zu Vermögen gekommen, und er reist gerade im Auftrag seiner Kunden durch Deutschland, um für sie günstig Schlösser und Burgen zu kaufen.«

»Tzzt!«

»Pff …«

»Ach!«

Die lautmalerischen Kommentare der Familie verrieten Gefühle von Abscheu bis Bewunderung.

»Dieser Fidelius ist ein Reservistenkamerad von Dodo, sie haben sich schon vor dem Krieg bei der Marine kennengelernt«, klärte Frieda leise ihren Mann auf. »Nach dem Wehrdienst war er bei einer Bank tätig.«

»Derzeit ist Fidelius auf Norderney. Er wollte seine Schulden begleichen und hat mir mein Geld zurückgegeben. Mit neun Jahren Verspätung, aber immerhin.«

»Ehrlich?«, fragte Riekas Mann Gerd. Als Polizist war er besonders misstrauisch. »So was gibt's?«

Dodo nickte. »Und zwar zu dem Wert, den es damals im Frühsommer 1914 umgerechnet in Dollar hatte. Und noch extra was drauf zu dem Zinssatz, der damals galt.«

Frieda sah in die Runde. Ihrer Mutter, dem Vater, allen Geschwistern stand plötzlich der Mund offen.

»Wie ... wie ... viel ...«, stammelte die Mutter und machte mit den Händen eine vage Bewegung in die Luft, »wie viel isses ... denn so ... ungefähr?«

»Weit über fünftausend Dollar.«

Überwältigtes Schweigen war die Antwort. Nur das Zischeln das Wasserkessels und das Ticken der Uhr waren zu vernehmen.

»Junge, dann bist du ja reich!«

Aus Dodos Augen blitzten Genugtuung und Vergnügen. »Das meiste hab ich schon wieder ausgegeben.«

»Waaas?«

Die Uhr schlug acht Mal, nach dem letzten Schlag klopfte es an der Haustür. Dodo ließ einen elegant gekleideten Mann herein.

»Das ist Fidelius. Fidelius, das ist meine Familie.«

»Guten Abend!« Der Deutschamerikaner überreichte der Mutter einen Blumenstrauß zum Geburtstag. »Herzliche Glückwünsche, gnädige Frau.«

Ihre Mutter wurde rot.

»Dat is ja mol 'n Överraschung«, sagte der Vater, schüttelte ihm die Hand und bat ihn, Platz zu nehmen.

»Hat alles geklappt?«, fragte Dodo seinen Freund.

Der nickte, holte aus seinem Aktenkoffer ein Schriftstück und reichte es ihm. »Hier ist die Beurkundung.«

Dodo las. Er musste ein paarmal schlucken. Geräuschvoll blies er den Atem aus, bevor er wieder sprechen konnte.

»Das Hotel Remmers, das früher Onno gehört hat, hat Fidelius in meinem Auftrag den Oltmanns aus Norden abgekauft. Ich bin jetzt endlich Besitzer von einem eigenen Logierhaus, besser noch: von einem richtigen Hotel.«

184

»Satan Düvel!« Vergebens bemühte sich der Vater, zu verbergen, wie bewegt er war. »Rieka, bring Schnapsgläser!« Er selbst erhob sich und holte eine Buddel Weizenkorn aus dem Schrank.

»Nun muss ich mir wohl 'nen neuen Bestmann suchen.«

»Jau, das musst du.« Dodo grinste.

Frieda konnte sich nicht erinnern, ihn in den vergangenen Jahren auch nur einmal so froh gesehen zu haben. Und das Kind in ihrem Bauch bewegte sich, als würde es sich mitfreuen.

Grete

Sofort nach ihrem Ausflug mit Lissy zum Flughafen hatte Grete in den Krankenakten nachgesehen, was sie über den Tanzmeister von Fromann herausfinden konnte. Er hieß Carl Georg mit Vornamen, war sechsundzwanzig Jahre alt und stammte tatsächlich aus einer Adelsfamilie in Livland. Als Diagnose hatte Max nur *Grippaler Infekt* eingetragen. Gut, das klang weniger besorgniserregend als zum Beispiel eine ansteckende Geschlechtskrankheit.

Ihr Bauchgefühl sagte ihr, dass sie dringend etwas tun musste, um Lissy vor dem Eintänzer zu schützen. Doch sie wollte sie auch nicht verraten und ihr Vertrauen nicht enttäuschen. Deshalb hatte sie in der vergangenen Woche öfter als sonst ihre Nähe gesucht und das Mädchen mit dezent gestreuten Hinweisen vor zu viel Gutgläubigkeit, vor zu großem Altersunterschied und vor geschickten Verführern gewarnt.

Aus Lissys Andeutungen konnte sie allerdings schließen, dass der Tango noch aufregender und die Verliebtheit immer stärker wurde. Sie musste handeln. Deshalb weihte sie am Abend Max ein.

»Ich erinnere mich an diesen baltischen Adligen«, sagte er. Seine Stirn legte sich in Falten. »Eigentlich ein sympathischer Kerl. Wir haben uns länger unterhalten. Einst Patenkind des Kaisers, heute Eintänzer.«

»Tja, und der Kaiser hat auch nichts mehr zu sagen, der hackt inzwischen in seinem holländischen Exil den ganzen Tag Holz.«

»In diesen von Fromann ist unsere kleine Lissy verliebt?«

»Sag es bloß nicht weiter! Ich bin im Wort«, beschwor sie ihren Mann. »Aber bevor er ihr Herz bricht oder sie schwängert oder beides …«

Max atmete schwer. »Er ist ein Morphinist«, erklärte er ernst.

»Ach!«

»In Wahrheit kam er nicht wegen einer Erkältung, sondern weil er Morphin von mir wollte. Einer dieser tragischen Fälle von Kriegszitterern …« Grete nickte betrübt. Viele Soldaten waren während des Krieges in den Lazaretten mit Morphin behandelt worden. Die Ärzte, Max eingeschlossen, hatten die schmerzstillende und süße Träume spendende Droge, solange sie vorrätig war, verteilt wie ein harmloses Hustenmittel. Damals war noch nicht bekannt gewesen, dass das Opiumextrakt abhängig machte. »Er ist süchtig. Aber ich habe es abgelehnt, ihm mehr Morphin zu verschreiben.«

Mit Schrecken begriff Grete. Das bedeutete, der Mann hatte sich nicht jederzeit unter Kontrolle.

»Max, die Saison ist bald vorbei, Herr von Fromann wird ohnehin in einen Skiort weiterreisen oder an die Côte d'Azur, um dort lebenshungrige Witwen im Kreis zu schwenken«, beschwor sie ihren Mann. »Was würde es da ausmachen, wenn er jetzt schon von der Insel verschwände?«

Max ging offenbar gerade etwas anderes durch den Kopf. »Man kann schon verstehen, dass sich so ein armer Kerl, dem überreife Bewunderinnen ihre Zimmerschlüssel in die Jackentasche stecken, von der Unschuld eines Friesenmädchens bezaubern lässt …«

»Ich will ihm doch überhaupt keine bösen Absichten unterstellen«, erwiderte Grete. »Trotzdem kann jeden Tag etwas passieren, das Lissys Leben ruiniert. Sie ist erst vierzehn, Max! Und sie glüht. Bitte unternimm was. Rede mit ihm. Droh ihm, lass dir irgendwas einfallen. Bitte!«

Max dachte nach. »Wartet nicht mit dem Abendessen auf mich«, sagte er schließlich. »Ich dreh noch eine kleine Runde.« Er ging kurz in die Praxisräume, bevor er mit dem Spazierstock das Haus verließ.

Nach vielleicht einer Stunde kehrte er zurück. »Herr von Fromann verlässt die Insel«, erklärte er, als er sich in seinen Lieblingssessel sinken ließ. »Er nimmt morgen die Mittagsfähre.«

»Hast du ihn gebeten, einen Abschiedsbrief für Lissy zu schreiben?«

Grete spürte, wie das schlechte Gewissen an ihr zu nagen begann. Was tat sie Lissy da an? Mit ein paar liebevollen, um Entschuldigung bittenden Sätzen wäre der Schock für das Mädchen sicherlich abzumildern.

Max zündete sich eine Pfeife an. Sein Blick war eindeutig. Du hast offenbar keine Ahnung, besagte er, was für eine gefährliche Mission ich gerade gemeistert habe.

»Grete, die Situation war nicht danach.«

Lissy

In einer der Umkleidekabinen am Strand wechselte Lissy am frühen Montagabend ihre Kleidung. Sie hatte heimlich ihr schwarzes Konfirmationskleid umgearbeitet – es vom weißen Kragen befreit und dünne schmale Träger darangenäht. Das passte wesentlich besser zum Tango als ihre unschuldigen pastellfarbenen oder bunt geblümten Baumwollkleidchen. Außerdem legte sie etwas Rouge auf, das sie Fräulein Gundula abgeluchst hatte.

Ihre nächste Unterrichtsstunde im Tangotanzen stand an. Auch beim letzten Mal hatte Carl Georg von Fromann sie »wachgeküsst«, wie er es nannte. »So kommst du in die richtige Stimmung für diesen Tanz«, hatte er gesagt. »Und nicht nur du, auch ich. Man muss auf seinen Körper hören und sich auf die Wellenlänge des Partners einschwingen, dann tanzt sich der Tango wie von selbst.«

Natürlich musste sie trotzdem die Grundschritte erlernen, aber inzwischen spürte sie an seinem Oberschenkel, der während des Tanzens ständig Kontakt mit ihrem Oberschenkel hielt, und an winzigen Druckveränderungen seiner Führung, was er als Nächstes wollte. Lissy fand es himmlisch. Was waren ihre gleichaltrigen Freundinnen doch noch für ahnungslose Küken!

Ihr Herzschlag pulsierte bis in die Ohren, als sie sich, geschmückt mit einem Glitzerstirnband, aufmachte zum letzten der Bremer Häuser. Doch diesmal öffnete er ihr nicht die

Tür, bevor sie geklingelt hatte. Sie drückte mehrfach auf den Klingelknopf, sie klopfte. Niemand öffnete ihr. Sie ging durch den Vorgarten, spähte in die Fenster – kein Mensch war zu sehen, die Wohnung wirkte verlassen.

Der Hausmeister, wegen seiner einst dunklen Haare immer noch Swaart Enno genannt, bog um die Ecke. Er war mit ihrem Vater zur Schule gegangen und kannte sie natürlich.

»Weißt du, wo Herr von Fromann ist?«, fragte Lissy.

Er musterte sie verwundert. »Is' abgereist, heute Vormittag. Musste zu 'ner Beerdigung. Seine Tante in Münster ist gestorben. Und dann reist er gleich weiter, hat er gesagt, zur Wintersaison, irgendwo in den Süden.«

Lissy war so, so, so enttäuscht. Plötzlich hingen lauter Sandsäcke an ihrem Herzen. Sie ging zurück zu den Umkleidekabinen, weil sie in dieser Aufmachung nicht zu Hause auftauchen durfte. Während sie sich umzog, rollten ihr Tränen die Wangen hinunter. Da kam endlich mal einer, der erkannte, was in ihr steckte, und dann verschwand er sang- und klanglos! Sie fühlte sich erinnert an den Tod ihres Vaters. Das war natürlich tausendmal schlimmer gewesen, aber irgendwie wiederholte sich gerade etwas. Wenn sie jemanden besonders gern hatte, durfte sie nicht darauf vertrauen, dass er bei ihr blieb.

In den folgenden Tagen fühlte sie sich schrecklich traurig und einsamer als ein verlassenes Seehundbaby. Sie mochte nicht essen, sie schlief schlecht. Wenn nicht zufällig Tant' Grete bei ihnen vorbeigeschaut und sie besucht hätte, obwohl sie sich in ihrem Zimmer vergraben wollte, wäre sie vielleicht an ihrem Kummer erstickt. Aber mit ihr konnte sie offen reden.

»Er war einfach weg. Und er kommt nicht wieder. Er hätte mich doch vorwarnen können, oder?«

»Wenn seine Tante nun mal gestorben ist? Wie hätte er dich da vorwarnen können?«

»Ich glaub, es gab gar keine Tante in Münster. Am Anfang hat er mir mal erzählt, dass er ganz allein ist. Das war bestimmt eine Ausrede.«

Tant' Grete sah sie bedrückt an und nahm sie in den Arm. »Da musst du jetzt durch, Lissy. Liebeskummer gehört zum Leben dazu. Irgendwann lächelst du darüber.«

»Alle, die ich mag, verlassen mich«, brach es aus ihr heraus. Ihr Vater, ihr Großvater Fritz, jetzt Carl Georg. Es war schrecklich und zum Fürchten.

»Nein, das stimmt nicht, so was darfst du nicht glauben. Was ist zum Beispiel mit deiner Mutter? Mit deinen Großmüttern oder mit mir? Wir sind alle immer für dich da.«

»Mit Mama kann ich nicht über Carl Georg sprechen.«

»Könntest du sicher.«

Lissy schüttelte den Kopf. Ihre Mutter war vollkommen damit beschäftigt, das Kind des Meisters auszubrüten. Oder sorgenvoll zu beobachten, wie sich die Seebäder in der Nachsaison wegen dieser idiotischen Hyperinflation bei den Preisen unterboten.

»Sag ihr bloß nichts!«

Ihr fiel wieder der verwunderte Blick von Swaart Enno ein. Hoffentlich erzählte der Hausmeister nicht weiter, in welchem Aufzug er sie vor der Wohnung des Tanzmeisters angetroffen hatte.

»Nein, es bleibt unser Geheimnis.« Alles verstand Tant' Grete leider auch nicht. Aber sie bemühte sich wenigstens. »Du, Lissy, ich wollte zum Spaß für Lubi und Wally einen Kürbis aushöhlen und Augen und Mund rausschnitzen. Den kann man dann abends auf dem Gartentisch mit einer Kerze erleuchten. Hast du nicht Lust mitzumachen?« Lissy nickte, wenn auch wenig begeistert. »Außerdem wäre ich dir sehr dankbar, wenn du mir beim Einkochen helfen könntest. Ich hab körbeweise Holunderbeeren.«

Das konnte sie schlecht ablehnen. Tant' Grete hatte schon viel für sie getan und bat für sich selbst nur selten um Unterstützung. Vielleicht tat ihr die Ablenkung ja gut.

Als sie Tage später mit Familie Lubinus und deren Hausmädchen zur Belohnung für ihre Schufterei in der schönen großen Küche Holunderbeersuppe mit Grießklößchen aßen, sah Onkel Max sie seltsam an.

»Ach, Grete«, sagte er nachdenklich, »erinner mich daran, dass ich Morphin nachbestelle. Ich musste neulich fast alle Vorräte weggeben.«

Das Saisonpersonal einschließlich Fräulein Gundula verließ die Insel, sie arbeiteten im Salon nur noch mit kleiner Besetzung. Die Insulaner waren wieder unter sich. Es gab kaum noch Abwechslung.

Ihrer Mutter ging es seit der Geburtstagsfeier ihrer Großmutter endlich wieder richtig gut. Sie sagte, sie fühle sich, als wäre ein Schalter in ihr umgelegt worden. Natürlich freuten sich alle, dass die Zeit der Übelkeit vorbei war. Immer wieder versuchte ihre Mutter nun, sie auszuhorchen, was ziemlich lästig war. Lissy brachte es nicht über sich, ihr von Carl Georg und seinem überraschenden Abgang zu erzählen. In ihren Tagträumen malte sie sich aus, wie es hätte sein können. Sie trauerte dem schönen Balten insgeheim weiter nach – bis in den November hinein. Eine verdammt lange Zeit, wenn man vierzehn Jahre alt war und die Freundinnen sich jede Woche neu verknallten.

Im Inselsalon

An einem nieseligen Sonnabendmorgen im November trat Dodo in den erleuchteten Inselsalon. Frieda stand hinterm Tresen und ordnete Stücke der Luxusseife Euledor so an, dass Kunden leicht danach greifen und zur Probe daran schnuppern konnten. Sie war zutiefst erleichtert, dass der Duft inzwischen in ihr wieder Wohlbehagen anstatt Brechreiz auslöste.

»He, Frieda, wie steht's?«

»Guten Morgen! Fein«, antwortete sie strahlend, »ich könnte Bäume ausreißen.«

»Das freut mich.«

»Moin, Dodo!«, begrüßte ihn Paul. »Was treibt dich in den Inselsalon? Kann ich was für dich tun?«

»Einmal Bart ab«, bat er seinen Schwager. »Ratzekahl.« Zu Frieda sagte er leise: »Wiebke findet glatt rasierte Männer moderner.«

»Was sagt denn ihr Mann dazu, dass du jetzt ihr Dienstherr bist?«, fragte sie.

»Ist schwierig«, gab er zurück. »Mal sehen, wie's sich entwickelt.« Halb laut las er die Aufschrift auf dem Seifenkarton. »*Doering's Eulenseife für den zarten Teint.* Meinst du, Wiebke würde sich darüber freuen?«

»Wiebke schon, aber ihr Mann wohl eher nicht«, antwortete Frieda.

Dodo lächelte verwegen. »Pack mir mal ein Stück ein.«

Er begrüßte Theo, Hermann und Jan, der nun doch wieder jeden Morgen zum Rasieren kam. »Ich dachte, du wollt's nich' mehr?«, sprach er Jan an. Von Frieda wusste er, wie sehr alle im Herrensalon dessen Fernbleiben bedauert hatten.

Jan winkte ab. »Wenn ich mein Morgenritual weglasse, könnt ihr mich auch gleich auf den Friedhof tragen. Ich hab's ausprobiert, aber es ist einfach noch zu früh.«

Theo feixte. »Seine Frau hat ihn aus dem Haus gescheucht. Die mag nicht so'n ollen Stiekelkerl aufm Sofa sitzen haben. Wetten?«

»Ja, und?« Jan grinste. »Ein Mann ohne Frau ist schließlich wie ein Schiff ohne S-teuer.«

Paul bot Dodo einen Barbierstuhl an und legte ihm schwungvoll wie ein Magier, der sein nächstes Kunststück vorbereitet, den Frisiermantel um.

»Du bist sicher?«, fragte er noch einmal.

»Jau, ab damit.«

»Gut«, Paul begann mit den Vorbereitungen, »also dann mit allem Zick und Zack, einschließlich scharf nachwaschen und pudern.«

Die anderen Männer schickten Dodo skeptische, aber auch aufmunternde Blicke.

»In München ist dieser Hitler mit seinem Putsch gescheitert«, setzte Theo das Gespräch fort. »Der sitzt bald im Gefängnis, ich sag's euch, und seine Partei werden sie auch verbieten.«

»Wir bräuchten aber einen s-tarken Mann«, meinte Jan. »Einen, der richtig durchgreift.«

»Alles Irre da unten in Bayern«, brummte Hermann. »Lasst mal den Stresemann machen. Bald gibt's 'ne neue Währung, dann geht's bergauf.«

»Es sieht ganz danach aus.« Jakomina schaltete sich in das Gespräch ein. »Ich war gestern beim Wickwief. Nur wegen ein paar Heilkräutern.« Die anderen sollten nicht glauben, sie wäre besonders abergläubisch. »Bei der Gelegenheit hat Jantje meine Teeblätter gedeutet und eine goldene Münze gesehen, hier im Salon.« Das war ja wohl Beweis genug dafür, dass eine Währungsreform unmittelbar bevorstand.

»Wisst ihr eigentlich, was das bedeutet?«, fragte Theo. »Unsere letzten Spargroschen werden nichts mehr wert sein.«

»Phh!«, spottete Hermann, »das sind sie doch jetzt schon nicht mehr. Wir brauchen endlich wieder Stabilität.«

Jakomina schüttelte sich. »Gut, dass Fritz das nicht mehr miterleben muss!«

Frieda drehte mit Lissys Unterstützung Emmi Behrends Wickler für eine neue Dauerwelle ins Haar. Ihre Tochter war zwar freundlich zur Kundschaft, machte aber immer noch einen traurigen Eindruck und schottete sich gegen alle gut gemeinten Annäherungsversuche ab. Diese Phase dauerte schon reichlich lange, nachdem sie vorher ein paar Wochen wie auf Wolken geschwebt hatte. War sie selbst eigentlich auch so gewesen in der Backfischzeit?

Gegen halb elf erschien Grete im Salon. Es passte gut, weil Emmi gerade fertig war. Hinterm Vorhang sitzend ertrug sie gleichmütig zur Lektüre der neuesten *Die Dame*-Ausgabe, dass Strom die Wickler erhitzte, um ihr mit Dauerwellflüssigkeit getränktes Haar umzuformen.

»Hast du Zeit?«, fragte Grete sie mit geröteten Wangen. »Ich bringe aufregende Neuigkeiten.«

»Komm mit nach hinten. Ich zieh meine Teepause vor.«

Ein Lehrling musste mit einem Blasebalg in Emmis Nähe bleiben, um ihr bei Bedarf Kühlung zu verschaffen.

Else war einkaufen, sie hatten die Küche für sich.

»Martin ist wieder im Lande!«, platzte Grete gleich mit der Nachricht heraus. »Wir sind uns gestern im Dorf über den Weg gelaufen. Er sieht immer noch gut aus. Ist inzwischen mit einer Dänin verheiratet, hat zwei Kinder. Die Familie lebt auf der Insel Fünen in der Ostsee.«

»Ist ja doll! Was macht er auf Norderney?«

»Er fliegt jetzt Post und Passagiere nach Bremen und anderswo.«

Frieda war beeindruckt. »Wer hätte das gedacht?«

»Er hat uns eingeladen, mal mitzufliegen. Im November sind sie selten ausgebucht. Er sagt, man könnte an einem Tag von hier nach Berlin und zurück. Morgen muss er wieder dahin, allerdings fliegt er diesmal erst am Montag zurück.«

»Uns?« Frieda zog skeptisch eine Braue hoch.

»Na ja, mich. Aber er weiß ja, dass ich als verheiratete Frau und nach unserer Vorgeschichte … Du weißt schon …« Sie lächelte keck. »Er würde auch meine Anstandsdame mitnehmen, hat er gesagt. Ich soll dich herzlich grüßen.«

»Ha! Dass ich nicht lache! Und dann fällt er wieder über mich her, weil er dich nicht kriegen kann.«

»Och, Frieda, das ist doch wirklich Jahre her. Außerdem …« Grete knuffte sie mit zärtlichem Spott. »Sieh dich an, du tendierst derzeit in Richtung Kugelboje.«

»Stimmt auch wieder.«

»Ich könnte meinen Bruder Eduard und seine Familie mal wieder sehen. Kurz und schmerzlos. Wir könnten beide bei ihm übernachten.«

»Wieso nimmst du nicht deinen Mann mit?«

»Ich weiß nicht, ob Martin das so umwerfend fände.«

»Also ist da doch noch was …«, neckte Frieda sie.

»Frieda! Das meinst du nicht im Ernst, oder? Für mich gibt's nur Max. Aber so ein kleiner Ausflug, im wahren Wortsinn, mit der besten Freundin, das wäre doch fein.« Sie musterte den Babybauch. »Wie geht's denn so?«

»Wenn's mir dann immer so ginge wie jetzt, würde ich nur noch schwanger sein wollen.« Frieda strich sich zufrieden über die Wölbung. »Du, mal was anderes, bevor jemand zum Elfürtje reinkommt … Du hast ja momentan einen besseren Draht zu Lissy als ich. Eigentlich sollte ich eifersüchtig sein, aber ehrlich gesagt bin ich ganz froh. Es erleichtert mich, dass sie in dir wenigstens einen Menschen hat, dem sie sich anvertraut.« Grete lief rot an. Es schien beinahe, als wäre sie peinlich berührt. Dabei hatte Frieda ihre Bemerkung doch als Kompliment, als Anerkennung gemeint. »Wie lautet eigentlich die Hauptanklage meiner Tochter, kannst du mir das bitte verraten? Ich ahne, dass sie nicht begeistert darüber ist, noch ein Geschwisterchen zu bekommen. Aber was ist da noch? Oder ist ihr seltsames Verhalten wirklich nur auf das schwierige Alter zurückzuführen?«

Grete atmete tief durch. »Also«, begann sie vorsichtig, »ich glaube, sie findet momentan einfach alles furchtbar spießbürgerlich. Wie wir leben und wie die Insulaner im Allgemeinen leben, wie unsere Dorfgemeinschaft funktioniert.«

»So ein Blödsinn! Wir kämpfen uns durch stürmische Zeiten. Was soll daran spießbürgerlich sein?«

»Sie findet es doof, dass wir nie spontan etwas Verrücktes tun. Dass wir uns nicht intensiv genug unseres Lebens freuen, stattdessen immer vernünftig, sparsam und sittsam auf den immer gleichen Trampelpfaden dahertrotten.«

»Hat sie das gesagt?«

»Na ja, sinngemäß«, bestätigte Grete. »Sie findet, wir denken engstirnig und trauen uns nichts.«

»Hmmm …« Das musste auf den Einfluss von Fräulein Gundula zurückzuführen sein. Nächstes Jahr sollten sie bei der Wahl der Schönheitspflegerin mehr auf deren moralische Gesinnung achten. Frieda erhob sich schwerfällig, ging zum Schrank und kehrte mit einem Kräuterschnaps und zwei Schnapsgläsern zurück. »Ist Medizin, vom Wickwief.« Sie kippten das Gebräu.

»Die Medizin, die Max verschreibt, schmeckt nicht halb so gut.« Grete leckte sich die Mundwinkel.

»Morgen findet übrigens der Friseurwettbewerb in Berlin statt«, sagte Frieda versonnen. Paul nahm sicherlich an, dass sie ihre Teilnahme längst abgesagt hatte. Sie hatte es auch vorgehabt, aber immer wieder vergessen oder, wenn sie ganz ehrlich war, einfach nicht so recht über sich gebracht. »Weißt du, was ich seltsam finde? Das Wickwief hat meiner Schwiegermutter eine goldene Münze im Salon vorhergesagt.«

»Nein, oder?«

Grete machte große Augen. Auf einmal verjüngte ein gefährlicher, unternehmungslustiger Ausdruck ihr Gesicht.

Frieda ahnte, was sie dachte. »Na-heiin, natürlich nicht«, wehrte sie ab. »Das wäre zu verrückt.«

»Wie viele Trillionen kosten gerade Dinge für den täglichen Bedarf? Ist das etwa normal?«

»Der Dollar steht heute bei sechshunderteinunddreißig Milliarden Mark.« Als Geschäftsfrau studierte Frieda jeden Tag in der Zeitung zuerst den aktuellen Kurs, nur sonntags machte die Inflation Pause. Ohne das Norderneyer Notgeld wäre das Alltagsgeschäft längst zusammengebrochen.

»Die ganze Welt ist doch übergeschnappt.« Gretes Stimme bekam etwas Entschiedenes. »Mensch, Frieda! Vielleicht hat deine Tochter recht. Lass uns auch mal was Verrücktes tun.«

Leicht erschrocken fügte sie hinzu: »Sofern du sicher bist, dass du es körperlich verkraftest.«

»Na, von meiner Verfassung her wär's kein Problem«, erwiderte Frieda. Kurz ließ sie sich von Gretes auflodernder Begeisterung anstecken, und ein herrliches Hochgefühl erfüllte sie. »Dann müsstest du aber bereit sein, als mein Frisurenmodell Haare zu lassen«, sagte sie halb im Scherz.

Grete zögerte. »Max möchte doch nicht, dass ich sie mir abschneiden lasse.«

»Max, klar. Und was möchtest du?«

Während Grete mit sich kämpfte, gewann in Frieda die Vernunft Oberhand. »Ach, ist doch alles Unsinn. Wir sind schließlich keine Backfische mehr.«

»Ich würde sie mir abschneiden lassen«, setzte Grete mit fester Stimme dagegen. »Eine schöne, pflegeleichte Bubikopffrisur … Warum nicht?«

Doch inzwischen war Frieda längst wieder auf einem anderen Dampfer. »Ach nee, das würde Paul mir nie erlauben.«

»Ich denke, diesen Punkt hast du in eurem Ehevertrag geregelt«, erinnerte Grete sie. »Du hast dir das Recht auf die Teilnahme an Wettbewerben ausdrücklich gesichert.«

»Schon. Aber ich weiß, dass er sich große Sorgen machen würde wegen des Kindes. Das kann ich ihm nicht antun. Ich glaub, er würde es auch sonst irgendwie zu verhindern wissen.«

Grete sackte in sich zusammen. »Schade. Früher hättest du dich dagegen zu wehren gewusst.« Sie seufzte. »Wäre ja auch zu schön gewesen.«

Der Altgeselle Heye und einer der Lehrlinge kamen zur Teepause in die Küche. Sie verlegten sich auf harmloses Plaudern.

»Heute ist Martinisingen«, bemerkte Heye. »Am Nachmittag werden wieder massenhaft kleine Gespenster und Piraten in den Salon einfallen.«

»Ach, richtig!« Frieda lächelte. Die Inselkinder verkleideten sich zum Geburtstag Martin Luthers, einen Tag vor dem Ehrentag des heiligen Martin von Tours, seines Namensgebers. Sie liefen singend von Haus zu Haus und erwarteten eine leckere Kleinigkeit für ihre Darbietungen. »Lubi geht mit Südwester als Seenotretter«, sagte Grete stolz. »Er und die Nachbarskinder haben gestern ihre Kipp-Kapp-Kögel gebastelt. Wir laufen später auch beim Bummellaternenumzug mit.«

»Hoffentlich regnet's nicht.«

»Es soll aufklaren«, wusste Heye.

»Eigentlich putzig«, sagte Frieda, als sie Grete zum Ausgang begleitete, »dass ausgerechnet morgen Sankt Martin ist und du gestern nach so langer Zeit deinem Martin wiederbegegnet bist und er dich für morgen eingeladen hat.«

»Uns hat er eingeladen«, korrigierte Grete. »Aber du bist ja zu vernünftig.«

Frieda konnte nicht aufhören, über die ungenutzte Chance nachzudenken. Die Vision von der goldenen Münze, Martin, der Martinstag – ob das Zeichen waren? Mit jeder Stunde bedauerte sie ihr Zaudern mehr. Als am späten Nachmittag kurz Flaute im Salon herrschte, ging sie ins Schlafzimmer, um einige frisch gebügelte Kleidungsstücke in den Schrank zu hängen. Unten klingelten die Ladenglöckchen, mehrere Kinder schmetterten das Kipp-Kapp-Kögel-Lied: »*Elk singt, wat he woll singen kann* …« Eigentlich sollte sie unten sein, um die Kostüme gebührend zu bewundern. Das war für die Kinder der halbe Spaß, wenn man so tat, als würde man sie nicht erkennen. Da die Festsaison bald wieder losging, hatte sie

Pauls Fliege reinigen lassen. Sie wollte sie noch rasch weglegen. Frieda zog die Schublade seines Nachttischs auf und sah, dass sich darin einige ältere Packungen mit Kondomen befanden. »*Kipp-Kapp-Kögel, Sünner Marten Vögel, Sünner Marten dicke Buck steckt sin Ners ut Fenster rut!*«, drang der Gesang ins Obergeschoss. Der Kinderquatschreim handelte von einem dicken Bauch und einem Hintern, der zum Fenster rausgestreckt wurde, ergab aber nicht wirklich Sinn.

Während Frieda die Kondompackungen betrachtete und sich fragte, wie oft wohl »Tropas«, trotz Pariser gezeugte Kinder, geboren wurden, reflektierte etwas kleines Metallenes in der Schublade das Lampenlicht. Sie sah genauer hin, fühlte mit den Fingerspitzen, rollte es mit den Fingernägeln hervor – eine Stecknadel.

Eine Stecknadel! Scharf sog sie Luft ein. Keinen Wutanfall bekommen, befahl sie sich, das täte dem Kind nicht gut. Nein, es war ja auch kein Beweis. Aber ein starkes Indiz, so hätte es wohl ihr Spionageromane liebender Schwiegervater Fritz Fisser genannt. Wenn Paul tatsächlich mit einem Pikser ins Kondom nachgeholfen hätte, wäre sie dann noch verpflichtet, Rücksicht auf ihn zu nehmen?

Frieda stapfte nach unten. Während die Kinder den Salon verließen, griff sie zum Telefonhörer. »Grete«, sagte sie leise, damit niemand mithören konnte, »ich hab meine Meinung geändert. Frag Martin, ob wir morgen mitfliegen können.«

Die Tage um Martini herum waren besonders. Während ihre Mutter schon das zweite Mal mit Tant' Grete telefonierte, schaute Lissy sehnsüchtig durchs Schaufenster auf die belebte Straße. Ihre Großmutter machte sich auf den Weg zu Verwandten, die sie jedes Jahr zum Martinisingen besuchte. Elke,

Trienchen, Fokko und andere Freunde winkten ihr im Vorübergehen zu. Alle eilten in Richtung Marktplatz, wo sich nach dem Laternenumzug für die Kleinen auch die Älteren trafen.

Zu Martini kehrten viele Schiffer und Fischer, See- und Handelsleute zurück, oft von großer Fahrt, um ihre Schiffe aufgelegt im sicheren Hafen durch den Winter zu bringen. In dieser Zeit fand die letzte Deichschau vor den Winterstürmen statt. Wer auf dem Festland bei einem Bauern arbeitete, kam nun, nachdem das Vieh von den Weiden geholt und aufgestallt worden war, auf die Insel zurück. Das Wirtschaftsjahr war abgeschlossen. Wenn Mägde und Knechte ihre Stellungen wechselten, dann jetzt, und viele nutzten die Gelegenheit, ihre Familien zu besuchen, bis es wieder losging.

Lissy hatte gehört, dass auch Jap auf der Insel war und dass er beim nächtlichen wilden Treiben durch die Gassen die Teufelsgeige spielen würde. Sie aber musste bis zum Feierabend durcharbeiten. Ausgerechnet an diesem Tag war sie zudem mit Fegen und Feudeln dran. Und der Meister verhielt sich nach wie vor besonders streng ihr gegenüber, damit das Personal nicht glaubte, sie würde als Töchterchen des Hauses bevorzugt.

»Na los, misch dich unters Jungvolk!«, forderte ihre Mutter sie überraschend auf. »Ich mach den Rest, wenn du dafür morgen Nachmittag auf Lubi und Wally aufpassen kannst.«

»Ehrlich?« Lissy wunderte sich etwas, nahm das Angebot ihrer Mutter jedoch gern an. Mit den Kleinen zu spielen bedeutete mehr Spaß als Arbeit.

Während sie ihren Friseurkittel auszog, hörte sie, dass ihre Mutter auch dem Meister sagte, er solle ruhig schon losgehen. »Mir ist nicht nach Feiern zumute, weißt du, das Gedränge und das ganze Tamtam ... Aber deshalb musst du ja nicht drauf verzichten. Deine Kumpel vom Turnverein warten sicher schon auf dich.«

»Ich lass dich doch nicht allein zu Hause«, erwiderte er.

»Doch, doch, geh ruhig. Ich will früher ins Bett, weil ich morgen mit Grete aufs Festland reisen möchte.«

»Was? Davon hast du ja gar nichts gesagt.«

»Es hat sich auch gerade erst spontan ergeben. Wir übernachten bei Verwandten, sind aber Montag gegen Mittag wieder zurück.«

»Na, ich weiß nicht … Bei welchen Verwandten? Was wollt ihr denn auf dem Festland?«

»Das erzähl ich dir später. Es soll eine Überraschung werden.« Ihre Mutter lächelte den Meister irgendwie eigenartig an. »Und einer von uns muss doch beim Fest den Inselsalon vertreten. Die Kunden entscheiden schließlich auch nach Sympathie, welchen Friseur sie besuchen. Gib ruhig mal 'ne Lokalrunde aus, das kommt alles wieder rein.«

Der Meister schüttelte irritiert den Kopf. Doch offenbar verspürte auch er große Lust, sich ins Getümmel zu stürzen, und widersprach nicht länger.

Frieda

Paul schlief noch fest, umnebelt von einer Alkoholfahne, als Frieda das Haus mit einer Reisetasche und ihrem Friseurkoffer verließ. Es war eisig kalt. Grete erwartete sie vor der Salontür. In der Poststraße sangen Leute, die offenbar durchgefeiert hatten »*Wir versaufen unser' Oma ihr klein Häuschen …*«

Grete und Frieda sprachen wenig. Ihr Entschluss stand fest. Mit einem verschwörerischen Blick bestätigten sie einander, dass es nun zu spät war für Angst oder Zaudern. »*Immer an der Wand lang, immer an der Wand lang*«, grölten die Zecher.

Sie nahmen den Pferdeomnibus zum Hafen und stiegen eine Haltestelle vor dem Anleger aus. In der lilablauen Morgendämmerung funkelte Raureif auf dem Rennplatz gegenüber vom Flughafen, die klare kühle Luft roch nach Aufbruch. Das Rollfeld war schon mit Dünensand gestreut. Ihr Abenteuer konnte beginnen.

Martin von Welser kam mit ausgebreiteten Armen auf sie zu. Es war ein herzliches Wiedersehen mit Umarmungen und Wangenküsschen. Der Pilot sah sogar noch besser als früher aus, fand Frieda. Sie machten sich gegenseitig Komplimente. Grete genoss es besonders, das spürte sie.

Frieda trug einen weiten Mantel, unter dem ihre Schwangerschaft nicht so sehr auffiel. Martin bot ihnen zusätzliche warme Kleidung an.

»Das Zeug hat man in den offenen Maschinen früher unbedingt tragen müssen, wir verleihen es immer noch an Passagiere«, erklärte er. »Auch wenn wir mit dem Kabinenaufbau vor der Witterung geschützt sind und geradezu luxuriös reisen, würde ich euch heute dringend dazu raten.« Folgsam zogen Frieda und Grete übergroße Pelzstiefel an, stülpten Fellmützen über und hüllten sich in gefütterte Männermäntel, bevor sie in der Junkers-Maschine Platz nahmen. Das Flugzeug erinnerte Frieda an eine dicke Motte. Vier Passagiere passten in die Kabine, sie waren jedoch die einzigen. Martin verstaute ihren Friseurkoffer und das Reisegepäck neben Postsäcken und Transportkartons.

Sie starteten noch vor Sonnenaufgang. Das Abheben löste in Frieda eine ihr unbekannte Euphorie aus. Alles wurde leicht und hell, als die Schubkraft des Flugzeugs sie wie eine überirdisch starke Hand emporhob, über die Nichtigkeiten des Alltags hinaus. Herrlich! Sie verstand plötzlich, dass manche Menschen süchtig wurden nach der Fliegerei. Als die Sonne aufging und sie unter sich ihre schöne, lang gestreckte Heimatinsel von Licht geflutet sah, fühlte sie sich unerwartet reich beschenkt. Sie schaute zu, wie sich das Meer im Osten in flüssiges Rotgold verwandelte. Schweigend tauschten Grete und sie einen Blick.

Über dem Festland zogen Wolken auf. Aber immer, wenn Frieda dazwischen Dörfer, Kirchtürme, mit roten Ziegeln gedeckte Bauernhöfe, Kanäle und Flussläufe ausmachen konnte, war sie entzückt. Martin orientierte sich an den Bahnschienen. Ab und zu schien das Flugzeug einige Meter tief in ein Luftloch zu sacken. Bei jedem kleinen Hüpfer musste Frieda lachen, während Grete ängstlich ihren Arm umklammerte. Es kitzelte im Bauch wie früher in der Schiffschaukel.

Martin erklärte ihnen gegen das Gebrumm der Maschine an, dass die im Vorjahr gegründete Flughafengesellschaft

Norderney, an der auch die Stadt Bremen beteiligt war, den Flughafen seit diesem Sommer an die Junkers Werke, Abteilung Luftverkehr, verpachtet hatte.

»Wir bieten nicht nur Rundflüge und Flüge zu den anderen Inseln an, sondern auch Fernflüge nach Hannover, Hamburg, Berlin und Bremen nach Bedarf.« Seine Begeisterung für die Fliegerei war in den vergangenen Jahren eher noch gewachsen. »Es gibt Pläne, auf Norderney einen großen Flughafen nach Übersee einzurichten. Die Menschen sollen von Bremen aus hierherfliegen, um dann von Norderney aus in wenigen Stunden durch die Luft über den Ozean Amerika zu erreichen.«

»Das klingt fantastisch!« Grete war hingerissen.

»Wir müssen nur noch abwarten, dass die Alliierten ihre Verbote streichen«, erklärte Martin. »Das Deutsche Reich darf ja nicht nur keine Militärflugzeuge mehr besitzen, es dürfen in Deutschland auch keine Flugzeuge für den zivilen Flugverkehr gebaut werden.« Er lachte. »Deshalb baut Junkers jetzt im Ausland, es sind schon verschiedene Teststrecken für Nachtflüge eingerichtet. Wir werden bereit sein, wenn's losgehen kann.«

Er war, wie sie nun erfuhren, nicht für den regulären Flugdienst eingestellt, sondern arbeitete als eine Art Feuerwehr und Teststreckenflieger immer dort, wo gerade Not am Mann war.

»Dann bleibst du gar nicht für längere Zeit auf Norderney?«, fragte Frieda.

»So ist es.«

»Ach, wie schade.«

Nach einer Stunde gingen sie in Bremen zur Zwischenlandung runter. Dort wurde ein Teil der Post ausgeladen. Sie vertraten sich kurz neben der Maschine die Beine, um ihren Kreislauf zu beleben. Und schon starteten sie wieder.

Grete packte Butterstullen aus. »Wer weiß, ob wir später noch Zeit zum Essen haben.«

Martin reichte ihnen eine Thermoskanne mit Kaffee nach hinten.

Frieda hatte den Eindruck, dass die Zeit an diesem Tag, auch nachdem sie drei Stunden später in Berlin gelandet waren, verging wie im Fluge. Schlag auf Schlag, im Takt der Moderne, alles dank neuester technischer Möglichkeiten. Ihr war, als würde sie diesen einen Tag in der Zukunft verbringen.

Grete hatte am Vorabend noch mit ihrem Bruder Eduard telefoniert. Der war zwar wegen diverser gesellschaftlicher Verpflichtungen verplant, schickte ihnen aber seinen Fahrer samt Automobil und Einladung, bei ihnen zu übernachten. Zum Glück, denn Frieda hätte nicht gewusst, wie sie die zig Millionen Mark für ein reguläres Busticket und eine Übernachtung hätte aufbringen sollen. Nun wurden sie wie zwei Damen der feinsten Berliner Gesellschaft zum Veranstaltungsort des Frisurenwettbewerbs durch die Stadt gefahren. Der Chauffeur versprach, sie am späten Nachmittag wieder abzuholen und zu Gretes Bruder in die Bendlerstraße zu bringen.

Der oberste Organisator der Veranstaltung, ein Herr Schmittke, wirkte nicht erfreut, dass sie so spät erschienen.

»Es ist schon ein Uhr. Der Wettbewerb hat heute Vormittag begonnen«, sagte er streng. »Ich weiß gar nicht, ob ich Sie überhaupt noch teilnehmen lassen darf.« Im Gegensatz zur Vorentscheidung gab es diesmal auch zahlendes Publikum.

»Aber der Wettbewerb dauert bis vier Uhr nachmittags«, erwiderte Frieda mit einem liebenswürdigen Lächeln. »Es geht doch sicherlich um das, was am Ende dabei herauskommt, oder?«

»Nun ja. Sie werden allerdings keine Dauerwelle mehr machen können«, gab der Mann zu bedenken. »Dafür reicht die Zeit nicht, und damit können Sie die höchste Punktzahl für technische Fertigkeit nicht mehr erreichen. Alle anderen sind Ihnen also voraus.«

»Das macht nichts«, antwortete Frieda. »Ich träume seit Jahren davon, einmal im Leben an diesem Wettbewerb teilzunehmen.«

»Meine Freundin hat wirklich kein Hindernis gescheut und viele Strapazen auf sich genommen, um hier sein zu können«, versicherte Grete. »Wir sind heute Vormittag mit einem Flugzeug von Norderney aus angereist, obwohl ihre Niederkunft kurz bevorsteht. Bringen Sie es tatsächlich übers Herz, einer so leidenschaftlichen Friseurin die Teilnahme zu verweigern?«

Frieda stupste sie an. Grete sollte nicht so übertreiben. Das Kind wurde doch erst in zwei bis drei Wochen erwartet.

Die Jury und das Publikum waren offenbar schon auf sie aufmerksam geworden. Etliche Menschen lächelten ihr und Grete zu, sie lächelte zurück.

»Im Flugzeug?« Herr Schmittke war verunsichert. Frieda konnte seine Gedanken förmlich lesen: Leute, die fliegen, haben Geld. Leute, die Geld haben, sind wichtig. Er sprach mit der Jury und schwenkte um. »Also gut«, sagte er gönnerhaft. »Dort hinten ist noch ein freier Arbeitsplatz.«

Frieda verschaffte sich rasch einen Überblick über das, was ihre Kollegen, darunter immerhin zwei Frauen, bislang zustande gebracht hatten. Viele setzten auf *mise en plis*, sie drehten also zuvor dauergewelltes Haar auf größere Wickler für eine sanfter fallende Wasserwelle. Es gab auch noch Steckfrisuren mit längerem Haar, doch Bubiköpfe überwogen. Es war schon erstaunlich, wie viele Variationen dazu möglich waren – mit Pony, kurz oder lang, schräg oder gerade geschnitten, ohne Pony, ganz kurz als Garçonne, kinnlang und glatt oder stufig, durchgewellt, aufgeplustert, gelackt, eng am Kopfe anliegend oder nur am Rande gelockt.

Und dann legte sie los. Wie im Fieber bearbeitete sie Gretes schönes schwarzes Haar. Seit beinahe zwanzig Jahren kannte sie jede Naturwelle, jeden Haarwirbel ihrer Freundin. Sie wusch, sie schnitt, sie föhnte. Im Gegensatz zu den Kollegen, die dem Schopf ihrer Modelle ihren Willen aufzwangen, ließ sie den natürlichen Schwung – kinnlang und hinten durchgestuft – zur Geltung kommen. Sie arbeitete nur ein wenig mit der Hand nach und erzeugte mit Brillantine einen schimmernden Effekt. Etwas Schminke, Kajal für die Augen und dunkelroter Lippenstift vervollständigten ihr Werk.

Als die Jury zur Beurteilung anrückte, schüttelte Grete anmutig den Kopf und lächelte ihr schönstes Schneewittchen-Lächeln. Wie jeder Teilnehmer musste auch Frieda die Idee erklären, die hinter ihrem Beitrag stand.

»Diese Frisur ist für die moderne Frau bestimmt«, begann sie. »Sie betont ihre individuelle Persönlichkeit, ist morgens schnell gemacht, sitzt auch beim Sport und noch beim ausgelassensten Tanz.« Geschickt legte Frieda ein glitzerndes Band mit einer Schmuckfeder um Gretes Stirn. »Im Handumdrehen kann sie selbst daraus eine Abendfrisur zaubern.«

»Finden Sie nicht, dass Sie damit unserem Berufsstand eher schaden?«, fragte der Conférencier kritisch.

»Nein, im Gegenteil. Wir Friseure sind immer auf der Seite unserer Kundinnen. Wir wollen ihnen das Leben einfacher und schöner machen. Und wenn eine Dame regelmäßig alle vier bis sechs Wochen zum Nachschneiden kommt, soll sie ihren Aufenthalt so angenehm wie einen kleinen Urlaub empfinden. Auch das wird sie weiterhin an unsere Salons binden.«

Das Publikum schob sich hinter einer Absperrung aus gedrehten Tauen an ihnen vorüber. Manche gaben Kommentare ab. Frieda antwortete schlagfertig auf ein paar freche Zurufe.

Dann ging's an die Juryberatung, Stimmzettel der Zuschauerinnen und Zuschauer wurden ausgewertet, die Spannung stieg.

Die Goldmedaille der Endausscheidung wurde einem bekannten Berliner Friseur namens Dimitri verliehen, vor allem wegen einiger hochkomplizierter Finessen.

»Der Publikumspreis«, Herr Schmittke legte eine Kunstpause ein, und Frieda hielt unwillkürlich den Atem an, »geht … mit klarem Vorsprung … an … Frau Frieda Merkur, verwitwete Fisser, vom Inselsalon Norderney! Unsere beiden Damen vom Nordseestrand haben eindeutig die Herzen der Besucher erobert.«

Grete sprang auf und umarmte sie. »Du hast es geschafft!«, jubelte sie.

»Wir! Wir haben's geschafft, Grete! Danke, dass du mich gefragt hast, ob ich mitkomme nach Berlin, und danke, dass du deine Mähne geopfert hast.« Frieda war so, so glücklich. »Wie fühlst du dich denn eigentlich mit der neuen Frisur?«

»Leichter. Luftiger. Und kühner«, sagte Grete verwundert. »Daran muss ich mich erst noch gewöhnen. Aber ich finde, es sieht fabelhaft aus!«

»Sie sollten zum Film gehen, gnädige Frau«, schmeichelte ein Jurymitglied.

Einige Zeitungsreporter machten Fotos und wollten Frieda interviewen. Grete lief rasch nach draußen, um den Chauffeur zu vertrösten. Frieda beantwortete geduldig alle Fragen.

Immer wieder erwähnte sie den Inselsalon Fisser auf Norderney. Was für ein Tag! Es war überwältigend. Dieses Echo! Dieses Interesse! So im Mittelpunkt zu stehen!

Als sie endlich in der Bendlerstraße ankamen, war sie erschöpft. Die Lehmanns besaßen eine herrschaftliche Altbauwohnung mit vielen hohen Räumen. Die Kinder schliefen schon, Eduards Frau Mathilde ließ ihnen ein leichtes Nachtmahl servieren. Sie unterhielten sich ein wenig. Mathilde, dunkelhaarig und mit kultivierter Ausstrahlung, war eine aufmerksame Gastgeberin. Doch bald verspürte Frieda nur einen Wunsch – zu schlafen.

Schon zur Mittagszeit des folgenden Tages landeten sie wieder auf Norderney. Sie bedankten sich herzlich bei Martin und nahmen den Pferdeomnibus in den Ort. Der Salon war wie jeden Montag geschlossen. Frieda ging hinten herum durch die Küche ins Haus. Die Familie saß beim Mittagessen, es gab Grünkohlsuppe.

»Ich bin wieder da-ha!«

»Wie war's?«, fragte Paul, küsste sie auf die Wange und griff nach ihrer Reisetasche, um sie ihr hochzutragen.

Frieda folgte ihm ins Schlafzimmer, weil sie die Kleidung wechseln wollte. Und weil sie es kaum erwarten konnte, ihm von ihrem Erfolg zu berichten.

»Ich hab in Berlin eine goldene Medaille gewonnen, den Publikumspreis.« Stolz hielt sie ihm die Trophäe entgegen. »Hier, guck mal! Am besten hängen wir sie an die Wand mit den Porträts.«

»Du hast was?« Paul starrte sie ungläubig an. »Spinnst du oder bist du mal eben auf einem Besen vom Wickwief rübergeflogen?«

»Nein, ehrlich«, versicherte sie. »Das ist die Überraschung, die ich angekündigt hab.«

»Ich dachte, du besuchst Verwandte in der Westermarsch oder in einem der Fehndörfer …«

»Ich hatte die einmalige Gelegenheit, nach Berlin zu fliegen. Mit Grete als Frisurmodell. Ihr alter Bekannter Martin von Welser arbeitet neuerdings als Pilot bei uns auf dem Flughafen.« Es sprudelte nur so aus ihr heraus. »Und übernachtet haben wir bei Gretes Bruder. Ist es nicht verrückt, was heutzutage innerhalb so kurzer Zeit alles möglich ist?«

Paul könnte ruhig ein bisschen mehr Begeisterung zeigen. Die Medaille würde das Renommee des Salons gewaltig aufpolieren. Damit lagen sie nun mit weitem Vorsprung vor der Konkurrenz.

»Ich fass es nicht!« Er begriff allmählich. Doch er schien sich überhaupt nicht zu freuen. »Wie konntest du nur, Frieda? Das ist unverantwortlich!«

»Wieso? Ist doch alles gut gegangen …«

»Du bist hochschwanger! Du hast mir kein Wort gesagt, du … du hast mich hintergangen.« Den letzten Satz brüllte er fast. Noch nie war er ihr gegenüber so laut geworden. »Es ist auch mein Kind, verdammt noch mal! Ja, und ich mache mir Sorgen um dich. Warum gehst du solch ein Risiko ein?«

»Hättest du mich denn gelassen, wenn ich vorher mit dir gesprochen hätte?«

»Nein.«

»Siehst du.« Frieda stemmte beide Fäuste in die Seiten. »Dabei haben wir diese Frage ganz klar in unserem Ehevertrag geregelt.«

»Aber das ist doch … das ist doch was völlig anderes.«

»Ach ja?« Allmählich wurde auch sie zornig. »Und du … du

hältst dich hundertprozentig an unsere Abmachungen, nicht wahr?« Sie zog seine Nachttischschublade auf. »Sieh mal, was ich hier neben den … diesen … Packungen da entdeckt hab. Ist das etwa ein Zufall?« Anklagend hielt sie die Stecknadel in die Höhe.

»Was willst du damit andeuten?«, fragte er aufgebracht. »Du willst mir etwas unterstellen, oder? Wieso schnüffelst du da überhaupt herum, das ist ja …«

Ganz langsam ging sie auf ihn zu, in der einen Hand die Goldmedaille, in der anderen die Stecknadel, bis sie, fast Stirn an Stirn, vor ihm stand. Sie sah ihm direkt in die Augen. »Sei ehrlich, hast du nachgeholfen oder nicht?«

Er holte tief Luft, seine Lider flatterten kurz. »Nein«, erwiderte er jedoch mit fester Stimme. Und nun blitzte tatsächlich ein Fünkchen Belustigung in seinen Augen auf. Wie konnte er es wagen, das Ganze ins Lächerliche zu ziehen! Paul hob eine Braue. »Abgesehen von meinem natürlichen Anteil an der Produktion, versteht sich.«

Während Frieda überlegte, ob sie ihm glauben sollte oder nicht, durchfuhr ein heftig ziehender Schmerz ihren Unterleib, und sie schrie auf.

»Frieda! Um Gottes willen, Friedalein!« Besorgt umfasste Paul ihre Schultern. »Geht's los? Ganz ruhig. Leg dich ins Bett, ich hol den Arzt.«

Der Schmerz ließ bald nach, Frieda konnte wieder normal atmen. »Es dauert sicher noch«, besänftigte sie ihn. »Kannst ja die Hebamme schon mal in Bereitschaft versetzen. Und sag Moeder Bescheid, bitte.« Einen Arzt brauchte sie wahrscheinlich gar nicht. Die meisten Insulanerinnen entbanden zu Hause ohne Arzt.

Sie wollte sich erst einmal den Reisestaub abspülen. Im Bad

allerdings musste sie erkennen, dass ihr Kind es wohl besonders eilig hatte. Sie schleppte sich zurück ins Schlafzimmer. Eine Schmerzwelle folgte auf die nächste. Schließlich überließ sie sich der Urgewalt der Natur. Irgendwann hörte sie die Stimmen der Hebamme und ihrer Schwiegermutter. Endlich erschien auch ihre Mutter, sie redete ihr gut zu.

Bereits vier Stunden nach der ersten Wehe erblickte ihr Kind das Licht der Welt. Durch einen Kokon aus verhallendem Schmerz und Erschöpfung drang ein kräftiger Schrei zu ihr.

»Du hast es geschafft«, sagte ihre Mutter bewegt.

»Ein gesunder Junge«, verkündete die Hebamme.

Sie badete den Kleinen und legte ihn ihr auf den Bauch, breitete eine Mullwindel über den Rücken des Kindes. Frieda fühlte sein Gewicht, seine zarte, warme Haut auf ihrer. Sie schaute es an und umhüllte ungläubig mit einer Hand schützend sein feuchtes Köpfchen. So winzige Fingerchen. Es besaß schon Haare. Ein kleines Wunder. Nein, ein großes.

»He!«, flüsterte sie. »Da bist du ja.«

Die Hebamme, ihre Mutter und ihre Schwiegermutter gratulierten ihr. »Danke für eure Hilfe.« Frieda war sehr glücklich. Und zutiefst erschöpft.

»Pünktlich to't Teetied«, scherzte ihre Schwiegermutter über die Ankunftszeit des Babys. »Een lüttje Teenös, unser neuer Erdenbürger.«

Teenase nannte man Menschen, die das Talent besaßen, stets dann aufzutauchen, wenn gerade der Tee frisch aufgebrüht war. Die Frauen zogen sich zurück.

Schüchtern stand Paul im Türrahmen. »Darf ich?«, fragte er. »Oder willst du erst schlafen?«

Sie lächelte. »Komm her und begrüß deinen Sohn.«

Paul setzte sich zu ihr auf den Bettrand. Zuerst betrachtete er nur ergriffen den Winzling. Dann sah er sie an, und sie spürte, wie er nach Worten suchte. Sie verstand ihn auch ohne. Er wollte ihr sagen, dass ihm der Streit vorhin furchtbar leidtat und dass er unendlich dankbar war für dieses Kind. Aber dafür kannte er offenbar keinen angemessenen Spruch. Er umfasste ihre Hand. Pauls Adamsapfel bewegte sich, seine Augen wurden feucht und liefen über. Mit dem Ärmel wischte er sich über die Wange. Liebevoll erwiderte sie seinen Blick.

»Jetzt sind wir wirklich eine Familie«, sagte er mit rauer Stimme.

Frieda legte das Tuch um ihren Sohn und reichte ihn seinem Vater. Vorsichtig nahm Paul ihn in die Arme. Das Kind schlug in diesem Moment die Augen auf. Neugierig und wissend, als erinnerte es sich noch an einiges aus der Welt, in der es vor seiner Geburt gewesen war. Paul hielt stumme Zwiesprache mit seinem Sohn. Frieda konnte nur ahnen, was er ihm versprach.

Ihr Gefühl sagte: Alles wird gut. Mochte die Inflation auch noch so absurde, angsteinflößende Rekorde erreichen – sie war erfüllt von Zuversicht.

»Wo ist Lissy?«, fragte sie.

»Sie ist zu Grete gelaufen«, erklärte Paul. »Vorhin hat sie solche Angst um dich bekommen, dass sie Max aus der Praxis holen wollte.«

In diesem Moment lugte ihre Tochter mit ängstlichem Blick und windzerzaustem Haar um die Ecke. Hinter ihr tauchte Max mit seiner Arzttasche auf. Er lächelte erfreut.

»Mir scheint, es gibt hier für mich nichts mehr zu tun, außer zu gratulieren.«

»Lissy, meine Große«, sagte Frieda zärtlich. »Komm doch. Möchtest du nicht dein Brüderchen auf den Arm nehmen?«

»Der sieht ja ganz rot und schrumpelig aus«, sagte sie.

Alle lachten. Etwas widerstrebend, doch mit großem Ernst, nahm sie das kleine Bündel an. Ihr Gesichtsausdruck bekam etwas Staunendes und Weiches, als der Säugling ihren kleinen Finger umfasste und gar nicht wieder loslassen wollte.

»Dein Bruder mag dich«, sagte Frieda.

Lissy war verlegen. »Wie soll er denn heißen?«

»Gustav«, sagte Paul, »wie mein Vater.«

»Und Dirk«, ergänzte Frieda, »wie mein Vater.« Der älteste Sohn wurde zwar üblicherweise nach dem Großvater väterlicherseits genannt. Aber sie wollte auch ihrem Vater eine Freude bereiten.

»Fritz natürlich«, kam es von ihrer Schwiegermutter, die mit Max wieder ins Zimmer getreten war.

»Also Gustav Dirk Fritz«, fasste Lissy zusammen. »Und wie wollen wir ihn dann rufen?«

»Darüber denken wir noch nach«, antwortete Paul.

Frieda nickte.

»*Mon Dieu*, stell dir bloß vor, die Wehen hätten schon in Berlin oder im Flugzeug eingesetzt«, sagte Grete einen Tag später, nachdem sie Frieda gratuliert und das Baby ausgiebig bewundert und geherzt hatte.

»Das möchte ich lieber nicht«, antwortete Frieda trocken. Sie musterte die Freundin aufmerksam. »Du siehst irgendwie strapaziert aus.«

»Max schmollt«, gestand Grete. »Er redet nicht mit mir, seit unserer Rückkehr aus Berlin. Er berührt mich nicht mal.«

»Ach, du meine Güte. Gefällt ihm die Frisur nicht?«

»Das auch. Er sagt, er mag keine Überraschungen. Jedenfalls solche nicht.« Grete machte eine hilflose Geste. »Früher, sagt er, wurden Frauen zur Strafe die Haare geschoren oder kurz geschnitten. Man verlöre seine Lebenskraft, ich solle an die Geschichten aus der Bibel denken.« Sie schien den Tränen nahe.

Frieda schüttelte den Kopf. »Das passt überhaupt nicht zu seinen fortschriftlichen Einstellungen als Lebensreformer! Dein Mann läuft doch auch nicht mit langer Mähne durch die Gegend wie einst Samson. Sehr konsequent klingt mir das nicht.«

»Am Ende sind sie eben doch nur Männer.« Gretes Stimme verriet ihre mühsam unterdrückte Empörung. »Vor allem ist Max beleidigt, weil wir mit Martin geflogen sind. Ausgerechnet mit Martin.«

»Na klar, er ist eifersüchtig«, erwiderte Frieda augenzwinkernd. »Freu dich, Grete! Er liebt dich, er will dich nicht verlieren. Er braucht wahrscheinlich einfach mal wieder die Bestätigung, dass er der Mann im Haus ist.«

Grete seufzte abgrundtief. »Du hast wohl recht.«

»Sag ihm, dass Martin verheiratet ist und schon bald wieder die Insel verlässt. Und überhaupt, dass du nur ihn liebst.«

»Wie denn, wenn er nicht mit mir reden will?« Jetzt machte Grete einen gekränkten Eindruck. »Außerdem müsste Max das doch wissen. Wie kommt er überhaupt auf die Idee, daran zu zweifeln?«

»Du weißt am besten, wie du ihn kriegen kannst. Zieh was Raffiniertes an, leg mal wieder eine Richard-Tauber-Platte aufs Grammofon …«

»Wenn das so einfach wäre …« Grete seufzte.

»Na gut, nach so vielen Ehejahren«, räumte Frieda ein, »da solltest du ihm vielleicht auch noch sein Lieblingsgericht kochen.«

Drei Tage nach der Geburt ihres Sohnes süppelten Rieka, Lieske und die Nachbarin Agnes bei ihrer Puppvisit, dem Besuch am Wochenbett, reichlich Kinnertön. Die mit Branntwein vollgesogenen Rosinen, eine Spezialität, die ihre Schwiegermutter schon Wochen zuvor angesetzt hatte, berauschten auf eine etwas hinterhältige Art. Erst wenn man aufstand, merkte man, wie viel Alkohol in der Leckerei steckte, die man halb trank und halb mit einem Löffelchen aß.

»Erwin und Minna-Überbiss heiraten«, wusste Lieske zu berichten. »Sie zieht nach Aurich.«

»Was?« Rieka lachte spöttisch. »Jetzt sag nur noch, sie müssen!«

»Keine Ahnung!«

»So betrunken kann er doch gar nicht gewesen sein.« Agnes giggelte.

»Nur zu! Niemand wird die Klatschtante vermissen«, meinte Frieda.

Paul platzte in die Runde. »Heut wird die Rentenmark eingeführt«, verkündete er aufgeregt. »Es ist offiziell, die Währungsreform ist da! Schenkt mir auch ein, darauf müssen wir anstoßen!«

»Endlich!«, sagte Rieka. »Jetzt geht's aufwärts.«

Und Frieda fühlte sich bestätigt. Hatte sie es nicht gewusst? Alles wurde gut. Plötzlich kam ihr ein alter ostfriesischer Name in den Sinn.

»Wie wär's mit Bonno?«, fragte sie Paul. »Das bedeutet im Lateinischen irgendwas mit ›gut‹. Das hat mir mal ein studierter Mensch erklärt.«

»Bonno?« Paul überlegte kurz. »Gut. Warum nicht? Trinken wir auf unseren Sohn Bonno!«

Lissy

Berlin, September 1927

Leichtfüßig sprang Lissy über eine große Straßenpfütze. Wunderbar, die neumodische kniekurze Rocklänge machte es möglich, und sie erreichte trockenen Fußes die andere Seite des Ku'damms. Hinter ihr hupten Automobile, ein Omnibus spritzte fluchende Passanten nass. Sie lachte nur. Mia, ihre Kollegin und Freundin, tippelte lieber einen weiten Bogen. Lissy betrachtete so lange das Märklin-Schaufenster eines Spielzeuggeschäfts und überlegte, ob sich Bonno wohl schon über eine Dampfmaschine oder einen Metallbaukasten freuen würde.

»In zwei Monaten wird mein kleiner Bruder vier Jahre alt, ich guck schon mal nach einem Geschenk«, sagte sie, als Mia sich neben sie stellte.

Wie schnell die Zeit verflogen war! Sie erinnerte sich noch genau an den Tag seiner Geburt und daran, wie wild entschlossen sie gewesen war, den Störenfried nicht zu mögen. Doch kaum hatte sie ihn das erste Mal im Arm gehalten, war ihr Beschützerinstinkt erwacht. Und wenig später hatte sie ihn schon rundum geliebt, weil er so unglaublich süß war. Ihr Herz schmolz dahin, wenn er sie anstrahlte. Bonno, ein robustes, heiteres Kerlchen, schlug mehr in die Richtung der Dirks-Familie, obwohl er nicht flachs-, sondern goldblondes Haar hatte. Am liebsten hielt er sich bei seinem Opa Dirk auf, ihn zog es zu den Fischerbooten und in den Hafen.

»Nach allem, was du mir von ihm erzählt hast, dürfte die Entscheidung doch ganz leichtfallen.« Mia zeigte auf das andere Schaufenster mit Schiffchen aller Art.

»Du hast recht«, sagte Lissy. »Wenn ich meine Prüfung morgen bestehe, kauf ich Bonno einen kleinen Holzkutter.« Als Schönheitsexpertin mit Examen würde sie mehr Geld verdienen und sich diese Ausgabe leisten können.

Seit einem knappen halben Jahr lebte sie nun schon in Berlin. Und noch immer dachte sie jeden Morgen, wenn sie zur Arbeit in einen der besten Friseur- und Schönheitssalons der Stadt an den Ku'damm eilte: Halleluja! Endlich bin ich da, wo ich sein will. Hier tobte das Leben, hier gab es alles, das gesamte Spektrum an Menschen, Künsten und Vergnügungen, nach dem sie sich gesehnt hatte. Das Tempo Berlins passte genau zu ihrem Pulsschlag.

Bei der Ankunft war sie gerade achtzehn geworden. Sie hatte sich gegen ihre Mutter durchgesetzt, die natürlich besorgt gewesen war. Genau wie ihre Großmutter Jakomina, die bis heute meinte: Nein, du allein im Sündenbabel der Welt – ogottogott, das geht doch nicht!

Aber hatte ihre Mutter ihr nicht auch vorgelebt, dass man sich bestimmte Dinge einfach nehmen musste? Wer auf eine Erlaubnis oder gar Einladung wartete, verpasste am Ende seine Chance. Erst jetzt begriff Lissy, wie mutig ihre Mutter gehandelt hatte, als sie sich hochschwanger zum Wettbewerb aufgemacht hatte, hinter dem Rücken des Meisters. Ohne seine Einwilligung. Und sie war geflogen! Diese Fortbewegungsart war eigentlich den oberen Zehntausend vorbehalten.

Lissy lächelte in sich hinein. Seit jenem November 1923 war vieles anders geworden. Abends beim Kipp-Kapp-Kögel hatte Jap sie geküsst. Und plötzlich war der Verlust des baltischen Barons gar nicht mehr so schlimm gewesen. Mit der Währungsreform kurz nach Martini war die Inflation schlagartig vorbei gewesen. Bei den Lubinus hatte allerdings der Haussegen noch wochenlang schiefgehangen. Tant' Grete hatte Onkel Max zuliebe ihr Haar wieder wachsen lassen, sie trug es seit der Geburt ihres dritten Kindes, des kleinen Siebo, der jetzt auch schon ein Jahr alt war, wieder locker am Hinterkopf eingeschlagen.

Über die Homosexualität ihres Vaters hatte Lissy nie mehr gesprochen. Auch nicht mit ihrer Mutter, obwohl sie wusste, dass Tant' Grete ihr bald nach Bonnos Geburt gesagt hatte, dass sie nun Bescheid wusste. Eine Weile hatte sie noch darauf gewartet, dass ihre Mutter das Thema einmal von sich aus ansprechen würde, aber da war nichts gekommen. Und dann hatte sie auch noch zufällig erfahren, dass der Name ihres Großvaters Dirk einst auf einer amtlichen Säuferliste gestanden hatte. Noch ein Tabu. Man lernte, dass man kein Wort verlieren durfte über Schandflecke in der Familiengeschichte. Dabei, so dachte sie heute, wäre vielleicht alles viel weniger schlimm, wenn es nur einmal ausgesprochen würde.

Sie hatte alles tief in sich vergraben, sich immer mehr abgenabelt von ihrer Familie, viel mit ihrer Freundesclique unternommen. Mit Jap war es mal so und mal so gewesen – eine unsichere, meist schüchterne, mal romantische, dann wieder verlegene oder übermütig-alberne Jugendliebe. Manchmal hatten sie sich am Strand Wettrennen mit dem Fahrrad geliefert und hinterher in den Dünen gelegen und geknutscht. Aber er war weiter auf dem Festland zur Schule gegangen, und es waren andere junge Männer gekommen, für die sie geschwärmt hatte.

Ihren Aufbruch nach Berlin hatte sie nicht eine Sekunde

bereut. Nicht einmal, als sie in den Hinterhöfen der Arbeiterviertel eine unglaubliche Armut gesehen hatte, die in ihr einen Sturm widersprüchlicher Gefühle ausgelöst hatte – Entsetzen, Abscheu, Mitleid und Zorn. Seitdem mied sie diese Ecken. Sie konnte nichts daran ändern. Sie konnte nur versuchen, ihr eigenes Leben zu meistern.

Je länger sie in Berlin lebte, desto schärfer wurde ihr Blick für Homosexuelle. Zunehmend stellte sie fest, dass sich unter ihnen tatsächlich besonders viele interessante und liebenswerte Männer befanden. Die Scham, die sie ihres Vaters wegen quälte, begann sich zu verändern – sie schrumpfte und ließ daneben neue Gefühle wie Stolz und Trotz aufkeimen.

Ihre Arbeitsstelle bei Dimitri in Berlin hatte sich Lissy selbst besorgt. Der schwule Exilrusse, der seine Ähnlichkeit mit Rasputin auf elegante Art kultivierte, war eine Koryphäe in der Welt der Coiffeure. Als Chef konnte er sehr aufbrausend sein, doch seine gefühlvolle russische Seele machte ihn samt einem Quäntchen Selbstironie, das gelegentlich durchblitzte, wieder erträglich. Seine Kundinnen erlebten ihn natürlich nur liebenswürdig und hielten ihn für genial. Es waren diese neuen Luxusfrauen, die stets ein Flair von Heiterkeit umwehte und die, während sie verschönert wurden, kenntnisreich über Porzellanversteigerungen und römische Gläser plauderten, über Dinner, Premieren oder die neusten Ski- und Reithosen, die man unbedingt fürs Weekend auf dem Lande benötigte.

Dimitri war jener Meister, neben dem ihre Mutter damals beim Wettbewerb gewonnen hatte. Deshalb hatte ihm der Inselsalon Fisser auf Norderney gleich etwas gesagt und ihr, Lissy, die Tür geöffnet.

Dass sie dann wirklich nach Berlin hatte gehen können, war Tant' Grete zu verdanken. Sie hatte dafür gesorgt, dass sie bei der Familie ihres Bruders Eduard in der Bendlerstraße wohnen durfte. Nur deshalb war ihre Mutter schließlich doch einverstanden gewesen. Im Gegenzug für die Gastfreundschaft sollte Lissy öfter mal abends, an Feiertagen und Wochenenden auf die Kinder aufpassen. Natürlich hätte sie in dieser Zeit viel lieber die Stadt erobert.

Die Lehmann'schen Werke statteten inzwischen die Bediensteten der Stadt Berlin mit Berufskleidung aus. Entsprechend wichtig war die Kontaktpflege zum Magistrat, aber auch zu Reichspolitikern und Großhändlern. Wenn abends illustre Gäste, oft mit Eduards Eltern, zum Essen empfangen worden waren, hatte man sie vorgestellt als »unsere Haustochter Elisabeth von Norderney«, gefolgt von einer Erklärung, die Rücksicht auf Vater Lehmann nahm, weil ja über Grete, »die Kommunistin«, in der Familie offiziell nicht gesprochen werden durfte. »Ihr Onkel Felix Rosenau, ein erstklassiger Juwelier auf Norderney, ist ein enger Geschäftsfreund meines Bruders Hans-Heinrich.«

Ein wenig Konversation war Lissy in der steifen Atmosphäre gestattet gewesen, jedoch hatte sie sich zügig unaufgefordert zurückziehen müssen. Diese Rolle als halb Dienstbotin, halb Vorzeigeobjekt von der Frieseninsel sowie die Verleugnung ihrer Tante Grete hatten ihr zunehmend Unbehagen bereitet. Als der Hausherr dann auch noch angefangen hatte, ihr in Abwesenheit seiner Gattin schwummrige Blicke zuzuwerfen und seine Hand etwas zu lange über ihren Rücken gleiten, in der Taille oder an tieferer Stelle verharren zu lassen, war ihr klar geworden, dass sie sich schleunigst nach einer anderen Unterkunft umsehen musste. Da hatte es sich gut gefügt, dass in dem Haus, in dem ihre Kollegin Mia lebte, ein möbliertes Zimmer frei geworden war.

Gut drei Monate nach ihrer Ankunft bei den Lehmanns war Lissy schon wieder ausgezogen. Sie besaß nicht viel, ein Umzug war rasch bewerkstelligt. Vor vollendete Tatsachen gestellt, hatte ihre Mutter zwar geschimpft, sie aber gewähren lassen. Vor allem, nachdem Mathilde Lehmann ihrem neuen Domizil noch einen Kontrollbesuch abgestattet und nach Norderney gemeldet hatte, dass die Hausbesitzerin auf Sauberkeit, frische Blumen im Foyer und die Einhaltung der Hausordnung achtete, die unter anderem Herrenbesuch nach zehn Uhr abends untersagte. Frau Lehmann hatte Lissy zu verstehen gegeben, dass sie nicht unglücklich über ihren Auszug war. Vermutlich hatte sie den einen oder anderen schwummrigen Blick ihres Gatten doch nicht übersehen. Was sie allerdings so schnell nicht herausgefunden hatte, war, dass ihre Hauswirtin Sieglinde Nockerl, eine charmante österreichische Witwe, viel Verständnis für das Freiheits- und Vergnügungsbedürfnis ihrer Mieterinnen aufbrachte. Zumindest, wenn man sie mit einer Flasche Obstler oder einem Strauß gelber Rosen gewogen stimmte.

Nun endlich konnte sich Lissy auch ins Nachtleben stürzen. Fast jeden Abend waren sie und ihre neuen Freundinnen unterwegs. Es strengte sie nicht an, im Gegenteil, ihre jugendliche Kondition brauchte geradezu den Auslauf. Sie gewann neue Energie, indem sie sich verausgabte. Sie hatten viel Spaß in den Kinos und beim Tanzen, sie flirteten und holten sich nebenbei Inspirationen, beobachteten die neuesten Moden, griffen sie auf, setzten sie in ihrer Arbeit um.

Dimitri war damit einverstanden gewesen, dass Lissy neben ihrer Tätigkeit als Damenfriseurin auch ein kosmetisches Praktikum im angegliederten Schönheitssalon machte. Schon auf Norderney hatte sie auf diesem Gebiet viel gelernt. Und am kommenden Morgen nun sollte sie nachweisen, dass sie gut genug aufgepasst hatte.

»Ich will heute früher zu Bett gehen«, sagte sie zu Mia, die verzückt die Puppen im Schaufenster betrachtete. »Wegen der Prüfung. Ich bin schon um acht Uhr dran.«

Entschlossen zog sie ihre glockige blaue Kappe schräg über ein Auge und zupfte die hervorquellenden Lockenspitzen zurecht.

»Na klar«, sagte Mia keck, sie schaute mit einem zugekniffenen Auge zu ihr hoch. »Es muss ja nicht jeden Abend die Hose am Kronleuchter hängen.«

Die brünette Berlinerin mit Prinz-Eisenherz-Frisur war fünf Jahre älter als sie, einen Kopf kleiner und auf eine appetitliche Art mollig. Sie hatte meist fröhliche braune Augen und pralle Wangen, die sie mit Rouge und Puder gut zu modellieren verstand.

Lissys Magen knurrte vernehmlich. »Oje! Ich hab nur noch Brot und Schmalz zu Hause.«

»Außer Soleiern könnte ich dir auch nichts anbieten. Und die kommen mir langsam zu den Ohren raus.« Mia knuffte sie. »Lass uns zu Aschinger gehen.«

Da fast ihr gesamtes Gehalt für die Miete draufging und sie den Rest ihres Lebensunterhalts vom Trinkgeld bestreiten mussten, waren die preisgünstigen Stehbierhallen von Aschinger ihr zweites Zuhause. Wenn sie richtig ausgingen, in Tanzlokale mit Eintritt, reichte es meist, gut aussehend und vergnügt zu sein, um jemanden zu finden, der sie einlud. Natürlich erwarteten die Männer etwas dafür, aber sie hatten gute Strategien entwickelt, sie an der Nase herumzuführen. Sonntagnachmittags fuhren sie manchmal raus zur Hasenheide, wo man im Ausflugslokal nur fürs Wasser zum

Kaffeekochen zahlte, seinen Kaffee mitbrachte und mit Hunderten von Gästen an Achtertischen saß. Lissy liebte die Stimmung, die Lieder, die gesungen wurden, die Selbstironie und den Galgenhumor der Berliner, sie teilte zu gern mit ihnen das Glück der Gemeinschaft.

Jetzt nahmen sie den Bus zur Leipziger Straße und kehrten im dortigen Aschinger ein.

Ein Getümmel herrschte heute wieder! Tabakqualm, Gelächter, Gedränge. Die unterschiedlichsten Leute, darunter Künstler und Studenten, trafen in hemdsärmeliger Gemütlichkeit aufeinander. Mia ergatterte einen frei werdenden Stehtisch. Erleichtert setzten sie sich mit übereinandergeschlagenen Beinen auf hohe Hocker. Mia bestellte eine Bierwurst, Lissy eine Erbsensuppe, beide orderten dazu ein Bier vom Fass. Ihr Essen teilten sie schwesterlich. Und satt aßen sie sich an den Schrippen, die es dazu kostenlos in unbegrenzter Menge gab. Eine noch unbekannte Sängerin trug vorne auf der Bühne selbst geschriebene Couplets vor. Was das Publikum keineswegs vom Reden, Lachen oder Streiten abhielt.

Bald gesellte sich ein unternehmungslustiges Pärchen zu ihnen, dann erkannten sie ein paar Tische weiter zwei flotte junge Frauen, die ebenfalls bei Sieglinde Nockerl wohnten, Hanni und Henny. Beide arbeiteten als Sekretärinnen und waren immer für einen Spaß zu haben. Mia winkte sie heran. Mit drei Kavalieren im Schlepptau drängten sie sich um ihren Tisch. Der eine, Bruno, war Hennys Freund, die anderen beiden stellte er als seine Kollegen vor. Einer von ihnen spendierte die nächste Runde.

»Danke«, Lissy lehnte freundlich ab, »ich hab morgen früh eine Prüfung.«

»Och, sei keine Spielverderberin«, sagte Hanni. »Du sollst dir ja nicht gleich die ganze Nacht um die Horchlöffel hauen.«

»Denn dit janze Leben is een doller Schwof«, sang ihr Begleiter einen Schlager von Cläre Waldoff, *»und wer nicht mitmacht, is uff beede Backen doof.«*

»Na gut«, Lissy lachte. »Ein Bier, aber dann geh ich früh schlafen.«

»Was für'n Jammer!«, bemitleidete Henny sie. »Ausgerechnet heute, wo Sieglinde nicht da ist. Unsere Wirtin weilt nämlich aushäusig.«

Die Kavaliere witterten Morgenluft. Die Stimmung stieg. Scherze flogen hin und her.

»Wart ihr schon mal in der Pyramide?«, fragte einer der jungen Männer.

»In Cläre Waldoffs Frauenclub?«, fragte Mia. »Sicher doch!«

Sie schmiegte sich provokant an Lissy, die gleich mitspielte. Es war nur ein Scherz, unter jungen Großstadtfrauen aber gerade sehr in Mode, abgeklärt und verrucht zu tun und gleichgeschlechtliche Neigungen anzudeuten. Immerhin hundertfünfzig Weiberlokale gab's in Berlin. Besser Lesbe als Mauerblümchen. Oder wenigstens ein bisschen bisexuell.

»Und habt ihr Anita Berber tanzen sehen?«

Dem einen jungen Mann rann Spucke aus dem Mundwinkel. Die nackt auftretende Ausdruckstänzerin galt als Inbegriff des dekadenten Berlin.

»Die ist doch völlig hops«, winkte Hanni verächtlich ab, »längst ein Wrack durch Morphium und Kokain. Jetzt sammeln ihre Freunde schon Geld für sie.«

Das Bier wurde serviert.

»Hoch die Mollen!«

Die anderen machten nun Pläne für den Rest des Abends,

sie wollten noch ein paar Tingeltangellokale am Ende der Friedrichstraße abklappern. Selbstverständlich würden die Kavaliere die Spesen übernehmen.

»Na, komm auch mit, rin ins Vergnügen!«, forderten sie Lissy auf, als die Gläser geleert waren.

Doch sie blieb bei ihrem Vorsatz. »Nee danke, wie gesagt, heut nicht.« Sie sprang vom Hocker und winkte in die Runde. »Tschüss, feiert für mich mit!«

Um halb elf lag sie tatsächlich im Bett. Um ein Uhr erwachte sie vom Gesang, der aus Mias Zimmer drang. Mindestens zehn Leute grölten *Was macht der Maier am Himalaya?* Sie stopfte sich Ohropax in die Gehörgänge, wälzte sich hin und her, packte das Kopfkissen über den Kopf. Aber das Gelächter und der Gesang steigerten sich, die Mieterinnen der übrigen Zimmer schienen inzwischen auch alle mitzufeiern. Die Wände vibrierten vom Gehopse. Lissy stand auf, warf ihren Bademantel über, klopfte nebenan und bat um Ruhe.

Nebenbei wunderte sie sich wieder mal darüber, wie viele Menschen in diese kleinen Zimmer passten. Im Tabaknebel schwoften einige Pärchen, andere saßen auf dem Fußboden oder lagen seltsam gestapelt auf dem Bett.

»Trink ein Gläschen mit, Lissy«, forderte Mia sie mit schwerer Zunge auf, »wir haben echt drittklassigen Absinth da!«

Sie schüttelte den Kopf. »Mensch, Mia, du weißt doch …«

»Zeig mal deine Fesseln, Miezeken. Trägst du 'n Kettchen am Fuß?«, rief einer der Kavaliere ziemlich betrunken. »Biste etwa lesbisch? Soll ick dir vom Jejenteil überzeujen?«

Lissy verdrehte die Augen. »Den Kragen bind dir mal ab.«

»Wat is, Puppe, nimmste übel?«

Komisch verzweifelt versuchte er, sie in den Arm zu nehmen. Sie wehrte ab, verschwand schnell wieder auf ihr Zimmer, hörte aber noch, wie Mia die anderen um mehr Rücksicht bat.

Mit einem Seufzer zog sie ihre Bettdecke über den Kopf. Das war, so musste sie sich eingestehen, noch nicht ganz das Niveau, das sie anstrebte. Sie träumte davon, das elegante Berlin kennenzulernen, jene Sphären, für die sie ihre Kundinnen schön machte, aber ohne die Steifheit, die sie bei den Lehmanns erlebt hatte.

Fünf Minuten lang blieb es etwas ruhiger, dann begann der Lärm von vorn. »*Mein Papagei frisst keine harten Eier*«, sangen sie jetzt. Lissy wusste, es würde nichts nützen, sich noch einmal zu beschweren. Abgesehen davon fürchtete sie, dass sie dann vielleicht der Versuchung erliegen und doch mitfeiern würde.

Also machte sie es sich mit ihrem Lehrbuch im Bett bequem und ging ein letztes Mal die Kapitel durch, die in Fachkunde abgefragt werden konnten – Parfümerie in der Kosmetik, Hautreinigungsmittel, Badepräparate, Toilettewässer, kosmetische Emulsionen.

Gegen halb vier kehrte endlich Ruhe ein. Sie legte sich schlafen – und erwachte schon nach einer halben Stunde wieder von Geräuschen, die diesmal von der anderen Seite, aus Hennys Zimmer, drangen. Die Sprungfedern ihres Bettes quietschten rhythmisch, untermauert von Stöhnen und anderen Liebeslauten. Als Bruno und Henny sich endlich ausgetobt hatten, lag Lissy hellwach da und bekam kein Auge mehr zu.

Eigentlich fand sie ja die freie Liebe ganz wunderbar und richtig. Rein theoretisch. Und dass Frauen auf sexuellem Gebiet ebenso auf ihre Kosten kommen sollten wie die Männer, befürwortete sie ebenso. Wie reimten ihre Freundinnen doch so schön? *Der erste Mann macht frei, man bleibt ihm nicht gleich treu.* Sentimentalitäten mit errötenden, moosröschengleichen Jungfrauen wie vor dem Krieg waren nur noch peinlich. In Berlin konnte man in wilder Ehe leben, das war der Geist der Zeit, der Moderne, der neuen Sachlichkeit. Aber doch bitte nicht direkt neben ihrem Zimmer!

Im Dämmerlicht fiel Lissys Blick auf drei Postkarten, die sie mit Stecknadeln an der Wand neben ihrem Bett befestigt hatte. Sie konnte die Motive so gerade unterscheiden. Die mit dem Strand von Norderney stammte von Tant' Grete. Manchmal fehlte ihr die Insel schon. Wenn es im Sommer heiß und stickig war in der Streusandbüchse Berlin Brandenburg, dann sehnte sie sich nach dem Meer und einer frischen Nordseebrise.

Die zweite Postkarte hatte ihre Mutter im August aus der Lüneburger Heide geschickt. Sie und der Meister hatten tatsächlich während der Heideblüte eine Woche Urlaub, ihren ersten Urlaub überhaupt, bei ihren Trauzeugen auf deren Bauernhof in Wilsede gemacht und in Lüneburg Verwandte von Paul besucht. Ein wenig wunderte sich Lissy noch immer darüber. Mitten in der Saison dem Salon fernzubleiben, das passte gar nicht zu ihrer Mutter.

Und ganz frisch war die Postkarte vom Loreleyfelsen am Rhein. Die hatte ihr vor zwei Tagen ihre Großmutter Jakomina geschickt. *Wir machen rechtsrheinisch viele Weinproben und Burgbesichtigungen. Liebe Grüße auch von Rudolf, der sich noch gut an Dich erinnert!* Zusammen mit Tant' Frauke verbrachte sie einige Tage an der nicht besetzten Seite des Rheins – gegenüber vom Wohnort ihres früheren Friseurgesellen Rudolf, der nahe St. Goar mit seiner Frau zusammen ein Restaurantschiff betrieb. Er und ihre Oma schrieben sich seit Jahren an Feiertagen und zu Geburtstagen. Ab und an schickte er ein Buch über Burgen und Ritter, voller romantischer und schauerlicher Geschichten, die schon ihre Kindheit bereichert hatten.

Über diesen Erinnerungen musste Lissy schließlich doch eingeschlafen sein.

Als sie erwachte, war es acht Uhr.

»Nein!«

Entsetzt sprang sie aus dem Bett, zog sich in Windeseile an, überlegte, wie sie die Situation noch retten könnte. Was würde ihre Mutter tun? Bestimmt nicht zu Hause bleiben und heulen. Sie war zwar nicht mit einer Glückshaube geboren, aber sie war die Tochter ihrer Mutter. Auf dem Weg ins Etagenbad rannte sie Mia in die Arme, die gerade zur Arbeit aufbrechen wollte.

»Wieso bist du noch hier, Lissy?«

»Wieso wohl? Ich hab verpennt!«

»Mist. Und nu?« Mia machte dicke Backen. »Deine Prüfung läuft doch schon. Oje! Unentschuldigtes Fernbleiben wird als durchgefallen gewertet.«

»Ich versuch's trotzdem.«

Obwohl die Zeit drängte, schminkte Lissy sich sorgfältig. Sie cremte und puderte sich einen blassen Teint, legte bläulichbräunliche Schatten um die Augen, ließ ihre Lippen erbleichen. Dann investierte sie den Rest ihrer Barschaft in ein Taxi.

»Sie sind zu spät«, stellte ihr Prüfer vor Ort mit abweisender Miene fest. Demonstrativ schaute er auf die Uhr, genau wie die beiden Beiprüfer. »Die Zeit für den praktischen Teil ist bereits abgelaufen.«

»Bitte entschuldigen Sie vielmals«, bat Lissy außer Atem. »Ich bin krank geworden.«

»Dann hätten Sie sich ordnungsgemäß mit einem Attest abmelden müssen. Nach den Statuten gelten Sie nun leider als durchgefallen.«

»Aber das würde bedeuten, dass ich mich nicht wieder anmelden darf«, rief Lissy verzweifelt. »Ich bin doch erst gestern Abend krank geworden, die ganze Nacht hab ich gebrochen, erst gegen Morgen bin ich vor Erschöpfung eingeschlafen … Ich konnte noch kein Attest besorgen. Bitte, jetzt bin ich doch hier …« Tränen stiegen ihr in die Augen. Sie merkte, dass die Beiprüfer sie aufmerksamer musterten. »Bitte erlauben Sie mir wenigstens, die Prüfung nachzuholen! Ich möchte so gern, und ich kenne mich wirklich aus, ich hab gelernt und …«

»Stehlen Sie uns nicht länger die Zeit«, unterbrach der oberste Prüfer sie schroff. Einer der Beisitzer wandte leise ein, dass die offizielle Prüfungszeit ja immer noch laufe. Man könne doch zumindest die Theorie abfragen, schlug er vor, damit gelte der Prüfling offiziell als erschienen. »Na gut«, willigte der Entscheider schließlich ein.

Die Experten nahmen sie nun richtig in die Mangel. Einer von ihnen war Schminkmeister an der königlichen Oper in Madrid gewesen. Sie fragten zum Teil recht spitzfindig. Doch Lissy wusste auf alles eine Antwort. Sie war sogar besser, wenn es komplizierter wurde. Schließlich wurde sie aufgefordert, draußen Platz zu nehmen.

Nervös setzte sie sich in eine Stuhlreihe, wo inzwischen die nächsten Prüflinge darauf warteten, aufgerufen zu werden. Sie hatte nicht gefrühstückt. Ihr Magen verkrampfte sich vor Aufregung.

Im Inselsalon

Max saß im gut besuchten Herrensalon neben Theo, der von Siebold rasiert wurde, und las im Inselboten, während ihm Paul das kräftige, widerspenstige Haar effilierte. Plötzlich sah er auf.

»Mensch, Theo, jetzt hab ich schon wieder einen Fehler im Blattje entdeckt. Warst du gestern Abend besoffen?«

»Nu mal halblang, Doktor«, gab Theo grinsend zurück. »Meine Fehler werden in der Zeitung von morgen korrigiert, deine liegen aufm Friedhof.«

Alles lachte, auch Max.

»Was macht dein Rheuma, Paul?«, fragte er den Meister.

»Ist besser, seit wir in der Lüneburger Heide waren.«

Paul warf Frieda einen Blick zu. Sie stand hinterm Tresen und lächelte zurück. Ihr erster Urlaub nach mehr als sieben Jahren Ehe war wie verspätete Flitterwochen gewesen. Sie hatten sie überhaupt nicht geplant gehabt, es war eine spontane Entscheidung gewesen. Bonno hatten sie so lange bei Grete gelassen, die behauptete, ab dreien würden Kinder sich gegenseitig erziehen und kaum mehr Mühe machen. Immerhin musste ihre Freundin nicht mehr in der Praxis mitarbeiten, denn seit dem Ende der Inflation florierte sie wie vieles auf der Insel. Max hatte zwei Arzthelferinnen und einen Assistenzarzt eingestellt, weshalb er jetzt im Salon sitzen konnte.

»Fein«, erwiderte er zufrieden. »Nimm nur deine Medikamente schön regelmäßig weiter.«

Frieda verkniff sich einen Kommentar. Es ging Paul erst besser, seit er die Ratschläge des Wickwiefs befolgte, wozu neben Einreibungen mit Wacholderöl das Tragen von gestrickter Unterwäsche aus ausgekämmtem Katzenfell und feinster Schafwolle gehörte. Und seit sie das trockenere Klima in der Heide genossen hatten. Und die Ruhe dort. Und die leicht gewellte Landschaft mit Birkengrün und lila leuchtenden Blütenteppichen. Die gemeinsamen Stunden ohne Kinder, Kunden oder Schwiegermutter hatten ihnen beiden gutgetan. Bei stundenlangen Wanderungen, zum Teil einer Heidschnuckenherde samt Schäfer folgend, hatten sie sich über Gott und die Welt unterhalten, manchmal auch angesichts vergoldender Sonnenuntergänge einträchtig geschwiegen. Frieda hatte sich davon erholt, dass ihr Dünengarten, in dem so viel Arbeit, Schweiß und süße Erinnerungen steckten, mit Schlick zugeschüttet worden war. Auf Anordnung von oben. Weil der Norderneyer Flughafen erweitert werden sollte. Was hatte sie sich aufgeregt, als sie von der Gemeinde darüber informiert worden war! Einfach so. Zack. Vor vollendete Tatsachen gestellt.

Völlig hatte sie den Verlust allerdings noch immer nicht verwunden. Sobald die Saison vorüber war, wollte sie sich um einen Ersatz kümmern. Bald würde sie auch wieder mehr Zeit für ihren kleinen Spatz Bonno haben. Der Junge wuchs so nebenbei mit auf, er spielte den ganzen Tag über mit Nachbarskindern, bei den Lubinus oder bei Rieka, die inzwischen auch schon zwei Kinder hatte. Am liebsten hielt Bonno sich bei ihren Eltern auf. Er und sein Opa Dirk waren ein Herz und eine Seele.

»Guten Tag!« Eine unangemeldete Kundin trat ein. »Also, so was hab ich noch nicht erlebt, hier in der Seeluft kräuselt sich mein Haar wie verrückt. Schauen Sie nur, wie ein Wischmopp seh ich aus. Sie müssen mich retten!«

Frieda besah sich den Schaden. »Das ist leider so an der Nordsee«, gab sie zu. »Und Ihr Haar ist zu trocken. Dadurch kommt die Dauerwelle hier bei der hohen Luftfeuchtigkeit schneller durch. Aber mit einer neuen Wasserwelle sind Sie in null Komma nix wieder ausgehfein. Sie müssten nur leider etwas warten.«

Zwei Saisonkräfte waren schon aufs Festland zurückgekehrt, Heye hatte sich krankgemeldet. Derzeit fehlte zudem ihre Schwiegermutter, die sich endlich ihren Traum von einer Reise an den Rhein erfüllte. Frieda freute sich für sie. War ja auch nur gerecht, nachdem Jakomina im August die Stellung gehalten hatte. Aber es bedeutete, dass sie jetzt alle Hände voll zu tun hatte.

Zum Glück erleichterten ihnen vier im Frühjahr angeschaffte »Windsbräute« die Arbeit. Ein Berliner Kollege namens Müller hatte sich die Geräte patentieren lassen. Momentan saßen zwei Damen nebeneinander unter diesen modernen Trockenhauben. Ihre Technik ersparte das langwierige, personalintensive Trocknen auf herkömmliche Art. Selbst seit man das Haar nicht mehr über dem Gitter einer Heißlufttonne ausbreitete und ab und an schwenkte, sondern mit einem Handgerät föhnte, musste ja mindestens eine Arbeitskraft dafür eingesetzt werden. Nun reichte man den Damen eine Illustrierte, einen Mokka oder Tee, und sie beschäftigten sich selbst, bis es klingelte, weil die eingestellte Zeit abgelaufen war. Manche Kundinnen genossen die Pause lesend, andere zogen den Vorhang auf und unterhielten sich, wegen des Trocknergetöses meist zu laut für ihr Umfeld.

Frieda fragte nahe an der Haube bei jeder Kundin nach, ob

alles in Ordnung sei. Beide nickten, und sie konnte sich der unangemeldeten Dame zuwenden.

»Ich geb Ihnen nach dem Waschen noch eine feuchtigkeitsspendende Pflege ins Haar«, erklärte sie, »dann krisselt die Dauerwelle nicht so leicht.« Sie prüfte die Lockung. »Das sind ja noch Spiralwellen nach der alten Dauerwellmethode«, stellte sie fest. »Verlangen Sie beim nächsten Mal Flachwickler, damit wellt ihre Frisur schon vom Ansatz an. Es sieht besser aus.«

Als Frieda dann die feuchten Strähnen schön straff für eine Wasserwelle aufdrehte, dachte sie noch einmal, wie gut es doch gewesen war, sich gegen alle Vernunft während der Hauptsaison in die Heide zu flüchten. Es war einfach zu viel gewesen in den Wochen davor. Pauls häufiger werdende Schmerzen belasteten auch sie, Lissy fehlte ihr, und natürlich meldete das Kind sich viel zu selten, der Kurbetrieb brummte. Es ging aufwärts, das war wunderbar, aber auch anstrengend.

Am Eröffnungsspiel des 9-Loch-Golfplatzes in den Dünen hatte als prominentester Gast Gustav Stresemann, der mit seiner Gattin auf der Insel kurte, teilgenommen. Inzwischen war er nur noch Außenminister des Deutschen Reichs – aber was für einer! Im vergangenen Jahr hatte man ihm zusammen mit seinem französischen Kollegen den Friedensnobelpreis verliehen, weil beide verkündet hatten, die Zeit deutsch-französischer Kriege sei ein für alle Mal vorbei. Kaum war Frieda zu Ohren gekommen, dass er auf Norderney weilte, hatte sie Mandelkekse gebacken und mit einem Grußkärtchen in seinem Hotel abgegeben. Daraufhin war er höchstpersönlich im Salon erschienen, um sich, eher verschmitzt und kein bisschen von oben herab, zu bedanken. Seine Augen hatten noch etwas mehr hervorgestanden als damals bei der Begehung des Seehospizes.

Grete, die bei einem Honoratiorentreffen vor dem Conversationshaus einen Blick auf ihn erhascht hatte, meinte, das deute auf einen schweren Verlauf der Basedow'schen Krankheit hin. Hoffentlich hält er durch, dachte Frieda, hoffentlich hat er Norderney an Leib und Seele gestärkt verlassen. Wir brauchen vernünftige Politiker wie ihn. Ob Stresemann wohl an einer der Wattwanderungen teilgenommen hatte, die Hermännchen, einer der Vissers mit Vogel-F, seit diesem Sommer erfolgreich anbot? Schon eigenartig, dass Menschen auf ihrer Insel neue Kraft tanken und in alle Welt mitnehmen konnten. Dieser Gedanke machte Frieda ein wenig stolz.

Sie unterbrach die Wickelarbeit, um eine der Windsbräute abzuschalten. Vorsichtig, damit sich nichts verhakte, hob sie die Haube. Das Haar der Kundin musste noch ein paar Minuten auskühlen, bevor ein Lehrling die Wickler herausnehmen konnte.

Frieda widmete sich wieder der Wasserwelle. Die Dame war recht schweigsam, und so spann sie ihren Gedankenfaden weiter. Einen der Gründe für ihre Flucht in die Heide hatte sie sich noch nicht richtig eingestanden. Er hing mit dem 11. August zusammen. Im Gegensatz zu den meisten anderen Nordseebädern feierte Norderney den Tag der Verfassung immer mit großem Aufwand. Jedes Jahr kamen rund tausend Einheimische und Gäste zur Kundgebung ins Conversationshaus, und mehrere Tausend Menschen begleiteten abends den Fackelumzug durch den fahnengeschmückten Ort. Besonders aktiv waren dabei die Mitglieder des Bundes Reichsbanner Schwarz-Rot-Gold. Alles ehemalige Kriegsteilnehmer mit republikanischer Gesinnung. Ihr Bund stand den

Sozialdemokraten nahe, er setzte sich für die Republik, für die Demokratie ein. Anders verhielt es sich mit den Mitgliedern der ebenfalls paramilitärischen, nicht ganz so großen Konkurrenzvereinigung, die sich »Stahlhelm« nannte. Dieser Bund ehemaliger Frontsoldaten verachtete die Weimarer Republik. Er flaggte in den Farben des Kaiserreichs, Schwarz und Weiß sowie Rot.

Bald nachdem die Ortsgruppe Norderney gegründet worden war, hatten sich bereits zwei Dutzend Hotels und Logierbetriebe als Stahlhelm-Erholungsstätten klassifizieren lassen. Sie zogen Gäste an, die gegen die Republik und ihre Form der Demokratie eingestellt waren. Seit dem Ende der Inflation beschwerten sich ab und zu jüdische Gäste darüber, dass auch auf Norderney zunehmend eine antisemitische Stimmung spürbar würde. Das hatte die Kurdirektion im vergangenen Jahr dazu bewogen, öffentlich kundzutun, dass Norderney sich als »Insel der Toleranz« verstehe. Jeder solle sich hier erholen können. Politische, konfessionelle und sonstige Zwistigkeiten möge man doch bitte zu Hause lassen. Diese Verlautbarung hatte die Wogen wieder geglättet. Der Vorsitzende des Norderneyer Stahlhelms hatte sogar mehrfach versichert, Juden sei, anders als sonst im Deutschen Reich, auf der Insel die Mitgliedschaft beim Stahlhelm nicht verwehrt.

Paul hatte es für selbstverständlich gehalten, gleich nach der Gründung der Ortsgruppe 1923 Mitglied zu werden wie etwa hundert andere Insulaner auch. Frieda seufzte. Ihr Mann konnte einfach nicht politisch konsequent denken. Sie hatte es aufgegeben, mit ihm über solche Fragen zu diskutieren. Gelegentlich erinnerte sie ihn allerdings daran, dass er im Ehevertrag unterschrieben hatte, nie einer Partei anzugehören.

»Der Stahlhelm ist keine Partei, sondern nur ein Bund ehemaliger Frontsoldaten«, hatte er gesagt. »Aber er steht den Rechtskonservativen nahe, der Deutschnationalen Volkspartei DNVP, das ist doch bekannt«, hatte sie erwidert. Immer deutlicher entlarvten die Mitglieder des Stahlhelms, wes Geistes Kind sie waren. Frieda mochte sie nicht. Sie hielt sie für gefährliche Staatsfeinde. Denn sie hassten die Republik und spalteten die Gemeinschaft. Paul ging nicht mehr zu den Treffen, er schob zu viel Arbeit vor, aber austreten wollte er auch nicht. »Frieda, du hast keine Ahnung, was uns Frontkämpfer über kleine Meinungsverschiedenheiten hinweg eint«, hatte er sie belehrt.

Insgeheim hatte sie befürchtet, dass der Tag der Verfassung in diesem Jahr 1927 heikel werden könnte. Man musste Flagge zeigen, im wahren Wortsinn. Schwarz-rot-gold oder schwarz-weiß-rot? In ihrem Haushalt befanden sich beide Fahnen. In vielen Seebädern rief mittlerweile der sogenannte Flaggenstreit tumultartige Zustände hervor. Sandburgenwettbewerbe eskalierten deshalb. Selbst an den Stränden judenfreundlicher Bäder überwogen schwarz-weiß-rote Fähnchen. Und nachts wurden die Sandburgen der Gegner zertrampelt – so was war im Kaiserreich undenkbar gewesen! Deshalb hatte Frieda der 11. August schon vorab Bauchschmerzen bereitet. Sie wusste, wer sich bei der Feier sehen ließ, bezog Stellung. Wer sich nicht sehen ließ, auch. Es sei denn, er konnte nicht kommen, weil er verreist war. Soweit sie gehört hatte, war auf Norderney alles friedlich geblieben. Trotzdem gut, dass sie weggefahren waren.

Routiniert steckte sie die letzte Befestigungsnadel durch einen Volumenwickler. »So, fertig!«

Sie bat ihre Kundin unter die Haube. Danach frisierte sie der anderen das gelockte Haar aus und kassierte vorne an der Kasse ab.

»Ja, wir sollten unbedingt ein Alt-Norderneyer-Fischerhaus als Museum erhalten«, hörte sie ihren Mann sagen. Paul unterhielt sich mit Emil-Richard, einem Lehrer, der wie er im vergangenen Jahr den Heimatverein mitgegründet hatte. Die Insulaner spürten, dass ihre Traditionen mit dem Erfolg des modernen Staatsbads unterzugehen drohten, und versuchten, sie zu konservieren. Als Attraktion für die Gäste, aber vor allem für sich selbst.

Manche jungen Leute wie Lissy fanden die Volkstänze, die Trachten, die primitiven Fischerhäuser mit ihren Alkoven und altmodischen Haushaltsgegenständen nur trutschig. Aber eines Tages würden sie und ihre Kindeskinder froh darüber sein.

Wie es ihrer Großen wohl gerade ging in Berlin? An diesem Vormittag fand ihre Prüfung statt. Frieda schickte Lissy ein paar liebevolle Gedanken. Sie hatte immer ein schlechtes Gewissen ihr gegenüber, das sie möglichst verdrängte. Seit sie wusste, dass Lissy von Hilrichs Homosexualität erfahren hatte, wartete sie darauf, dass ihre Tochter ihr Fragen stellte. Sie wollte ihr die ganze Wahrheit sagen. Dass nicht Hilrich ihr leiblicher Vater war. Aber mit solch einer Nachricht kam man nicht eben mal daher. Wann war der richtige Zeitpunkt? Vielleicht, wenn Lissy volljährig wurde.

Das Klingeln des Telefons unterbrach ihre Gedanken. »Inselsalon Fisser, Frieda Merkur hier.«

»Hallo? Ich bin's«, hörte sie die gegen das laute Knistern und Knacken in der Leitung erhobene Stimme ihrer Schwiegermutter.

»Hallo!« Frieda war alarmiert. Ein teures Ferngespräch verhieß nichts Gutes. »Geht's euch gut?«

»Ja, Frauke und mir schon. Aber Rudolf nicht. Ist bei euch alles in Ordnung?«

»Ja, alle wohlauf. Was ist mit Rudolf?«

»Er hat sich das Bein gebrochen. Ausgerechnet, wo sie jetzt Hochsaison haben hier, wegen der Weinlese.«

»Ja?«

»Rudolf hat mich gebeten, ob ich wohl einspringen könnte, bis es ihm besser geht.«

»Wie?«

»Na ja, seine Frau ist bettlägerig. Und sie brauchen jemanden, der die Küche im Schiffslokal dirigiert, Speisepläne und Einkäufe macht.«

»Aha. Und wie lange?«

»Ähm … also … Wenn's euch nichts ausmacht, wenn ihr ohne mich zurechtkämt, ähm, sechs Wochen etwa.«

Ach, du meine Güte, dachte Frieda. Sie hatte sich schon so auf die nahende Entlastung gefreut. Andererseits …

»Natürlich, Schwiegermutter«, antwortete sie. »Bei uns ist die Saison ja schon fast vorbei. Wenn du es möchtest und wenn du Rudolf helfen kannst, mach, wie du meinst.«

»Ach, danke, Frieda!« Die Stimme ihrer Schwiegermutter klang erleichtert. »Ja, dann bleib ich noch, und Frauke reist übermorgen allein zurück.«

»Brauchst du noch etwas? Soll ich dir was schicken?«

»Ja, vielleicht ein paar Sachen zum Anziehen. Aber das bespreche ich mit Frauke. Sie kann sich darum kümmern, wenn sie wieder zu Hause ist. Du, das Ferngespräch ist sehr teuer.«

»Ja …«

»Danke noch mal. Grüß alle schön!«

»Grüß du Frauke und Rudolf und Frau. Gute Besserung. Auch von Paul! Halt die Ohren steif!«

»Tschüss!«

»Tschüss, mach's gut!«

Paul hatte seine Arbeit unterbrochen und sah sie fragend an. Sie erklärte ihm, was geschehen war.

Er atmete tief durch. »Ach, das kriegen wir schon hin. Und noch ein paar Abende ganz ohne Schwiegermutter ...«, er setzte eine betont tapfere Miene auf, in seinen Augen begann es freudig zu glitzern. »Das wird natürlich sehr hart. Aber da müssen wir nun durch.«

Lissy

Lissy saß noch immer auf dem Stuhl im Flur. Nervös knetete sie ihr Halstuch. Wie peinlich wäre es, wenn sie nach Hause melden müsste, dass sie durchgefallen war! Die Prüfer ließen sie warten, bis alle Kandidaten an der Reihe gewesen waren. Sie hoffte inständig, dass sie, wenn sie den theoretischen Teil bestanden hatte, noch einmal kommen durfte, um dann den praktischen nachzuliefern. Nach einer gefühlten Ewigkeit traten die drei Herren aus dem Prüfungszimmer.

Der Leiter reichte ihr die Hand – und eine Urkunde. »Sie haben bestanden, Fräulein Fisser.« Jetzt lächelte er. »Meine Kollegen haben mich davon überzeugt, dass wir sogar auch die praktische Aufgabe als erfüllt betrachten können.«

»Was? Warum?« Verwirrt schaute sie von einem zum anderen.

»Wie Sie sich selbst heute geschminkt haben, so überzeugend blass und krank, das beweist ein hohes Maß an Können. Vielleicht sollten Sie für Ihre künftige Laufbahn den Bereich der Maskenbildnerei in Betracht ziehen.«

Lissy spürte, dass sie rot anlief. Hatten die Experten sie also durchschaut!

»Ja … ähm … vielen Dank!« Sie lächelte verlegen. »Ich danke Ihnen wirklich sehr.«

Erleichtert lief sie aus dem Gebäude, erst draußen konnte sie sich so richtig freuen. Sie warf einem bettelnden Kriegsversehrten eine Münze in den Hut, und auf dem Weg zum Salon machte sie beim Spielzeuggeschäft halt, um Bonno einen Kutter mit beweglichen Fangnetzen zu kaufen.

Fortan verwandelte Lissy in Dimitris Schönheitssalon Berlinerinnen in Beautés. Sie pries die kostbare Goldcreme ebenso an wie ein wöchentliches Dampfbad mit heißen Tüchern. Sie rieb Gesichter mit Eiswürfeln ab, wobei sie Nase, Augen und Ohren nicht aussparte, weil die Methode nur so festes Fleisch und einen zarten Teint machte. Sie warnte davor, zu lange zu schlafen, weil das unweigerlich Ränder unter den Augen zur Folge haben würde. Sie gab von der Großstadtluft und vom Cabriofahren ausgetrockneter Haut fetthaltige Einreibungen. Sie sorgte dafür, dass ihre Kundinnen rosig wie ein Pfirsich mit langen schwarzen Wimpern den Salon verließen. Wie ihre Mutter hatte sie einen Blick dafür, was in welcher Frau steckte und wie man ihre Vorzüge am besten betonte. »Wenn Sie nicht schön sein können, seien Sie originell!«, riet sie mancher Kundin, die verzweifelt einem unerreichbaren Ideal nacheiferte und zunächst vielleicht noch etwas gekränkt, am Ende aber erlöst mit einem neuen Aussehen und Selbstbewusstsein nach Hause ging.

Ob Dimitri von den näheren Umständen ihrer Prüfung erfahren hatte, wusste Lissy nicht. Aber nach einiger Zeit erklärte er ihr, dass sie ihn nach Neubabelsberg begleiten dürfe. Er hatte den Auftrag erhalten, in den kommenden Wochen für einen Spielfilm die Schauspieler beiderlei Geschlechts zu schminken und zu frisieren.

Es handelte sich um einen Liebesfilm mit vielen Tänzerinnen. Nichts so besonders Herausforderndes wie die utopischen expressionistischen Filme, die überall für Gesprächsstoff sorgten. Trotzdem fand Lissy ihre Arbeit im Filmstudio wahnsinnig aufregend. Sie fieberte jedem neuen Tag entgegen, denn sie liebte die Atmosphäre hinter den Kulissen und den besonderen Schlag Menschen, dem man hier begegnete. Jeder lästerte über jeden, jeder hatte irgendeine interessante Eigenart.

Schon bald fühlte sie sich als Teil einer großen Familie. Zu ihren Aufgaben gehörte es, Ylvi, einen vielversprechenden Jungstar, zu schminken. Ylvi hatte ein Verhältnis mit einem verheirateten Mann, der sie zum Film gebracht hatte und ihr eine hübsche Zweizimmerwohnung finanzierte. Sie plauderte freimütig darüber, während Lissy sie zurechtmachte oder eine junge Kostümbildnerin namens Käte an ihr Maß nahm.

»Angefangen hab ich als Tippse«, sagte sie gerade. »Wir kommen ja eigentlich alle von der Schreibmaschine, nicht wahr?« Sie lachte kehlig. »Bevor Hugo mich entdeckt hat, war ich Tänzerin in einem Varieté. Ist noch gar nicht so lange her. Im Anschluss an unsere Auftritte mussten wir Mädels uns immer in Zivilkleidung unters Publikum mischen und die Leute zum Trinken animieren. Das war der deutlich anstrengendere Teil.«

»Schreitet denn da nicht die Sittenpolizei ein?«, fragte Käte und erntete Gelächter.

»Die hat weggeschaut, Schatz. Ihr Boss war nämlich bei uns Stammkunde.«

Das Aussehen der Hauptdarstellerin Carola lag ganz in Dimitris Händen. Er hatte ihr, inspiriert vom Stil Josephine Bakers, eine mit Brillantine geformte helmartig anliegende Frisur verpasst. Carola sah damit atemberaubend modern aus. Außerdem hatte sie eine dunkle, lockende Stimme, und sie sang, obwohl der Film noch als Stummfilm gedreht wurde. In den Ateliers sprachen aber alle schon darüber, dass bald der

Tonfilm die Branche revolutionieren würde. Geplant war deshalb, gleichzeitig zum Film eine Schallplatte herauszubringen. Carola sollte bei der Premiere mit dem Orchester, das den Film musikalisch begleiten würde, synchron zur Filmhandlung ihre Lieder vortragen.

»Sie sieht wundervoll aus im Scheinwerferlicht.« Käte seufzte hingerissen. »Ihre Frisur funkelt, als wäre sie von winzigen Sternen übersät.«

»Aber die Töne klingen immer mehr nach Asche«, lästerte Ylvi.

Je länger die Dreharbeiten dauerten, desto öfter klagte Carola über Heiserkeit und Schmerzen beim Singen. Eines Tages brach sie völlig entnervt ab.

»Beweg einfach nur die Lippen«, verlangte der Kameramann.

»Nein, das wirkt künstlich«, widersprach der Regisseur. »Die Leute merken so was. Wir versuchen die Gesangsszene morgen noch mal. Jetzt weiter im Programm.«

Dimitri erneuerte Carola die Schminke. Mit einem Bürstchen nahm er schwarze Paste von einem angewärmten Mascarablock und tuschte damit ihre echten und die angeklebten falschen Wimpern zusammen. Die nächste Szene sollte eine Nahaufnahme mit Tränen werden, weshalb er gezielt ein paar Glyzerintropfen in die Augenwinkel setzte. Während dieser Prozedur passierte ein Malheur. Das Make-up verschmierte, weil der Star einen Hustenanfall bekam.

Lissy erinnerte sich auf einmal daran, dass ihre Mutter immer genau nachfragte, welche Inhaltsstoffe in den Produkten steckten, mit denen sie umgingen. Ihr Vater war kurz vor dem Krieg sehr krank gewesen von Metallsalzen, die damals noch in vielen Haarfärbemittel enthalten waren. Onkel Max war darauf gekommen, und nachdem ihr Vater ein paar Wochen lang die Finger von solchen Mitteln gelassen hatte, war er wieder gesund geworden.

Lissy stellte Nachforschungen an. Schnell fand sie heraus, dass die Brillantine, die Dimitri verwendete, mit Glasstaub angereichert war. Sofort teilte sie es ihm mit.

»Das Zeug reizt die Schleimhäute«, sagte sie.

»Untersteh dich, darüber ein Wort laut werden zu lassen«, warnte er sie. »Carola sieht umwerfend aus. Das ist mein Verdienst, mein Ruhm.«

»Ja, aber es geht um ihre Gesundheit«, wandte Lissy ein.

»Falsch. Es geht um einen sehr teuren Film. Sollte es Probleme geben, machen sie am Ende noch mich dafür verantwortlich und verlangen womöglich Entschädigung. Das kann ich nicht riskieren.«

»Dann verwenden Sie wenigstens ab sofort etwas anderes.«

»Und wie soll ich erklären, dass es dann nicht mehr so schön funkelt? *Njet!* Wir ziehen das jetzt durch. Es sind nur noch ein paar Drehtage. Du hältst den Mund. Basta.«

Lissy war empört. Und sie hielt nicht den Mund. Sie suchte Carola in ihrer Garderobe auf und vertraute ihr an, was sie befürchtete. Am folgenden Vormittag lehnte die Schauspielerin es ab, sich wieder die Brillantine ins Haar schmieren zu lassen. Lissy beobachtete sie aus der Entfernung mit einem äußerst flauen Gefühl im Bauch.

Natürlich – Dimitri zählte eins und eins zusammen. Er rief sie zu sich. Immerhin ging er noch mit ihr vor die Tür aufs Studiogelände. Erst dort brüllte er sie an.

»Wenn ich sage, spring, dann hast du zu springen! Du bist entlassen! Fristlos.«

Lissy war so empört, dass sie erst mal weiter nichts als kalte

Entschlossenheit empfand. Sie stapfte zurück, holte ihre Sachen, verabschiedete sich von Ylvi und Käte und fuhr mit dem Zug zurück in die Stadt.

Es war alles so schnell gegangen. Plötzlich stand sie da in ihrem möblierten Zimmerchen, und ihr wurde bewusst, dass sie nun arbeitslos war. Wovon sollte sie ihre nächste Miete bezahlen? Sollte sie sich etwa entschuldigen? Phh, dachte sie, ich bin eine freie Friesin und knie vor niemand nieder. Aber sie brauchte ein Zeugnis für ihre Arbeit des vergangenen halben Jahres. Dimitri würde ihr sicher irgendwas Gemeines hineinschreiben, oder?

Sie überlegte. Natürlich würde sie sich gleich bei anderen Spitzensalons in Berlin bewerben, schließlich konnte sie was. Sie würde einfach die Wahrheit sagen. Zudem konnte sie ihren Beiprüfer um Rat bitten, den ehemaligen Schminkmeister der königlichen Oper von Madrid. Er kannte die Branche. Das alles durfte Dimitri auch nicht recht sein, damit würde sein Fehlverhalten publik und an die große Glocke gehängt.

Ähnliche Gedanken schien er sich inzwischen ebenfalls gemacht zu haben, als sie am folgenden drehfreien Tag im Salon ihre Personalunterlagen und ein paar persönliche Dinge aus dem Spint abholen wollte. Er unterbrach seine Arbeit und dirigierte sie ins Büro.

»Mein russisches Temperament ist gestern wohl mit mir durchgegangen.« Überrascht sah Lissy ihn an. »Aber ich erwarte nun mal absolute Loyalität«, fügte er hinzu.

Offenbar sollte das ein Friedensangebot sein. Sie brauchte nur zu lächeln und wieder an ihre Arbeit zu gehen. Lissy spürte jedoch, dass es von ihrer Seite aus so nicht funktionieren würde.

»Tut mir leid, Dimitri. Ich kann nur tun, was ich für richtig halte.«

»Was für ein Dickkopf!« Theatralisch rang er die Hände, er wirkte wie ein Stummfilmstar. Wider Willen musste Lissy lächeln. Er stutzte, dann breitete er mit großer Geste die Arme aus. »Na komm, mein Täubchen, Streit unter Künstlern ist normal.« Er lächelte entwaffnend, sein humorvolles Zwinkern ließ sie ihre Bedenken vergessen. »Geh ins Kranzler, gönn dir auf meine Kosten einen Flip Frappé, und morgen erscheinst du wieder zur Arbeit.«

Sie ließ ihn im Ungewissen, als sie ging. Obwohl – sie schwangen wieder auf einer Wellenlänge, das hatte er sicher auch gespürt.

Lissy setzte sich tatsächlich ins Café Kranzler und bestellte einen Flip Frappé. Dimitri sah sie also als Künstlerin. Das gefiel ihr. Sie war erwachsen, sie durfte ihre Meinung ändern und ihm verzeihen.

In ihrer Handtasche entdeckte sie eine Postkarte, die sie noch nach Norderney schicken wollte. Genüsslich schlürfte sie durch ein Strohröhrchen ihren Eiskaffee.

Berlin ist eine Wucht!, schrieb sie an ihre Familie.

Aus Dankbarkeit für die Besserung ihrer Stimmbänder sorgte Carola dafür, dass Lissy nicht nur eine Einladung zur Filmpremiere im UFA-Palast am Zoo erhielt, sondern auch für das anschließende Premierenfest. Schon Tage vorher war sie aufgeregt. Ihre Arbeit dann tatsächlich auf der Leinwand zu sehen, inmitten einer ganz besonderen Atmosphäre, war einfach wunderbar. Der Film erhielt viel Applaus. Die Stars wurden bejubelt und umschwärmt.

Nun spielte das Salonorchester in einem Saal Tanzmusik, in

der Luft lag der Duft edler Parfüms. Carola ließ sich zu einer weiteren Gesangsdarbietung überreden. Lissy saß an einem Tisch mit Ylvi und anderen Gästen, die ohne Begleitung erschienen waren. Hugo, der Mann, der Ylvis Karriere förderte, stand im Frack mit Gattin an der Bar und schickte seiner Geliebten verstohlen begehrliche Blicke.

»Tut sie dir nicht leid?«, fragte Lissy. Sie würde sich schämen.

»Seine Olle? Nee, warum denn?« Ylvi spitzte den rotgeschminkten Mund, um an ihrer langen Zigarettenspitze zu ziehen. »Die hat 'n Auto, Wäsche mit Stickerei, die macht Landpartien mit Picknick und gekühlter Bowle. Nicht ich. Noch nicht.«

»Glaubst du, sie weiß nichts von dir?«

»Ist mir egal. Wenn überhaupt, dann könnte einem ihr Mann leidtun. Denn im Erotischen ist Hugos Ehe ohne Beglückung.« Ylvi blies vollendete Ringe in die Luft. »Aber er hat ja mich. Also können wir alle drei glücklich sein.«

Lissy bezweifelte, dass die Gleichung aufging. Sie kannte sich allerdings noch nicht richtig aus mit Liebe und Eifersucht. Vielleicht war es ja möglich, eine für alle Beteiligten zufriedenstellende Dreierbeziehung zu führen. Sie ließ sich nichts anmerken, denn sie wollte auf keinen Fall provinziell wirken. Ihr Aussehen zumindest, das wusste sie, war schon alles andere als das.

Käte hatte ihr aus der Requisite leihweise ein verführerisches champagnerfarbenes Abendkleid organisiert. Es war ein Traum aus Seide, schmal geschnitten, mit Spaghettiträgern, Seitenschlitz und locker fallendem, paillettenbesticktem Oberteil. Sie konnte es sich leisten, unter dem tiefen V-Ausschnitt keinen Büstenhalter zu tragen, und bei jeder Bewe-

gung spürte sie, wie der glatte, kühle Stoff ihren Körper umschmeichelte.

Zwei Filmkritiker an ihrem Tisch diskutierten darüber, ob
nicht gerade eine Zäsur stattfände.

»Die Zeit des expressiven Dämonenkinos – *Nosferatu, Me-
tropolis* – ist vorüber, das werde ich in meinem Artikel auch
so schreiben«, sagte der eine und blickte wichtig über seine
runde Nickelbrille. »Statt Verzweiflung sehen wir nun neue
Sachlichkeit und Fatalismus.«

»Na, ich würde es eher als eine *C'est-la-vie*-Mentalität be-
zeichnen«, erwiderte der andere. »Es ist, wie es ist. So ist es
eben.«

»Dieses Schulterzucken mag ja derzeit als schick gelten,
aber das wird sich noch rächen, glauben Sie mir, mein Lieber.«

Lissy hörte nur mit einem Ohr hin, sie lauschte der Musik,
das Orchester spielte einen English Waltz, und beobachtete
die Gäste. Darunter waren viele bekannte Schauspieler, auf-
strebende Edelkomparsen, wichtige Leute von verschiedenen
Produktionsfirmen – schließlich gab's nicht nur die UFA –,
jede Menge Finanziers und Förderer des Gewerbes.

Ein Mann im Frack fiel ihr besonders auf. Groß, glatt rasiert, Anfang bis Mitte dreißig, gewelltes, aus der Stirn ge-
kämmtes dunkles Haar. Er bewegte sich mit legerer Eleganz
und strahlte eine entspannte Selbstgewissheit aus, eine Welt-
gewandtheit, die sie faszinierte. Sie konnte nicht erkennen, ob
er in Begleitung gekommen war. Er unterhielt sich mal hier
mit Leuten, die er offenbar kannte, mal ging er zu einem anderen Grüppchen und scherzte dort. Wenn er lachte, sah er
besonders sympathisch aus.

Über die Entfernung hinweg trafen sich ihre Blicke. Statt
schnell wegzuschauen, lächelte sie ein wenig.

Ylvi war der Blickkontakt nicht entgangen. »Pass bloß auf«, raunte sie bedeutungsvoll, »das ist Ivo Sartorius, ein echter Lebemann. Stadtbekannt für seine wechselnden Liebschaften. Alle zwei bis drei Monate hat der 'ne Neue.«

»Er sieht blendend aus.«

»Eben drum.« Ylvi lehnte sich maliziös lächelnd zurück. »Sportlicher Typ. Den könnte ich mir auch in ganz fabelhaften Situationen vorstellen.«

»Aha.«

Lissy blinzelte noch einmal in seine Richtung. Er lachte gerade laut auf und schien die anderen mitzureißen.

»Findest du nicht, dass er außerdem zu alt für dich ist?«, fragte Ylvi. »Oder hast du 'nen Vaterkomplex?«

»Ich mag nur Männer, die älter als siebenundzwanzig sind«, antwortete Lissy. Diejenigen, die noch im Krieg gewesen waren, die mit Lebenserfahrung interessierten sie mehr als Grünschnäbel.

Ylvi schüttelte sich. »Versteh ich überhaupt nicht. Gut«, räumte sie ein und schickte ihrem Verhältnis ein Luftküsschen, »Hugo ist auch älter, aber unsere Liebe hat andere Gründe. Wenn ich schwärmen dürfte, würde ich immer einen von denen nehmen, die noch jung und verspielt sind wie kleine Katerchen. Einen ohne Albträume vom Schützengraben.«

Lissy sah eine Weile absichtlich nicht in Sartorius' Richtung, sie spürte aber, dass er auf sie aufmerksam geworden war. Inzwischen wurde Foxtrott gespielt. Der Kritiker ohne Brille forderte sie auf.

Nach der Tanzrunde ging sie sich die Nase pudern. Im Spiegel überprüfte sie ihr Aussehen, bürstete die kinnlange, von Mia perfekt handgelegte Wasserwelle und zog die Lippen nach. Sie erneuerte die feine Linie aus violettem Lidschatten, die sie mit Kajal rund um ihre Augen verwischt hatte. Ein Kniff aus ihrer Trickkiste – man nahm das Violett nicht bewusst wahr, doch es intensivierte das Blau ihrer Augen.

Die Klofrau verkaufte, nicht sonderlich diskret, Kokain an eine Schauspielerin.

»Woll'n Se ooch?«, fragte sie Lissy.

»Nein, danke!«

Einmal hatte sie Kokain versucht, ganz Berlin schien ja zu koksen, aber anschließend achtundzwanzig Stunden lang nicht einschlafen können. Deshalb verzichtete sie lieber. Schnell tupfte sie noch etwas Parfum auf ihre Handgelenke und hinter die Ohrläppchen, dann ging sie zurück in den Saal. Die Musik hörte gerade auf zu spielen. Im Gedränge an der Tanzfläche blieb sie stehen. Und plötzlich tauchte direkt neben ihr Ivo Sartorius auf.

»Da sind Sie ja!«

Angenehme Stimme. Er lächelte sie an. Schöne, kluge Augen. Es hatte etwas seltsam Vertrautes, so neben ihm zu stehen.

»Ja.« Sie atmete tief durch und lächelte zurück. »Da bin ich.«

»Wo waren Sie denn so lange?« Sollte sie etwa sagen, dass sie im Puderraum gewesen war? Statt zu antworten, sah sie ihn nur verwundert an. »Wo haben Sie sich versteckt gehalten vor dem heutigen Abend?«, fragte er weiter. »Sie können noch nicht lange in Berlin sein. Sonst wären Sie mir aufgefallen.«

Sie lächelte. »Ich lebe seit April hier.«

»Und vorher?«

»Meine ersten achtzehn Jahre habe ich auf einer Insel verbracht.«

Er nickte langsam, die charmanten Fältchen um seine Augen vertieften sich. »Ja, etwas in der Art hätte ich auch erwartet.« Die Musiker begaben sich wieder an ihre Instrumente. Die ersten Takte eines Foxtrotts erklangen. »Mögen Sie?«, fragte Ivo Sartorius.

Lissy nickte. Und schon standen sie in der Ausgangsposition, einer sanften Umarmung, voreinander. Einige Takte lang wartete er auf den richtigen Einsatz.

Und dann begann ein Tanz, der sich wunderbar leicht anfühlte, heiter und beschwingt. Beim nächsten Stück baute er kleine Hüpfer ein, die sie mühelos mitmachte. Beim dritten Tanz hielt er sie schon ziemlich eng, was ihr aber nicht unangenehm war. Als das Orchester erneut pausierte, tranken sie an der Bar ein Glas Champagner. Er reichte ihr seine Visitenkarte.

»Mein Name ist Ivo Sartorius. Würden Sie mir gestatten, Ihnen ein wenig Berlin zu zeigen? Als Stadtführer bin ich legendär.«

Lissy reichte ihm lachend die Hand. »Angenehm. Elisabeth Fisser.«

»Wenn Sie nicht beim Film sind, was machen Sie dann?«

Sie legte den Kopf etwas schräger. Sie dachte gar nicht daran, ihm gleich alles zu verraten. »Was machen Sie denn so?«, antwortete sie lieber mit einer Gegenfrage.

»Och, so dies und das.«

»Dann sind wir ja Kollegen«, erwiderte sie vergnügt.

»Sie machen auch so dies und das?«

»Genau. Ich bin Expertin darin. Etwas mehr für dies als für das.«

Er schmunzelte. »Hat Ihre Insel einen Namen?«

»Ja.«

»Bitte …«

»Norderney.«

»Ach, Norderney!« Ein Strahlen ging über sein Gesicht. Er hatte gesunde weiße Zähne und ein Kinngrübchen. »Als Kind habe ich dort oft mit der ganzen Familie die Sommerferien verbracht. Wir sind immer im Europäischen Hof abgestiegen, den kennen Sie sicher.«

»Natürlich!«

»Die Anreise war leider etwas lang und umständlich, deshalb wurde später Usedom unser Sommerziel.«

»Ostsee«, sagte Lissy gespielt eine Spur herablassend. »Dabei fliegt doch heutzutage die Lufthansa fahrplanmäßig von Berlin nach Norderney, jedenfalls in der Saison.«

»Ich fliege nicht gern«, gab er zu, »Autofahren liegt mir mehr. Darf ich Sie am Sonntag zu einer kleinen Spritztour abholen?«

Das ging ihr zu schnell. Man konnte nie wissen, wohin er sie bringen würde. Deshalb schüttelte sie den Kopf.

Er merkte wohl, dass er zu scharf rangegangen war. »Wofür könnte ich Sie denn begeistern? Was wollten Sie immer schon kennenlernen?« Lissy zögerte. »Vielleicht darf ich Sie zu einem Abendessen einladen? Ganz unverbindlich …« Er sah sie auf eine Weise an, die sie erröten ließ.

»Man hat mich vor Ihnen gewarnt«, rutschte es ihr heraus.

Er lachte. Und sie hätte sich selbst ohrfeigen können. Sie benahm sich wie ein Landei. Was nützten da Abendkleid und Schminke?

»Wir könnten uns auf neutralem Terrain treffen«, schlug er vor, die sanfte Ironie in seiner Stimme wurde von einem charmanten Lächeln begleitet. »Irgendwo unter Menschen, wo es jederzeit Fluchtmöglichkeiten gibt.«

Sie musste schmunzeln. Und ihr fiel tatsächlich etwas ein. »Ich wollte mir immer schon die Nofretete im Neuen Museum ansehen.«

»Wunderbar! Darf ich Sie dann am Sonntag abholen? Oder wäre es Ihnen angenehmer, wenn wir uns dort träfen?«

»Treffen wir uns am Eingang«, sagte sie, »um drei Uhr.«

Bei der Arbeit fragte sie unauffällig ein bisschen herum und erfuhr, dass Ivo Sartorius, Spross einer Bankiersfamilie, tatsächlich den Ruf hatte, nicht treu zu sein.

»Er sammelt schöne Frauen«, erklärte ihr Dimitri beeindruckt und besorgt zugleich, »wie andere Schmetterlinge.«

Lissy wappnete sich. Sie würde diesem Sartorius nicht ins Netz gehen, eher schon, so nahm sie sich vor, würde sie ihn ein wenig an der Nase herumführen.

Beim Museumsbesuch, zu dem er in einem lässigen Jackett und sportlichem Hemd mit Umschlagkragen erschien, wusste er allerlei Interessantes über die Hintergründe der ägyptischen Totenmaske zu erzählen. Er war selbst schon einmal bei den Pyramiden gewesen. Gebannt hörte sie ihm zu.

»Es ist ein Vergnügen zu sehen, wie begeistert und wach Sie das alles aufnehmen«, sagte er.

Als sie anschließend von der Museumsinsel durch matschigen Januarschnee stapften, um ein Kaffeehaus anzusteuern, fühlte Lissy sich dank seiner lebhaften Reiseschilderungen, als wandele sie unter Dattelpalmen in einer Wüstenoase. Wie er ihr dann die Tür aufhielt, den Stuhl zurechtrückte, dachte sie, dass sie einen Mann mit so hervorragenden Manieren, die nicht aufgesetzt, sondern ganz selbstverständlich wirkten, selten erlebt hatte. Bei Kaffee und Kuchen unterhielten sie sich angeregt weiter. Insgeheim betrachtete sie seine schlanken

Hände, die mit ausdrucksstarken Gesten seine Geschichten begleiteten. Ivo Sartorius vergaß nicht, sich auch nach ihrem Leben und ihren Interessen zu erkundigen. Er machte sie neugierig auf andere Museen der Stadt und lud sie ein, mit ihm im Kunstsalon Cassirer eine Ausstellung moderner Gemälde zu besuchen.

Lissy nahm an. Sie genoss diese Ausflüge. Vor allem gefiel ihr die Art, wie er ihr unterschiedlichste Kunstwerke erklärte. Genau davon hatte sie geträumt. Nachdem sie etwas mehr Zutrauen gefasst hatte und sie beim Du angelangt waren, überhäufte er sie mit Einladungen. Sie fand alles spannend, was sie gemeinsam unternahmen. Dabei unterhielten sie sich über Gott und die Welt und wie sie sich veränderte.

Lissy bemühte sich, einen abgeklärten Eindruck zu machen. »Heute finden Mädchen Gefühle albern und lachen darüber«, sagte sie bei einem Spaziergang durch den Tiergarten. Ivo bewegte sich ein wenig schlaksig, und wenn er lebhaft redete, fiel ihm eine Haarsträhne in die Stirn.

»Ach, ihr wollt gar nicht mehr alle heiraten und viele Kinder kriegen?« In seinen grüngrauen Augen funkelte es.

»Ich finde es altmodisch zu heiraten, wenn man noch nicht mal zwanzig ist«, behauptete Lissy. »Da kann ich natürlich nur für mich selbst sprechen. Aber für ein festes Liebesverhältnis mit Heiratsabsicht fühle ich mich noch viel zu jung.«

»Soso.« Er betrachtete sie von der Seite, wie man einem kleinen Kind etwas nachsah.

Sie ließ sich davon nicht irritieren und schaute selbstbewusst nach vorn. »Viele Männer werden nicht damit fertig, dass Frauen sich heute auch selbst ernähren können.«

»Meine Erfahrungen sind andere. Nach zwei, drei Monaten Bekanntschaft fangen alle jungen Damen an, vom Heiraten zu reden«, erklärte er. »Aber ich halte mich für einen großen Bewunderer des neuen Frauentyps. Die moderne Junggesellin, die tüchtig, frei und unabhängig ist, verdient höchsten Respekt.«

Am Ende waren sie sich einig darin, dass diese Zeiten nach dem Großen Krieg wohl eher fürs Vergnügen gemacht waren als für die romantische Liebe von anno dunnemals.

»Du spielst mit dem Feuer«, meinte Mia, als Lissy ihr am nächsten Tag davon erzählte. »Hoffentlich glaubt er jetzt nicht, dass du leicht zu haben bist.«

»Unsinn. Ich finde es gut, dass wir darüber gesprochen haben. Damit sind die Fronten geklärt, und wir können einfach Spaß haben.«

»Na, dann lass et dir mal jut bekommen!«

Nach jedem Rendezvous wünschte Mia einen Bericht, wie's denn gewesen war. Umgekehrt ließ auch sie Lissy an ihrem bewegten Liebesleben teilhaben.

Am besten gefiel Lissy, wenn Ivo sie abends ausführte. Er schickte ihr vorab Rosen, Orchideen oder Gardenien zum Anstecken nach Hause. Dabei befand sich stets ein Kärtchen mit ein paar Zeilen. Sie hatten schon zwei große Ausstattungsrevuen besucht, die Aufführungen waren berauschend gewesen. Käte hatte mittlerweile allerhand gut bei Lissy, weil sie ihr immer wieder ein passendes Kleid aus der Requisite herbeizauberte. Sie revanchierte sich dafür, indem sie ihr eine schickere Haarfrisur machte und Ratschläge fürs Schminken gab.

Morgen Abend im Wintergarten, las Lissy, als sie eines Abends im Februar 1928 von der Arbeit nach Hause kam. *Ich hole Dich ab!* Sieglinde Nockerl beglückwünschte sie zu ihrem aufmerksamen Kavalier – er hatte der Hauswirtin gelbe Rosen senden lassen.

Im Wintergarten, dem größten Varieté der Stadt, hörten sie Couplets von Otto Reutter, sie lachten sich Bauchschmerzen über sein Lied *Der Überzieher*, und zum Schluss sangen sie *In 50 Jahren ist alles vorbei* laut mit. Anschließend gingen sie noch tanzen. Ach, tanzen! Der Saal dampfte, dröhnte und barst beinahe vor Energie. Ivo und sie legten zusammen einen Tango aufs Parkett, dann einen Shimmy und schließlich einen wilden Charleston.

Sie war schon etwas beschwipst. »Eine Robbe muss schwimmen, und ich muss tanzen!«, rief sie enthusiastisch.

Ivo konnte sich nicht wieder einkriegen über diesen Ausspruch. Lachend nahm er sie in seine Arme und küsste sie. Einfach so, in aller Öffentlichkeit. Und niemand scherte sich darum. Außer ihr natürlich – sie fand es himmlisch.

»Du bist so eine süße Robbe«, flüsterte er ihr ins Ohr.

Spät in der Nacht oder eigentlich eher schon früh am Morgen schlenderten sie Arm in Arm durch die Stadt, sahen Sterne überm Brandenburger Tor funkeln und erlebten, wie Berlin erwachte. Es war eiskalt, aber sie wärmten sich aneinander. Unter jeder Linde blieben sie stehen und küssten sich.

Jetzt ist es doch passiert, dachte Lissy zwischendurch. Ja und? Warum noch mal hätte nicht sein sollen, was doch so schön war? Sie konnte sich nicht mehr erinnern. Blödsinnige Idee, sich sträuben zu wollen.

Bei ihrem nächsten Treffen führte Ivo sie erst zum Essen aus, danach ins Kino. Er hatte im Gloria-Palast am Ku'damm eine Separatloge reservieren lassen. Diskret gab er dem Platzanweiser ein Trinkgeld. Endlich konnten sie sich ungestört küssen und liebkosen. An den Film erinnerte sie sich hinterher kaum, nur noch an den plätschernden Springbrunnen im Foyer und den Lockruf einer Sarotti-Verkäuferin mit Bauchladen: »Schokolade, MinTipS, Saure Drops, gebrannte Mandeln, Knabbernüsse!«

Ein anderes Mal besuchten sie nach dem Kino eine Bar. Sie bestellten Pousse-Café-Cocktails zum Mokka, für die der Barkeeper nacheinander verschiedene Getränke über die Rückseite eines Löffels ins Glas laufen ließ. Der Drink wurde weder gerührt noch geschüttelt.

»Schmeckst du die unterschiedlichen Zutaten?«, fragte Ivo. Es bereitete ihm sichtlich Freude, ihr beim Entdecken zuzusehen, ganz egal, was es war.

»Ja, spannend!« Vorsichtig kostete sie sich durch alle Schichten und lächelte. »Ein bisschen wie Ostfriesentee, der hat immerhin drei Schichten – erst sahnig, dann bitter und zum Schluss süß.«

»Fehlt dir dein Tee?«

»O nein, meine Mutter und meine Omas schicken mir regelmäßig Fresspakete mit dem Lebensnotwendigen – Ostfriesentee, Kandis, Schwarzbrot und Schinken, und je nachdem, wer packt, sind manchmal auch Trockenfische oder Mandelkekse drin.«

»Was für eine großartige Familie!« Er grinste jungenhaft. »Wir sind früher in den Ferien auf Norderney immer alle zusammen Fahrrad gefahren«, erinnerte er sich.

»Das allerdings fehlt mir hier manchmal«, gestand sie. Aber in Berlin fand sie Radeln unpassend. Hier trug sie kurze Röcke, Kunstseidenstrümpfe, feine Schuhe. Auch bei Wind und Regen musste sie vorzeigbar zur Arbeit in Dimitris Salon erscheinen.

Ihm kam offenbar eine Idee. »Hast du Lust aufs Sechstagerennen?« Mitte März war es *das* sportliche und gesellschaftliche Ereignis. »Am Donnerstag entscheidet sich, wer gewinnt.«

Lissy seufzte. »Ich würde furchtbar gern. Aber ich bin in letzter Zeit so viel unterwegs, dass ich nur schwer aus den Federn komm. Und ich möchte nicht bei der Arbeit einschlafen.«

»Du arbeitest richtig gern, oder?«

»Ja.« Sie strahlte. »Kennst du das Gefühl?«

Er hatte immer viel Tagesfreizeit. Offenbar besaß er genug Geld, um nicht einer geregelten Tätigkeit nachgehen zu müssen. Doch was genau er machte, wenn er geschäftliche Termine wahrnahm, davon hatte sie keine Vorstellung.

»Wahrscheinlich nicht auf die Art wie du«, antwortete er nachdenklich. »Aber wenn ich einen Privatkunden der Sartorius Bank beim Aktienkauf vorteilhaft beraten habe, gibt es mir ein gutes Gefühl. Und eine gute Provision. Was vermutlich miteinander zusammenhängt.«

»Ist das dein Beruf? Aktienberater?«

»Nicht unbedingt. Eigentlich privatisiere ich.« Er schob die Unterlippe etwas vor. »Na, wie gesagt, ich treibe so dies und das. Bin hier und da ein wenig an Unternehmen beteiligt.« Ein Lächeln hellte seine Miene auf. »Mir gehört ein Gestüt im Brandenburgischen, in Stockfelde, ich weiß nicht, ob ich es schon erwähnt habe. Kannst du reiten?«

»Leider nicht.«

»Wie schade. Hast du Lust, es zu lernen?«

»Natürlich.«

»Dann fangen wir nächstes Wochenende damit an.«

Da sonnabends immer der größte Andrang im Salon herrschte, konnte sie zwar erst am Abend seiner Einladung auf das Gestüt in Stockfelde folgen, dafür aber bis zum Montag bleiben. Er ließ sie von einem Chauffeur mit einem Duesenberg abholen. Wie der Fahrer ihr auf Nachfrage erklärte, gehörte die schwere Limousine Ivo. Sie kannte ihn nur in einem Roadster, den er im Stadtverkehr immer selbst lenkte.

Das Herrenhaus des Gestüts war ursprünglich eine Ritterburg gewesen und laut Ivo mehrfach umgebaut worden. Lissy kam alles, der Anblick und dass sie nun hier ein Wochenende verbringen würde, ziemlich unwirklich vor. Ivo erwartete sie am Portal.

»Willkommen in Stockfelde!«, begrüßte er sie herzlich. Er hatte allerdings schon Besuch, um den er sich kümmern musste, und überließ es einem Butler, der aussah, als stammte er noch aus der Ritterzeit, sie zu ihrem Zimmer zu führen. »Für dich ist das schönste Quartier, das Turmzimmer, vorbereitet, Lissy! Der Ausblick wird dir bestimmt gefallen.«

Der Butler nahm ihr die Reisetasche ab und ging voran. Unten im Turm entzündete er einen dreiarmigen Kerzenleuchter. Es roch feucht nach Moos und Waldboden.

»Im Turm haben wir leider keinen Strom«, sagte er.

Der arme alte Mann schritt so wacklig vor ihr eine Wendeltreppe empor, dass sie ihm am liebsten angeboten hätte, die Tasche selbst zu tragen. Aber sie wollte ihn nicht kränken.

Das Zimmer direkt unterm Kegeldach mit Himmelbett, altem Gemäuer und knisterndem Kamin schien einem von Rudolfs Sagenbüchern entsprungen zu sein.

»Soll ich vor der Tür auf Sie warten?«, fragte der Butler, nachdem er den Docht einer auf dem Tisch stehenden tragbaren Petroleumlampe entflammt hatte.

»Nein, danke«, erwiderte Lissy unerschrocken. »Ich finde schon den Weg, es gibt ja nur einen.«

Über einem Lehnstuhl lag Reitkleidung in ihrer Größe. Ivo hatte wirklich an alles gedacht. Sie machte sich am Waschtisch frisch, zog ein hübsches kurzes Fransenkleid an, kämmte sich die Ponyfrisur und ging nach unten. Dort brauchte sie nur dem Licht und dem Stimmengewirr zu folgen.

Im Wohnzimmer, das man wahrscheinlich anders nannte, traf sie auf Ivos Freunde. Männer und Frauen, die es offenbar gewohnt waren, im Luxus zu schwelgen. Sie nahmen sie schon während der Vorstellung gehörig unter die Lupe. Ivo charakterisierte jeden mit ein paar launigen Sätzen, aber Lissy war zu aufgeregt, um sich sämtliche Namen zu merken, wer sie waren und wo sie herkamen. Alle waren älter als sie, gut aussehend, souverän. In spöttischem Ton blödelten sie miteinander herum. Sofort bemerkte sie, dass sie nicht richtig angezogen war. Bis auf eine, die einen weißen Russenkittel anhatte, trugen die Damen Abendkleid und die Herren Smoking.

»Was für ein süßer Käfer«, sagte einer, der Hans hieß und sich rauchend im Ledersessel vor dem Kamin lümmelte, bis er sich bequemte, aufzustehen und Lissy die Hand zu küssen.

»Und so seelenvolle Augen«, ergänzte eine Rothaarige mit tiefem Rückenausschnitt und langer Perlenkette, während sie an einem Cocktail nippte. Sie musterte Lissys Kleid. »Oh, geht man schon wieder auf anständig?«

Lissy schwieg eingeschüchtert, versuchte aber, das Prüfungsgefühl wegzulächeln. Verstohlen betrachtete sie im flackernden Licht des Kaminfeuers die Einrichtung – Gobelins, erlesene Antiquitäten, Souvenirs aus exotischen Ländern, viele Gemälde, ausgewählte moderne Möbel und Skulpturen.

Beim Nachtmahl saßen sie im Kerzenschein um eine große Tafel herum. Der Butler und zwei Dienstmädchen sorgten für einen reibungslosen Ablauf. Etwas derart Herrschaftliches hatte Lissy nicht erwartet. Eher einen großen Bauernhof mit ein paar Pferden wie beim Vetter ihres Großvaters, Zicki Fisser in der Westermarsch.

Es ging aber zu ihrer Erleichterung keineswegs förmlich, sondern fröhlich weiter. Das Gespräch drehte sich um die neuesten Revuen, Varietés und Kabarettprogramme.

»Du willst morgen Reitunterricht nehmen?«, sprach schließlich eine sympathische Brünette namens Daisy Lissy an. Sie nickte. »Du siehst sportlich aus, du wirst bestimmt Spaß haben. Wenn du willst, gebe ich dir gern ein paar Ratschläge.«

»Danke. Sehr freundlich.«

»Welchen Sport treibst du sonst so?«

»Ich schwimme und segle gerne.«

»Unsere Daisy ist mehrfache Meisterin im Dressurreiten«, erwähnte einer der Freunde stolz.

»Ich hasse Pferde«, ließ sich Daisys Begleiter vernehmen, der offenbar schon tiefer ins Glas geblickt hatte. »Selbst wenn's Tabletten dafür gäbe, würde ich die Ungetüme nicht mögen.«

»Musst du ja auch nicht, Freddy-Schatz«, tröstete Daisy ihn liebevoll, »solange du sie nur finanzierst.«

Ein Freund Ivos kam verspätet mit zwei lebenslustigen Zwillingsschwestern im Schlepptau, die höchstens Anfang zwanzig und perfekt im Flapper-Stil zurechtgemacht waren.

»Das sind Emma und Rieke, meine neuesten Entdeckungen.«

Er ging um den Tisch herum, drückte der Rothaarigen zur Begrüßung einen Kuss auf den entblößten Rücken. Daisy küsste er ebenso galant wie anzüglich die Zwischenräume ihrer Finger.

»Entschuldigt, Kinder, ich hatte eine Panne! Da ist wieder so'n bekloppter SA-Trupp durch die Straßen marschiert, um

Leute zu vermöbeln und Reifen aufzuschlitzen.« Sein Blick fiel auf Lissy. »Wer ist denn dieses bezaubernde Girl?«

Ivo stellte sie einander vor. Der Nachzügler hieß Isidor Nachtmann und leitete eine Filmproduktionsgesellschaft namens INA. Sie fanden schnell gemeinsame Themen, weil Lissy von ihrer Arbeit in der Maske des UFA-Filmstudios berichten konnte.

Isidor Nachtmann war ungemein unterhaltsam. Gekonnt streute er ein paar Bosheiten in seine Klatschgeschichten. Die Zwillinge waren auch nicht auf den Mund gefallen. Die INA hatte sie als Nachwuchsschauspielerinnen für ein Jahr unter Vertrag genommen. Offenbar tanzten sie umwerfend synchron. Noch war ihnen keine größere Filmrolle angeboten worden, aber sie erhielten eine monatliche Zuwendung und mussten sich dafür zur Verfügung halten. Diese Methode der Talentsicherung, erklärte Isidor, sei gerade unter den konkurrierenden Filmproduktionsfirmen sehr verbreitet. Die Zwillinge sahen nicht nur gut aus, sie waren zudem auch noch schlagfertig. Sie spielten sich gegenseitig die Bälle zu und amüsierten die Runde köstlich.

Ivo und Lissy wechselten einen Blick. Trotz seines Lächelns spürte sie, dass er besorgt war, ob sie sich in diesem Kreis wohlfühlte. Es war ungewohntes Terrain für sie. Sicherheitshalber hielt sie sich mit dem Champagnertrinken zurück. Aber schon ein Glas blieb bei ihr nicht ohne Wirkung. Ivo drückte ihre Hand, zwinkerte ihr zu. Die anderen gaben weiter Geschichten und Anekdoten zum Besten. Allmählich verlor sie ihre Scheu.

Irgendwann schaltete jemand ein Radiogerät ein, weil er die Musiker kannte, die in der Sendung spielen sollten. Da fiel Lissy ein, wie sie sich vor Jahren ins Strandcafé Cornelius

geschlichen hatte, um das erste Radio auf Norderney zu bestaunen, und sie erzählte davon.

»Dummerweise musste man einen der fünfzehn Kopfhörer ergattern, die nur zahlenden Gästen zur Verfügung standen«, erinnerte sie sich. »Ohne Kopfhörer vernahm man nur
ein Rauschen und Funksignale. Ich war aber noch in der
Lehre und hatte kein Geld, um mir wie die anderen wenigstens einen Kakao zu bestellen. Gerade wollte ich enttäuscht
von dannen ziehen, als plötzlich für kurze Zeit ein Platz frei
wurde und Onkel Henrikus, der Besitzer, mir einfach einen
Hörer überstülpte.« Sie lachte. »Erst hörte ich Stimmen aus
England und dann den Schlager *Puppchen, du bist mein Au-
genstern*. Zu wissen, dass der genau in diesem Augenblick in
Berlin gespielt wurde, das war sensationell.«

»Strandkonditorei Cornelius! Am Nordstrand, oder?«, rief
da ein Gast namens Walter. »Kenn ich doch. Da hab ich in
meinen letzten Flitterwochen gefrühstückt. Mit Blick auf die
Nordsee, herrlich!«

»Na, wenigstens eine schöne Erinnerung«, mokierte sich die
Rothaarige. Ihr Name war Mona. Sie sah Lissy an. »Die Ehe
ist schon wieder geschieden, weißt du. Seine zweite. Unser
Liebling ist leider in letzter Zeit etwas instinktlos bei der Wahl
seiner Frauen.«

»Mona war Walters erste Frau«, erklärte Ivo trocken.

Walter lächelte sarkastisch. »Und Mona hat seitdem nur
noch Beziehungen zu Männern, die sie nicht liebt. Ob das
nun die bessere Wahl ist?«

»Frechheit!«, lallte Hans. »Wir lieben uns wie verrückt.
Aber mehr auf der geistigen Ebene, nich', Mona?«

Mona machte nur »Pff«, man wusste nicht recht, wem es
galt, und wandte den Kopf ab.

»Kinder, beruhigt euch«, bat die Frau im Russenkittel.

»Wie unschwer zu erkennen ist, lieben sich die beiden noch immer«, spottete ihre Freundin, die einen Garçonne-Haarschnitt und ein Monokel am Band trug.

Diese beiden Frauen lebten, wie Lissy erfuhr, mit zwei Männern eine Etage unter Ivos Stadtwohnung im Berliner Westen.

»Wir haben uns durch einen Wasserrohrbruch kennengelernt«, erzählte einer der Männer. Es dauerte etwas, bis Lissy begriff, dass in dieser Viererwohngemeinschaft zwei ungewöhnliche Paarkonstellationen gelebt wurden.

Aus dem Radio erklang *Ain't she sweet*. Ivo drehte es lauter und forderte Lissy zum Tanzen auf. Wenig später hüpften und sprangen alle ausgelassen herum. Mona ließ ihre Perlenkette über den Köpfen schwingen wie ein Lasso. Sie tanzten Shimmy, Charleston und Black Bottom, schüttelten sich, als bestünden sie aus Wackelpudding. Sie erlaubten ihren Körpern, Grimassen zu ziehen. Nicht Schönheit, Ausdruck zählte! Als der Hit *Kannst du Charleston, tanzt du Charleston* gespielt wurde, bildeten sie wie in einer Revue einen Kreis um Daisy, die wirkte, als wollte sie ihre Arme und Beine von sich schmeißen, und sangen laut den Refrain mit.

So vergnüglich der Abend auch verlief, gegen eins wurde Lissy furchtbar müde. Sie war früh aufgestanden und hatte einen harten Arbeitstag hinter sich.

»Ich glaub, ich muss jetzt schlafen.« Sie entschuldigte sich.

Ivo bestand darauf, ihr bis zum Turmzimmer Begleitschutz zu geben. »Falls du dich gruselst, wenn unterwegs eine Fledermaus vorbeifliegt.« Sie schüttelte sich, und er nahm sie an die Hand. »Du darfst die kleinen Spitzen meiner Freunde nicht so ernst nehmen«, sagte er, als sie die Wendeltreppe hochgingen.

»Sie sind alle ein bisschen schräg.« Mit veränderter Stimme, als wäre es ihm gerade erst in den Sinn gekommen, fügte er hinzu: »In meinem Bekanntenkreis gibt es nicht eine normale, glückliche Ehe.«

»Ist schon in Ordnung«, erwiderte Lissy. »Vielleicht ist es ja ein Widerspruch in sich … normal, Ehe, glücklich. Ich glaub, eigentlich sind sie ganz nett. Die Zwillinge sowieso.«

Zwischenzeitlich hatte jemand Holz nachgelegt. Ihr Zimmer empfing sie mit behaglicher Wärme. »Ist alles zu deiner Zufriedenheit?«, fragte Ivo.

»Alles ist wunderbar!« Dankbar lächelte sie ihn an.

Er nahm sie in die Arme, und sie küssten sich. Lissy genoss seine Zärtlichkeiten, aber sie schlief beinahe im Stehen ein.

»Brauchst du noch etwas?«, fragte er hoffnungsvoll.

Mit geschlossenen Augen setzte sie einen langen, gefühlvollen Kuss auf seine Lippen. »Im Moment«, antwortete sie schläfrig, »nur ein Bett.«

Mit einem Seufzer half er ihr zum Himmelbett, zog ihr Schuhe und Kleid aus, hob sie auf die Matratze und deckte sie zu. »Dann träum was Schönes, meine kleine Seerobbe.« Er gab ihr einen Gute-Nacht-Kuss. Und sie fühlte sich geborgen wie schon lange nicht mehr.

Er öffnete das Turmfenster ein wenig, damit frische Luft hereinströmen konnte. »Besondere Wünsche fürs Frühstück?«, fragte er beim Hinausgehen.

»Ein Brötchen und ein hartgekochtes Ei wären toll«, murmelte sie, bevor sie einschlief.

Irgendetwas weckte sie nach ein oder zwei Stunden. Das Feuer im Kamin war niedergebrannt, es glomm nur noch, ab und zu knackten Scheite. Durchs geöffnete Fenster hörte sie, dass sich unten am Fuße des Turms zwei Frauen unterhielten, Mona und Daisy. Lissy stand auf, um das Fenster zu schließen, doch sie verharrte, weil sich die beiden offenbar über sie unterhielten.

»Sie ist sympathisch«, sagte Daisy. »Nicht dumm, sieht gut aus, und feiern kann sie auch.«

»Ja, die beiden sind schon drei Monate zusammen«, erwiderte Mona. »Und er stellt sie uns vor. Das hat er bei seinen letzten drei Flammen nicht getan.«

»Es scheint ihn richtig erwischt zu haben«, meinte Daisy.

»Na ja, aber was soll daraus werden?«, wandte Mona ein. »Sie ist eine Friseuse. Ich bitte dich! Der alte Sartorius würde zu viel kriegen, wenn sein Sohn ernsthafte Absichten hegte.«

»Och, Ivo hat mir anvertraut, dass sie gar nicht so fürs Heiraten ist.«

»Tatsächlich?« Monas Stimme klang erstaunt. »Diese jungen Dinger sind doch ganz scharf drauf, versorgt zu werden. Versteh mich nicht falsch, ich mag Lissy. Aber sie wär doch schön blöd, wenn sie den fetten Fisch an der Angel nicht …«

»Sobald sie anfängt zu klammern, wird sie abserviert«, fiel Daisy ihr ins Wort. »Das kennen wir doch.«

»Tja, bei ihm klingeln schon die Alarmglocken, wenn eine nur das Wort Liebe …« Sie ließ den Satz unvollendet, weil knirschender Kies verriet, dass sich jemand näherte.

»Ach, hier steckt ihr!« Das musste Hans sein, Monas Begleiter.

»Wir wollten nur noch vorm Schlafen etwas frische Luft schnappen und eine Zigarette rauchen«, antwortete Mona.

»Finde den Fehler«, erwiderte Hans mit schwerer Zunge.

»Kräusel nicht so unvorteilhaft die Stirn, mein Schatz«, mahnte Mona.

»Es ist dunkel, das kannst du gar nicht sehen.«

»Aber ich kann es hören.«

Die Stimmen entfernten sich.

Lissy fröstelte, sie schloss das Fenster.

Beim Frühstück, als die meisten seiner Freunde noch im Bett lagen, führte Lissy Ivo vor, wie ihr Vater ihr früher Eigelb auf einer Brötchenhälfte zerdrückt hatte.

»Ich beneide dich«, sagte er. »So was hätte nicht mal meine Mutter für mich gemacht. Hast du gleich Lust auf eine Führung?«

»Auf jeden Fall!«

Er zeigte ihr das Herrenhaus und die Stallungen. »Steht dir hervorragend, die Reithose!«

Er konnte es sich nicht verkneifen, ihr einen Klaps auf den Po zu geben. Sie streckte ihm die Zunge raus. Während des Rundgangs hielt er ihr einen kleinen Vortrag über Trakehnerzucht und Rennen. Jedes seiner Rennpferde hatte einen eigenen Jockey.

Für Lissy wählte er ein älteres, ruhiges Pferd aus. Ein Stalljunge zäumte den Wallach auf und brachte ihn nach draußen.

»Guten Morgen, Hals- und Beinbruch, Lissy!« Daisy stand dort neben ihrem Pferd und rieb es mit Heu ab. Sie hatte ihren Ausritt bereits hinter sich.

»Wird schon schiefgehen!« Lissy versuchte, das mulmige Gefühl in ihrem Bauch nicht zu beachten. Zu Hause hatte sie einige Male auf einem Pferd gesessen und an geführten Ausritten am Strand teilgenommen. Aber sie war keine richtige Reiterin. »Tut mir leid, wenn ich dir Unannehmlichkeiten bereite«, flüsterte sie dem Pferd ins Ohr, bevor sie aufstieg.

Sie klopfte ihm den Hals und hoffte, dass es sie nicht abwerfen würde. Im Schritttempo ging's auf den Reitplatz. Ein

Hauch von Frühling schwebte in der Landluft. Die Sträucher und Bäume zeigten erste grüne Spitzen, die angrenzenden Äcker waren frisch gepflügt.

Ivo führte das Pferd an der Longe. Er gab Lissy Anweisungen für ihre Haltung, die sie so gut wie möglich befolgte.

Es machte Spaß. Aber es war anstrengend.

Als sie wieder abstieg, hatte sie das Gefühl, ein Schwein könnte zwischen ihren Beinen hindurchlaufen, ohne sie zu berühren. Ivo bot ihr an, ein muskelentspannendes Wannenbad zu nehmen. Dankbar nahm sie an.

Das wohltemperierte Wasser in der großen Wanne tat gut. Sie streckte alle Glieder aus. Die Badetablette sprudelte, Fichtennadelduft erfüllte den Badesalon, der geschmackvoll cremefarben und schwarz gefliest war. Nach einer Weile ließ sie heißes Wasser nachlaufen. Es bullerte so schön, besonders als sie sich treiben ließ, mit den Ohren unter Wasser. Bei geschlossenen Augen stellte sie sich vor, dass sie die Nordsee hörte, und das entspannte sie noch mehr.

In einen dicken Frotteemantel für Gäste gehüllt, das Haar unter einem Handtuchturban, verließ sie das Bad und rief nach Ivo. Er kam auch gleich.

»Hast du irgendwo einen Föhn?«, fragte sie.

»Nein, tut mir leid. So'n neumodischen Kram«, er rollte das R absichtlich, »sucht man auf einer alten Ritterburg vergebens.«

»Vielleicht haben Mona oder Daisy einen dabei.«

»Die sind schon abgereist.«

»Oh.« Sie schaute aus dem Fenster. »Aber da vorne in dem offenen Schuppen stehen doch mindestens noch acht Automobile.«

»Das will ich hoffen«, sagte Ivo. »Das sind meine.«

Lissy schluckte. »Na gut, es wird auch so trocknen.« Sie nahm den Turban ab und schüttelte ihr feuchtes Haar wie ein nasser Pudel.

Ivo bekam Wasserspritzer ab, er spielte den Empörten und versuchte, sie zu packen. Sie entfleuchte, lief im Zickzack vor ihm her, durch die Flure, in diverse Zimmer hinein, wieder raus, zurück durch die Halle und gelangte schließlich in eine Flursackgasse – vor sein Schlafzimmer. Er schnappte sie und trug sie zum Bett. Sie balgten miteinander, küssten sich, immer stürmischer, der Frotteemantel öffnete sich und gab den Blick auf ihre festen kleinen Brüste frei. Ivo hielt inne, in seinen Augen las sie Bewunderung und Begehren. Seine Hände streichelten ihre weiche winterweiße Haut, die vom Baden noch feucht war. Sinnliche Schauer durchliefen sie. Ihre Bauchdecke hob und senkte sich schneller. Natürlich hatte Ivo sie schon überall berührt, aber noch nie so wie jetzt, in aller Ruhe und bei Licht. Sein Atem stockte.

»Und jetzt?«, fragte er mit gefährlich leiser Stimme.

Und jetzt geschieht, was geschehen muss, dachte Lissy. Warum sollte sie sich zieren? Sie wollte es. Sie war aufgebrochen, um frei zu sein. Es war ihre Entscheidung. Sie sprach diese Gedanken nicht aus. Das war auch nicht nötig.

»Du hättest mir sagen sollen, dass du noch Jungfrau bist«, flüsterte er hinterher.

Der Duft von Liebe, schwitzenden Körpern und Fichtennadeln erfüllte das immer noch energiegeladene Zimmer.

»Hätte das was geändert?« Fragend sah sie ihm in die Augen.

»Ich hätte mir mehr Mühe gegeben.« Er umfasste ihr Gesicht mit beiden Händen. »Ungeschminkt siehst du am schönsten aus. Diese Augen …«

Sie barg ihren Kopf an seiner Brust und schmiegte sich an ihn. Alles war so intensiv. Die Empfindsamkeit ihrer Sinne hatte sich vervielfacht. Besser als jetzt konnte es ihr nicht gehen.

Fortan besuchte Lissy Ivo auch in seiner großzügigen Stadtwohnung, die ganz im neuen Art-déco-Stil eingerichtet war. Gelegentlich blieb sie über Nacht. Eine heitere Leichtigkeit begleitete ihre Begegnungen. Es wurde jedes Mal schöner und lustvoller für sie, wenn sie miteinander schliefen.

Ivo versprach aufzupassen. Meist benutzte er ein Kondom. Natürlich machte sie sich trotzdem Gedanken. Sie kannte die Geschichten von Frauen, die zu einer Engelmacherin gegangen und schwer krank geworden waren, die starben oder nie wieder ein Kind bekommen konnten.

»Selbst wenn was schiefgehen sollte«, versuchte Ivo sie zu beruhigen, »mach dir keine Sorgen. Ich kenne einen hervorragenden Arzt, der würde im Falle eines Falles helfen.«

Wahrscheinlich hat er ihn schon mal bemühen müssen, dachte Lissy.

Bald begann er zu protestieren, wenn sie morgens früh aufstand, um in Dimitris Salon zu gehen. »Bleib noch ein bisschen«, bettelte er mit schmeichelnder Stimme.

Lächelnd wehrte sie ab. »Ich würde gern, aber du weißt doch …«, sagte sie, während sie die seidenen Strümpfe, die er ihr geschenkt hatte, an ihrem Hüftgürtel befestigte. Man trug neuerdings keine Strumpfbänder mehr, das war schlecht für die Blutzirkulation.

Tagsüber erledigte Ivo nicht nur Geschäftliches. Er besuchte oft Ausstellungen, Pferderennen oder andere Veranstaltungen, die sie auch interessierten und bei denen er sie gern an seiner Seite gehabt hätte. Deshalb dauerte es nicht lange, bis er ihr eines Abends beim Essen in einem Restaurant einen Vorschlag machte.

»Ich habe nachgedacht, Lissy. Zieh ganz zu mir und hör auf zu arbeiten.«

Im ersten Moment freute sie sich. »Zu dir zu ziehen könnte ich mir zwar vorstellen«, erwiderte sie. »Aber aufhören mit der Arbeit? Nein! Außerdem brauch ich doch Geld zum Leben.«

»Ich geb dir ein Taschengeld. Sag mir, was du brauchst.«

Empört ließ sie die Gabel sinken. »Du willst mich aushalten?«

»Aushalten … Was für ein hässliches Wort. Ist es nicht normal, dass der Mann für die Frau sorgt?«

»Auf diese Weise?«

»Viele Frauen würden ein solches Arrangement als Lotteriegewinn betrachten«, entgegnete er leicht verärgert. »Du willst also doch ganz spießig altmodisch heiraten?«

»Phh! Nein! Doch. Mag sein, irgendwann, aber das hat Zeit.« Seine kaum verhohlene Arroganz reizte sie. »Du hast es nicht richtig verstanden«, platzte es aus ihr heraus. »Junggesellinnen wie ich arbeiten, um frei zu sein. Um so leben zu können, wie sie es möchten. Ich will mich nicht abhängig machen. Außerdem gefällt mir meine Arbeit. Das ist nicht einfach nur Schminke und etepetete, es macht auch andere Menschen froh. Und es war schwierig genug, so weit zu kommen. Das geb ich nicht einfach auf.«

Er verzog das Gesicht. »Ich meine es doch nur gut.«

»Das weiß ich, und ich danke dir dafür.« Milder lächelte sie ihn an. »Ach, Ivo, ich bin gerade erst neunzehn geworden. Lass mir meine Freiheit. Ist doch fabelhaft, wie es ist.«

Irritiert legte er sein Besteck zur Seite. »So ganz begreif ich es wohl doch nicht. Heißt das, du willst auch andere Männer treffen?«

»Möglich ...« Sie zwinkerte kokett. Ernster fuhr sie fort: »Nein, vielleicht, aber das ist es nicht. Ich will noch so viel entdecken, interessanten Menschen begegnen, die Welt kennenlernen.«

»Das sind doch Jungmädchenträume. Hast du eine Ahnung, wie viele Frauen dich meinetwegen beneiden? Du bist eine ziemlich undankbare Robbe.«

»Phh! Und weißt du denn eigentlich, was du an mir hast?«

Er musste lachen. »Ja, ich glaub schon.«

Sie schöpfte Hoffnung, dass er sie vielleicht doch verstehen könnte. »Ich brauch einfach das Gefühl, dass ich mein eigenes Geld verdiene, das ist doch nichts Abartiges, oder?«

»Große Worte für eine junge Dame.« Er schien zwischen Spott und Anerkennung zu schwanken. »Aber einladen und beschenken darf ich dich schon hin und wieder, oder?«, fragte er ironisch.

»Wenn's dir Freude macht«, charmant lächelnd legte sie ihre Hand auf seine, »dann freut's mich natürlich. Alles andere wäre ja gelogen.«

»Da bin ich aber erleichtert.« Er atmete übertrieben laut auf. »Ich hab dir nämlich ein Abendkleid bestellt. Und Karten für die Preußische Staatsoper.«

Sie horchte auf. »Was? Für die Oper?« Da war sie noch nie gewesen. »Oh, Ivo!«

Sie sprang auf und küsste ihn. Die Gäste an den Nachbartischen tuschelten.

Zwei Tage später wurde das Kleid eines Berliner Modeschöpfers ins Haus geliefert und angepasst. Es war aus korallenroter Seide gearbeitet, vorne kürzer als hinten, am Saum leicht glockig geschnitten. Der Stoff umfloss ihren Körper.

Sie kamen fast zu spät in die Oper, weil der Taxifahrer eine Straßenschlacht zwischen Nazis und Kommunisten umfahren musste. Lissy fühlte sich wie eine Königin, als sie inmitten der Berliner Hautevolee und eleganter Menschen aus dem Ausland in die erleuchtete Oper Unter den Linden betraten – zugleich kam sie sich vor wie eine Hochstaplerin. Ihr war bewusst, dass sie von der hohen Kultur und den Benimmregeln, die hier galten, keinen blassen Schimmer hatte. Aber sie ging ja an Ivos Seite, und so lange konnte ihr nichts geschehen.

Aufgeführt wurden die *Cavalleria rusticana* und *Der Bajazzo*. Sie saßen in einer Loge, ab und an reichte Ivo ihr sein Opernglas. Die Musik überwältigte Lissy, vor allem das Intermezzo und die Osterhymne. Sie war tief bewegt.

In der Pause grüßte Ivo ein paar Leute, sie tranken Sekt, er wies sie auf bekannte Persönlichkeiten hin und genoss es ganz offensichtlich, mit ihr gesehen zu werden. Sie lächelte, während sie insgeheim auch befürchtete, mit ihrer Unkenntnis entlarvt zu werden. Als ein vornehm aussehender älterer Herr auf sie beide zukam und durch Handzeichen auf sich aufmerksam machen wollte, dirigierte Ivo sie seltsamerweise durchs Gedränge in die entgegengesetzte Richtung.

»Wer war das?«, fragte sie.

»Ach, unwichtig.«

Auch der *Bajazzo* berührte Lissy. Am Ende standen ihr Tränen in den Augen.

Sie zog zu Ivo. Er akzeptierte widerstrebend, dass sie weiterarbeitete. Sieglinde Nockerl bedauerte ihren Fortgang. Sie erklärte sich bereit, weiterhin Post, die an Lissy adressiert war, für sie anzunehmen.

Lissy fürchtete sich davor, ihrer Familie mitzuteilen, dass

sie ohne Trauschein mit einem Mann zusammenlebte. Sie beschloss, ihrer Mutter die Neuigkeit noch eine Weile vorzuenthalten. Für die Mädchen, die ihre Nachbarinnen gewesen waren, schmiss sie eine Abschiedsparty, zu der sie auch Käte und Ylvi einlud.

Vielleicht drei oder vier Wochen nach dem Umzug erhielt sie in Dimitris Salon einen Anruf von Isidor Nachtmann.

»Entschuldige, dass ich dich auf der Arbeit anrufe, aber ich kenne deine Adresse nicht.«

»Du hättest nur Ivo zu fragen brauchen. Übrigens wohne ich neuerdings bei ihm.«

»Ach, das wusste ich nicht. Ich wollte auch erst nur mal vorfühlen und deine Meinung erfragen«, sagte Isidor. »Lissy, wir suchen für eine Nebenrolle jemanden, der aussieht wie du. Kannst du in den nächsten Tagen zu Probeaufnahmen vorbeikommen?«

»Was? Ich?« Sie fasste es nicht. »Ich hab überhaupt keine Ambitionen auf dem Gebiet. Wahrscheinlich gehöre ich zu den zwei Prozent Frauen auf der Welt, die nicht von einer Filmkarriere träumen. Ich glaub auch kaum, dass ich das erforderliche Talent mitbringe.«

»Du siehst gut aus, du hast schöne Beine, das ist schon mal ein Batzen Talent. Komm einfach vorbei, ja?«

Sie überlegte. Wollte sie nicht alles kennenlernen? »Na ja«, erwiderte sie achselzuckend, »spaßeshalber und wegen der Erfahrung könnte ich.«

Sie machten die Probeaufnahmen. Sie musste in ein Zimmer treten, sich bewegen, tanzen, dann gab es einige Nahaufnahmen. Mal sollte sie lächeln, dann weinen, mal schimpfen und dann wieder sehnsuchtsvoll in eine imaginäre Ferne blicken. Sie gab ihr Bestes, fand sich aber albern und fühlte sich bedrängt. Die Kamera kam ihr vor wie das aufdringliche Auge eines Voyeurs. Deshalb war sie sicher, dass die INA kein weiteres Interesse an ihr aufbringen würde. Als sie fertig war, standen noch drei junge Damen bereit, die den gleichen Typ verkörperten wie sie. Bestimmt hatten sie bessere Chancen, und sie gönnte es ihnen.

Abends erzählte sie Ivo von ihrem Erlebnis. Er nahm es relativ gleichmütig hin. »Na, warten wir ab, was die Auswertung der Probeaufnahmen ergibt.«

Umso überraschter war sie, als sie Tage später Isidor bei Ivo anrief. »Die Nebenrolle ist zwar an eine andere Bewerberin gegangen, Lissy, aber wir würden dich gern als Nachwuchsschauspielerin unter Vertrag nehmen. Erst mal für ein Jahr. Du erhältst eine monatliche Gage, die sicher das übertrifft, was du bei Dimitri verdienst.«

»Ehrlich?« Lissy glaubte es noch nicht recht. »Und was muss ich dafür tun?«

»Du hältst dich das Jahr über zu unserer Verfügung. Es kann sich schnell was ergeben. Vielleicht auch mal ein Reklameauftritt. Am besten nutzt du die Zeit für Schauspielunterricht und andere Fertigkeiten, die dir in dem Beruf nützen.« Sie sagte nichts. Es verschlug ihr schlichtweg die Sprache. War eine solche Regelung nicht irgendwie Betrug? Geld fürs Nichtstun zu kassieren, das erschien ihr nicht seriös. Aber sollte sie die Chance deshalb ausschlagen? »Lissy, was ist? Willst du?«, fragte Isidor.

Sie holte tief Luft. »Ja, natürlich … natürlich will ich.«

Grete

Siebo übergab sich und wimmerte.

»Trink was, mein Liebling! Und dann ausspucken.«

Grete flößte ihrem Jüngsten frisches warmes Wasser ein. Er lag erbärmlich schlapp in ihrem Arm, sie litt fast mehr als er. Max hatte den Zweijährigen auf ihr Drängen hin untersucht und »Nix Schlimmes« diagnostiziert. »Was schnell kommt, geht auch schnell. Wird schon wieder.« Kranke Familienangehörige eines Arztes durften von ihm kein Mitleid erwarten, das hatte Grete längst gelernt. Wahrscheinlich würden Lubi, inzwischen sieben, und die seit Kurzem sechsjährige Wally auch bald Symptome zeigen. Die Kinder reichten sich ihre Krankheiten stets weiter.

Für die kommende Nacht schlug sie ihr Lager im Gästezimmer auf. Sie holte Siebo zu sich. Im Kinderzimmer wären die Geschwister gestört worden, im Elternschlafzimmer hätte Max keine Ruhe gefunden. Ihr Jüngster fieberte. Sie schlief kaum, wachte über ihn, machte ihm kalte Wadenwickel, kühle Waschlappen für die Stirn und legte ihre Hand auf sein rumorendes Bäuchlein. Tagsüber unterstützte das Kindermädchen sie, Klara wohnte mit ihnen unter einem Dach. Auch die Haushälterin, Frau Oncken, die im Ort lebte, seit zwei Jahren für sie arbeitete, und deren eigene Kinder schon aus dem Haus waren, hatte tagsüber stets ein Auge auf ihren Nachwuchs. Das bedeutete eine große Entlastung.

Max hatte prächtig geschlafen, was wichtig war, denn

gerade jetzt in der Hochsaison beanspruchten gut zahlende Kurgäste seine volle Aufmerksamkeit. Er arbeitete zusätzlich noch als Kinderheimarzt und hielt weiter Vorträge über Meeresheilkunde. Aber auch Grete, die ihm alles andere vom Leib hielt, wusste oft nicht, wo ihr der Kopf stand. Manchmal fühlte sie sich wie ein Rädchen in einem Uhrwerk, das vor allem präzise funktionieren musste, damit der Laden lief.

Auch die folgende Nacht verbrachte sie wieder bei Siebo. Sie machte sich Sorgen, war erschöpft. Gegen Mitternacht begann das Fieber endlich zu sinken. An Weiterschlafen war trotzdem nicht zu denken, denn gegen halb vier wurde Max zu einem Notfall gerufen.

Kurz vor Sonnenaufgang, als Grete sich gerade im Bad frisch gemacht hatte, sah sie durchs Fenster ihren Mann mit seiner Arzttasche zurückkehren. Sie öffnete ihm die Haustür. Und sie freute sich, ihn zu sehen, als hätten sie eine ganze Woche ohne einander auskommen müssen.

»Guten Morgen!«

»He! Alles gut?« Er erwiderte strahlend ihr Lächeln, es kam tief aus dem Herzen heraus.

»Siebo schläft, er hat fast kein Fieber mehr. Wie geht's deinem Notfall?«

»Wird überleben.« Max stellte die Tasche ab. Sie umarmten sich, nicht flüchtig, sondern mit Gefühl und Nachspüren. Dann gähnte ihr Mann. »Heute verzichte ich aufs Frühschwimmen, lieber leg ich mich noch mal aufs Ohr.« Im Krieg hatte er gelernt, jede freie Minute für Schlaf zu nutzen.

»Gut«, erwiderte Grete. »Ich bin jetzt über den Punkt hinaus. Vielleicht fahr ich mit dem Rad in den Sonnenaufgang. Das hab ich schon ewig nicht mehr gemacht.«

Sie küssten sich, bevor er ins Bad ging und sie in die Küche.

Einen Moment überlegte Grete, ob sie die unerwartete freie Stunde nutzen sollte, um den Brief an Katharina zu Ende zu schreiben. Ihre Freundin, inzwischen wegen des gesellschaftlichen Drucks doch mit Hans-Heinrich verheiratet, aber kinderlos, unterrichtete in Südafrika die Kinder von einheimischen Arbeitern einer Diamantmine, und sie interessierte sich brennend für die neuen Landerziehungsheime in Deutschland. Drei Jahre zuvor war auf Juist die Schule am Meer, das erste reformpädagogische Lehrinstitut auf einer deutschen Insel, eröffnet worden, und seit dem Frühjahr bemühten sich Reformpädagogen auf Spiekeroog in der Hermann-Lietz-Schule, Kinder anders zu unterrichten als üblich, auch ohne den gewohnten Drill. Das Motto dafür lautete *Kopf, Herz und Hand.* Das kam Gretes Ideal von einer Erziehung mit Licht und Lied, Luft und Liebe recht nahe. Musische, handwerkliche, künstlerische und wissenschaftliche Fächer standen in den Landerziehungsheimen gleichberechtigt auf dem Lehrplan. Grete hoffte, dass eine solche Schule auch nach Norderney kommen würde.

Im Moment sah es nicht danach aus. Vor ein paar Jahren waren zwar eine Jugendherberge und ein Campingplatz eröffnet worden, aber mittlerweile setzte die Gemeinde bei Neuerungen wieder ganz auf die Interessen betuchter Ferien- und Kurgäste. Sie schaute durch die verglaste Küchenveranda hinaus. Der Himmel war klar. Das erste Morgenrot lockte sie nach draußen.

Ihr Fahrrad stand hinterm Haus. Klara würde die Kinder fertig machen, wie jeden Morgen nachdem sie den Tag mit einem Sprung in die Nordsee begonnen hatten. Grete wischte den Morgentau vom Sattel und radelte los. Als sie Scherls Pavillon erblickte, fiel ihr das Kaffeehaus Kiekbimutt ein, das sich schräg gegenüber im selben Gebäude wie Braams Buchhandlung befunden hatte. Ein Jahr lang war es ihre Hoffnung gewesen. Künstler und Kunsthandwerker aus Worpswede und der Norderneyer Künstler Hans Trimborn hatten dort mit viel Idealismus versucht, Kultur unters Volk zu bringen. In dem kleinen, originell gestalteten Raum waren Gemälde, Kleinmöbel, Taschen, Schalen, Schmuck und vieles andere aus den Worpsweder Kunsthütten ausgestellt und zu kaufen gewesen. Zugleich hatte man dort Kaffee Hag trinken und Menschen treffen können, denen es etwas bedeutete, um die innerliche Schönheit des Lebens zu ringen. Aber leider war der wirtschaftliche Erfolg nicht zufriedenstellend ausgefallen.

Grete bedauerte, dass sie damals nicht eines der Gemälde von Paula Modersohn-Becker gekauft hatten, das dort ausgestellt gewesen war, aber zu dem Zeitpunkt hätten sie es sich noch nicht leisten können. Sie radelte weiter mit Meerblick hinaus in die Natur. Kurz bevor die Sonne aufging, stieg sie vom Rad und blieb stehen. Sie atmete tief durch. Eine Luft wie frisch geschöpft weitete ihre Lungenflügel. Sie schaute sich um. An Strandhaferhalmen hingen winzige Tauperlen, in denen spiegelverkehrt kleine Ozeane glitzerten. An einem Pfad in die Dünen wucherten unter blühenden Brombeer-, Jasmin- und Holundersträuchern Taubnesseln, Pusteblumen, Hahnenfuß und die ersten lila blühenden Kerzenblumen, die von den Insulanern Kattsteerten, Katzenschwänze, genannt wurden.

Immer intensiver ergoss sich das rosa-gelbliche Morgenlicht über die Insel. Irgendwo schmetterte ein Hahn sein Kikeriki, ein anderer antwortete. Es war die Stunde der Möwen, aber auch andere Vögel hatten gerade ihre geschwätzigste Tageszeit. Ringsum ertönte ein einziges Gurren, Flöten, Pfeifen, Piepen, Schnattern und Krähen. Ist doch verrückt, das gibt es jeden Tag, dachte Grete. Ich hab's nur ewig nicht mehr wahrgenommen. In diesem Augenblick fühlte sie sich leicht und wach, lebendig und angstfrei wie die Kaninchen, die um ihre Füße herumhoppelten.

Auf einmal empfand sie Dankbarkeit. Es ist möglich, ein glückliches Leben zu führen, überlegte sie, sogar über Jahre hinweg – diese gute Nachricht müsste eigentlich viel weiter verbreitet werden. Man merkte es nur nicht immer. Manchmal vielleicht erst hinterher. Und – ein glückliches Leben bedeutete nicht, dass es leicht sein musste.

Mochte ihr Alltag auch manchmal anstrengend sein, sie hatte drei wunderbare Kinder, einen Mann, den sie liebte, eine beste Freundin, mit der sie zu jeder Tages- und Nachtzeit einen Tee trinken konnte, und jede Menge ehrenamtliche Verpflichtungen, die sinnvoll waren. Sie wollte mit keinem Menschen auf der Welt tauschen.

Derart seelisch aufgetankt machte sie sich auf den Rückweg.

Ein Motorengeräusch störte die friedliche Stimmung. Im Westen am Himmel über dem Meer fiel ihr ein Flugzeug auf. Manchmal dachte Grete noch an ihren früheren Verehrer, den Piloten Martin von Welser. Sie hatte ihre Entscheidung gegen ihn nie bereut, aber auch nie aufgehört, sich für die Fliegerei zu interessieren. In diesem Punkt strafte Max sie mit demonstrativem Desinteresse. Dadurch ließ sie sich jedoch nicht abhalten, wenn es etwas Interessantes auf dem Flughafen gab – wie im vergangenen Jahr, als der erste Transatlantikflug von Norderney aus gestartet war. Da hatte sie dann eben Lubi und Wally zum Flughafen mitgenommen. Weltweit hatte dieser

Flug Schlagzeilen gemacht. Eine hübsche Schauspielerin war neben zwei Piloten, einem Bordmonteur und einem Funker mit an Bord gewesen. Nach Zwischenlandungen in Amsterdam und auf den Azoren hatte die dreimotorige Junkers, ein komplett aus Metall gebautes Wasserflugzeug, in New York aufgesetzt.

Das Flugzeug, das in diesem Moment seltsame Bahnen vor Norderney flog, schien ins Trudeln zu geraten. Das da war keine der großen Focke-Wulf-Möwen, die im Bäderverkehr der Lufthansa eingesetzt waren. Grete stoppte, vor Schreck biss sie in ihre Faust. Den Lenker hielt sie mit nur einer Hand umklammert, und vor ihrem geistigen Auge tauchten wieder schreckliche Szenen von den Luftkämpfen während des Krieges auf. Natürlich handelte es sich nicht um eine Maschine der Kriegsmarine. Schließlich war es Deutschland nach dem verlorenen Krieg und der Demobilisierung der kaiserlichen Fliegertruppe von den Siegermächten verboten, eine Luftstreitmacht zu sein. Gebannt beobachtete Grete, was geschah. O Gott, das Flugzeug würde doch nicht abstürzen?

Nein, seine Nase zog nach oben. Aber kurz darauf verhielt es sich wieder unnormal, es wirkte wie eine torkelnde Ente. Grete gefror das Blut in den Adern. Was zum Teufel spielte sich da gerade am Himmel ab? Wenig später schien wieder alles unter Kontrolle zu sein. Langsam schob sie ihr Rad weiter. Doch noch einmal wiederholte sich das seltsame Spiel am Himmel.

Allmählich kam ihr der Verdacht, dass es sich um ein Manöver handelte. Martin besäße die Tollkühnheit, so verrückt zu fliegen. Nur warum sollte überhaupt irgendjemand im schönsten Frieden und zu einer Uhrzeit, da kein sensationslüsternes Publikum zu erwarten war, derlei riskante Übungen wagen?

Diese Frage ließ ihr in den nächsten Tagen keine Ruhe.

Nachdem auch Wally und Lubi die fiebrige Erkrankung mit Bauchschmerzen überstanden hatten, ging Max wie versprochen mit seinen Kindern an den Strand, um beim ersten Burgenwettbewerb des Sommers vorbeizuschauen. Grete freute sich auf den Nachmittagstee bei Fissers. Frieda hatte sie eingeladen. Lissy war nämlich zu Hause, und sie konnte es kaum erwarten, sie endlich wiederzusehen. Zum Postkartenschreiben kam das Kind in der aufregenden Großstadt ja kaum noch. Grete war gespannt auf Lissys Erlebnisse in Berlin.

Frieda

Frieda hatte sich seit Tagen auf Lissy gefreut. Es war ihr erster Besuch seit Weihnachten. Sie und ihre Tochter, hübscher denn je, umgeben von einem großstädtischen Flair, waren sich beim Wiedersehen am Freitag um den Hals gefallen. Natürlich hatte Lissy erst mal die Familie und alte Freunde begrüßen, die Insel erkunden und mit ihrer Oma Jakomina auf der *Minchen* einen kleinen Segeltörn unternehmen müssen. Nun, am Sonntag, als Paul und die Schwiegermutter einen Mittagsschlaf hielten und Bonno mit dem neuen Spielzeug beschäftigt war, das die große Schwester ihm mitgebracht hatte, fanden sie endlich Zeit, unter der Pergola im Garten ungestört miteinander zu reden.

»Ich finde, am Strand fehlt was ohne den Seesteg«, sagte Lissy.

»Tja, das Gerüst ist leider baufällig geworden, und ein neues wäre zu teuer.«

»Überhaupt kommt mir der Strand irgendwie verändert vor. Viel kleiner als früher. Liegt das an mir?«

Ihre Mutter lächelte nachsichtig. »Nein, die Sturmfluten haben im Winter wieder ein Stück weggerissen, auch am Weststrand übrigens. Der Damenstrand vor der Kaiserstraße ist nun ganz aufgehoben worden.«

»Ach, das Ende einer Ära! Tut's dir leid, Mama? Du kennst ihn doch noch aus der Zeit, als Oma da Badedienerin war.«

»Was mutt, dat mutt«, antwortete Frieda. »Dafür haben sie

jetzt am Nordstrand den Herrenbadestrand dem Familien-
badestrand zugeschlagen. Das ist neuerdings unser Haupt-
badestrand.«

»Ich war mit dem Fahrrad unterwegs«, berichtete Lissy.
»Herrlich, endlich mal wieder! Da hab ich gesehen, sie bauen
so einen hohen Turm …«

»… den Wasserturm«, fügte ihre Mutter ein.

»… und am Kurhaus und am großen Logierhaus sind auch
große Umbauten im Gange.«

»Ja, alles verändert sich. Es wird gewaltig modernisiert.«

Sie sah ihre Tochter stolz, aber auch nachdenklich an. »Dass
du nun bei dieser Filmfirma unter Vertrag stehst, ist an sich ja
eine feine Sache, vor allem bei der Bezahlung«, sagte sie. »Ich
hoffe, du gerätst nicht in die falschen Kreise.«

»Mama, das ist eine Riesenchance!«

»Ja, aber was machst du, wenn's nichts wird?«

»Na, dann suche ich mir wieder Arbeit in einem Schönheitssalon«, antwortete Lissy. »Ich möchte einfach mal ein
bisschen das Leben genießen.«

Frieda kämpfte mit sich. So war sie nicht erzogen worden.
Erst die Arbeit, dann das Vergnügen – das war die richtige
Reihenfolge.

»Du bist jetzt in einem Alter, in dem man sich was aufbauen muss. Ich möchte nicht, dass du in einer Scheinwelt
lebst und falsche Träume träumst und irgendwann enttäuscht
aufwachst.«

Lissy lächelte mit der Selbstgewissheit der Jugend, die noch
nie einen Tiefschlag erlebt hatte. »Mach dir mal keine Sorgen,
Mama. Ich kann schon auf mich aufpassen.«

»Hm …«

Lissy erzählte ihr von Berlin, von den vielen Lokalen, den

Theatern und Revuen. »Es ist unglaublich, was für spannende Menschen man trifft! Neulich hab ich mich lange mit einem russischen Baron unterhalten, der sich heute mit Tennisunterricht über Wasser hält, und mit einer Amerikanerin, die als Zimmermädchen angefangen hat und demnächst die Hauptrolle in einem Film spielt.«

»Spannende Menschen kannst du auch auf Norderney kennenlernen.«

»Stimmt, es ist trotzdem was anderes. In Berlin ist alles so viel vielfältiger und weiter ...«, Lissys Gesichtsausdruck bekam etwas Schwärmerisches, »... eben Weltklasse.«

Gegen so viel Begeisterung war schlecht anzukommen. Vermutlich spielte auch ein Mann eine Rolle. »Wie sieht's denn mit der Liebe aus?«, tastete Frieda sich vorsichtig vor, denn sie wusste, dass Lissy dieses Thema gern weiträumig umschiffte. »Sicher hast du viele Verehrer. Gibt's schon einen Bestimmten?«

Lissy zögerte, sie atmete tief durch. »Also ...«, sie atmete noch einmal langsam ein. »Ich wollte es dir schon länger sagen, ähm ...«

Frieda lächelte. »Wie heißt er denn?«

»Ivo Sartorius.«

»Aha. Und was macht er?«

»Er ... er ist Privatier. Also, er muss nicht arbeiten. Leute, die ihn gut kennen, sagen, ihm fliegt das Geld einfach zu. Seiner Familie gehört eine Bank, irgendwas macht er da auch, was mit Aktienberatung.«

Frieda spitzte den Mund. Ein Mann mit richtig viel Geld! Das begrüßte sie natürlich grundsätzlich. Andererseits – es war nicht vertraut, irgendwie roch es nach Komplikationen. Vielleicht setzt sich jetzt bei Lissy das väterliche Erbe durch, ging es ihr durch den Kopf. Sie ahnt zwar nicht, dass ihr Vater ein Graf war, aber es zieht sie doch von Natur aus in die besseren Kreise. Kann ich es ihr verdenken?

»Soso«, bemerkte sie hilflos. Dann kam ihr ein anderer Gedanke. Man hörte schließlich so allerlei. Es gab sogar einen populären Schlager zu dem Thema: *Warum soll eine Frau kein Verhältnis haben?* »Er ist hoffentlich unverheiratet«, sagte sie streng.

»Ja, Mama«, erwiderte Lissy übertrieben artig.

»Dann ist ja gut.« Frieda knispelte an einer der blauen Clematisblüten herum. »Und er hat ernste Absichten?«

»Mama, so weit sind wir noch nicht.«

»Hmm …«

Das konnte Frieda durchaus verstehen. Man musste nicht gleich wie sie zu Beginn des Erwachsenenlebens ein Kind bekommen und Verantwortung übernehmen. Lissy schien noch etwas auf dem Herzen zu haben.

»Allerdings …«, hob ihre Tochter vorsichtig an.

»Allerdings?« Beunruhigt schob Frieda die Blüte zur Seite. Gab es also doch ein dickes Ende?

»Wir leben zusammen.«

»Wie?« Frieda brauchte einen Moment, das Gesagte einzuordnen.

»Ich bin vor einigen Wochen zu ihm gezogen. Ihm gehört eine sehr schöne, moderne Wohnung im Berliner Westen. Da, wo jetzt die vornehme Welt zu Hause ist.«

Frieda fühlte sich, als führe ein heißer Blitz in ihre Eingeweide. Sie sagte nichts, bekam schlecht Luft. Tausend Gedanken explodierten, widersprachen sich, versetzten sie in Alarmstimmung.

»Mama?«, sagte Lissy vorsichtig und leise, nachdem sie beide ungewöhnlich lange geschwiegen hatten.

Frieda war wütend. Sie versuchte, sich zu beherrschen. Das Kind hatte sie getäuscht, wenn nicht sogar belogen. Aber das Schlimmste – es gefährdete sich.

»Du – ruinierst – dir – dein – Leben«, sagte sie. Tränen der Empörung standen ihr in den Augen. »Ohne Trauschein! Lissy!«

»Nein, Mama, das siehst du falsch«, widersprach Lissy.

Frieda kämpfte gegen ihre Tränen an. Nach allem, was sie für ihr Kind getan hatte! »Deine Ehre, Lissy … Du kannst sie doch nicht einfach so wegwerfen. Was werden die Leute sagen?«

»Welche Leute?«, antwortete Lissy patzig. »Die in Berlin? Denen ist das völlig wurscht! Oder die auf Norderney? Was die denken, ist mir egal.«

»Ist es nicht«, korrigierte Frieda sie aufgebracht. »Schon allein, weil es auch uns trifft, deine Familie. Paul und Oma und Bonno und mich. Wenn die Leute mit dem Finger auf uns zeigen, wird es dich nicht mehr kaltlassen.« Frieda ließ ihren Tränen freien Lauf. »Dieser Sartorius wird dich doch nicht mehr heiraten wollen, nachdem er dich umsonst gekriegt hat! Wo soll das denn hinführen?«

»Muss es denn irgendwohin führen? Reicht es nicht, dass der Weg schön ist?«

»O Gott, am Ende landest du noch in der Gosse.«

Auch Lissy standen inzwischen Tränen in den Augen. »Mama, die Zeiten haben sich geändert.« Ihre Stimme zitterte.

»Das glaube ich nicht.«

»Doch, in der Stadt und in bestimmten Kreisen lebt man heute viel freier«, behauptete Lissy. »Im Moment ist mein Leben wunderbar. Ich bin noch nicht bereit für Ehe und Familie. Und«, sie reckte sich, »ich würde sowieso nie einen Mann heiraten wollen, der mich nicht heiraten will.«

»Ja, und wenn dich am Ende überhaupt keiner mehr heiraten will?«

»Dann ist das eben so.« Lissy zuckte mit den Schultern. »Ich hab einen Beruf, ich kann mich selbst ernähren. Das ist der Unterschied zu früher, Mama. Wir müssen nicht mehr kuschen.«

Frieda atmete stockend, sie tupfte ihre Wangen trocken. »Mag ja richtig sein«, meinte sie skeptisch. »Aber wenn du schwanger wirst, dann ist wieder alles wie früher. Dann musst du abgesichert sein.«

Gerade wollte sie sagen: Ein Kind braucht einen Vater. Aber Lissy hatte ihren leiblichen Vater nie kennengelernt, weil sie, Frieda, ihn ihr verschwiegen hatte. Den vermeintlichen Vater Hilrich hatte sie nur wenige Jahre erleben dürfen und den angeheirateten Vater Paul nicht wirklich akzeptiert. Jetzt, wisperte ein feines Stimmchen in ihr, jetzt ist der richtige Zeitpunkt, erzähl es ihr endlich. Sie zögerte. Noch ist Lissy nicht volljährig, überlegte sie weiter. Als Erziehungsberechtigte könnte sie ihre Tochter zwingen, nach Norderney zurückzukehren. Aber welchen Sinn sollte das haben? Lissy würde sie hassen.

Frieda brachte es nicht über sich, von Joseph zu sprechen – und der vielleicht richtige Augenblick verstrich ungenutzt.

»Ich finde, dieser Ivo Sartorius sollte dich heiraten«, verlangte sie stattdessen. Dass er reich war, sprach schließlich auch dafür.

»Alle würden denken, dass ich ihn nur des Geldes wegen will«, erwiderte Lissy. »Seine Freunde, seine Familie … Wahrscheinlich bekäme er auch Schwierigkeiten mit ihr, weil ich nicht aus den besseren Kreisen …«

»Moment!« Frieda plusterte sich auf. »Wir sind ordentliche, angesehene Leute!«

»Ja, Mama«, Lissy lächelte nachsichtig. »Aber das ist ein ganz anderes Niveau, so was kennen wir hier auf Norderney gar nicht.«

»Phh! Ich hab mich mit zwei Reichskanzlern gut verstanden. Darüber kam nur der Kaiser, und der hat heute nichts mehr zu sagen.«

»Siehst du! Die Zeiten ändern sich«, sagte Lissy. »Ich will einfach noch nicht heiraten. Das ist altmodisch. Und ich will auch nicht, dass Ivo glaubt, ich wäre auf seinen Reichtum aus.«

»O Gott, wie kompliziert!«

»Kannst du es nicht einfach akzeptieren, bitte?« Lissy schmiegte sich an sie wie früher als kleines Mädchen, wenn sie etwas ausgefressen hatte. »Bitte nicht böse sein, Mama!«

Ihrem treuherzigen Augenaufschlag konnte Frieda nur schwer widerstehen. Aber sie musste es, zu Lissys Bestem. Für die Zukunft ihrer Tochter musste sie als Mutter stark und streng sein.

»Es ist nicht richtig«, beharrte sie deshalb. »Ich kann das nicht gutheißen. Zieh sofort wieder aus, Elisabeth!«

Lissy sah sie lange wortlos an. »Sonst?«, fragte sie lauernd.

Frieda wusste es nicht. Sie konnte nicht sagen: Sonst bist du für mich gestorben. Oder: Sonst bist du zu Hause nicht mehr willkommen. Deshalb sagte sie gar nichts, versuchte nur, durch einen entschlossenen Blick ihre Tochter umzustimmen.

Sie erreichte genau das Gegenteil. Lissy erhob sich mit einem Ruck.

»Es ist mein Leben.«

Sie ging ins Haus. Frieda wollte ihr nachrufen: Bleib doch. Lass uns über alles in Ruhe reden. Plötzlich erinnerte sie sich an das Gespräch, das sie als Achtzehnjährige – unverheiratet und schwanger – mit ihrer Mutter und ihrer Großmutter hatte führen müssen. Damals war ihre Großmutter die Bedächtigere und Liebevollere gewesen. Warte, Lissy, wollte sie rufen. Aber ihre Lippen bewegten sich nicht.

Grete

Als Grete zum Nachmittagstee bei Fissers erschien, war Lissy schon abgereist. Niemand erklärte ihr, weshalb. Die Stimmung an der Tafel war unerträglich. Frieda machte eine derart verschlossene Miene, dass sie beschloss, sie erst später darauf anzusprechen.

Unter einem Vorwand ging sie früher als geplant. Max war sicher noch mit den Kindern am Strand, um sich die besten Sandburgen zum Wettbewerb anzusehen. Erst wollte sie ebenfalls an den Strand, um sie zu suchen, aber je näher sie kam, desto größer wurde der Trubel, der sie nur noch mehr bedrückte. Deshalb kehrte sie um und schlug die entgegengesetzte Richtung ein. Nach einem längeren Spaziergang fand sie sich in der Nähe des Flughafenrestaurants wieder. Wie immer hielt sie insgeheim Ausschau nach Martin. Es war nur eine Gewohnheit, ein Spiel, von dem niemand wusste. Sie erschrak, als sie ihn nun wirklich und wahrhaftig vor einer der Flugzeughallen laufen sah. Er trug Pilotenkleidung.

Sie winkte, er stutzte, winkte zurück und kam auf sie zu. Staunend begrüßten sie sich.

»Wie lange ist das her?«, fragte er. Seine Schläfen waren ergraut.

»Knapp fünf Jahre«, antwortete sie. »November 23. Friedas Sohn Bonno wurde gleich nach unserem Berlinflug geboren. Kurz vor der Währungsreform.«

Auf der Terrasse des Flughafenlokals tranken sie einen Kaffee und erzählten sich, wie es ihnen seitdem ergangen war. Martin hatte inzwischen vier Kinder und lebte mit seiner Familie in Kiel-Holtenau.

»Ich bin jetzt bei der SEVERA angestellt«, berichtete er.

Grete kannte den Namen, der die Abkürzung für Seeflug-Versuchsabteilung war. Diese Firma nutzte auch den Norderneyer Flughafen.

»Kann es sein, dass du in der vergangenen Woche frühmorgens mal betrunken geflogen bist?«, fragte sie Martin.

Er lachte herzhaft. Dann zeigte er auf eine Baustelle. »Hast du schon gesehen? Da vorne wird ein Riesenkran ans Ufer gesetzt. Damit können künftig die Wasserflugzeuge aus der See gehoben werden.«

Bislang musste jedes Mal ein Dutzend Männer, nur durch Gummihosen geschützt, ins Wasser gehen, egal wie das Wetter war, um ein gelandetes Flugzeug auf Wagen zu setzen und an Land zu ziehen.

»Das Monstrum ist ja nicht zu übersehen«, antwortete Grete.

Sie wunderte sich, dass er nicht auf ihre Frage einging.

»Hast du Lust, den Kran von Nahem anzuschauen?«

»Klar, warum nicht?«

Auf dem Weg dorthin erklärte Martin ihr einige technische Details. Die Vorrichtung stand auf Beton errichtet im Fahrwasser und war durch eine Holzbrücke mit dem Ufer verbunden. »Das Ding hat eine Tragfähigkeit von fünfzehn Tonnen.« Grete nickte beeindruckt. »Ich wollte vorhin im Lokal vermeiden, dass uns jemand belauscht, deshalb hab ich nicht auf deine Frage geantwortet«, sagte Martin nun. »Die SEVERA ist von der Reichswehr und der Deutschen Lufthansa gegründet worden. Wir entwickeln die Marinefliegerei weiter.«

»Wie das?«, fragte Grete verwundert. Die strengen Bestimmungen der Siegermächte ließen für deutsche Streitkräfte nicht allzu viel Spielraum. »Ich dachte, da werden Piloten für die zivile Luftfahrt ausgebildet.«

»Na ja«, antwortete Martin bedeutungsvoll. »Die einen sagen so, die andern so. Und es muss auch nicht nach außen dringen, wenn wir nebenbei mal ein neues Wasserflugzeug für die Marine erproben.« Er schmunzelte. »Übrigens genial, dass du meinen Flugstil gleich erkannt hast. Nein, im Ernst, ich war völlig nüchtern, ich hab die Steuerung eines Versuchsflugzeugs getestet.« Im weiteren Verlauf des Gesprächs entnahm Grete Martins Andeutungen, dass unter dem Deckmantel ziviler Tarnung versucht wurde, die deutsche Marinefliegerei so weiterzuentwickeln, dass sie trotz des Aufrüstungsverbots nicht international den Anschluss verlor und mit anderen europäischen Ländern mithalten konnte. Grete pfiff leise. Das war von hoher politischer Brisanz. Martin sah sie von der Seite an, er setzte seinen Verführerblick auf. »Ach, Grete, was hätte aus uns werden können!«

»Du hast also vier Kinder«, gab sie mit einem charmanten Lächeln zurück.

Er erwiderte ihr Lächeln. »Ja, ich bin sehr stolz auf sie. Und trotzdem …« Sein Blick umschmeichelte sie. »Solltest du je in Erwägung ziehen, von deiner Flugroute abzuweichen …«

»Hast du ein Foto deiner Familie dabei?« Er blieb stehen, seufzte, dann zückte er seine Brieftasche und zeigte ihr eine Familienaufnahme. »Bezaubernd. Ich gratuliere! Wie lange bleibst du?«

»Nächste Woche geht's zurück nach Holtenau.«

Sie reichte ihm die Hand. »Es ist schön, dass wir uns wie-

dergesehen haben. Pass gut auf dich auf. Holm- und Rippen-
bruch!«

Er küsste sie auf beide Wangen. »Adieu, meine Schöne!«

Grete träumte in der folgenden Nacht von Martin. Sie hoben
beide in einem Flugzeug ab und schwebten über den Wolken.
Wohin die Reise ging, erfuhr sie nicht mehr, weil der Wecker
klingelte. Max rollte sich über die Besucherritze auf ihre Bett-
seite und schmiegte sich von hinten an sie.

»Wir müssen aufstehen«, murmelte sie.

»Nein, ich hab den Wecker vorgestellt«, flüsterte er ihr ins
Ohr. »Ich wollte endlich mal wieder ein paar ungestörte Minuten mit meiner Frau.«

Sie drehte sich um und schlang ihre Arme um ihn. »Eine
wunderbare Idee! Aber ich bin noch sooo müde.«

»Lass mich nur machen …«

Bestens gelaunt schlug sie am Nachmittag erneut den Weg zu
Fissers ein. Es war Montag, Frieda befand sich hinterm Haus,
sie jätete Unkraut im Garten. Grete setzte sich auf einen Gar-
tenstuhl.

»Du siehst immer noch bedrückt aus. Was ist denn los?«

Ihre Freundin unterbrach die Wühlarbeit. Endlich berichtete sie, was Lissy vorzeitig aus dem Haus getrieben hatte. Sie
begann beinahe zu weinen.

»Es ist so schrecklich!«

»Was? Dass sie gegen Konventionen verstößt oder dass sie
dir nicht mehr gehorcht?«

Frieda warf ihr einen erbosten Blick zu. »Hätte ich mir denken können, dass du wieder mal auf ihrer Seite bist.«

»Unsinn, ich bin auf beiden Seiten. Es ist nur so, dass ich

sie gut verstehen kann. Meine Eltern haben es mir auch nicht leicht gemacht. Lissy ist glücklich. Oder war es zumindest bis gestern.«

»Mensch, Grete!« Friedas Stimme überschlug sich fast. »Wir wissen doch, was passiert, wenn …« Sie unterbrach sich, wohl aus Furcht, zu laut etwas zu sagen, was andere nicht mitbekommen durften. Grete war auch so klar, dass Frieda an ihre eigene Not und Verzweiflung vor zwanzig Jahren dachte. »Ich kann sie nicht sehenden Auges in ihr Unglück laufen lassen!«

»Du kannst sie nicht mehr aufhalten.« Gretes Erfahrung war eine andere. »Wenn ich damals auf meine Eltern gehört hätte, hätte ich das Glück meines Lebens verpasst.«

»Was soll ich denn bloß tun?« Frieda nahm ein Taschentuch aus dem Ärmel und putzte sich die Nase. »Noch nie hat etwas so zwischen uns gestanden. Es fühlt sich ganz scheußlich an, im Unfrieden mit Lissy zu sein. Ich will sie doch nicht verlieren.«

»Ich weiß, du meinst es nur gut.« Grete lächelte sie aufmunternd an. »Wie dramatisch das Ganze ist, liegt allein an deiner Sichtweise. Das Kind ist doch längst in den Brunnen gefallen.«

»Wie meinst du das?«

»Na ja, sie wird keine Jungfrau mehr sein.« Grete verzog den Mund. »Warst du in ihrem Alter auch nicht mehr. Meine Güte!«

»Du findest nicht, es wäre meine Pflicht als Mutter, in dieser Sache hart zu bleiben?«

»Ist doch eh zu spät, oder? Hast du mit Paul darüber gesprochen?«

»Ja. Und er wollte wissen, ob ich ein Donnerwetter von ihm erwarte. Aber er meinte auch gleich, Lissy würde ihn sicher nicht ernst nehmen.«

»Wo er recht hat, hat er recht.«

»Ja, und was soll ich deiner Meinung nach unternehmen?« Frieda stützte sich auf den Stiel ihrer Unkrauthacke. »Ich kann ihr ja wohl schlecht schreiben: *Liebes Kind, hab meine Meinung geändert. Geh doch ins Bett, mit wem du willst.*«

Grete überlegte. Ein kleines Zeichen zur rechten Zeit konnte verhindern, dass es zum Bruch kam. »Ich wüsste was«, sagte sie. Frieda sah sie fragend an. »Gib ihr auf andere Art zu verstehen, dass du sie trotz allem liebhast und dass sie sich immer auf dich verlassen kann.«

Lissy

Während der Bahnfahrt nach Berlin musste Lissy immer wieder mit den Tränen kämpfen. Ihr Herz fühlte sich an wie eingeschnürt. Da war sie ein Mal im Leben glücklich, hatte endlich nicht das Gefühl, dass ihr irgendetwas fehlte, doch ausgerechnet ihre Mutter gönnte es ihr nicht und setzte sie mit spießbürgerlichen Anforderungen unter Druck.

Lissy litt. Sie war wütend auf ihre Mutter. Und wütend darüber, dass ihr Zerwürfnis sie so niederdrückte. Es gelang ihr einfach nicht, die negativen Gefühle abzuschütteln. Aber vielleicht war es immer noch besser, einfach wütend zu sein, als sich einzugestehen, dass ihre Mutter recht haben könnte. Oder dass sie selbst tief im Innersten große Angst hatte, Ivo könnte, wenn sie ihn erst so richtig liebte, plötzlich wieder aus ihrem Leben verschwinden wie bislang alle Männer, die ihr wichtig gewesen waren. Ja, sie wollte überhaupt nicht, dass ihre Verbindung etwas Ernsthaftes, Tiefes bekam. Bloß nicht! Sie war schließlich eine moderne, unsentimentale junge Frau.

Der Streit mit ihrer Mutter bedrückte sie dennoch weiter. Bis zu jenem Tag, etwa zwei Wochen nach ihrer Rückkehr, als ein Paket aus Norderney eintraf. Neugierig packte sie es aus. Zum Vorschein kam eine mit asiatischen Motiven bedruckte Doka-Teedose, und darin befanden sich selbst gebackene Kekse. Nicht irgendwelche, sondern die herzförmigen Mandelkekse, die sie so liebte. Verzückt nahm sie einen heraus und biss ab. Er schmeckte knusprig und nach Mandeln, süß, aber nicht zu süß und einen Hauch karamellig.

Alles Liebe, Deine Mutter – mehr stand nicht auf der beigefügten Norderney-Postkarte. Doch es reichte, um sie wieder froh zu machen.

Unter ihrem Schlafzimmerfenster spielte ein Leierkastenmann mit nervtötender Ausdauer. Lissy hüpfte aus dem Bett, zog ihren Morgenmantel über und warf ihm ein Geldstück runter.

»Oje, jetzt gibt's 'ne Zugabe!« Ivo grinste. »Sind eigentlich noch welche von den leckeren Keksen da?«

»Leider nicht, alle verputzt.« Lissy ließ langsam den Morgenmantel zu Boden gleiten.

»Na gut, dann muss ich eben mit anderen Süßigkeiten vorliebnehmen.« Sie schlüpfte zurück unter die Decke und kuschelte sich an Ivo. Er strich ihr den Pony hoch aus dem Gesicht. Erstaunt hielt er ihn weiter zurück. »Das steht dir ausgezeichnet«, sagte er. »Bei dieser edlen Stirn solltest du dein Haar so tragen. Und du solltest es blond färben lassen.«

»Nee!« Schnell wuschelte sie den Pony wie gewohnt zurecht. »Das sieht irgendwie nackt aus, find ich.« Und warum färben? Sie mochte ihren natürlichen Braunton.

Er lächelte, mit den Fingerspitzen zeichnete er ihre Körperkonturen nach. Eine wohlige Welle nach der nächsten überlief sie. »Meine süße kleine Robbe, ich glaube, du bist deiner äußeren Schönheit innerlich noch nicht ganz gewachsen.«

»Was soll denn das heißen?« Sie rollte sich zur Seite und stützte ihren Kopf auf.

»Ich meine, dass dir eine Stärkung zur Ausbildung der Gesamtpersönlichkeit guttun würde. Wenn nichts dahintersteckt, wirkt Schönheit schnell hohl. Ich hätte auch schon ein paar Ideen.«

»Schwurbel, schwurbel«, murmelte sie. Sie schwankte, ob sie beleidigt sein sollte oder nicht. Aber eigentlich suchte sie ja jemanden, der ihr half, sich in der großen weiten Welt zurechtzufinden und sich zu verbessern. Neuerdings nahm sie schon privaten Schauspielunterricht bei einer älteren Künstlerin, deren Schule einen hervorragenden Ruf genoss. Sie lernte auch weiterhin Reiten, was ihr, wenn sie ehrlich war, wesentlich mehr Spaß bereitete als die Schauspielerei. Ivo hatte ihren Vertrag mit der INA begrüßt, weil sie nun mehr Zeit für ihn hatte. Wenn er sie zusätzlich noch fördern wollte, sollte es ihr doch eigentlich recht sein. »Also gut«, stimmte sie zu. »Schieß los. Was stellst du dir vor?«

Zunächst verordnete Ivo ihr eine Art Damentraining. Wobei er betonte, dass er keineswegs erwarte, sie stets in dieser Rolle zu sehen. »Du solltest sie aber überzeugend spielen können.«

Er schickte sie in ein Institut für Tanz, an dem nach den Lehren des Rudolf von Laban Gymnastik und Körperkultur unterrichtet wurden. Dort begriff Lissy, dass sie keineswegs immer so anmutig durchs Leben schritt, wie Tant' Grete es sie glauben gemacht hatte. Nun wurde sie umerzogen auf fließende, weiche Bewegungen. Spezielle Lockerungsübungen versetzten sie in die Lage, wirklich graziös und geschmeidig zu gehen und aufzutreten.

Ivo bat sie, Klassiker der Weltliteratur zu lesen, außerdem empfahl er ihr die Lektüre der Magazine *Der Querschnitt* und *Uhu*, zweier amüsanter Zeitschriften für kultivierte Großstädter. Sie übte gesellschaftsfähiges leichtes Geplauder. Das bedeutete, nicht über Politik und Krankheiten zu reden, nie zu jammern, dafür Interesse am Gesprächspartner zu zeigen und ihm Fragen zu stellen, die ihm angenehm sein konnten. Diese Grundregeln für die sogenannte *conversation agréable* hatte sie meist schon intuitiv angewandt. Nun lernte sie auch noch, dass man sich beim charmanten Parlieren nicht zu spontanen Fragen oder zu schnellen Urteilen verleiten lassen durfte. Mäßigung lautete das Zauberwort. Daran musste sie noch arbeiten.

Ivo brachte ihr bei, sich damenhaft dezent zu kleiden, wozu durchaus ein modisches Augenzwinkern, eine kleine Extravaganz, gehören durfte. Er ließ für sie bei Reiss Seidenschuhe anfertigen. Daneben lernte sie, die Fingernägel nicht dunkelrot, sondern naturfarben zu lackieren, beherrscht zu sitzen, raffinierte Speisen richtig zu essen, vor allem aber damenhaft zu lächeln – geheimnisvoll und mit sanfter Überlegenheit. Das Erproben dieses Lächelns bereitete ihr ein diebisches Vergnügen.

Lissy nutzte jede Gelegenheit, ihren Blick für Menschen und für Qualität zu schulen. Zu ihrer Freude gingen sie nicht nur dorthin aus, wo sie die Damenrolle zu spielen hatte. Sie besuchten auch Boxveranstaltungen, bei denen sie wie Tausende andere Besucher mitfieberten und tobten. Sie nahmen an Windbeutelwettessen teil und besuchten Partys, bei denen es um Mitternacht Bonbons regnete.

Einmal zog Lissy einen Frack an, klebte sich ein Menjou-Bärtchen über die Oberlippe und mischte sich mit Ivo unter die Besucher eines Transvestitenballs. Sie beide liebten Claire Waldoffs Auftritte in der Pyramide und suchten gern ein anderes Lesbenlokal auf, den Toppkeller am Schiffbauerdamm. Dort fanden sich auch Gäste ein, die nicht homosexuell waren, jedoch die Stimmung des »Alles ist möglich, lass es raus« maßlos prickelnd fanden.

Die Grenzen verwischten. Zwischen Bürgertum und Halbwelt, Fantasie und Wirklichkeit, Männer- und Frauenrollen. Es war faszinierend auszuprobieren, wie weit man gehen konnte oder zumindest anderen, Mutigeren, Enthemmteren, manchmal auch kaputten Menschen dabei zuzuschauen, wie sie es taten. Wenn Lissy nach Hause schrieb, wurde ihr bewusst, wie weit sie sich schon von Norderneyer Verhältnissen entfernt hatte und wie viel sie bei ihren Schilderungen weglassen musste, weil die Familie dafür kein Verständnis aufbringen würde. Dann dachte sie an ihren Vater und fragte sich, ob er damals in seiner Berliner Zeit vor dem Krieg nicht vielleicht schon ähnliche Überlegungen angestellt hatte. Mittlerweile war sie im Reinen mit ihm. Sie vermisste ihn, sie liebte ihn wieder ohne Groll, empfand sogar eine gewisse Bewunderung für den Mut, den er sicherlich hatte aufbringen müssen.

Lissy nahm Fahrunterricht. Nach bestandener Prüfung stellte Ivo ihr einen seiner Roadster zur Verfügung. Damit brauste sie nun durch die Stadt. Als es im August einmal sehr heiß war, fuhren sie spontan an die Ostsee nach Rügen. Lissy durfte ans Lenkrad.

Sie mochte die Ostsee. Es erstaunte sie, dass hier Bäume bis ans Wasser wachsen konnten. Die filigrane Bäderarchitektur und die Ferienholzhäuser im alpenländischen Stil entzückten sie. Aber die schmalen Strände und die schwache Brandung erschienen ihr läppisch. Plötzlich überfiel sie eine heftige Sehnsucht nach ihrer Insel und den Menschen dort.

Ivo lenkte sie schnell wieder ab. Sie wohnten in Binz in einem Hotel an der Promenade. Ivo staunte nicht schlecht über Lissys Segelkünste. In diesem Punkt war sie ihm überlegen.

Eines Nachts, als sie nicht schlafen konnten, weil der Vollmond direkt auf ihr Bett schien, standen sie auf. Sie warfen sich nur ihre Bademäntel über, querten die schmale Promenade, schlichen auf einem Sandpfad durch Wildrosensträucher an den Strand. Die Ostseewellen rauschten leise. Sie schwammen nackt, ließen sich treiben und neckten einander. Lissy schlang ihre Arme und Beine um Ivo. Sie fühlte seine glatte Haut an ihrer, schmeckte Salz auf ihren Lippen, irgendwo in weiter Ferne spielte zu dieser vorgerückten Stunde noch Musik. Der Vollmond beleuchtete die weißen Villen im Zuckerbäckerstil, ihre Silhouette hob sich gegen den dunkelblauen Himmel ab. Es war so perfekt schön, dass es wehtat.

Ivos Familie besaß eine Villa im Grunewald. So viel wusste Lissy inzwischen. Doch er stellte sie nie vor. Sie hielten sich an die unausgesprochene Übereinkunft, ihre gemeinsame Welt und die Welten ihrer Familien zu trennen. Hier wurden die Grenzen nicht überschritten.

Sie sprachen auch nicht über Liebe oder andere tiefe Gefühle. Nur einmal, als er nach einem feuchtfröhlichen Abend eingeschlafen und aus einem Albtraum aufgeschreckt war, vertraute Ivo ihr an, dass ihn Szenen verfolgten, die er im Krieg erlebt hatte. Lissy hatte schon so etwas vermutet, denn er schlief manchmal sehr unruhig, kämpfte und rief im Traum: »Weg! Weg mit euch!«

»Kurz vor Kriegsende hab ich einen Flugzeugabsturz erlebt. Ohne größere Verletzungen, weil ich mit einem Fallschirm in einer Baumkrone gelandet bin«, begann er mit dumpfer Stimme. »Ich muss eine Zeit lang bewusstlos gewesen sein. Als ich wach wurde, sah ich, dass mein Kamerad schwerverletzt auf einem Acker lag und dass unter den nahen Bäumen schon hungrige Hunde darauf lauerten, ihm das Blut aus den Wunden zu lecken.« Ivo atmete schwer, er schwitzte am ganzen Leib. »Ich wollte ihm helfen, aber meine Fallschirmschnüre hatten sich in den Ästen verheddert. Ich konnte nur brüllen!«

»Und?«, flüsterte Lissy.

»Die Hunde wurden immer mutiger … Schließlich liefen ein Bauer und Leute aus dem Dorf herbei, sie haben mich freigeschnitten. Für den Kameraden kam jede Hilfe zu spät.«

Lissy wusste nicht, wie sie reagieren sollte. Zu sagen »Es ist vorbei« wäre nicht richtig gewesen, denn es war ja nicht vorbei.

Ivo ging duschen. Als er zurückkam, lächelte er traurig. »Ich hatte Glück. Zwei meiner Brüder sind gefallen.«

Wenn die Temperaturen es zuließen, saßen sie in diesem Sommer oft mit Freunden zum Leutegucken draußen auf der Abendsonnenseite des Ku'damms. Sie aßen und tranken, schauten und überlegten sich Geschichten zu den Passanten. Wie schick das Publikum hier war! Der neue Westen hatte die alte Mitte ums Brandenburger Tor als Herz und Zentrum Berlins abgelöst. Man sah schöne, gepflegte Frauen, die untergehakt mit erwartungsvollen Mienen vorübergingen – Mütter und Töchter oder Freundinnen, solche und auch solche. Dazwischen die letzten Flaneure mit Gamaschen und Gehstock. Man hörte Französisch, Englisch, Amerikanisch, Russisch. Das Vergnügungsangebot und das erotische Klima der Stadt zogen Menschen aus aller Welt an.

An einem Septembertag saßen sie wieder einmal mit Freunden vor ihrem Stammlokal draußen. Mona gesellte sich zu ihnen.

»Wo ist Walter?«, fragte sie. Die Geschiedenen konnten nicht miteinander und nicht ohneeinander.

»Der ist schon nach Hause gegangen«, antwortete Ivo.

»Ach, er hat ein Zuhause?«, bemerkte Mona spitz, grüßte lässig in die Runde, stapelte ihre Einkaufskartons vom Modehaus Gerson, dem ersten Berliner Kaufhaus, und aus dem KaDeWe auf einem Stuhl neben sich. Sie bestellte zwei Gin-Fizz. »Sicher hat er wieder Therapiestunde.«

»Der moderne Mensch geht nun mal zum Psychoanalytiker«, verteidigte Ivo seinen Freund.

»Deshalb musst du doch nicht gleich zur Alkoholikerin werden, Monalein«, frotzelte Leo, einer der Männer aus der Wohngemeinschaft in Ivos Haus, von Beruf Propagandaleiter eines Verlags.

»Der zweite Drink ist für Hans«, stellte Mona klar. »Er kommt auch gleich.«

Ihr derzeitiger Lebensabschnittsbegleiter, ein erfolgreicher Anwalt, war da schon eher gefährdet. Er konnte rhetorisch brillant sein, brauchte dafür jedoch einen gewissen Alkoholpegel.

»Lissy!«, rief Mona plötzlich aus. »Du bist ja erblondet! Steht dir ausgezeichnet. Sag ich doch immer: Blond bedeutet Glamour.« Sie zwinkerte. »Kann schließlich nicht jede mit roten Haaren geboren werden.« Elegant steckte sie eine Orientzigarette in ihre Zigarettenspitze, und die Männer zückten um die Wette Feuerzeuge oder Streichhölzer. »Rot lässt sich nicht vortäuschen, das erkennt man immer am falschen Hautton.«

Daisy verdrehte die Augen und biss sich auf die Zunge. Auch Lissy hatte längst erkannt, dass Mona zumindest etwas nachhalf mit Henna. Aber sie sagte ebenfalls nichts, sondern lächelte nur, als Mona ihren Stuhl aus der Sonne unter die

Markise rückte, um zu betonen, dass ihre helle Haut Schutz benötigte.

»Die Sonne schien ihr aufs Gehirn, da nahm sie einen Sonnenschirm«, reimte Leo, frei nach einer der *Struwwelpeter*-Geschichten.

»Wie geht's dir, Mona?«, fragte Lissy.

»Ach, frag mich nicht, frag mich nicht!«

»Und dein Seelenleben?«, hakte Daisy nach.

»Ist abgesagt.«

»Oh«, Leo heuchelte naives Interesse, »das kann man, einfach so?«

»Natürlich. Alles Willenssache, moderne Psychologie. Aber du bist ja nicht gerade vom Atem der Zeit durchströmt.«

»Zum Glück«, antwortete Leo ungerührt, »wer sich um flüchtige Moden nicht schert, lebt weiser und länger.«

»Klingt nach Kalenderspruch. Das hast du sicher irgendwo gelesen.«

»Tu nicht immer so, als würde ich nicht von allein auf kluge Gedanken kommen!« Gespielt trotzig drehte Leo ihr den Rücken zu.

Mona wandte sich wieder an Lissy. »Haben sie dir denn nun endlich eine Filmrolle angeboten?«

»Nö«, antwortete Lissy. »Find ich aber auch nicht so schlimm.«

»Wirklich? Mich würde das frustrieren.«

»Ach, es lebt sich ganz fabelhaft als Sternchen von morgen.« Sie und Ivo wechselten einen verschwörerischen Blick. »Aber neulich haben sie einige Starfotos von mir aufgenommen. Die sollen demnächst in einem Sammelalbum mit Bildern hoffnungsvoller Nachwuchsschauspielerinnen abgedruckt werden.«

Das Fotografieren hatte ihr zu ihrer eigenen Überraschung Spaß gemacht. Sie hatte ihren neuen geheimnisvollen Damenblick ausprobiert und sogar mit der Kamera geflirtet. Vielleicht war auch der süße Fotograf schuld daran gewesen. Jedenfalls begann sie allmählich, ernsthafter über eine Filmkarriere nachzudenken und sich ein bisschen Hoffnung zu machen.

»Ach, herrje. Was muss man denn kaufen, um an die Sammelbildchen zu kommen? Margarine?« Mona lachte geziert.

»Zigaretten. HERA-Zigaretten, um genau zu sein.«

Blöde Kuh, dachte Lissy, ließ sich aber nichts anmerken. Sie hatte Ivo mal gefragt, weshalb er eigentlich mit Mona befreundet war, und er hatte geantwortet, sie bringe Pfeffer in die Unterhaltungen. Außerdem würde Walter, sein bester Freund, sie immer noch lieben, obwohl er zwanghaft mit anderen Frauen ausgehen müsse. Wieso zwanghaft?, hatte sie gefragt. Aus Gründen, die man offiziell nicht bespricht, hatte Ivo geantwortet, deshalb gehe er ja zum Analytiker. Seitdem grübelte Lissy, ob Walter impotent oder unersättlich war.

Der Gin kam, kurz darauf traf Hans ein. Er befand sich in bester Stimmung, weil er einen wichtigen Prozess gewonnen hatte. Alle gratulierten ihm.

»Kinder, ich schmeiß 'ne Runde!«, verkündete er.

Daisy und Lissy setzten ihr Gespräch übers Reiten fort, die Männer unterhielten sich über Autos. Ivo hatte sich eine neue Horch-8-Limousine mit grüner Speziallackierung bestellt. Dann diskutierten die Männer verschiedene Formen der Geldanlage. Leo wollte von Ivo wissen, ob der Höhenflug an den Börsen nach seiner Meinung anhalten werde.

»Aber sicher«, antwortete er, »Aktien sind die einzig sichere Kapitalanlage. Dir gehören ja dann Anteile an real existierenden Unternehmen.«

»Ich hab Ivos Ratschläge schon gleich nach der Währungsreform befolgt«, streute Hans zufrieden ein. »Der Wert der Aktien hat sich in den fünf Jahren mehr als verdreifacht.«

»Wer da nicht mitmacht, ist schlicht dumm«, behauptete Ivo.

»Und das Gerede von einer Spekulationsblase?«

»Alles Schwarzmalerei. Guck dir doch die Entwicklung des Dow Jones an. Da gibt's nur eine Richtung: nach oben.«

»Ich war neulich bei meiner Bank«, verriet Hans mit gedämpfter Stimme, »hab einen neuen Kredit aufgenommen. Den zahle ich locker zurück mit dem Gewinn aus den Aktien, die ich gleich davon gekauft hab. Das mache ich schon eine ganze Weile so.« Er bot allen Zigaretten an. »Und was soll ich sagen? Nie stand ich finanziell besser da.«

Ivo nickte zustimmend. Selbst in Leos Augen glomm nun Gier auf, und er machte sich Notizen, als die Namen erfolgversprechender Aktiengesellschaften fielen.

Auch Lissy überlegte einen Moment lang, ob sie nicht ein paar Ersparnisse investieren sollte. Ivo würde ihr sicher helfen und erklären, wie man das machte. Aber dann fiel ihr ein, dass sie Bonno diesmal zum Geburtstag eine richtige Dampflok von Märklin schenken wollte, und überhaupt warteten auf sie noch so viele Verlockungen der Großstadt. Nächstes Jahr vielleicht, dachte sie.

Als sie wenige Tage später wieder einmal mit ein paar früheren Kolleginnen ausging, während Ivo ein Geschäftsessen hatte, sprach sogar Mia über Aktien.

»Dein Freund kennt sich doch auf dem Gebiet bestens aus. Hast du nicht einen heißen Tipp?«

Zwei Firmennamen hatte Lissy sich gemerkt. Die verriet sie Mia.

»Hach, ich bin ja so froh, Lissy, dass du es einrichten konntest.« Ylvi seufzte glücklich. »Ohne dich bin ich aufgeschmissen. Niemand schminkt so gut wie du. Und kein Friseur kriegt meinen blöden Haarwirbel so gut unter Kontrolle.«

Lissy fühlte sich geschmeichelt. »Für dich mache ich doch gern eine Ausnahme.«

Ylvis Stern war im Steigen begriffen. Sie hatte bei ihr, Lissy, angerufen, weil sie für die Premierenfeier ihres neuesten Films unbedingt von ihr zurechtgemacht werden wollte.

Die Geräusche der Stadt klangen gedämpfter als sonst. Es schneite schon den ganzen Tag, weshalb Lissy mit öffentlichen Verkehrsmitteln statt mit dem Auto gekommen war. Immerhin passten die Schneeflocken wunderbar zu der Rolle, die Ylvi in ihrem neuen Film verkörperte – eine Bergsteigerin.

Auch privat hatte sich die Schauspielerin verbessert. Sie wurde nicht mehr von ihrem Entdecker, dem verheirateten Hugo, ausgehalten, sondern konnte sich dank gestiegener Gage eine schönere Wohnung leisten – und sie war jetzt mit einem gut aussehenden, ledigen jungen Mann liiert. Er schaute kurz ins Boudoir seiner Angebeteten.

»Kann ich was für euch tun? Möchtet ihr etwas trinken?«

»Ach, ja, Kurtchen, bring uns doch ein Glas Champagner!«

»Es ist Nachmittag«, gab Lissy zu bedenken, »noch ein bisschen früh, oder?«

»Ach was, ich muss mich in Stimmung bringen für den roten Teppich«, wischte Ylvi alle Einwände beiseite. »Und Champagner darf man schon zum Frühstück trinken.« Als ihr Kavalier die Getränke brachte, auch eines für sich, stellte Ylvi sie vor.

Kurt Binder arbeitete fürs Finanzamt. »Ist das nicht putzig?« Ylvi zog eine Grimasse. »Ausgerechnet Finanzamt.«

Doch dann schaute sie ihn schmachtend an. »Wo die Liebe hinfällt ...«

»Gegensätze ziehen sich an, das sagt man doch.« Der junge Mann war sichtlich fasziniert von Lissys Verschönerungsarbeit.

»Wie haben Sie sich kennengelernt?«, fragte Lissy ihn.

»Ich hatte die Steuererklärung von Ylvis Entdecker zu prüfen. Sie enthielt einige Widersprüche. Deshalb bin ich ins Studio gefahren, um sie direkt aufzuklären.« Er lächelte. »Da sah ich sie, und es war um mich geschehen.« Gerührt reichte Ylvi ihm die Hand, er küsste und drückte sie.

»Filmproduktionsfirmen sind quasi mein Steckenpferd«, fuhr er fort. »Es gibt besondere Finanzierungsmodelle. Die Kollegen im Amt konsultieren mich immer, weil ich mich da ganz gut reingefuchst hab. Gerade, was Förderer, Beteiligungen und Abschreibungen angeht.«

»Interessant«, erwiderte Lissy. Nicht ohne Stolz fügte sie hinzu: »Ich stehe seit gut einem halben Jahr als Nachwuchstalent bei der INA unter Vertrag.«

»Die INA kenne ich auch gut. Gehört Ivo Sartorius, ist sein persönliches Hobby sozusagen.«

»Hobby?« Konsterniert ließ Lissy den Stift sinken, mit dem sie gerade einen schmalen Bogen über Ylvis ausgezupfte, überschminkte Augenbrauen stricheln wollte.

»Na ja, er ist der Hauptanteilseigner.«

»Nein, nein«, korrigierte sie ihn. »Die Gesellschaft gehört Isidor Nachtmann. Das weiß ich sicher.«

»Ich weiß es noch sicherer. Nachtmann gehören gerade noch zwanzig Prozent, den Rest besitzt Sartorius. Er hängt es nur nicht an die große Glocke.«

»Nein!«

»Doch.«

»Das darf nicht wahr sein!« In Lissys Bauch baute sich eine gewaltige Wutwelle auf, ein Tsunami der Entrüstung. In ihrem Kopf rasten die Gedanken durcheinander. Sie atmete schneller. »Wenn das stimmt …«

»O Gott, Lissy, was ist denn? Beruhige dich!« Ylvi war erst halb geschminkt, zum Glück saß ihre Frisur bereits. »Kurtchen, hol ihr Wasser!«

Konfus lief Lissy im Boudoir auf und ab. Sie trank das Wasser, das Kurt ihr reichte. Ich muss das hier zu Ende bringen, befahl sie sich selbst. Es wird sich klären. Eins nach dem anderen. Verdirb Ylvi nicht ihren großen Abend.

»Darf ich mal eben das Fenster …« Sie wartete keine Antwort ab, sondern riss es auf.

»Solange du nicht rausspringst«, hörte sie Ylvi sagen.

Ein paarmal atmete sie tief durch. Das kann nicht sein. Denk es nicht mal! Geh an die Arbeit.

Mit zitternden Händen vollendete sie ihr Werk. Dann verabschiedete sie sich hastig. »Toi, toi, toi!«, konnte sie Ylvi gerade noch wünschen.

Unten an der Straße hielt sie ein Taxi an und ließ sich zur INA fahren. Im Büro von Isidor Nachtmann brannte Licht. Sie stürmte hinein, ohne die Einwände der Vorzimmerdame zu beachten. Er erhob sich und protestierte mit einer Zigarette in der Hand. Offenbar telefonierte er gerade.

»Isidor!«

Der Ton von Lissys Stimme bewog ihn, wieder Platz zu nehmen und das Gespräch zu beenden.

»Ich ruf zurück. Ein Notfall.« Er drückte seine Zigarette aus.

»Stimmt es, dass die INA nicht dir, sondern Ivo gehört?« Sein betroffener Gesichtsausdruck sprach Bände.

»Na ja, zwanzig Prozent …«, druckste er.

»Wieso weiß ich das nicht? Was hat das zu bedeuten? Ihr habt es gar nicht ernst gemeint mit meiner Karriere als Schauspielerin, stimmt's?« Isidor brachte nur einen grunzenden Laut hervor. Sie reimte sich alles selbst zusammen. »Ivo hat dir den Auftrag erteilt, so zu tun, als ob. Ist das so?«

»Nun … Na jaaa …« Er wand sich. »Was sollte ich machen? Er ist der Boss.«

Lissy war wütend wie selten in ihrem Leben. Seit Monaten führte Ivo sie an der Nase herum! Er bezahlte sie also doch, obwohl sie deutlich gesagt hatte, dass sie nicht ausgehalten werden wollte.

»Ihr hattet nie wirklich vor, einen Film mit mir zu drehen?« Isidor hob nur verzagt die Schultern. »So, dann will ich dir … euch … mal was klarmachen.« Sie griff nach dem kristallenen Aschenbecher auf Isidors Schreibtisch. »Ich – bin – keine Dame!«

Mit Schwung warf sie den Aschenbecher in den verglasten Bücherschrank hinter ihm. Während es krachte und splitterte, machte sie auf dem Absatz kehrt.

»Das war filmreif!«, rief Isidor ihr hinterher, es klang beinahe begeistert.

Sie fuhr mit dem Taxi weiter zur Wohnung, packte nur die Sachen ein, die sie mitgebracht hatte, und ließ sich zum Bahnhof bringen.

»Eine Fahrkarte nach Norden-Norddeich, bis zum Fähranleger«, sagte sie.

»Hin und zurück?«, fragte der Bahnangestellte.

»Nein, einfache Fahrt.«

Im Inselsalon

Der Ausblick in den nasskalten, dunklen Dezembermorgen bereitete keine Freude. Frieda konzentrierte sich wieder darauf, verschiedene mit Glasperlen bestickte Stirnbänder hübsch in einer Schublade anzuordnen. Theo, Dodo und Jan waren schon unterm Rasiermesser. An Pauls angewidertem Blick erkannte Frieda, dass Jan offenbar wieder übel roch wie schon öfter in letzter Zeit. Schwerhörig war er auch geworden. Hermann, der frühere Inselarzt, lebte inzwischen in einem Altenheim auf dem Festland. Das Bord mit den namenbeschrifteten Rasierbechern ihrer Stammkunden wurde immer leerer. Die jüngeren Männer, die nun auf der Insel den Ton angaben, brauchten keine Rasierabonnements mehr. Sie rasierten sich überwiegend selbst mit Klingen, die immer besser und sicherer wurden, und kamen nur noch zum Haareschneiden in den Herrensalon, meist in den Abendstunden, während der Betrieb im Damensalon den ganzen Tag über gleichmäßig lief. Der Friseurberuf drohte in zwei Richtungen auseinanderzufallen.

Um das zu verhindern, hatte der preußische Minister für Handel und Gewerbe vor einiger Zeit verordnet, dass das Damen- und das Herrenfrisieren bei Meisterprüfungen künftig als ein Fach zu gelten hätte. Trotzdem befanden sich die Herrenfriseure auf dem absteigenden Ast, ihr Niedergang würde sich nicht aufhalten lassen. Das Damenfriseurhandwerk dagegen erfreute sich einer glänzenden Konjunktur, was vor allem dem Kurzhaarschnitt für Frauen zu verdanken war. Der kräftige Aufschwung führte allerdings zu immer mehr Konkurrenzläden. Noch nie hatte es so viele Lehrlinge und Gehilfen gegeben, darunter mittlerweile schon ein Drittel weibliche, dreimal so viele wie damals, als sie selbst im Inselsalon angefangen hatte. Sie konnten sich vor Bewerbungen nicht retten. Neulich hatte Paul schon laut überlegt, ob sie von Berufsanwärtern nicht wieder Lehrgeld verlangen sollten. Eines war klar – man musste sich weiter durch Qualität auszeichnen, um sich von der Masse abzuheben. Umso mehr freute es Frieda, dass der Inselsalon Fisser ab Januar 1929 offiziell der Internationalen Gesellschaft der Damencoiffeure angehörte.

»Hest all hört?«, fragte ein Norderneyer Seemann, der die Winterwochen zu Hause verbrachte und die Gelegenheit für seinen alljährlichen Friseurbesuch nutzte. »Minnas Moeder is dood.«

»Ja, das hat schon die Runde gemacht. Was soll denn nun mit dem Lebensmittelladen passieren?«, fragte der Geselle Siebold.

Niemand wusste es, aber es wurden allerlei Spekulationen angestellt. Die einzige Tochter Minna würde das Elternhaus samt Geschäft vermutlich zu einem guten Preis verkaufen, schließlich lebte sie seit Jahren mit Erwin verheiratet in Aurich.

Die Türglöckchen klingelten. Frieda blickte auf – und sah Lissy. Wie ihre Tochter hier so unerwartet hereinschneite, mit Sack und Pack, einmal kräftig nieste und stehen blieb, da wusste sie auch ohne Worte, dass sie nicht einfach nur etwas früher als erwartet zu ihrem Weihnachtsbesuch eintraf. Frieda breitete die Arme aus.

»Lissy! Was für eine schöne Überraschung!«

Auch Paul, Jakomina, das Personal und die Kunden riefen durcheinander.

»Moin!«

»Hallo!«

»He!«

»Guten Morgen!«

»Tag allerseits!« Lissy nieste erneut. »Entschuldige, Mama, ich hab die halbe Nacht im Bahnhofswartesaal verbracht.«

»Komm mit nach hinten, Kind. Ich mach dir erst mal einen Tee. Hast du Hunger? Ich glaub, wir haben noch Hühnersuppe von gestern.«

Lissy setzte sich an den Küchentisch, sie redete über die Anreise und das Wetter. Frieda bereitete Tee zu und zwang sich, ihre Tochter nicht mit Fragen zu löchern.

»Ich will nicht drüber reden«, sagte Lissy endlich mit vor Empörung zitternder Stimme. »Nur eins: Ivo Sartorius ist für mich gestorben. Ein für alle Mal.«

»Hat er 'ne andere?« Lissy schüttelte den Kopf. Sie sah sehr mitgenommen aus. Frieda fühlte sich hin- und hergerissen zwischen der Freude, ihre Tochter wiederzusehen, und Mitleid. Sie verkniff sich dumme Bemerkungen wie »Ich hab's ja gewusst« oder »Hättest du doch auf deine Mutter gehört«. »Du kannst bleiben, solange du willst«, sagte sie. »Erhol dich erst mal.«

Kurz darauf wehte ihre Schwiegermutter aufgeregt herein, ohne die Küchentür zu schließen. »Min Tüddi!« Sie herzte Lissy und strich über ihren Schopf. »Du schlägst ja doch noch nach deiner Oma!« Sie lächelte verschmitzt. »Ich war ja früher auch jahrelang erblondet. Das steht uns.«

Nach der Rückkehr von der Rheinreise hatte sie sich das längst graue Haar kurz schneiden lassen. Sie trug es seitdem als Bubikopf mit Seitenscheitel, was durch eine große hand-gelegte Wasserwelle sehr elegant wirkte.

Heye brüllte aus dem Verkaufsraum in den Flur: »Telefon! Ferngespräch aus Berlin für Fräulein Fisser. Ein Herr Sartorius.«

»Ich bin nicht da!«, rief Lissy zurück.

Sie konnten hören, wie Heye in die Sprechmuschel posaunte: »Fräulein Fisser lässt ausrichten, sie ist nicht da.«

Frieda verdrehte die Augen. »Er ist und bleibt ein Dös-paddel.«

»Phh. Falls Ivo wieder anruft …«, sagte Lissy mit Nach-druck, »bin ich auch nicht zu sprechen. Überhaupt nicht mehr. Niemals, nie wieder.« Frieda und die Schwiegermutter wechselten einen vielsagenden Blick.

Dodo und Paul ließen sich kurz in der Küche sehen, um die Heimgekehrte willkommen zu heißen. Dodos Angebetete Wiebke war, nachdem es eine Zeit lang gefährlich gekribbelt hatte zwischen den beiden, auf Drängen des Ehemanns in des-sen Heimatstadt Bremen umgezogen. Trotz des beruflichen Erfolgs entwickelte Dodo sich mehr und mehr zu einem ein-samen Hagestolz. Frieda bedauerte sehr, dass ihr Talent zum Verkuppeln ausgerechnet in der eigenen Familie versagte.

»Na, hast du Sehnsucht nach uns gehabt?« Dodo hob Lissy hoch, als wäre sie noch ein kleines Mädchen.

»Was macht dein Hotel, lieber Onkel?«

»Blüht und gedeiht, aber im Moment ist ja Ruhezeit. Komm mich bald mal besuchen!«

Als Bonno vom Spielen mit Freunden eintrudelte und seine große Schwester erblickte, führte er einen Indianerfreudentanz mit Geheul auf. Anschließend demonstrierte er ihr, wie toll er pfeifen konnte, seit er einen der vorderen Milchzähne verloren hatte. Zum ersten Mal seit ihrer Ankunft lächelte Lissy. Sie wuschelte ihm durchs Haar. Der aufgeweckte, sommersprossige Junge bekam immer mehr Ähnlichkeit mit Opa Dirk.

»Du wächst ja schneller, als man gucken kann.«

»Bonno, meinst du, Lissy dürfte in deinem Spielzimmer übernachten?«, fragte Frieda.

»Na klar«, gestattete er großzügig. »Du musst aber aufpassen, dass du nicht auf meine Eisenbahn trittst. Das Segelschiff hol ich lieber rüber in mein Schlafzimmer.«

Frieda lächelte zufrieden. Der große Altersunterschied zwischen den Halbgeschwistern sorgte dafür, dass sie sich nicht kabbelten wie andere Geschwister. »Ich muss wieder nach vorne«, sagte sie mit Blick auf die Küchenuhr, »hab jetzt eine Kundin zum Färben. Brauchst du noch was, Lissy?«

»Nein, vielen Dank«, erwiderte Lissy sichtlich ermattet.

Else kehrte vom Einkaufen zurück und begrüßte Lissy wie eine eigene Tochter. »Warum hast du dich nicht angekündigt?«, fragte sie vorwurfsvoll. »Ich hätte doch einen Stuten gebacken.« Sie begann mit dem Gemüseputzen und musterte zwischendurch immer wieder Lissys Gesicht. »Liebeskummer?«, fragte sie.

Lissy knabberte an ihrer Unterlippe. »Reich mir mal 'n paar Zwiebeln«, bat sie. Beim Schälen durfte sie wenigstens weinen.

»Das ist kein Kerl wert«, gab Else ihre Weisheit weiter. Sie lächelte verschmitzt. »Als mein erster Verlobter mich nicht mehr wollte, weil ich ihm zu schön geworden war, hab ich mir einfach ganz schnell einen anderen gesucht. Das Leben ist zu kurz, um traurig zu sein.«

Die gute Seele hatte es mittlerweile auf fünf eigene Kinder gebracht. Tagsüber befanden sie sich in der Obhut ihrer

Schwägerin im Fischerhaus der Schwiegereltern. Else war ein Phänomen. Sie brachte ihre Kinder zwischen Schrubben und Kochen zur Welt, man musste sie zwingen, vorher kürzerzutreten. Aber sie behauptete stets, ihre Arbeit bei den Fissers sei erholsamer als ein freier Tag im Fischerhaus mit der ganzen Bagage. Auch wenn Else mit jedem Kind breiter geworden war, frisierte sie ihren Dutt noch immer sorgfältig mit leichtem Antoupieren und zupfte sich nach wie vor die Augenbrauen.

Während sie das geschnittene Gemüse noch einmal im Sieb spülte, schaute sie durchs Küchenfenster in den Garten. Eine Möwe tippelte aufgeregt auf dem Rasen hin und her. Ihr rechter Flügel schleifte übers Gras, sie schaffte es nicht hochzufliegen. Else reichte Lissy ein Stückchen Möhre zum Knabbern wie früher.

»Wir päppeln dich schon wieder auf«, versprach sie.

Lissy schluckte. Sie erhob sich. »Ich richte mich dann mal in Bonnos Spielzimmer ein.«

Erst als der Mittagsgong im Flur ertönte, kam sie wieder nach unten.

Frieda lief schnell noch zum Schlachter und besorgte Mettwürste für den Gemüseeintopf. Das Kind sollte nicht vom Fleisch fallen. In der Stadt hungerten sie ja nun absichtlich, um schlank zu bleiben.

»Wir könnten eine weibliche Kraft mehr brauchen«, sagte Paul beim Essen, »gerade jetzt zu den Festtagen.«

Frieda nickte. Es gab zwar viele Bewerbungen, aber weil ihre Schwiegermutter dagegen war, Mädchen auszubilden – ein ständiger Reibungspunkt zwischen ihnen –, fehlte es in ihrem Salon an guten Friseurinnen.

»Die heiraten doch nur, und dann machen sie uns mit billigeren Preisen Konkurrenz in ihrer Küche, oder sie gehen mit Schere und Wicklern zu den Kundinnen nach Hause«, wiederholte die Schwiegermutter ihr Argument. »Wir können nicht so dumm sein und uns so was auch noch selbst heranzüchten. Das sagt einem doch der gesunde Menschenverstand.« Nachdenklich sah sie ihre Enkelin an. »Könntest du nicht die Meisterprüfung machen, Lissy?«, fragte sie plötzlich.

»Wieso?«, entfuhr es Paul. »Ein Meister reicht doch für den Inselsalon.«

»Dürfen Frauen das überhaupt?«, fragte Bonno.

»Wie lieb, dass du nicht fragst, ob sie es können«, erwiderte Lissy. »Also, ich helfe die nächsten Tage gern im Salon aus.«

»Das mit der Meisterprüfung ist doch eine fabelhafte Idee!«

Sofort entzündete der Vorschlag Friedas Fantasie. Vielleicht würde Lissy zu Hause bleiben, vielleicht hatte sie jetzt genug von der Großstadt, und als Meisterin könnte sie später einmal den Inselsalon übernehmen.

Lissys Blick verriet ihr, dass sie nicht begeistert war. »Ich hab mich auf Schönheitsbehandlungen spezialisiert«, wandte sie ein. »Die Kosmetikbranche, das ist mein Metier.«

»Ach, und ich dachte, du willst Schauspielerin werden«, warf Heye ein.

Frieda bekam einen Schreck. Sie hatte abgesehen von Paul mit keinem Menschen über Lissys Vertrag gesprochen. Ihre Tochter lief rot an.

»Wie kommst du denn darauf?«

Mit einem breiten Grinsen zückte er aus seiner Brusttasche eine Zigarettenschachtel und ein paar Sammelbildchen, die er auseinanderschob.

»Ich rauche HERA, und die Bilder heb ich immer für meinen Neffen auf. Da!«

Er fand das Foto von »Liz Fisser« in leicht lasziver Haltung. Paul und die Schwiegermutter hörten vor Staunen auf zu essen.

»Zeig mal her«, sagte Lissy. »Hab ich noch gar nicht gesehen. Seit wann sind die denn raus?«

Frieda bewunderte ihre Geistesgegenwart.

»Keine Ahnung. Frag Jan, er verkauft die Zigaretten.«

»Der stinkt in letzter Zeit so, ich stell schon immer 'ne geöffnete Flasche mit Dauerwellflüssigkeit in die Nähe, um's zu überdecken.«

»Ich weiß übrigens, warum er so riecht«, sagte Siebold.

»Spuck's aus!«

»Das Wickwief hat ihm ein altes Heilmittel verraten, wovon seine Schwerhörigkeit wieder weggehen soll. Er muss regelmäßig die Ohren innen und außen mit Aalfett einschmieren.«

Alle machten eine angewiderte Miene und lachten.

»Wenn er nicht bald damit aufhört, werde ich mich weigern, ihn zu rasieren«, drohte Paul, während er mit Stielaugen auf die Porträtfotos angeblicher schauspielerischer Nachwuchstalente schaute.

»Ist doch hübsch«, bemerkte Frieda möglichst leichthin und fingerte nach dem Bildchen, um Lissy aus der Verlegenheit zu helfen.

»Och, das war nur mal so«, sagte ihre Tochter in die Runde. »Ein kleiner, gut bezahlter Spaß. Natürlich hab ich nicht die Absicht, Schauspielerin zu werden.«

»So aussehen tust du aber.« Bonno himmelte sie an.

»Danke, Lieblingsbruder.«

Frieda atmete auf. Sie war glücklich, beide Kinder wieder im Haus zu haben.

Lissy

In ihrem Innern brannte und loderte es. Ivo, dieser Heuchler! Wie hatte sie nur so dumm sein können! Ob er sich wohl insgeheim kaputtgelacht hatte über das Landei, das er nach seinen Wünschen geformt und in dem Glauben gelassen hatte, eine moderne Weltstädterin zu werden? Tagelang, bis zum Ende des Jahres empfand Lissy nur Entrüstung und Zorn, wenn sie an Ivo dachte. Sie versuchte, dieses Gefühl und den Ärger über ihre eigene Naivität zu verbergen. Das raubte ihr viel von der Energie, die sie eigentlich brauchte, um zu überlegen, wie es weitergehen sollte.

Lissy war froh, dass sie im Salon mitarbeiten konnte. Die Arbeit lenkte sie ab. Im Winter wurden üblicherweise keine Schönheitsbehandlungen angeboten. Deshalb frisierte sie im Damensalon. Sie war ein wenig aus der Übung, kam aber schnell wieder rein, und aktuell wurde keine große Kunst gefordert. Einige Elektrogeräte funktionierten anders als die aus Berlin gewohnten. Hier war es außerdem üblich, eine Dauerwelle entweder pauschal oder pro Wickler zu berechnen. Manche Kundinnen feilschten um jeden Wickler. Das kannte sie nicht aus Dimitris Salon.

Natürlich besuchte sie Verwandte, zuerst Oma und Opa Dirks, Tant' Grete, ihre Tanten Rieka und Frauke samt Familien. Sie staunte, wie die Kinder gewachsen waren. In Dodos Hotel bewunderte sie die neue Ausstattung, und sie hörte ihrem Onkel bei einem Grog an seiner Bar zu. Mit dramatischen Worten und Gesten schilderte er, wie er mit den anderen Männern von der Norderneyer Station der Deutschen Gesellschaft zur Rettung Schiffbrüchiger dank eines neuen Bootes, das erstmals mit Motor betrieben wurde, Menschen aus der stürmischen Nordsee gezogen hatte. Mit beiden Großmüttern besuchte sie den Weihnachtsbasar der Kirchengemeinde.

Am ersten Weihnachtstag begleitete sie Elke und Trienchen auf den Weihnachtsball, obwohl sie dazu nur wenig Lust hatte. Doch der alte Freundeskreis nahm sie freudig auf. Plötzlich hielt ihr jemand von hinten die Augen zu.

»Rate«, hörte sie eine verstellte Männerstimme, »du hast drei Versuche.«

»Ich bräuchte schon einen Anhaltspunkt«, antwortete sie.

»Ik hör to de Esels.«

»Jap!«

Lachend drehte sie sich um. Ihr Jugendschwarm sah gut aus. Sie mochten sich noch immer.

»Tanzt du?«

»Klar!« Lissy flirtete ein bisschen mit ihm, um ihr lädiertes Selbstbewusstsein aufzupolieren. So wurde es doch noch ein schöner Abend.

Ein Insulaner sprach sie auf ihr blond gefärbtes Haar an.

»Wir wissen doch alle, dass du eine dunkle Vergangenheit hast«, spottete er.

Für nicht wenige Leute hatte es etwas Anrüchiges, sich die Haare zu färben. Lissy überlegte, ob sie zu ihrem Naturbraun zurückkehren sollte. Schließlich war das Blond Ivos Wunsch gewesen. Andererseits stand es ihr tatsächlich ziemlich gut. Sie beließ es erst mal dabei, lackierte sich jedoch aus Trotz die Nägel undamenhaft knallrot.

Lissy wusste, dass ihre Mutter insgeheim fürchtete, eines Tages könnte jemand aus Berlin auftauchen und herumerzählen, dass sie in wilder Ehe gelebt hatte. Aber es war nun mal nicht mehr zu ändern. Ivo rief jeden Tag an. Das Personal war inzwischen angewiesen, gleich aufzulegen. Er sandte Blumen. Lissy verschenkte sie. Einmal schickte er am Telefon Daisy vor. Lissy beendete das Gespräch schnell und knapp. Sie fragte sich, wie klar Ivos Freunden sein betrügerisches Spiel mit ihr gewesen war und wie sehr sie, allen voran Mona, sich wohl darüber amüsiert haben mochten. Seine Briefe verbrannte sie ungelesen.

Ihre Großmutter und ihre Mutter bearbeiteten sie, doch als erste Frau der Friseurfamilie eine Meisterprüfung abzulegen. Sie kitzelten ihren Ehrgeiz Tag für Tag mit kleinen Bemerkungen. Und Lissy grübelte Nacht für Nacht. Was wollte sie selbst denn eigentlich und vor allem: Was war machbar? Ihr Wunsch, frei zu sein, schien ihr stärker als der, zu lieben und geliebt zu werden – auf Gefühle war kein Verlass. Das hatte sich ja gerade wieder bewiesen. Am wichtigsten erschien es ihr deshalb, von niemandem abhängig zu sein. Auch später nicht, falls sie tatsächlich niemals heiraten sollte.

Zwischen den Jahren bat ihre Großmutter sie, bei Valentien ein neues Waffeleisen für Neujahrskuchen zu kaufen. Lissy musste warten, bis sie an die Reihe kam. Mit gemischten Gefühlen stand sie in dem länglichen Haushaltswarenladen, der noch immer aussah wie in ihrer Kindheit – mit einem durchgehenden Tresen vom Eingang am Herrenpfad bis zum Eingang Seilerstraße. Jeden Quadratzentimeter hatten sie ausgenutzt, die Regale bis unter die hohe Decke mit Haus- und Küchengeräten gefüllt, selbst von der Decke hingen in mehreren Reihen Eimer und Töpfe. Hier konnte man Nägel einzeln kaufen. Das Verkaufspersonal trug graue Kittel. Alles wie immer.

Einerseits fand sie es heimelig, andererseits auch irgendwie beklemmend. Eine einstige Mitschülerin, an die sie sich vor allem ihres Sprachfehlers wegen erinnerte, suchte mit heiligem Ernst eine Pfanne für ihre Aussteuer aus. Weil sie sich zwischen zwei Ausführungen nicht entscheiden konnte, stockte alles.

»Das ist schließlich eine Entscheidung fürs Leben«, lispelte sie entschuldigend.

So möchte ich nicht enden, dachte Lissy. Es muss doch mehr geben.

Kurz vor Silvester war ihr Entschluss gereift.

Als endlich die letzte Kundin fein gemacht für den Jahreswechsel den Inselsalon verlassen und sich das Personal auf den Heimweg gemacht hatte, öffnete der Meister eine Flasche Sekt.

Lissy hob ihr Glas. »Ich melde mich, sobald sie mich zulassen, zur Meisterprüfung an. Nicht hier, sondern in Berlin. Das ist mein Vorsatz für die Zukunft.«

»Wunderbar!«, rief ihre Mutter. »Aber warum denn nicht hier? Du kannst die Prüfung doch auch in Aurich ablegen.«

»Weil ich zurück nach Berlin möchte. Ich will mir bald eine neue Stelle suchen. Und ich möchte weiter mehr in Richtung Kosmetik gehen.« Endlich lag der Weg klar vor ihr. »Es ist sicher trotzdem nicht verkehrt, Friseurmeisterin zu werden. Dann kann ich mich später selbstständig machen. Und vielleicht kehre ich ja eines Tages nach Norderney zurück, wenn ihr euch zur Ruhe setzen wollt.«

»Ich finde, das ist eine kluge, gut überlegte Entscheidung«, lobte der Meister sie. Ihre Mutter und Großmutter hatten zwar mehr erhofft, gaben sich aber mit dieser Aussicht zufrieden und stießen mit ihr an.

Das neue Ziel vor Augen beflügelte Lissy, der Sekt brachte sie zusätzlich in Stimmung. Ursprünglich hatte sie nicht vorgehabt, groß zu feiern. Ihre Freundinnen und Jap hatten vergeblich versucht, sie zum Besuch des Silvesterballs zu überreden. Aber nun bekam sie richtig Lust zu tanzen. Sie zog ihr schwarzes Fransenkleid an, steckte einen schwarz glitzernden Kopfschmuck ins Haar und schminkte sich festlich.

Da sie spät eintraf, noch dazu ohne Begleitung, richteten sich alle Blicke auf sie. Sie hörte lästerndes Getuschel, registrierte aber auch das begehrliche Funkeln in den Augen vieler Männer. Elke winkte ihr schon von Weitem zu. Erleichtert steuerte Lissy auf deren Tisch zu. Es war kein Problem, noch einen Stuhl für sie dazuzustellen.

An Tänzern bestand kein Mangel. Doch schon bald tauchte Jap auf und wich nicht mehr von ihrer Seite. Ausgerechnet jetzt musste Lissy an Ivo denken. Ungewollt zog sie einen Vergleich. Durch Japs eifriges Bemühen wurde ihr erst richtig klar, wie galant Ivo war. Zum ersten Mal seit ihrer Flucht aus Berlin überdeckte nicht mehr der brennende Zorn alle anderen Gefühle, die sie für ihn hatte. Das war nicht gut. Denn … er fehlte ihr.

Das durfte doch nicht wahr sein! Sie wollte sie überhaupt nicht, diese heftig aufwallende, am Herzen ziepende Sehnsucht.

»Schenk noch mal ein«, forderte sie Jap auf.

Und dann tanzte sie, als könnte sie dadurch sämtliche Erinnerungen an Ivo abschütteln. Im neuen Jahr, das wünschte sie sich inständig, sollte alles frisch und frei sein.

Um Mitternacht stieß jeder mit jedem an, Paare knutschten, Nachbarn küssten sich. Auch Jap und sie. Aufgeladen vom Tanzen gingen sie vor die Tür, um einem Platzkonzert zu lauschen und dem Feuerwerk zuzuschauen. Lissy war so erhitzt, dass sie sich nichts übergezogen hatte. Draußen fror sie dann doch nach einer Weile. Jap legte ihr seine Jacke über die Schultern, er wärmte sie – und dann küssten sie sich noch einmal, diesmal richtig. Lissy war ganz schwindelig zumute. Allerdings weniger von Japs Küssen, mehr vom Alkohol. Sie verglich ihn schon wieder mit Ivo. Dessen Küsse hatten ganz andere Gefühle in ihr ausgelöst.

Sie wollten gerade wieder in den Tanzsaal zurückgehen, als eine junge Frau auf sie zustürzte und Jap eine schallende Ohrfeige verpasste. »Du Verräter!«, rief sie mit sich überschlagender Stimme.

»Und du ... du ...« Ihr Blick schoss Kaskaden von Giftpfeilen auf Lissy ab. »Das werd ich dir nie vergessen, du blöde, eingebildete Schnepfe!«

»Fenna!«

Jap versuchte, sie zu beruhigen, er griff nach ihrem Arm. Doch sie riss sich los und rannte davon.

»Hilfe! Wer war das denn?«, fragte Lissy wie vor den Kopf geschlagen.

»Fenna. Meine Freundin ... ähm ... Also ... bis Weihnachten waren wir zusammen. Vor ein paar Tagen hab ich Schluss mit ihr gemacht.«

»Aber warum denn?«

Jap sah sie mit Sternchen in den Augen an. »Weil meine Jugendliebe wieder auf die Insel zurückgekehrt ist.«

»O Gott, nein!« Lissy schlug beide Hände vor den Mund. Ihr benebelter Verstand arbeitete langsamer als sonst. Jap hatte Fenna einen Korb gegeben, weil er sich ihretwegen Hoffnungen machte? Hatten das etwa ihre kleinen Flirtereien auf dem Weihnachtsball ausgelöst? »Jap, ich will wieder zurück nach Berlin.«

»Nein! Bleib hier, Lissy. Wir sind das perfekte Paar. Das waren wir doch schon vor Jahren!«

»Ach, Jap …«, entfuhr es ihr mitleidig. »Du gehörst wirklich zu den Eseln.« Sie merkte, dass sie ihn verletzt hatte. »Entschuldige, so hab ich das jetzt nicht gemeint. Aber … ich bin gerade frisch getrennt. Ich muss das erst noch verkraften.« Die Enttäuschung in seinen Augen schmerzte sie. »Es tut mir wirklich leid.«

»Dann warte ich eben«, versprach er mit neu aufflackernder Hoffnung.

Sie schüttelte den Kopf. »Nein. Meine Zukunft seh ich einfach nicht auf der Insel. Lauf schnell hinter Fenna her, und sag ihr, dass du dich getäuscht hast. Vielleicht verzeiht sie dir.«

Sie gab ihm seine Jacke zurück, ließ ihn einfach stehen und eilte nach Hause.

Was für ein katastrophaler Jahresanfang! Beschwiemelt und fröstelnd lag sie in ihrem Bett. Ivo, du Verbrecher, wo bist du? Nimm mich in den Arm. Ich vermisse dich.

Sie hatte vielleicht zwei oder drei Stunden fest geschlafen, als sie geweckt wurde.

»Lissy!«, bölkte ein Mann. Verwirrt stand sie auf, taumelte zum Fenster, musste erst die Eisblumen auf den Scheiben wegkratzen und -hauchen. »Liiiissyyy!«, klang es mit verzweifelter Inbrunst.

Die Stimme verriet sehnsüchtiges Verlangen, heiße Leidenschaft und etliche Promille Alkohol zu viel. Nun erkannte sie den liebestollen Kerl – Jap. Ihr Kinn sank mit einem Ruck gegen die Brust. Er machte sich gerade zum Affen, und später würde er sie dafür hassen.

Sie öffnete das Fenster. »Geh nach Hause«, forderte sie ihn nur gerade so laut auf, dass er sie verstehen konnte. »Du weckst ja die ganze Nachbarschaft.«

»Komm runter! Ich liiiiebe dich!«

Lissy stöhnte auf. »Das bildest du dir nur ein.«

Sie schloss das Fenster. Er tat ihr leid einerseits, aber sein theatralischer Auftritt ärgerte sie auch.

»Liiiiss …!«

Der Ruf brach mit einem platschenden Geräusch ab, es folgten Flüche. Offenbar hatte er einen Schwall Wasser abbekommen, vermutlich eine Eimerladung von Lübbo oder Agnes aus dem Nachbarhaus. Lissy wankte zurück, ließ sich ins Bett fallen und zog die schwere Federdecke über beide Ohren.

Jakomina

»Ach, Mucki!« Jakomina seufzte, als sie es sich in ihrer Stube mit einem Handarbeitskorb voller Flicksachen auf dem Sofa bequem machte, und schaute auf das Foto ihres verstorbenen Mannes. Wie immer schien es ihr, als würden seine Augen ihr überallhin folgen. »Man denkt, es könnte nicht mehr schlimmer kommen, und dann passiert doch noch was.«

Was ist denn los, mein Minchen? Nu vertell mal, hörte sie ihn sagen.

Sie kramte eine am Knie aufgerissene Hose von Bonno aus dem Korb, die sie erst mal mit großen Stichen zusammennähen wollte, bevor sie einen passenden Flicken daraufsetzte.

»Ich hab dir doch von Rudolfs Frau erzählt. So eine nette Person, leider seit Langem bettlägerig. Seit ich bei ihnen am Rhein ausgeholfen hab, schreiben wir uns regelmäßig. Ich versuch immer, ihnen Mut zuzusprechen.« Sie hielt kurz inne, schaute auf den schwarz umrandeten Brief, der am Vormittag eingetroffen war, und wischte sich eine Träne von den Wimpern. »Und nun ist sie gestorben, am Nikolaustag schon. Der arme Rudolf! Ich hab keine Ahnung, was ich ihm Tröstliches mitteilen könnte.«

Du weißt doch aus eigener Erfahrung, wie es ist. Schreib ihm einen ehrlichen Brief. Du hast meinen Verlust schließlich auch überstanden.

»Nicht überstanden, Mucki«, korrigierte sie ihn sanft. »Nur überlebt.« Aber sie wurde immer krummer. Das war so, hatte ihr das Wickwief erklärt, weil es keinen Mann gab, der sie richtig in die Arme nahm und den sie umarmen konnte. Ansonsten würde nur Gymnastik gegen das Krummwerden helfen. Belustigt hatte Jantje ihr von ihren Beobachtungen am Nordstrand berichtet. »Während der Saison finden dort täglich Kurse statt – Speerwerfen oder Sportgymnastik mit Trommeln und Rasseln. Da schwingen sie Keulen, Bälle oder Reifen. Zum Piepen!« Einige Urlauberinnen machten wohl eine ziemlich lächerliche Figur dabei.

Na ja, dachte Jakomina für sich, ich hab doch genug Bewegung im Salon und im Haushalt, beim Spielen mit den Enkelkindern und überhaupt: Wo bleibt denn da die Würde des Alters? Aber das alles wollte sie Fritz lieber nicht sagen.

Wie alt bist du eigentlich nun, mein ewig junges Minchen?

Sie schickte ihm ein wehmütiges Lächeln. »Wir haben jetzt Januar 1929. Du warst doch immer so gut im Kopfrechnen.« Er sah sie nur an, antwortete aber nicht. »Sechsundsechzig«, verriet sie widerwillig.

Das ist doch nur äußerlich. Innerlich bist du immer noch jung.

»Eben. Das macht's nicht gerade leichter.« Erneut seufzte sie. Dann richtete sie sich etwas mehr auf. »Findest du denn, dass ich aussehe wie sechsundsechzig?«

Für mich ist die Zeit stehen geblieben, meine Liebste.

»Ach ja, stimmt. Manchmal vergesse ich das.«

Und was bedrückt dich sonst noch? Warum sitzt du so spät nachts noch auf dem Sofa beim Handarbeiten?

»Ich kann nicht schlafen. Die Grippe erwischt gerade einen nach dem anderen. Lissy hatte nach Silvester eine Erkältung, und jetzt liegt sie schon wieder mit richtig doll Fieber. Vom Personal fehlt auch ständig jemand.«

O Gott, Grippe! Er schien zu erbleichen.

»Nein, nicht so schlimm wie damals die Spanische Grippe«, sagte sie beruhigend in Richtung Foto. »Wahrscheinlich kann ich schlecht schlafen, weil ich heute gehört hab, dass Erwin … Du erinnerst dich, der bei uns gelernt hat, der mit den roten Haaren … Er hat ja Minna-Überbiss geheiratet. Alle haben sich immer gefragt, warum ausgerechnet dieses hässliche Klatschweib. Dahinter steckte reine Berechnung! Ihre Eltern sind nun beide tot, ihr Lebensmittelladen wird neuerdings umgebaut. Und weißt du, warum? Erwin eröffnet da einen eigenen Friseursalon!«

Lissy

Lissy schwitzte und fröstelte abwechselnd. Sie nieste anfallartig, der Husten ließ sie nicht richtig schlafen, ihre Nase war schon wundgeschnäuzt. Alle Glieder schmerzten. Unten in der Küche briet Else Heringe und Speck und Zwiebeln für Stipptunke. Der Geruch kroch unter der Tür durch und löste in ihr Brechreiz aus. Sie musste sich in den Eimer übergeben, der neben ihrem Bett stand. Ermattet dämmerte sie anschließend vor sich hin. Ihre Mutter und Großmutter versorgten sie liebevoll, auch Onkel Max war schon da gewesen und hatte ihr Medikamente verschrieben. Aber sie fühlte sich krank wie selten.

In den Fieberphasen wähnte sie mehrfach Ivo bei sich. Einmal lagen sie ineinander verschlungen auf einem Sofa und küssten und liebkosten einander. Sie sah das vertraute Grübchen deutlich vor sich, seinen sinnlichen Mund mit der schön geschwungenen Oberlippe und der vollen Unterlippe. Sie sah die leicht schräg stehenden Augen, den winzigen schwarzen Punkt zwischen den Wimpern unter seinem linken Auge, der ihr wie ein Geheimnis vorkam, das nur sie kannte. Der Punkt erinnerte an einen Pierrot, er wirkte ebenso rührend wie anregend auf sie. Ein anderes Mal glaubte sie, Ivo stünde im Polohemd neben ihrem Bett. Unverschämt gut aussehend, die gebräunten Unterarme lässig verschränkt, lächelte er sie an. Oder lachte er sie aus?

Erst als ihr Fieber sank, konnte sie sich gegen diese Bilder wehren. Wie schlecht hatte es die Natur doch eingerichtet, dass Herz und Bauch hinter dem Verstand herhinkten! Mittlerweile hatte er es aufgegeben, sie anzurufen, Blumen und Briefe zu schicken. Ganz schön schwach, dachte sie gekränkt. Dass er sich nicht mehr anstrengt. Dann verbot sie sich, an ihn zu denken. Ivo Sartorius war für sie gestorben. Vertrauen, das einmal enttäuscht worden war, ließ sich nicht wiederherstellen.

Als sie endlich das Bett verlassen konnte, hatte der Winter die Insel fest im Griff. Schon seit Tagen fror und schneite es. Siebold, der in der Marienstraße wohnte, musste sich wie seine Nachbarn jeden Morgen durch meterhohe Schneeverwehungen graben, weil der Ostwind den Pulverschnee bis zu den Dachrinnen hoch gegen die Häuser drückte.

Ihr Bruder ließ sich nur noch zum Essen und Aufwärmen blicken. Manchmal vergaß Bonno vor lauter Wintervergnügen die Zeit. Einmal schickte Frieda Lissy los, ihn zu suchen. Sie entdeckte ihn bei ihren Großeltern im Fischerhaus. Oma Meta hatte für ihn die Backofenklappe des torfbefeuerten Eisenherds geöffnet und einen Stuhl davorgestellt. Lissy nahm am Küchentisch Platz. Während Bonno seine eiskalten, in Rosshaarsocken steckenden Füße im Ofen auftaute, berichtete er ihnen von den Schneeballschlachten, die sich die Ostender und die Westender geliefert hatten. Ihr Bruder kämpfte natürlich auf Seiten der Westender, schließlich lebte er im beneideten, wohlhabenderen Westteil des Dorfes.

»Mögt ihr heißen Kakao?«

Was für eine Frage! Lissy fühlte sich wieder wie ein kleines Mädchen. Die Großmutter rührte Kakaopulver mit Zucker an, übergoss die Mischung mit heißer Milch und reichte ihnen zwei Becher.

In dieser gemütlichen Atmosphäre redeten sie als Geschwister trotz des Altersunterschieds über ihre Zukunftspläne. Bonno träumte davon, ein berühmter Seefahrer und Held zu werden. Und Lissy freute sich auf ihr neu gestecktes Ziel. Auch die Vorstellung, eines fernen Tages, nachdem sie genug von der Welt gesehen hatte, den Inselsalon zu übernehmen, gefiel ihr zunehmend.

»Wie lange bleibst du noch, Lissy?«, fragte ihre Großmutter.

»Bis ich wieder ganz zu Kräften gekommen bin«, antwortete sie, »und bis das Wetter reisefreundlicher geworden ist.«

So lange half sie wieder im Salon mit. Am Nachmittag verkaufte sie Wellenreiter, die man sich zu Hause selbst ins Haar klemmen konnte.

»Aber ich rate davon ab«, warnte sie. »Über kurz oder lang werden die Haare unter den scharfen Zinkzähnen brechen.« Die Kundin wollte sie trotzdem.

Währenddessen schnitt der Meister dem Schildermaler August das Haar, stutzte auch dessen Bart etwas, obwohl es daran nicht viel zu tun gab. »Ich bin extra noch mal zu euch gekommen«, sagte August und ließ eine Berliner Zeitung sinken, die er eher mit sichtlichem Unverständnis durchgeblättert hatte. »Das nächste Mal muss ich nämlich zu Erwin gehen. Er hat mir einen dicken Auftrag erteilt für seinen Salon. Ihr versteht das sicher.«

Lissy horchte auf. Ihre Mutter, die einen Kinderhaarschnitt abkassierte, zog beide Brauen hoch. »Natürlich, August«, flötete sie freundlich. »Eine Hand wäscht die andere, so ist das eben. Wir sind doch selbst Geschäftsleute.«

»Erwin will euch Konkurrenz machen, hat er mir selbst gesagt. Bei ihm soll alles günstiger angeboten werden als im Inselsalon.«

»Das sehen wir ganz gelassen, August. Wir bieten Qualität und Erfahrung. Wir sind Mitglied in sämtlichen Spitzenverbänden, sogar im Bund Deutscher Haarformer.«

»Genau«, bestätigte der Meister. »Das ist die Crème de la Crème der Friseure. Davon kann Erwin nur träumen.«

»Na ja«, erwiderte August nachdenklich. »Erwin hat extra noch 'n kleines Schild fürs Schaufenster bestellt. Damit alle sehen können, dass er Mitglied im Stahlhelm ist.«

Lissy spürte fast körperlich, wie diese Nachricht ihre Mutter aufbrachte, sie sich aber zusammenriss.

Ein »Phh!« entfuhr ihr trotzdem.

»Ich find vieles gar nicht verkehrt, was der Stahlhelm fordert.« August legte kopfschüttelnde die Zeitung zur Seite. »Diese jüdische Asphaltpresse zum Beispiel, so was brauchen wir nicht. Überzüchtete Gehirnfäden haben die doch.«

»Ich bin nicht so für Verallgemeinerungen«, mischte sich ihre Großmutter ein. »Guck dir die an, die du wirklich kennst. Wie viele Juden haben wir hier? Vielleicht zwanzig Hiesige sind jüdisch, gut, mit Saisonkräften lass es im Sommer knapp hundert sein. Von denen ist doch jeder anders. Und mich stört kein Einziger.«

»Du musst ja so reden mit deinem jüdischen Schwiegersohn.«

»Er ist kein Jude!«

»Wir sind parteilos und bleiben es«, sprach der Meister ein Machtwort. »Ende der Diskussion.«

Zum ersten Mal war Lissy ihm dankbar.

August brummelte vor sich hin. »Bist du nicht auch beim Stahlhelm, Paul?«, fragte er.

»Ich bin in vielen Vereinen. Ich bin Geschäftsmann.«

»Irgendwann wird wieder Gesinnung mehr gefragt sein als

der schnöde Mammon, mein Lieber. Germanische Ideale! Das unterscheidet uns doch am Ende von der jüdischen Krämerseele. Eigentlich bin ich ja viel lieber Idealist.«

Dann mal dir doch auch ein Schild fürs Schaufenster, dachte Lissy grimmig. Obwohl alle so taten, als spürten sie es nicht, machte sich im Salon eine beklommene Stimmung breit.

»Paul kümmert sich viel um den Heimatverein«, versuchte ihre Mutter, das Gespräch in eine andere Richtung zu lenken. »Allein, was die Aufführungen der Trachtentanzgruppen für das Heimatfest zu Pfingsten an Vorbereitungen erfordern. Du glaubst es nicht!«

Natürlich hatte Erwins Ankündigung die Gemüter gewaltig erhitzt. Nach einer längeren Diskussion während des Abendessens beschloss die Familie, dass es Zeit würde für eine neue Einrichtung des Inselsalons.

»Wir müssen mit der Zeit gehen, sonst gehen wir mit der Zeit«, beschied der Meister.

Die Frauen begannen gleich, in allen möglichen Fachblättern nach Beispielen und Preisen Ausschau zu halten. Lissy plädierte für eine Ausstattung im Art-déco- oder Bauhaus-Stil, ihre Mutter schwärmte von Frisiertoiletten in Eiche mit Kanten und Fußstützen aus Messing, ihre Großmutter begeisterte sich für italienische Marmorplatten und Profilleisten aus Kaukasischem Nussbaum um die Spiegel herum. Nur Bonno fand das alles langweilig, er lag ihnen damit in den Ohren, dass er einen größeren Kescher bräuchte, um frostlahm gewordene Seevögel von den Eisschollen wegzufangen, und wurde früh zu Bett geschickt.

Immer wieder lasen sie sich bei der Durchsicht der Fachpresse auch fest.

Plötzlich sprang ihre Mutter auf. »Nein!«, rief sie entsetzt. »Das darf doch nicht wahr sein! Lissy, hast du das gewusst?« Heftig stieß sie den Atem aus. »Diese Torfköppe!«

»Mama, um Himmels willen, was ist denn?«

Mit einem Stöhnen ließ ihre Mutter sich wieder auf den Stuhl plumpsen. »Es gibt 'ne neue Verordnung des preußischen Ministers für Handel und Gewerbe«, erklärte sie. »Stammt vom Dezember. Die bestimmt, dass weibliches Personal auf keinen Fall im Herrenfach ausgebildet werden darf.«

»Ja und?«, fragte die Großmutter begriffsstutzig.

»Das bedeutet, dass Frauen nicht Meister werden können! Erinnerst du dich nicht? Seit einem Jahr gilt Damen- und Herrenfrisieren als ein Fach bei der Meisterprüfung! Du musst beides können. Aber wenn du das eine nicht lernen darfst …«

Lissy dämmerte, was die neue Verordnung, kombiniert mit der schon älteren, für sie bedeutete. »Das heißt, mir ist der Weg zur Meisterprüfung versperrt, oder?« Sie schnappte nach Luft. »So ein Mist! Das ist ungerecht. Was soll das denn?«

»Na ja«, antwortete der Meister, »sie hoffen wohl, dass sie damit unser Handwerk insgesamt lukrativ halten. Bei den Damenfriseuren eröffnen sich neue einträgliche Möglichkeiten, aber wer nur Herrenfriseur ist, der kommt auf keinen grünen Zweig.«

»Glauben sie, dass selbstständige Friseurmeisterinnen die alten Familienbetriebe kaputtmachen würden, oder was? Das ist doch bescheuert!« Lissy schnalzte empört mit der Zunge. »Wie kann man sich nur so gegen die neue Zeit stemmen? Das ist nicht in Ordnung!«

»Neulich hab ich noch von einem Fachmann gehört, dass weibliche Personen sich wegen ihrer körperlichen Beschaffenheit nicht dafür eignen, in den Arbeiten des Herrenfachs ausgebildet zu werden«, sagte der Meister in einem Ton, der verriet, dass er selbstverständlich nicht dieser Ansicht war. »Es fehlt ihnen angeblich an der nötigen Geschicklichkeit und Handsicherheit.«

Jakomina, Frieda und Lissy funkelten ihn gleichermaßen angriffslustig an.

»Den bring uns auf die Insel«, spottete Frieda mit drohender Stimme, »dem würde ich gerne mal meine Handsicherheit vorführen.«

Einen Tag später hatte die Grippe ihre Großmutter erwischt. Sie lag flach und bat Lissy, ihr Heilmittel vom Wickwief zu besorgen. Als Kind war Lissy manchmal mitgekommen, wenn ihre Mutter Jantje das Haar onduliert hatte.

Die alte weißhaarige Frau hieß sie freundlich willkommen. Sicherlich auch, weil sie ihr auf Geheiß ihrer Mutter Brennmaterial mitbrachte. Noch immer trug sie einen Knoten mit einem geflochtenen Zopf aus Fremdhaar, den man falscher Wilhelm nannte. Ihre wettergegerbte Haut erinnerte Lissy an getrocknetes Fensterleder.

Sie musste am Küchentisch neben dem Fenster Platz nehmen, Tee trinken und warten, weil die Heilkräutermischung frisch zusammengestellt werden sollte. Es roch würzig nach Heu und rauchig nach brennendem Torf. Während Jantje vor ihrem großen Schrank hier ein Glas aufschraubte und dort etwas abwog, unterhielten sie sich.

Schließlich setzte sie sich auf einen abgewetzten Lehnstuhl zu ihr an den Tisch. Sie schlürfte ihren Tee und sah sie mit hellen Augen durchdringend an. Lissy war darauf gefasst, dass sie ihr anbieten würde, aus ihren Teeblättern die Zukunft zu lesen, wie sie es seit Jahrzehnten für ihre Großmutter machte.

»Was bedrückt dich?«, fragte Jantje stattdessen. »Liebst du ihn?«

»Ich weiß es nicht.« Offenbar stand ihr die Enttäuschung wegen Ivo auf der Stirn geschrieben. »Eigentlich bin ich fertig mit ihm.«

»Das sieht mir nicht danach aus.«

»Ich bin wütend auf ihn.«

»Das eine schließt das andere nicht aus.« Jantje lächelte. »Bist du gern mit ihm zusammen?«

»Vorher schon. Also, bevor ich wusste, dass …« Aber reichte das? Lissy sah Jantje an, und plötzlich stieg eine Frage tief aus ihrem Herzen empor. »Ich bin mir gar nicht sicher, ob ich überhaupt richtig lieben kann. Woran erkennt man das? Wie liebt man denn? Muss man das lernen wie … wie Fahrradfahren oder … wird das vererbt?«

»Nichts ist vielfältiger als die Liebe«, antwortete das Wickwief langsam. »Aber ich glaub, wie du einen Menschen liebst, das ist schon weitgehend festgeschrieben, bevor du ihm begegnest.«

»Das versteh ich nicht.«

»Ob's dir passt oder nicht«, erklärte die weise Frau, »in deine Art zu lieben spielt immer mit hinein, wie deine Eltern und deine Großeltern geliebt haben oder andere Menschen, die dir in jungen Jahren nahestanden.«

»Das ist ja furchtbar!« Lissy überlegte. Diese Vorstellung ging ihr gehörig gegen den Strich. »Kann man nicht mal darüber allein bestimmen …?«

»Es bedeutet ja nicht, dass du ganz genauso liebst wie sie. Möglicherweise prägen sie dich auf eine Weise, die bei dir genau das Gegenteil hervorruft.«

Lissy nippte an ihrem Tee. Was wusste sie denn über die

Liebe zwischen ihrer Mutter und ihrem Vater, zwischen ihrer Großmutter Jakomina und Opa Fritz oder auch zwischen Tant' Grete und Onkel Max? Sie schüttelte sich. Eigentlich wollte sie es gar nicht genau wissen, der Gedanke war ihr unangenehm.

»Ziemlich kompliziert.«

»Wie man liebt, vielleicht. Aber zu wissen, ob man liebt, nicht«, versicherte das Wickwief. »Geh einfach eine Weile am Strand lang, und dann hör, was dein Herz dir sagt. Es spricht in der Stille.«

»Aha.« Lissys Augen wurden feucht. Sie atmete schwer aus.

»Magst noch en Koppke, min Wicht?«

Lissy nickte bedrückt.

Sie tranken gerade den Rest Tee, als Jantje abrupt ihre Tasse abstellte und die Armlehnen umklammerte. Ihre Augäpfel drehten sich nach hinten, ganz kurz, bis sich ihre Lider schlossen, war nur das Weiße zu sehen. Ihr Oberkörper presste sich gegen die Rückenlehne. Das Wickwief schien nach innen zu lauschen. Es sah unangenehm und anstrengend aus. Jantjes Lippen bewegten sich, ohne dass sie sprach.

Lissy bekam eine Gänsehaut. Am liebsten wäre sie davongelaufen. Hokuspokus von früher, das war nicht ihre Welt. Aber sie saß da wie gelähmt, auch ein wenig neugierig. Endlich kehrte die alte Frau ins Hier und Jetzt zurück. Sie schlug die Augen auf, doch ihre Pupillen verdunkelten sich.

Lissy traute sich nicht, etwas zu sagen.

»Dat weer 'n Vörlopp«, sagte das Wickwief schließlich ernst. Erschöpft ließ sie einige Augenblicke verstreichen. »Willst du's wissen?«

Lissy schluckte. »Könnte man denn noch was dran ändern? Trifft … trifft denn immer ein, was so ein Vörlopp offenbart?«

Jantje hob die Schultern. »Die einen sagen so, die anderen so.«

Bestimmt, überlegte Lissy, wäre es jetzt das Klügste, einfach alles zu ignorieren. Aberglaube gehörte ins vorige Jahrhundert. Man machte sich nur verrückt damit. Doch die Haare an ihren Unterarmen sträubten sich erneut. Weg, dachte sie, nur weg von hier! Sie erhob sich.

»Ich glaub, Oma wartet auf mich.«

»Das wird so sein.« Jantje reichte ihr die in Papiertüten abgefüllten Kräutermischungen. »Die Anwendung, wie viel und wie oft, hab ich draufgeschrieben.«

»Vielen Dank. Tschüss!« Lissy ging zur Tür. In ihrem Rücken spürte sie den Blick der alten Frau. Und wenn es doch gut wäre, es zu wissen? Wenn man etwas Schlimmes vielleicht noch abwenden könnte? Lissy drehte sich um. »Was hast du gesehen?«

»Ein Automobil und einen Mann. Das Auto ist mit ihm im Wasser untergegangen.«

Lissys Luftröhre schnürte sich zu, ihr Magen verkrampfte sich. »Was für ein Mann? Was für ein Auto? Und welches Wasser?«

»Ein teures Automobil.«

»Was hat das mit mir zu tun?«

»Tja, wenn du's nicht weißt …«

»Wie sah denn der Mann aus? Waren noch andere Menschen da?«

»Mehr konnte ich nicht erkennen.« Jantjes Augen füllten sich mit Tränen. Es war ein scheußliches Gefühl, von ihr so angesehen zu werden. »Mach's gut, Lissy. Liebe Grüße an die Familie, und alles Gute für Jakomina!«

Auf dem Rückweg durch die klirrende Kälte versuchte sie,

das Furcht einflößende Gefühl loszuwerden. Zügig schritt sie am Strand entlang und schaute um sich herum. Einen solchen Anblick bot die Insel nur alle zehn oder zwanzig Jahre – die von einer dicken Schneedecke überzogene Dünenlandschaft glitzerte in der Sonne, in der Brandungszone schoben sich mächtige Eisschollen übereinander. So mochte es wohl am Polarkreis aussehen.

Scharen von Dorfkindern rodelten lärmend ein ums andere Mal von den Dünen. Ihr Lachen und Gejohle beruhigte sie ein wenig.

Lissy packte ihre Sachen für die Rückreise nach Berlin. Über Jantjes Vörlopp sprach sie mit niemandem. Sie ließ sich nicht ins Bockshorn jagen, von ihrem Plan würde sie sich nicht abbringen lassen. Mit Mia hatte sie sich per Brief darauf verständigt, dass sie ein paar Tage bei ihr wohnen konnte. Noch lief die Ballsaison, Fachkräfte wie sie waren gefragt in der Hauptstadt.

»Ich melde mich, sobald ich ein möbliertes Zimmer und eine Arbeitsstelle in einem Schönheitssalon gefunden habe«, versprach sie ihrer Mutter.

Sie umarmten sich zum Abschied.

»In ein paar Jahren müssen die Männer sich geschlagen geben und auch Frauen ranlassen«, tröstete ihre Mutter sie. »Du bist noch jung, du hast Zeit. Dann machst du den Meister eben etwas später.«

Es war ein Sonnabend Anfang Februar, als Lissy die Fähre betrat. In den vergangenen Tagen hatte der Fähr- und Transportverkehr einige Male wegen der Witterung ausfallen müssen. Die wenigen Kartoffeln, die man noch auf der Insel kaufen konnte, waren faulig. Frisches Gemüse, Milchprodukte, Medikamente und Heizmaterial wurden knapp. Doch nun ging's endlich los. Lissy suchte sich ein halbwegs gemütliches Plätzchen unter Deck, wo es allerdings recht stickig war. Schnell versank sie in der Lektüre eines Romans. Diese Gewohnheit, auch wenn die Anregung dazu von Ivo gekommen war, pflegte sie weiter, weil sie gemerkt hatte, dass Lesen ein kleiner Ersatz für die Reisen sein konnte, nach denen sie sich sehnte. Aktuell befand sie sich auf der Jagd nach *Moby Dick*.

Doch sie kam nicht weit. Ein fürchterliches Krachen und Dröhnen, als würde der Rumpf auseinanderbrechen, ließ das Schiff erzittern. Sie und die wenigen anderen Passagiere schraken zusammen. Ein Kind begann zu weinen.

»Das sind nur die Eisschollen«, rief jemand, »die schrammen am Bug lang.«

Anscheinend war das harte metallische Kratzen nicht so bedrohlich, wie es sich anhörte. Dennoch fürchtete Lissy nun die ganze Zeit über, die Fähre könnte leckschlagen.

Normalerweise dauerte eine Überfahrt knapp eine Stunde. An diesem Tag jedoch zog sie sich Stunde um Stunde länger hinaus. Der Kapitän nahm immer wieder neu Anlauf, trieb die Maschinen auf volle Leistung hoch, schaffte ein kleines Stück und wurde erneut von Treibeis zum Stillstand gezwungen. Er kämpfte gegen den Winter so verbissen wie Kapitän Ahab gegen den Wal. Irgendwann gab er sich allerdings geschlagen, und sie kehrten um.

Zwölf Stunden, nachdem sie aufgebrochen waren, machte die *Frisia III* wieder im Hafen von Norderney fest. Die Familie staunte nicht schlecht, Lissy so bald schon wiederzusehen.

»Die Insel wollte dich noch nicht gehen lassen«, scherzte ihre Mutter.

Lissy ergab sich der Situation, die nun mal nicht zu ändern war. Man konnte ihr sogar etwas Gemütliches abgewinnen. Sie traf Freundinnen – mied dabei stets die Straße, in der sich das Modegeschäft von Japs Familie befand –, lief mit Bonno und mit Fraukes und Riekas Kindern Schlittschuh auf dem Teich bei der Franzosenschanze und besuchte noch einmal Tant' Grete.

Bei den Lubinus war die Stimmung allerdings ungewöhnlich gereizt, weil zu Jahresbeginn ganz überraschend die Mutter von Onkel Max aufgetaucht war und sich einzunisten trachtete. Er hatte sie nur als Kind einige Male gesehen und natürlich sein Leben lang vermisst. Die Frau entpuppte sich als hoffnungslose Alkoholikerin. Selbst die Hilfsbereitschaft und Mitmenschlichkeit von Tant' Grete zerschellte an dieser Klippe. Onkel Max, dessen Adoptivvater erst wenige Wochen zuvor gestorben war, mochte seine eigene Mutter nicht vor die Tür setzen, Tant' Grete wünschte sich genau das. Und nun kam noch der Dauerfrost mit Temperaturen von bis zu zwanzig Grad Minus hinzu.

Die Trinkerin verhielt sich, wie Lissy hörte, abwechselnd reizend und unausstehlich. Ihre Enkel waren irritiert von der Launenhaftigkeit und beäugten sie misstrauisch. Mal schlief sie mit brennender Zigarette ein, mal benutzte sie im Rausch vor den Kindern unflätige Worte. Tant' Grete fürchtete um Leib und Seele der Familie. Sie drohte ihrem Mann mit ernsten Konsequenzen.

Lissy konnte sie gut verstehen. Onkel Max' Mutter war von magerer, zäher Gestalt, ihr Haar wirkte, als wäre sie in der Mauser. Ihr Lächeln mochte vor Jahrzehnten etwas Gewinnendes gehabt haben, nun löste es, auch wegen der fehlerhaften, bräunlich verfärbten Zähne nur noch Abscheu aus. Lissy trat frühzeitig den Rückzug an.

Eine Woche nach Lissys Fehlstart mit der noch immer im Hafen festliegenden Fähre brach, initiiert von einem Norderneyer Spediteur, eine Karawane mit Kaufleuten und Privatpersonen auf, um über das zugefrorene Wattenmeer ans Festland zu gelangen. Sie brauchten vier Stunden hin und vier Stunden zurück. Es sprach sich wie ein Lauffeuer herum, als sie es geschafft hatten.

Einer der Teilnehmer der erfolgreichen Expedition, Manni, ließ sich in der darauffolgenden Woche im Inselsalon von Lissy beraten. »Ich suche ein Parfüm für meine Mutter zum Geburtstag.« Lissy präsentierte ihm eine Auswahl. Er musste selbstverständlich von der wagemutigen Tour berichten, alle im Salon hingen an seinen Lippen. »Ich war so durchgefroren, als wir das Festland erreicht hatten, dass ich mir erst mal in der Dorfkneipe von Hilgenriedersiel einen Grog gegönnt hab«, verriet Manni schmunzelnd. »Da ist schon allerlei Volk zusammengekommen, um das Naturwunder zu bestaunen. Drüben auf dem Festland herrscht zurzeit sibirische Jahrmarktstimmung.« Lissy ließ ihn an verschiedenen Parfümfläschchen schnuppern, nannte Duftrichtungen und Preise. Was ihm am besten gefiel, ein Parfüm aus Paris, war ihm zu teuer. Er entschied sich für Uralt Lavendel. Sie packte es ihm hübsch ein. »Mit einem hab ich da gesprochen«, erzählte Manni, »der ist extra aus Berlin gekommen. Will abwarten, bis er mit seinem Horch übers Eis nach Norderney fahren kann.« Lissys Atem stockte. »Es wollen noch mehr zum Vergnügen per Achse übers Meer, die Autofahrer sammeln sich schon.«

Ihr Herz schlug schneller. »Aus Berlin? Was für ein Horch?«

»Der, den sie neulich beim Wettbewerb des Deutschen Autoclubs zum schönsten deutschen Wagen gekürt haben, eine Horch-8-Limousine.«

»Welche Farbe?«

»Grün. Hab ich noch nie gesehen, so 'ne Lackierung.«

»Und der Mann, wie sah der aus?«

»Ziemlich gut, so'n Frauentyp. Groß, vielleicht Anfang oder Mitte dreißig, dunkle Haare.« Die Beschreibung passte genau auf Ivo.

»Das … das ist doch Wahnsinn«, stammelte Lissy. Plötzlich ergab alles einen Sinn – der Vörlopp und Ivos Schweigen. Deshalb hatte er nichts mehr von sich hören lassen. Aber mit dem Auto übers Eis – das war verrückt, viel zu gefährlich, wenn man nicht wusste, wie die Priele und Strömungen unterm Eis verliefen! Alles in ihr geriet in hellen Aufruhr. Ihr Herz schrie. Er durfte nicht ertrinken! »Das geht nicht, das muss verhindert werden.« Sie knöpfte ihren Friseurkittel auf. Es gab keine Zeit zu verlieren. »Wann geht ihr wieder rüber?«

»Die Spedition fährt jetzt täglich. Morgen bin ich auch wieder dabei, frisches Gemüse holen. Um acht Uhr früh versammeln wir uns vor der Post.«

»Ich komme mit.«

»Die Tour is' nix für Mädchen.«

Das Morgenlicht am Horizont versprach einen klaren Frosttag. Lissys Atem gefror zu Wölkchen, sie wickelte ihren Schal höher über Mund und Nase. Pünktlich um acht stand sie vor der Post – mit langer Unterhose unter der ausgedienten Manchesterbüx, die ihre Mutter manchmal bei der Gartenarbeit trug, dickem Wintermantel, einer alten Fellmütze ihrer Großmutter, Handschuhen, Muff und wasserdichten Stiefeln. Sie hatte schlecht geschlafen, war immer wieder aus Albträumen hochgeschreckt. Natürlich hatten die anderen versucht, sie zurückzuhalten, irgendwann aber doch begriffen, dass es lebenswichtig für sie war, schnellstens ans Festland zu kommen. Ihre Hand umschloss in der rechten Manteltasche einen mit Rum gefüllten Flachmann, den ihre Mutter ihr noch zugesteckt hatte. In der anderen Tasche barg sie ein Fläschchen des kostbaren Pariser Parfüms, das Manni so gefallen hatte. Damit erkaufte sie sich einen Sitzplatz auf seinem Pferdeschlitten. Es waren noch zwei Frauen von außerhalb mit von der Partie, eine in blauer Skihose, die andere mit Gamaschen über Halbschuhen. Nachdem die Post verladen war, ging's los.

Der Wattführer Jann Remmers schritt voran wie in alten Zeiten, auf dem Rücken eine Kiepe, mit Wattstock und Kompass. Auch ein Hornist begleitete sie. Jeder, der ein Gespann führte, ob auf Rädern oder Kufen, hatte eine Tröte oder Hupe dabei. Das Getute erregte schon auf der Bürgermeister-Berghaus-Straße Aufsehen. Immer wieder gesellte sich auf dem Weg zum Watt noch ein Mitläufer oder Wagen zu ihnen. Bei schneidendem Ostwind zogen sie schließlich mit fünfzehn Ein- und Zweispännern am Südstrand entlang – hinein in einen Sonnenaufgang wie im Bilderbuch.

Rechterhand erstreckte sich das weite, erstarrte Meer, ganz ungewohnt in blendendem Schneeweiß. Lissy vermisste die Bewegung der Wellen, die vertrauten Rufe von Möwen und anderen Seevögeln. Diese Stille wirkte unheimlich. Abgesehen vom Knirschen und Rumpeln der Karawane hörte man nur ab und zu eine Nebelkrähe. Oder das Brummen von Flugzeugmotoren. Denn inzwischen wurden Post und Notlieferungen per Lufttransport zugestellt. Die Maschinen von Norderney versorgten auch andere Ostfriesische Inseln.

Sie näherten sich der Küste aber nicht auf dem direktesten Weg, sondern mit endlosen Windungen. Nur erfahrene

Wattläufer wussten, wo es sicher war. Die winterliche Dünenlandschaft auf der linken Seite sah recht malerisch aus. Als
sie den Golfplatz und den Leuchtturm passierten, boten sich
reizvolle Motive. Der Inselfotograf sprang um sie herum und
machte Aufnahmen aus vielen Perspektiven, die sich im Sommer sicher gut verkaufen ließen. Lissy hatte keinen Blick dafür. Sie hoffte inständig, dass sie das Festland früh genug er-
reichten, um Ivo von seinem Vorhaben abzuhalten.

Im vorigen Jahrhundert, als es noch keinen Dampferver-
kehr gegeben hatte, waren die ersten Badegäste mit Postkut-
schen auf dieser Route bei Ebbe durchs Watt nach Norderney
gefahren. Noch immer lag dort Ziegelschotter im Schlick, der
jetzt natürlich unterm Eis verborgen war.

Selbst der alte Remmers machte einen angespannten Eindruck, als sie sich der Fahrrinne näherten. Dort bestand die
größte Einbruchsgefahr, und sie musste überquert werden.
Immer wieder verloren sich die Fahrspuren von den Vorta-
gen im Schnee.

»Keine Angst, wir finden schon unseren Weg.« Manni
machte sie darauf aufmerksam, dass der Pfad bereits mit
Strohdocken und Fähnchen einer bekannten Zigarettenmarke
gekennzeichnet worden war. »Sag mal, bist du nicht auf so
'nem Sammelbild zu sehen, als künftiger Filmstar?« Offenbar war es schon Klatschthema im Dorf. Er kniff ein Auge zu
und lächelte spöttisch.

Lissy kam sich blöd vor. »Muss 'ne Verwechslung sein«,
leugnete sie.

Ihre Füße fühlten sich an wie Eisklumpen. Sie sprang vom
Bock und lief neben dem Schlitten her, um ihre Blutzirkulation wieder in Gang zu bringen. Dabei hielt sie Ausschau
nach entgegenkommenden Fahrzeugen, entdeckte aber nur

einen dunklen bewegten Fleck, den sie nicht näher bestimmen konnte.

Ach, Ivo, dachte sie bei jedem Schritt, Ivo, Ivo. Wie war es nur möglich, dass ich wochenlang nicht gespürt hab, wie sehr ich dich brauche? Sie versuchte, ihn telepathisch zu erreichen. Fahr nicht! Fahr nicht! Bitte bleib in Sicherheit!

»Geht's denn nicht schneller?«, rief sie ungeduldig.

Nun hielt auch noch das Fuhrwerk vor ihnen. Ihr Vordermann gab einen Befehl von ganz vorne weiter.

»Magenwärmen!«

Flaschen mit Hochprozentigem wurden herumgereicht. Die Pferdeleiber dampften. Einige Männer machten Witze.

»Wird's drüben nicht langsam diesig?«, fragte Lissy beklommen und bot Manni ihren Flachmann an.

Alles Haarige in seinem Gesicht – Augenbrauen, Wimpern, Bart – war gesprenkelt von kleinen Eiskristallen.

»Mag wohl sein.« Seine Antwort beruhigte sie nicht gerade.

Der dunkle, sich bewegende Fleck, der vielleicht ein Automobil war, verschwand, obwohl er auf sie zukam, im diffuser werdenden Licht. Nach einem weiteren kräftigen Schluck Rum kletterte sie zurück auf den Schlitten. Die Karawane setzte sich wieder in Bewegung.

»Wann kommt denn endlich die Fahrrinne?« fragte sie.

Je tiefer der Grund, desto mehr Wasser strömte noch unter dem Gefrorenen. Besonders gefährlich war es auf dem Eis im Wattenmeer bei ablaufendem Wasser – dann brach es häufig unter der Last. Das wusste Ivo bestimmt nicht.

»Wir sind schon drüber weg«, brummte Manni.

Sie atmete auf. Doch lange hielt die Erleichterung nicht an. Zunehmend behinderte Dunst oder Nebel die Sicht. Hier und da knackte das Eis, ein gespenstisches Geräusch. Mittlerweile konnte sie die vordersten Gespanne schon nicht mehr erkennen. Lissy bibberte, sie kühlte trotz der dicken Kleidung aus. Vor allem aber kroch ihr die Angst unter die Haut. Durch Schneefelder und über Verwerfungen im Eis rumpelte der Treck weiter. Sie fürchtete, dass sie die Orientierung verlieren würden. Ihre Zähne schlugen hörbar aufeinander. Manni griff hinter sich und warf ihr eine Pferdedecke zu. Dankbar hüllte sie sich darin ein.

Der Hornist an der Spitze des Zugs gab nun in regelmäßigen Abständen Signal. Die einzelnen Kutscher antworteten mit ihren Hupen und Tröten in einer bestimmten Abfolge. Die Minuten dehnten sich, die Kälte schnitt in ihre Wangen.

Doch plötzlich riss der Nebel auf. Die Küste lag nicht mehr weit entfernt. Jetzt konnte sie den dunklen Punkt erkennen. Was da übers Eis auf sie zukam, war ein Automobil.

»O Gott!«, flüsterte Lissy. Ihr wurde schwindelig. »Bitte nicht. Bitte, bitte …« Sie schloss die Augen, minutenlang.

Grete

»Es spie-le-het de-her Hirte auf sei-ne-her Scha-hal-mei!«

Grete sang es zu ihrem Klavierspiel vor, und der kleine, um ihren Flügel versammelte Singkreis, zu dem auch ihre eigenen Kinder gehörten, wiederholte die Worte. Mit viel Spaß übten sie den Frühlingskanon ein – bis sich die Wohnzimmertür öffnete. Max' Mutter wankte herein. Gleich waberte ihre Alkoholfahne durch den Raum.

»Spiel lieber mal was Stimmungsvolles!«, rief sie, hob eine halb leere Flasche Weizenkorn in die Luft und begann zu grölen: »Wenn das so weitergeht bis morgen früh, steh'n wir im Alkohol bis an die Knie!«

Lubi, ihrem Ältesten, war das offenbar peinlich. Er flitzte zu seiner Großmutter, stützte sie, indem er seinen Kopf unter ihre Achselhöhle schob, und drängte sie hinaus. Einige Kinder kicherten verschämt. Grete schloss kurz die Augen, atmete bewusst und versuchte sich zu beherrschen. Sie intonierte erneut den Kanon, als wäre nichts geschehen, beendete die Chorstunde aber früher als sonst.

»Mama!« Lubi kam zurück. »Oma hat oben in den Flur gebrochen!«

Grete stutzte einen Moment, dann ging sie, was äußerst selten vorkam, während der Sprechstunde in die Praxis. Sie wartete gerade noch ab, bis ein Patient das Arztzimmer verlassen hatte, dann explodierte sie.

»Max, es ist nicht mehr zu ertragen! Entweder Thekla oder

wir.« Sie konnte die Frau, die ihre letzten Jahre offenbar überwiegend in Kneipen zugebracht hatte, nicht Schwiegermutter
nennen, redete sie auch direkt meist nur mit ihrem Vornamen
an. »Ich meine es ernst. Schaff diese Frau aus dem Haus!«

»Sie ist meine Mutter. Sie ist krank.«

»Max, du hast mir vor langer Zeit einmal drei Fragen geschenkt, weißt du noch? Erstens: Warum ist das so?«

Er blickte sie verwundert an. »Das weiß ich nicht.«

»Zweitens: Wem nützt es?«

Er lachte kurz bitter auf. »Außer der Firma Doornkaat fällt
mir gerade niemand ein.«

Grete stützte sich mit beiden Händen vorn an seinem
Schreibtisch ab. »Am wichtigsten scheint mir die dritte Frage
zu sein: Muss es wirklich immer so bleiben?« Max reagierte
so, wie Männer eben reagierten, wenn man sie durch logisches
Denken in die Enge getrieben hatte – er guckte gequält und
sagte nichts. Sie sog scharf die Luft ein. »Bei allem Verständnis … Thekla ruiniert unser Familienleben. Verschaff ihr endlich einen Platz in einer Trinkerheilanstalt.« Sie ging an sein
Bücherregal. Gezielt griff sie nach dem *Jahrbuch für Alkohol-
gegner*, das sie in den vergangenen Wochen schon häufig stu-
diert hatte, und warf es ihm auf die lederne Schreibunterlage.
»Da! Es gibt doch Adressen genug.«

»Aber nicht jedes Abstinenzsanatorium ist gut. Viele Anstalten sind die Hölle! Und die staatliche Alkoholkrankenfür-
sorge ist eine Katastrophe.«

»Dann kümmer dich privat!«, schrie sie. Sie war wirklich
mit den Nerven am Ende. »Thekla schadet unseren Kindern.«

»Wenn sie nüchtern ist, kommt doch ein ganz anderer
Mensch zum Vorschein«, erwiderte Max mit einer hilflosen
Geste. »Und unsere Kinder haben sonst keine Großeltern.«

»Besser keine Großeltern als so eine Oma!«

Grete verließ das Zimmer. Sie ging ins obere Stockwerk, um den Flur zu säubern. Das mochte sie weder Klara noch Frau Oncken zumuten. Die hatten in letzter Zeit schon genug mitgemacht wegen Thekla. Ihre Armbeuge juckte. Während sie dem Impuls nachgab und sich kratzte, wurde ihr klar, dass sich der längst überwunden geglaubte Ausschlag zurückmeldete.

Lissy

»Bitte, bitte nicht«, murmelte Lissy gequält.

Noch immer hielt sie ihre klammen Handschuhe vor die Augen – und sah in ihrer Fantasie doch genau das, was sie nicht sehen wollte. Wie das Eis brach, wie Ivo mit seinem Auto im Wasser unterging und jämmerlich ertrinken musste.

»He!«, hörte sie Manni rufen. »Die sind ja mutig! Das ist der Milchwagen vom Festland.«

Sie nahm die Hände runter und starrte hinüber. Tatsächlich, vor der Küste juckelte übers gefrorene Wattenmeer der allbekannte Lieferwagen der Molkerei. Nicht der grüne Horch von Ivo.

»Oh, Gott sei Dank!« Halb ohnmächtig atmete sie aus.

»Dor is wat los, wat?«

Auf den letzten Metern bis zum Warenumschlagplatz, der in den vergangenen Tagen auf dem Deichvorland von Hilgenriedersiel entstanden war, legte ihr Trupp noch mal an Tempo zu. Händler aller Art erwarteten sie. Sie hatten Buden improvisiert, Wagenladungen mit frischen Lebensmitteln standen bereit.

Es gab jede Menge Schaulustige, auch ein paar Autos. Eines davon war grün, ein Horch, und es startete soeben zur Fahrt auf die Eisfläche.

Lissy sprang vom Schlitten und lief dem Automobil entgegen. Sie winkte mit beiden Armen. »Halt! Stopp! Nicht fahren!«

Das Fahrzeug hielt. Ivo stieg aus. Er trug einen Pelzmantel, nahm seine Sonnenbrille ab und kniff die Augen zusammen. Gewiss war sie in ihrer Vermummung schwer zu erkennen.

»Ivo!« Keuchend, mit Seitenstichen und schmerzender Lunge, blieb sie kurz vor ihm stehen.

»Lissy?« Er machte einen Schritt vor. »Lissy!« Er umarmte sie, hob sie hoch, drehte sich mit ihr im Kreis und küsste sie. Sie war so steif gefroren, dass sie kaum ihre Arme um seinen Hals schlingen konnte. »Meine Schneekönigin!« Seine Lippen brachten die Eiskristalle auf ihren Wimpern zum Schmelzen, seine Wange rieb sich heiß an ihrer. »Meine Güte, du bist ja völlig durchgefroren.«

»Fahr nicht aufs Eis!«, flüsterte sie. »Schnell, zurück aufs Festland.«

»Ach, das Eis reicht hier bis auf den Grund«, antwortete er unbekümmert. »Das haben mir Fachleute bestätigt.«

Erneut schloss er sie fest in seine Arme. Und sie fühlte eine grenzenlose Erleichterung.

In der Gastwirtschaft Poppinga in Hilgenriedersiel empfing sie gemütliche Wärme. Schon Bismarck und der Herzog von Cumberland hatten hier in der Postkutschenzeit Station gemacht. Der Wirt hängte ihren tropfenden Mantel über einen Heizkörper. Sie bestellten Tee, Suppe und ein Bauernfrühstück. Allmählich taute sie wieder auf.

Ivo bedankte sich bei Manni, der gar nicht wusste, wie ihm geschah, und spendierte ihm einen Grog. »Lissy fährt nicht mit euch zurück«, erklärte er ihm. »Sie bleibt bei mir.«

»Stimmt das, Lissy?«, erkundigte sich Manni vorsichtshalber bei ihr.

Sie lächelte. »Ja. Würdest du bitte im Inselsalon Bescheid sagen?«

Die Gastwirtschaft befand sich in einem riesigen Gulfhof, unter dessen Dach auch noch zwei Läden, ein Saal im ersten Stock und mehrere Gästezimmer Platz hatten. Ivo mietete ein zweites Zimmer für sie neben seinem. Dort liebten sie sich, leidenschaftlich und ohne Worte.

»Es war nicht in Ordnung«, sagte sie anschließend leise, als sie aneinandergeschmiegt unter dem Federbett lagen, »dass du mich hintergangen hast.« Es musste geklärt werden, trotz allem.

»Ich weiß, ich bekenne mich schuldig«, antwortete er zerknirscht. »Aber das hab ich doch nur gemacht, weil ich in dir den ungeschliffenen Edelstein gesehen habe. Ich … ich wollte, dass meine Eltern dich akzeptieren.«

»Eine Friseurin, die Frauen schminkt, würde bei ihnen vermutlich nicht auf Begeisterung stoßen.«

»Es ist, wie es ist. Lass uns ehrlich sein«, antwortete er. »Als perfekte junge Dame, ohne Beruf, würdest du ihnen bestimmt gefallen.«

»Ach, Ivo. Ich gefalle mir selbst nun mal besser mit Beruf«, sagte sie leise, noch weich gestimmt von der Versöhnung. »Und sollte ich eines Tages Lust haben, Dame zu sein, dann aus eigenem Entschluss und nicht durch deine Manipulation.«

»Herrje, ich komme mir langsam vor wie Professor Higgins in *Pygmalion*.« Er lächelte. »Meine Göttin wird lebendig und eigensinnig.«

»Das wolltest du doch, oder?«, neckte sie ihn. »War da nicht irgendwas mit ›Bildung der Gesamtpersönlichkeit‹?«

Er umarmte sie und zog sie auf sich. Sie lag unter der Decke auf seinem warmen Körper. Mehr brauchte sie nicht, um glücklich zu sein.

»Hör auf zu denken«, flüsterte er.

Sie hob leicht den Kopf, sah ihm tief in die Augen … fühlte. Worte versagten auf dieser Ebene der Verständigung. Ihre Brüste sprachen mit seiner Haut, die antwortete, und schon verband sie wieder ein namenloser Energiestrom.

Als sie erwachten, war es dunkel. Schon früher Abend. Sie zogen sich an und stärkten sich in der proppenvollen Gastwirtschaft mit einem leckeren Snirtje genannten Braten. Anschließend unternahmen sie einen Spaziergang unter einem klaren Sternenhimmel. Noch immer herrschten Frost und Ostwind.

»Du willst also wirklich wieder arbeiten?«, fragte er.

»Ja«, antwortete sie bestimmt.

»Dann möchte ich dich aber bitten, dir erst ab Mai eine neue Anstellung zu suchen.«

»Warum?«

»Ich habe für uns zwei Passagen auf dem Passagierdampfer *Europa* gebucht. Du willst doch die Welt kennenlernen. Im April findet die Jungfernfahrt nach New York statt.«

»Nein! Ehrlich?«

»Ich habe dir doch deine Reiseunterlagen nach Norderney geschickt.«

»Was? O Gott, die hab ich verbrannt! Wie alle Briefe von dir.«

»Lissy!« Er klang vorwurfsvoll.

»Au!« Das durfte doch nicht wahr sein! »Ich könnt mich in den Hintern beißen!« Sie hatte eine Luxusfahrt nach Amerika einfach verfeuert – wie entsetzlich, wie unglaublich ärgerlich!

»Das ist jetzt aber nicht sehr damenhaft«, monierte er.

Sie stutzte. Ivo machte sich über sie lustig, oder?

»He!« Sie boxte ihn gegen die Brust.

»Keine Sorge, mein Liebling. Die Reiseagentur stellt uns mit Sicherheit neue Unterlagen aus, bezahlt ist ja schon alles.«

»Oh, du … Wie kannst du nur …? Ich hab heute wirklich schon genug Aufregung gehabt!« Sie blieb stehen. »Ist es wahr? Wir überqueren den Atlantik?« Sie hüpfte auf der Stelle. »Oh, Ivo, das ist fantastisch!«

Er umarmte und küsste sie. »Ja, manchmal ist das Leben wirklich fantastisch. Mit dir sogar ziemlich oft.«

Grete

Norderney, Frühjahr 1929

»Frau Dr. Lubinus!« Der Kaufmann, bei dem Grete seit Jahren Stammkundin war, flitzte hinter seinem Tresen hervor und schob sie am Ellbogen in die Ladenecke, wo die Fässer mit Heringen und Sauerkraut standen. »Auf ein Wort. Ihre Schwiegermutter hat wieder bei uns anschreiben lassen.« Es war ihm ganz offensichtlich peinlich. Er reichte ihr einen Zettel, den er aus dem Regal neben der Kasse genommen hatte, wo er alle Anschreibungen auf diversen Holzbrettern, jeweils mit einem Nagel in der Mitte aufgespießt, sammelte. Für jeden Stammkunden, der anschreiben ließ, führte er ein eigenes Brett. »Dürfte ich Sie wohl bitten? Es läppert sich ganz schön. Die Dame hat ja Geschmack und nimmt keinen Fusel …«

Grete schluckte. Sie blickte in ihr Portemonnaie. Das Geld reichte so gerade eben für die offene Rechnung, dabei hätte es eigentlich noch bis zum Ende der Woche vorhalten sollen.

»Es wäre mir lieb, wenn Sie ihr keinen Alkohol mehr verkaufen würden.«

Schon einige Wochen zuvor, als noch alles gefroren gewesen war, hatte sie darum gebeten. Nun konnte man schon Töpfe mit bunten Primeln kaufen, in den Gärten streckten die ersten Frühlingsblüher ihre Köpfe aus der Erde. Und bei ihr sprossen an Armen und Rücken Ekzeme.

»Tja, was soll ich machen?« Der Kaufmann zuckte mit den

Schultern. »Sie kann ziemlich renitent werden, wenn sie nicht ihren Willen bekommt.«

Grete presste die Lippen aufeinander. Sie nickte nur zum Abschiedsgruß und eilte weiter.

Es wurde immer schlimmer mit dieser Frau. Neulich hatte Wally den Schreck ihres Lebens bekommen, weil Thekla, die sich gern als märchenerzählende liebe Oma gab, auf Entzug gewesen war und das arme Mädchen überraschend angebrüllt hatte. Trotzdem gelang es der Frau immer noch, ihre Ausraster so zu steuern, dass Max davon am wenigsten mitbekam. Er unterstellte ihr, Grete, schon Eifersucht auf seine Mutter. Das war einfach lächerlich!

Sie ging weiter in Richtung Strand, in der Hoffnung, dass der Anblick des Meeres sie beruhigen würde. Mit weiten Schritten erklomm sie die Marienhöhe, schaute in die Ferne, atmete tief ein und aus. In der Nähe spielte jemand Schifferklavier. Tatsächlich, es half, sie begann sich zu entspannen.

Aber dann hörte sie Thekla krakeelen. Grete sah sich um. Nein! Die alte Hexe tanzte auf der Promenade Cancan! Thekla hob ihr Kleid, wedelte damit wie ein Torero und versuchte, die mageren Beine hochzuwerfen. Sie war betrunken wie zehn Mann! Ein paar Leute spornten sie noch mit hämischen Kommentaren an. Grete lief hinunter und packte ihre Hand.

»Komm, komm mit. Dein Sohn wartet auf dich.« Das stimmte nicht. Aber anders hätte sie Thekla kaum vom Fleck bewegen können. »Max will mit dir anstoßen.«

Zu Hause schob sie sie ins Wohnzimmer. »Warte, nimm Platz, ich guck mal, ob er schon fertig ist mit der Arbeit.« Sie marschierte durch den Empfangsraum direkt ins Arztzimmer. Ein Patient lag halb nackt auf der Untersuchungsliege.

362

Es war ihr egal. »Sie sitzt im Wohnzimmer«, sagte sie schwer atmend. »Ich – mach – das – nicht – mehr – mit. Kümmer du dich um sie.«

Bevor ihr Mann etwas erwidern konnte, kehrte sie um. Sie lief die Treppe nach oben. So schnell es ging, packte sie für sich und die Kinder ein paar Sachen.

»Lubi, Wally, Siebo!« Sie rief alle zusammen. »Kommt, wir werden ein paar Tage woanders wohnen.« Der verblüfften Frau Oncken sagte sie beim Hinausgehen: »Richten Sie meinem Mann aus, wir kommen erst wieder zurück, wenn sie nicht mehr hier wohnt.«

Ihr erster Weg führte sie zu Frieda. Sie klingelte am Seiteneingang.

»Warum kommt ihr denn nicht wie sonst durch den Salon?«, fragte Frieda verwundert.

»Na, ich wollte nicht, dass uns noch mehr Leute so sehen.« Grete wies auf ihren Koffer und die kleinen Rucksäcke, die ihre Kinder auf dem Rücken trugen.

»Ach, herrje, Exodus! Kommt rein.«

In der Küche, während die Kinder im Garten mit Bonno spielten, schüttete sie der Freundin ihr Herz aus. Frieda bot ihr an, erst mal bei ihnen zu bleiben.

»Nein, vielen Dank, das möchte ich nicht«, antwortete Grete. »Die Kinder würden zu viel Unruhe in euren Geschäftshaushalt bringen.« Sie unterdrückte einen Seufzer. »Aber leider hab ich nicht viel Bargeld. Von meinem Haushaltsgeld ist nichts mehr übrig, weil ich schon mehrfach Theklas Schulden bezahlen musste.«

Frieda hatte dann die Idee, sie in den Gästezimmern bei ihren Eltern im Fischerhaus unterzubringen. »Meine Mutter wird sich freuen!«

Meta Dirks nahm sie herzlich auf. Sie wollte kein Geld annehmen, doch es wäre Grete unangenehm gewesen, ganz ohne Bezahlung bei ihr zu wohnen. So einigten sie sich auf einen günstigen Frühsaisontarif, der die Verpflegung mit einschloss.

Die Kinder fanden es aufregend in der ungewohnten Umgebung. Sie durften zu dritt in einem Zimmer direkt neben ihrem schlafen. Die Fischerwerkstatt kannten sie schon von Besuchen mit Bonno. Opa Dirks bastelte im Winterhalbjahr immer noch Buddelschiffe. Die faszinierten sie.

Am Abend saßen die Erwachsenen in der Wohnküche beisammen. Auch Frieda schaute noch mal zum Neun-Uhr-Tee vorbei.

»Max hat bei uns angerufen, er wollte wissen, wo du steckst«, berichtete sie. »Ich hab ihm gesagt, dass du gut untergebracht bist. Aber nicht, wo, weil mir nicht klar war, ob er es erfahren soll.«

»Kannst es ihm beim nächsten Mal ruhig sagen.« Grete spürte einen dicken Kloß im Hals.

»Wie geht's denn eigentlich Lissy?«, fragte Meta Dirks ihre Tochter. »Hat sie in letzter Zeit mal wieder geschrieben?«

Frieda strahlte. »Sie schwebt auf Wolke sieben. Mit ihrem Freund ist wieder alles in Ordnung. Sie wollen doch bald eine Seereise nach New York antreten. Darauf fiebert sie nun hin. Sind ja nur noch wenige Wochen.«

»Hat sie denn eine neue Anstellung?«

»Ich glaube, sie schminkt derzeit ab und zu Schauspieler für Spielfilme, auf eigene Rechnung, selbstständig.«

Dass Lissy und ihr Freund Ivo zusammenwohnten, durften die Großeltern natürlich nicht wissen. Grete hütete ihre Zunge. Sie wusste, dass das Fehlen des Trauscheins Frieda nach wie vor gewaltig piekte.

»Ist doch eigenartig, was für Berufe so verschwinden und welche dafür neu kommen, oder?«, sinnierte Meta Dirks. »Badefrauen sucht man heutzutage vergeblich am Strand.«

Obwohl die Dirks taktvoll genug gewesen waren, sie nicht nach dem Grund ihres Auszugs zu fragen, erklärte Grete ihnen schließlich, dass sie wegen ihrer Schwiegermutter die Flucht ergriffen hatte.

»Der Alkohol hat die Frau zerstört, sie tut mir auch wirklich leid. Aber ich kann nicht zulassen, dass er meine Familie kaputtmacht.« Dirk Dirks, sonst die Ruhe in Person, wirkte plötzlich aufgewühlt, sagte jedoch nichts. Sein Blick wurde unruhig, er knetete seine Hände. Vielleicht täuschte sie sich auch.

Max ließ sich nicht blicken, weder am nächsten noch am übernächsten Tag. Dabei musste er doch längst ihren Aufenthaltsort in Erfahrung gebracht haben. Nachts erwachte sie und starrte in die Dunkelheit. Was sollte sie machen, wenn er keine gute Lösung fand?

Am dritten Tag tauchte er endlich auf. Es gefiel ihr, dass ihr Herz noch immer freudiger schlug, wenn sie ihn sah. Das Aufleuchten in seinen Augen verriet ihr, dass es ihm ähnlich ging. Sie fiel ihm trotzdem nicht um den Hals. Sie gingen in ihr Gästezimmer.

»Und?«

»Ich hab einen Platz für meine Mutter organisiert. In einer Trinkerheilanstalt mit lebensreformerischen Ansätzen. Hervorragender Ruf, der Leiter ist ein Bekannter eines befreundeten Kollegen.«

Grete atmete auf. »Das klingt gut.«

»Tja«, sagte Max. »Aber es nützt nichts. Sie will nicht. Ich habe mir gestern Abend den Mund fusselig geredet.« Er setzte sich auf die Bettkante. »Ich weiß jetzt eine Antwort auf die Frage nach dem Warum.« Grete setzte sich neben ihn. »Sie hat mir eröffnet, dass Pastor Lubinus mein leiblicher Vater ist. Sie war seine Magd, aber als sie schwanger wurde, musste sie gehen. Sie konnte nur noch als Aushilfe in einer Schankwirtschaft Arbeit finden. Er hat eine andere geheiratet. Wegen der Schande und aus Liebeskummer ist sie zur Alkoholikerin geworden. Und dann haben sie ihr auch noch das Kind weggenommen.« Jetzt klang seine Stimme heiser. »Als ich knapp vier Jahre alt war, hat mein Vater mich adoptiert, seine Ehefrau bekam keine Kinder. Seitdem stand er als der große Menschenfreund da. Meine Mutter dagegen galt als Abschaum.«

»O Gott, wie schrecklich!« Grete legte ihre Hand auf seine. »Aber wenn Thekla sich jetzt in die Heilanstalt begibt, könnte sich doch alles zum Guten wenden.«

»Ihre Leber ist schon ziemlich ruiniert.« Er schüttelte den Kopf. »Außerdem schaltet sie auf stur. Sie will nicht.«

Grete sank der Mut. Ohne den Willen eines Alkoholkranken war seine Genesung fast aussichtslos, das hatte sie oft gelesen und auch selbst schon in ihrem Leben beobachtet.

»Ja, und jetzt?«

»Ich weiß es nicht«, sagte Max.

So ratlos hatte Grete ihn noch nie gesehen. Und der Ausschlag kroch langsam weiter, auf ihrem Rücken juckte es fürchterlich. Es musste sich etwas ändern.

Jakomina

»Wie immer, Elsbeth?«, fragte Jakomina.

»Ja. Waschen, die Spitzen schneiden und frisieren.« Das bedeutete, einen breiten Knoten am Hinterkopf feststecken. Von ihrer Pompadour-Hochsteckfrisur hatte die Meyer'sche sich zwar getrennt, aber lang bleiben sollte das Haar schon. »Ich brauch dann auch noch ein neues Haarnetz, schön fein bitte, und im richtigen Farbton.« Elsbeth las gerade die Memoiren von Viktoria, der Schwester des letzten Kaisers, die früher oft mit ihrem inzwischen verstorbenen Mann, einem zu Schaumburg-Lippe, auf Norderney gewesen war. Sie hatten Viktoria als junge Frau oft über die Insel reiten sehen und sehr bewundert. »Wenn die Ehe nicht kinderlos geblieben wäre, dann wäre sie gar nicht auf diesen Hochstapler reingefallen, den sie vor zwei Jahren geheiratet hat«, sagte Elsbeth jetzt, erschaudernd vor wohligem Gruseln. »Sie ist ja so exzentrisch geworden, reinweg mal in't Kopp. Fünfunddreißig Jahre jünger als sie! Behauptet, er sei ein verarmter russischer Adliger ... Und brennt dann mit ihrem Geld durch!«

»Unsagbar«, pflichtete Jakomina ihr bei. »Sie kann es sich ja nicht mal mehr leisten, in ihrem Palais Schaumburg in Bonn zu wohnen. Sie musste in ein Hotel umziehen, hab ich gehört. Und ihre Lebenserinnerungen an eine Zeitung verkaufen, um nicht zu verhungern. Was für ein Niedergang!«

»Gut, dass wir so vernünftig sind, nicht, Jakomina?« Elsbeth zwinkerte ihr im Spiegel zu. Und dann schwärmte sie von ihrem neuen Leben ohne Verpflichtungen. Ihr Mann und sie hatten kürzlich die Leitung ihres Kindererholungsheims an jüngere Leute abgegeben. »Wann setzt du dich denn eigentlich zur Ruhe?«, wollte sie wissen.

Die Frage erschreckte Jakomina. Darüber hatte sie noch nie ernsthaft nachgedacht. Obwohl die Arbeit im Stehen ihr immer öfter Rückenschmerzen bereitete und sie Einlagen in den Schuhen tragen sollte.

»Och, mal sehen«, antwortete sie ausweichend und richtete, um abzulenken, ihre Aufmerksamkeit auf das Gespräch, das in der Kabine rechts neben ihnen geführt wurde.

Frieda beriet dort eine flotte Großstädterin mit Garçonne-Haarschnitt. Noch war Vorsaison, doch die ersten Gäste trudelten bereits ein. Diese Kundin wollte sich mit Freunden zu einem privaten Fest treffen.

»Was werden Sie denn anziehen?«, fragte Frieda.

»Einen Seidenpyjama als Abendhausanzug mit Stöckelschuhen«, antwortete die Dame vergnügt. »Die Männer haben's ja immer einfach, selbst bei den Themenabenden. Die ziehen sich einen gestreiften oder gepunkteten Bademantel über oder den geblümten Morgenrock ihrer Angetrauten, setzen sich ein lustiges Karnevalshütchen auf, und dann gehen sie als Schupo oder Großwesir durch.«

»Ja, Großwesire erfreuen sich großer Beliebtheit. Im Roten Teppich soll's während der Saison davon wimmeln.« Frieda lachte. »Also, an Ihrer Frisur würde ich gar nicht viel ändern. Nur etwas Glitzerpomade einarbeiten.«

»Aber ich hätt schon gern einen richtig eleganten Auftritt.«

»Darf ich Ihnen einen Tipp geben? Wenn's auf die Linie ankommt ... tragen Sie zu Ihrem kurzen Haar langen Ohrschmuck!«

Wie Frieda nur immer auf solche Ideen kam! Jakomina schüttelte kaum merklich den Kopf. Das Gespür für diese neuen Moden ging ihr völlig ab.

Ein Entsetzensschrei aus der Kabine links unterbrach ihre Gedanken. Sie riss den Vorhang zur Seite, sah das Malheur und verpasste dem neuen Lehrling eine Backpfeife.

»Ich hab doch ausdrücklich gesagt, du darfst den Zopf nicht zu stramm flechten, wenn du ihn abschneiden willst!« Der auf Kinnlänge geplante Schnitt war dadurch treppenförmig ausgefallen. Einfach verheerend, diese viel zu kurzen Stufen! »Frieda, kannst du mal?«, rief sie. Die Kundin, ein junges Mädchen, brach in Tränen aus. »Frieda macht daraus ganz bestimmt eine sehr hübsche Frisur«, tröstete Jakomina sie. »Ich muss leider gleich weg.«

Ihr stand der Sinn nach eingelegter Roter Bete, wovon ihr eine Bekannte ein Glas versprochen hatte. Nachdem Elsbeth Meyer den Salon verlassen hatte, machte auch sie sich auf den Weg. Beschwingt durchquerte sie das Argonner Wäldchen. Wunderbar, dass es auf ihrer Insel auch ein Wäldchen gab – wie anders die Luft hier gleich roch!

Obwohl es noch nicht besonders warm war, saß ein älteres Pärchen auf einer Parkbank. Sie stutzte. Waren das nicht Friedas Vater, der alte Dirk Dirks, und Thekla, die Mutter von Max? Sie unterhielten sich in trauter Zweisamkeit. Der sonst so wortkarge Sturkopf redete und redete. Jetzt nahm er die Säuferin sogar in den Arm. Das war ja ein Ding! Hoffentlich bekam Meta nichts davon mit. Nach so vielen Ehejahren, und dann ausgerechnet diese Thekla! Wie konnte er nur, der olle Dirks? Jakomina schlug rasch eine andere Richtung ein.

Es war leider so, Frauen wurden nicht schöner mit den Jahren. Ihr machte es auch zu schaffen. Aber wenigstens pflegte sie sich. Und sie ernährte sich und ihre Lieben gesund. Nur ihr Herz vertrocknete so langsam.

Wenigstens tat der Briefwechsel mit Rudolf gut. Sie schrieben sich ohne Verstellung, schilderten einander ihre Trauer, Einsamkeit, Gedanken zum Älterwerden, Sorgen über die Situation des deutschen Volkes, aber auch lustige Tagesbegebenheiten. Manchmal schickte er ein eigens für sie erstelltes Horoskop mit oder einen neuen Tünnes-und-Schäl-Witz. Obwohl sie bei der Lektüre allein auf ihrem Sofa saß, musste sie oft laut lachen. Meist las sie den Witz dann noch einmal für Fritz vor.

Ein paar Tage, nachdem sie Dirk und Thekla beobachtet hatte, stattete Grete ihnen einen Besuch ab. Sie berichtete, dass ihre Schwiegermutter nun doch bereit sei, sich in eine Heilanstalt zu begeben. Und da fiel bei Jakomina der Groschen. Der alte Dirks war früher, noch in der Kaiserzeit, als Trinker bekannt gewesen und hatte in allen Kneipen Hausverbot gehabt. Für seine Familie war es eine schlimme Zeit gewesen. Vielleicht kannte er Thekla sogar aus jenen Tagen. Wahrscheinlich hatte er sich als Betroffener gefordert gefühlt, ein offenes Wort mit ihr zu reden. Er wusste schließlich, wovon er sprach. Dank der Blaukreuzler war er vom Alkohol losgekommen und seitdem trocken. Seine Einmischung durfte den Ausschlag für Theklas Sinneswandel gegeben haben.

Die Erleichterung war Grete deutlich anzusehen. Sie war auch mit den Kindern nach Hause zurückgekehrt. Zum Glück, denn im Salon hatten sie sich schon die dümmsten Gerüchte anhören müssen. Dass Dr. Lubinus eine andere hätte und seine Frau deshalb ausgezogen wäre. Oder dass sie die Körnerfresserei, Tauchbäder und das ganze Reformgedöns nicht mehr ertragen hätte.

Lissy

Der Tag, an dem Lissy beim Arzt die Bestätigung erhielt, dass sie schwanger war, fühlte sich an wie ein gigantischer Gongschlag. Die Nachricht ließ sie erzittern, hallte dröhnend in ihrem Innern nach, machte sie taub für alles andere um sie herum. Sie schlafwandelte durch den Zoologischen Garten, marschierte am Spreeufer entlang, konfus, aufgewühlt, unglücklich und glücklich zugleich.

Am Abend, als Ivo von einer Pferdeauktion zurückkehrte, saß sie in einem bequemen Hausanzug mit einem Kissen vorm Bauch auf dem Sofa. Er merkte sofort, dass etwas nicht stimmte.

»Was ist los?« Er setzte sich neben sie.

»Du sagtest mal, du kennst da einen Arzt …«

Ihre Blicke trafen sich. Er verstand. Sie sah ihn fragend an, keine noch so winzige Reaktion von ihm durfte ihr jetzt entgehen. In seinem Gesichtsausdruck wechselten sich Erstaunen, Freude, Skepsis ab.

»Du … du bist schwanger?«

Sie nickte. Ein Kind würde all ihre Pläne über den Haufen schmeißen. Ein Kind würde bedeuten, dass ihre Träume von Freiheit und Reisen nicht oder jedenfalls nicht so bald in Erfüllung gehen konnten. Mist! War sie zu egoistisch?

Er nahm ihre Hände zwischen seine, atmete tief ein und lange aus, küsste sie auf die Stirn.

»Was denkst du, Lissy?«

»Ich bin durcheinander.«

»Und wenn wir's bekämen?«

»Ich weiß nicht.« Ratlos, Hilfe suchend schaute sie ihn an.

»Dann heiraten wir eben doch«, brachte er hervor. Begeisterung klang anders, fand Lissy. Etwas in ihr sträubte sich dagegen. Sie hatte sich darauf gefreut, volljährig und damit mündig zu werden. Wenn sie heiratete, konnte ihr Ehemann über sie bestimmen. Ivo spürte ihren Widerstand. »Aber, na ja … Du hast mein Wort. Es ist deine Entscheidung. Letztlich.«

Diese Antwort gefiel ihr auch nicht. Wieso war das ihre Entscheidung? Blieb alles an ihr hängen? Wieder sahen sie sich an. Nein, er war ebenso überrumpelt wie sie, ebenso unsicher, er wollte es ihr nur recht machen. Er nannte ihr den Namen und die Anschrift des Arztes. »Nur … wenn du dich dafür entscheidest, dann sollte ich vorher mit ihm sprechen.« Ivo räusperte sich. »Geh nicht einfach so zu ihm.«

Sie atmete tief durch. »Ich muss darüber schlafen.«

Am folgenden Vormittag hatte Ivo einen geschäftlichen Termin. Er bot an, ihn zu verschieben, das hätte es allerdings nicht einfacher gemacht.

»Nein, geh nur. Keine Sorge, ich werde nichts unternehmen, bevor ich mit dir darüber gesprochen habe.«

»Es ist deine freie Entscheidung«, wiederholte Ivo.

»Was willst du denn?«, fragte sie.

»Das, was du willst. Du musst es wollen.«

Sie nickte gedankenverloren. Ihr Herz war überlastet, ihr Verstand arbeitete nur lückenhaft.

Lissy überlegte, ob sie eine Liste anfertigen sollte, mit Punkten, die für ein Kind und dagegen sprachen. Aber das erschien ihr dann doch für eine Entscheidung dieser Tragweite ungeeignet. Sie war so unruhig, sie musste sich bewegen. Also zog sie ihren Mantel über, um spazieren zu gehen. Ziellos lief sie durch die Nebenstraßen des Ku'damms. Es schien ihr, als könnte sie sich dabei selbst zuschauen. Sie kam wieder zu dem Spielzeuggeschäft, in dem sie schon oft etwas für Bonno gefunden hatte. Im Schaufenster hockte ein süßer kleiner Schmusehase mit rosa Ohren. Sie ging hinein und kaufte ihn. War das ihre freie Entscheidung? Eigentlich nicht, es passierte einfach. Sie sah sich selbst dabei zu, wie sie handelte und damit die Weichen für ihre Zukunft stellte. Vielleicht wurde sie gesteuert von etwas Weiserem als sie selbst?

Auf dem Rückweg zu Ivos Wohnung liefen ihr Tränen über die Wangen.

Sie setzte das Plüschtier aufs Sofa. Noch immer beherrschte ein Gefühlsmix ihr Inneres. Beklemmung und tausend funkelnde Freudensternchen lagen eng beieinander.

Ivo kam zeitig von seinem Termin zurück. Sofort beim Betreten des Wohnzimmers registrierte er den Neuzugang, er vergewisserte sich mit einem Blick, und als sie ihn verhalten anlächelte, begann er zu strahlen. Mit wenigen großen Schritten war er bei ihr und umarmte sie stürmisch.

»Ich freu mich auf unser Häschen!«

»Ich mich auch«, flüsterte sie nun glücklich und erleichtert. »Aber heiraten müssen wir deshalb wirklich nicht.«

Jakomina

Das Frühjahr des Jahres 1929 verlief für Jakomina in einer eigenartigen, irgendwie zerrissenen Grundstimmung.

Wenn es auf der Insel – abgesehen vom Wickwief – jemanden gab, der sich mit der Deutung von Vorzeichen auskannte, dann ja wohl sie. Aber die Omen, die ihr auffielen, widersprachen sich.

Es begann Ende März damit, dass Theo berichtete, im Hamburger Hafen am Ausrüstungskai sei auf dem Passagierschiff *Europa* – eben jenem Dampfer, mit dem ihre Enkelin Lissy reisen wollte – ein Großfeuer ausgebrochen. Einen Tag später war dieses Schiff, das Platz für zweitausend Menschen bieten und eines der schnellsten der Welt werden sollte, auf Grund gesunken. Wenn das kein schlechtes Vorzeichen war, was dann?

Frieda und sie riefen an jenem Unglückstag nach Feierabend in Berlin an, um Lissy zu trösten. Ein Ferngespräch war zwar teuer, aber sie ahnten, wie traurig das Kind sein würde, und hofften, es ein wenig aufmuntern zu können. Tatsächlich bedauerte Lissy, dass ihr Reisetraum zerplatzt war. Etwas anderes schien sie allerdings weit mehr zu bewegen. Am Ende des Gesprächs platzte es aus ihr heraus.

»Ich bin schwanger! Ivo und ich, wir freuen uns wahnsinnig.«

Erst einmal waren Frieda und sie vor Überraschung sprachlos.

»Wie schön, gratuliere!«, rief Frieda dann aufgeregt in die

Sprechmuschel. »Wann ist die Hochzeit? Ihr heiratet doch wohl auf Norderney!«

»Hast du seine Familie schon kennengelernt?«, wollte Jakomina wissen.

Doch leider begann es ausgerechnet jetzt in der Leitung zu knacken, die Verbindung wurde immer schlechter.

»Ich schreib euch«, versprach Lissy und hängte auf. Die Familie feierte die freudige Nachricht mit einem Söpke.

In dem Brief, der eine Woche später eintraf, teilte Lissy mit, dass sie schon kurz vor ihrer Flucht nach Norderney schwanger geworden sein musste. Das Kind wurde um den 23. September herum erwartet.

Es geht uns blendend, schrieb sie. *Ich verstehe nicht, weshalb wir unbedingt heiraten sollten. Glücklicher als jetzt können wir nicht werden. Ivos Eltern habe ich einmal zufällig kurz im Hoppegarten kennengelernt, noch bevor ich wusste, dass ich ein Kind erwarte. Seine Mutter hat sich herablassend und verletzend benommen. Sie sagte wörtlich: ›Ich hoffe, dass Sie es nicht darauf anlegen, meinem Sohn ein Kind anzuhängen, um geheiratet zu werden.‹ Daraufhin habe ich ihr gesagt, dass ich Heiraten nicht wichtig finde, wohl aber Liebe und Anstand. Also, kurz gesagt: Auf das Einheiraten in diese hochmütige Familie kann ich gern verzichten.*

Ivo kennt meinen Standpunkt. Er hat mir einen Antrag gemacht, aber ich habe abgelehnt. Solange wir gern zusammen sind, wird uns nichts trennen können. Und warum sollten wir zusammenbleiben, falls wir uns einmal nicht mehr mögen (was ich mir allerdings überhaupt nicht vorstellen kann)? Ich weiß, dass Ivo immer gut für mich und unser Kind sorgen wird. Also bitte macht euch keine Sorgen um mich, sondern freut euch mit uns.

Bei aller Vorfreude auf das Kind – Jakomina war sich mit

Frieda einig: Lissy machte einen Fehler. Moralisch, rechtlich und finanziell. Für sie und das Kind war die Absicherung durch eine Heirat wichtig.

Als Paul davon erfuhr, wollte er sofort nach Berlin reisen und sich »diesen Kerl mal vorknöpfen«. Jakomina bestärkte ihn. Noch war Lissy nicht volljährig. Sie musste nach Hause beordert werden, Paul sollte ein ernstes Wort mit ihrem Kavalier und notfalls auch mit seinen Eltern reden. Doch Frieda sprach sich trotz ihrer Empörung dagegen aus.

Wie stets zog sie ihre Freundin Grete zurate und meinte dann, dass es besser wäre, sich erst einmal zurückzuhalten. »Wenn Lissy sagt, sie ist glücklich, ist das nicht die Hauptsache?«

Frieda zwinkerte Grete dabei allerdings zu, als wollte sie sagen: Die beiden krieg ich schon noch vor den Altar. Ehen zu stiften war schließlich ihr Spezialgebiet.

Wie Jakomina vermutet hatte, entwickelte Frieda bald zusammen mit Grete einen Plan. Max hatte für den Spätsommer eine Einladung als Referent zu einer mehrtägigen medizinisch-pharmazeutischen Tagung in Berlin erhalten. Dann wollten sie beide ihn begleiten und sich um die Schwangere kümmern.

»Man muss diplomatisch vorgehen«, erklärte Frieda Paul und ihr. »Ich kenne meine Tochter. Mit Druck erreicht man bei Lissy nur genau das Gegenteil.«

»Nun denn«, sagte Jakomina widerstrebend.

Es bereitete ihr zunehmend Schwierigkeiten, sich mit solcherlei neumodischen Entwicklungen anzufreunden. Zucht und Ordnung galten immer weniger. Wenigstens Rudolf verstand sie, obwohl er vom Wesen her eine rheinische Frohnatur war und grundsätzlich für leben und leben lassen plädierte. Fritz hätte gewiss noch strengere Moralvorstellungen vertreten.

Die neue Einrichtung des Inselsalons, bei der sich Frieda durchgesetzt hatte, gefiel ihr auch nicht besonders. Der erste Anblick nach der Umgestaltung hatte ihr einen Stich versetzt. Alles so neu und anders, Eiche und Messing, keine prächtigen Ornamente mehr. Es war einfach nicht mehr ihres.

Bonno spielte meist den ganzen Tag draußen mit seinen Freunden, er brauchte sie kaum noch. Frauke hatte mit ihrer Familie ständig was um die Ohren. Sie wurde immer vornehmer, was manchmal ganz schön anstrengend sein konnte. Eigentlich meldete sie sich nur noch, wenn sie mal Trost brauchte. So wie neulich, als ein Döskopp bei ihnen im Laden behauptet hatte, die assimilierten Juden seien die schlimmsten, weil sie sich nur tarnten, um sich in den deutschen Volkskörper einzuschleichen.

Im Sommer fragte Rudolf in einem Brief an, ob sie nicht wieder zur Weinlese *und gern auch länger* zu ihm kommen und auf dem Restaurantschiff aushelfen wolle. *Da die letzte französisch besetzte Zone des Rheinlands nun schon bis Mitte des nächsten Jahres geräumt werden soll – fünf Jahre früher als ursprünglich vereinbart, welch ein Glück –, rechnen wir mit einem baldigen Ansturm deutscher Ausflügler an den Rhein. Eine allgemeine Belebung der Region steht bevor. Auch Geschäftsreisende werden unsere schöne Weingegend verstärkt aufsuchen. Zwar habe ich einen jungen Geschäftsführer eingestellt, weil ich alles etwas langsamer angehen lassen und mehr Zeit haben möchte, das Leben zu genießen, doch eine talentierte Küchenchefin wie Du, die uns die Speisepläne zusammenstellt und auf neue Ideen für Themenwochen oder Abendveranstaltungen bringt, wäre uns*

*sehr willkommen. Über eine angemessene Entlohnung werden
wir uns sicher einig.*

Jakomina ahnte, welche zarten Hoffnungen Rudolf darüber
hinaus mit seinem Angebot verband, und antwortete ihm um-
gehend. *Alte Bäume kann man nicht verpflanzen. Ich liebe die
Nordsee. Eine Insulanerin geht auf Dauer auf dem Festland ein.*

Er schickte eine Postkarte zurück. *Nichts muss bleiben, wie
es war. Alles ist möglich. Die Sterne sagen für dieses Jahr große
Umbrüche voraus.*

Seitdem kämpften zwei Seelen in ihrer Brust. Irgendwann
in diesem heißen, langen Sommer suchte sie das Wickwief
auf. Jantje sprang ganz eigenartig in ihrem Vorgarten herum.

»Was treibst du denn da?«

»He, Jakomina!« Sie lächelte, erhitzt wie ein junges Mädchen. »Ich hüpfe zwanzig Mal auf der Stelle.«

»Warum das?«

»Weil eine Frau, die das jeden Tag macht, im Alter glücklicher ist.«

»Warum sagst du mir das jetzt erst?«, scherzte Jakomina.
Natürlich dachte sie nicht daran, solchen Blödsinn nachzuahmen. »Hast du Zeit?«

»Sicher, komm rein. Wollte sowieso gerade Tee machen.«

Wenig später, als sie in der Küche saßen, fuhr sich Jakomina mehrfach mit der Zunge über die Zähne. Während sie
zu Hause den Tee nach vier bis fünf Minuten Ziehzeit immer
in eine andere Kanne umfüllte, damit er nicht zu bitter wurde,
während andere Hausfrauen in Ostfriesland ihn meist nur
durch ein Sieb gossen, war es für das Ritual des Wickwiefs entscheidend, den Tee mit den Blättern einzuschenken. Dadurch
gerieten natürlich beim Trinken auch immer braune Blatt-
streifen zwischen die Zähne. Endlich löste sich der Fremdkör-

per. Wie sich das wohl auf meine Zukunft auswirkt?, fragte sie sich nachdenklich und zerkaute ihn vorsichtig.

»Was willst du wissen?« Das Wickwief war bereit.

Jakomina stellte die Tasse auf den Kopf und bat um höchste Verschwiegenheit, bevor sie ihren Konflikt schilderte. »Also soll ich oder soll ich nicht?«

Nach längerem Studium der auf dem Unterteller liegenden Teeblätter wollte sich die weise Frau nicht festlegen. »Was sein soll, wird sein.«

»Das hast du mir schon vor Jahrzehnten gesagt«, erwiderte Jakomina leicht vergrätzt.

Fritz hatte sich oft über diesen Ausspruch lustig gemacht und sich, indem er ihn zitierte, als Ersatzorakel angeboten, damit sie das Geld nicht zum Wickwief trug.

»Ist auch immer noch wahr.« Jantje sah sie ernst an. »Aber bedenke eines: Das Unglück kann dich überall erwischen, das Glück nicht. Dafür musst du bereit sein.«

Nachdenklich spazierte Jakomina auf einem Umweg über die Promenade zurück. Viele Urlauber trugen von Kopf bis Fuß Weiß, gern mit kleiner Baskenmütze, einige gingen im Tropenanzug, manche Frauen gefielen sich mit Fuchspelz auf nackter Haut. Sie sah eine Dame in rosafarbenen Schühchen mit einem Pudel an der Brandung herumalbern. Doch das gut situierte Publikum machte alles in allem einen recht manierlichen, bürgerlichen Eindruck. Die wilde, fiebrige Phase der Inflationszeit war vorüber. Und so blaublütig vornehm wie vor dem Krieg würde es nie wieder werden.

Sport und Society, Cocktails und Unterhaltungsprogramm prägten die Insel stärker als früher. Der Kurbetrieb, das musste man zugeben, diente mehr als früher den wirklich Kranken, die von Versicherungsträgern geschickt wurden, weniger der

Erbauung kulturbeflissener Kenner. Alles veränderte sich, das stimmte. Warum tat sie sich nur so schwer damit?

Ihr fehlte einfach der Mut. Das war's. Ein Neuanfang ohne Insel, ohne ihre Familie, Verwandte, Freunde und Nachbarn würde niemals gut gehen. Das schrieb sie am Abend Rudolf noch einmal mit deutlichen Worten, damit er sich rechtzeitig nach jemand anderem umschauen konnte.

Im Hochsommer suchte Dini, eine ihrer hochbetagten Kusinen aus einem Fehndorf, den Inselsalon auf. Sie verbrachte ein paar Tage mit ihren Enkelkindern auf der Insel.

»Mach mal was mit meinen Haaren, Jakomina. Sonst hab ich ja nie Zeit für die Schönheit.«

Sie unterhielten sich angeregt. Ihre Mütter waren Schwestern gewesen. Die Kusine erwähnte beiläufig, dass sie in St. Petersburg geboren sei.

»Wie ist es dazu eigentlich gekommen?«, fragte Jakomina.

»Och, du weißt doch, damals sind die Ehefrauen der Kapitäne, zumindest wenn sie jung verheiratet waren, oft mit auf große Fahrt gegangen.«

»Davon haben die jungen Frauen heute auch ganz falsche Vorstellungen«, erwiderte Jakomina, während sie ihrer Kusine den Kopf einschäumte. »Die denken immer, sie hätten's erfunden mit der Emanzipation.«

Ihre Kusine verzog das Gesicht. »Ich weiß von mehreren Fehntjerinnen, dass sie schon allein deshalb mitgefahren sind, damit ihre Männer das Geld nicht in den Häfen verprassen!« Sie schmunzelte. »Und natürlich, weil sie froh waren, mal ein paar Monate vom häuslichen Kleinkram loszukommen. Chile, Jakarta, Mittelmeer … wenn ich bedenke, wohin überall meine Mutter mitgesegelt ist …«

Jakomina fiel wieder ein, wie ihre Tante einst von sonderbaren Moden in fremden Ländern erzählt hatte. »Deine Mutter hat uns mal erzählt, dass in Holland jeden Sonnabend die Straßen geschrubbt werden«, sagte sie lächelnd. »Erinnerst du dich? Das hat mich als Kind sehr beeindruckt.« Sie spülte Dini das Haar und schlang ihr ein Frotteetuch als Turban um den Kopf.

»Nicht selten starben die Männer unterwegs an Skorbut oder Gelbfieber«, nahm die Kusine den Gesprächsfaden wieder auf. »Dann brachten die Kapitänsfrauen das Schiff samt Ladung mit Umsicht und Tapferkeit an ihren Bestimmungsort. Das weiß heute kaum noch jemand.«

»Stattdessen heißt es immer noch, Frauen an Bord bringen Unglück.«

»Genau das Gegenteil war oft der Fall.«

Während Jakomina das Haar schnitt, merkte sie, dass ein angenehmes Gefühl in ihr aufstieg. Es war Stolz. Auf was für eine prächtige Reihe furchtloser Ahninnen sie blicken konnte!

An diesem Abend unternahm sie nach langer Zeit wieder einmal einen einsamen Spaziergang durch die Dünen. Als sie sicher war, dass sie niemand sah, begann sie auf der Stelle zu hüpfen. Ziemlich anstrengend. Nach dem zehnten Mal musste sie eine Verschnaufpause einlegen. Aber sie schaffte es – zwanzig Mal.

Anschließend schrieb sie Rudolf einen Brief. *Ich komme im September und helfe erst mal bis Ende Oktober mit. Wir werden sehen.*

Frieda

Berlin, September 1929

Endlich fuhr ihr Zug in den Bahnhof Zoo ein. Obwohl die erste Septemberwoche bereits verstrichen war, herrschten noch sommerliche Temperaturen. Sie reisten einen Tag vor Max' Fachkonferenz an, weil die Zusammenkunft schon früh am kommenden Morgen beginnen sollte. Frieda tupfte sich den Schweiß von der Stirn und nahm sich vor, ihren künftigen Schwiegersohn freundlich, aber distanziert zu begrüßen.

Doch kaum hatte sie am Bahngleis Lissy und den Mann an ihrer Seite erblickt, da wusste sie – diese beiden waren füreinander gemacht. Das eigenartige Gefühl starker Gewissheit kannte sie von früheren Visionen, es hatte sie noch nie getrogen. Nur wollte sich diesmal kein Hochzeitsfoto dazu einstellen. Das war seltsam. Wahrscheinlich lag es an der Hitze, den Reiseanstrengungen und dem Gedränge ringsum.

»Mama!« Lissy, in einem luftigen hellen Leinenkleid, fiel ihr um den Hals, küsste sie auf beide Wangen. »Ich freu mich!«

Friedas Herz floss über vor Liebe und Stolz. Ihre Kleine wurde Mama! Sie sah blendend aus, rundlich und strahlend. Ein bezaubernder blumiger Duft umgab sie. Sie trug die Kette aus blauen Glasperlen, die Hilrich für sie in der Ukraine erstanden hatte, dazu neue goldene Ohrstecker.

»Herzlich willkommen in Berlin, Frau Merkur! Ich bin Ivo Sartorius.« Sie kannte ihn bislang nur von Fotos. Seine Stimme klang sympathisch. Er lächelte und überreichte ihr mit einer leichten Verbeugung einen Blumenstrauß. »Schön, dass wir uns endlich kennenlernen.« Beschützend legte er einen Arm um Lissy.

Wie die beiden sich ansahen! Von Frieda fiel eine große Last ab.

Nachdem auch Max und Grete das junge Paar begrüßt und einen Kofferträger instruiert hatten, verabschiedeten sie sich schon wieder, um ins Tagungshotel weiterzufahren. Ursprünglich hatte Frieda dort ebenfalls absteigen wollen, doch Lissy hatte darauf bestanden, dass sie bei ihr und Ivo wohnte. Dort war angeblich Platz genug. Frieda plante bis zur Geburt und etwas darüber hinaus zu bleiben, um Lissy zur Seite zu stehen.

»Bis übermorgen«, Grete winkte ihnen zum Abschied zu. »Und Frieda, du kommst doch dann am Nachmittag zu Max' Vortrag, nicht?«

»Aber sicher, das lass ich mir nicht entgehen.«

»Denk bitte an das Abendessen!«

Danach sollte sie mitkommen zu einem Dinner. Das Tagungshotel sei sehenswert, hatte Grete behauptet, ein richtiges Hochhaus, beinahe ein Wolkenkratzer. Das Essen mit Medizinern und Förderern des Kongresses fand im obersten Stockwerk statt. Es würde ihr bestimmt Spaß machen, Berlin in einem solchen Ambiente von oben zu erleben. Max hatte noch erklärt, dass ein Kollege, mit dem er seit Studententagen bekannt war, dringend eine Tischdame brauchte. Sie werde sich gewiss nicht langweilen.

Doch erst einmal fuhr sie nun mit Ivo Sartorius und Lissy in seinem eleganten Stadtauto durch Berlin. Wobei die beiden nicht allzu weit vom Bahnhof entfernt wohnten. Die Fahrzeit reichte gerade, um ihnen alle Grüße von Norderney auszurichten. »Mein Mann Paul wär natürlich gern mitgekommen. Er lässt herzlich grüßen«, sagte sie ihrem künftigen Schwiegersohn. »Aber Lissys Großmutter fällt für einige Zeit im Salon aus, weil sie einen Freund am Rhein besucht, und einer muss sich ja um den Betrieb und um unseren Sohn Bonno kümmern.«

Die Wohnung beeindruckte sie. Das Gästezimmer war größer als ihre Stube zu Hause und verfügte sogar über ein eigenes Bad. »Vielleicht hätten wir unseren Salon doch in diesem Art-déco-Stil umgestalten sollen. Das sieht schon schick aus.«

Sie tranken Kaffee im Wohnzimmer. Die ausladenden, abgerundeten Polstermöbel in Gold- und Cremetönen kamen vor einer gewagten dunklen Tapete mit geometrischen, goldfarbenen Prägungen besonders gut zur Geltung.

Das Gespräch plänkelte höflich an der Oberfläche. Nach einer Weile verabschiedete sich der Hausherr. Er musste zu einem geschäftlichen Termin.

»Mutter und Tochter haben sich sicher viel zu erzählen«, meinte er augenzwinkernd.

»Mama, ich ahne, was du vorhast«, sagte Lissy, kaum, dass er gegangen war. »Aber bitte sprich ihn nicht auf das Thema Heirat an.«

»Das muss ich.«

»Nein. Er hat mich gefragt. Dass er will, bedeutet mir mehr, als ihn zu heiraten. So fühle ich mich viel freier.«

»Unsinn!« Frieda schüttelte ärgerlich den Kopf. »Moderne Hirngespinste. Es gibt gewisse Sitten und Regeln …«

»Mama«, Lissys Stimme bekam einen drohenden Unterton, »für mich gilt das nicht.«

»Für mich gilt das nicht … Wie kannst du so was einfach behaupten?«, fragte Frieda fassungslos.

»Ja, warum wohl?« Lissys Blick funkelte sie trotzig an. »Muss ich etwa spießig werden, nur weil ich ein Kind erwarte? Ivo und ich führen das Leben, das wir wollen. Misch dich bitte nicht ein, sonst ...« Frieda lüpfte eine Braue. Was sonst?, dachte sie. Sonst kann ich gleich wieder fahren, oder was? Sie riss sich aber zusammen und schwieg. Lissy atmete tief durch, bevor sie weitersprach. »Ich weiß, dass er großen Ärger mit seiner Familie bekäme«, erklärte sie etwas ruhiger. »Seine Geschäfte sind nun mal eng mit der Sartorius Bank verflochten.«

»Ein Mann muss Manns genug sein, wenn er eine Frau liebt ...«, erwiderte Frieda heftig und führte den Satz nicht zu Ende. Ist denn Joseph damals Manns genug gewesen?, schoss es ihr durch den Kopf. Sie hatte ihn trotzdem geliebt und liebte ihn immer noch. Aber bei ihm hatten noch ganz andere Beweggründe mitgespielt. »Geht's dir mehr um sein Geld oder um ihn?«, rutschte es ihr heraus.

Entrüstet sah Lissy sie an. »Das fragst du nicht ernsthaft, oder?«

Frieda bedauerte, dass sie, gerade erst angekommen, schon eine derartige Missstimmung hervorgerufen hatte. Seufzend schüttelte sie den Kopf.

»Nein, natürlich nicht.« Sie sprang auf und ging auf ihre Tochter zu. »Komm her! Ich freu mich, dass es dir gut geht, und ich freu mich unglaublich auf das Kind. Ehrlich, es macht mich froh, dich so zu sehen.«

Sie umarmten sich, Frieda küsste ihre Tochter und strich ihr über das glänzende goldblonde Haar. Es fühlte sich kein bisschen strohig an, wie sonst oft nach dauerhaftem Färben.

»Waffenstillstand?«, fragte Lissy mit einem ernsten Augenaufschlag.

Frieda nickte.

Sie setzten sich wieder und unterhielten sich über alles

Mögliche. Dass Erwins neuer Friseursalon ihnen durchaus Kundschaft wegnahm, vor allem preisbewusste und sehr nationalistisch gesinnte Insulaner. Dass Thekla derzeit trocken war, ein neues Gebiss erhalten hatte und um Jahre jünger aussah, sich aber wegen einer Leberzirrhose in einem Sanatorium im Mittelgebirge aufhielt. Dass die Lubinus-Kinder während der Berlinreise ihrer Eltern samt Kindermädchen bei Lissys Oma Meta wohnten, die sie behandelte wie ihre Enkel.

Lissy berichtete davon, dass Ivo sein Gestüt umbauen ließ und ein großes Bauvorhaben in Berlin-Mitte vorantrieb. »Dort entsteht ein Komplex mit einem Theater und Geschäften, Garagen und Fünfzimmerwohnungen. Es wird ganz außergewöhnlich. Mit Lichthöfen und großzügigen Treppenhäusern und einer fantastischen Fassade. Die Investoren haben sich drum gerissen, bei ihm einzusteigen zu dürfen.« Und sie erzählte von ihren Einsätzen in der Maske bei der Produktion verschiedener neuer Spielfilme. Zuletzt hatte sie wieder Ylvi für eine Filmoperette geschminkt und frisiert. »Ich hoffe, dass ich auch mit dem Kind freiberuflich weiterarbeiten kann.«

Am Abend führten Ivo und Lissy sie zum Essen aus. Sie gingen ins Haus Vaterland, einer Vergnügungsstätte der Superlative, die ein Jahr zuvor die Pforten geöffnet hatte. Frieda kam aus dem Staunen nicht heraus. Hier reihte sich Kino an Café an Varieté, und es gab zwölf Themenlokale, darunter eine spanische Bodega, ein türkisches Café und eine japanische Teestube. Sie speisten auf den sogenannten Rheinterrassen vor einem täuschend echt nachgebildeten Panorama von Burg Rheinfels und dem Loreleyfelsen. Zu jeder vollen Stunde grollte, donnerte und blitzte ein künstliches Gewitter, was bei den Gästen zu lautem Juchhu, Angstrufen und Gelächter führte. Beim ersten Mal war auch sie zusammengefahren und hatte besorgt zu ihrer hochschwangeren Tochter geblickt. Doch Lissy kannte das Spektakel längst, es amüsierte sie nur.

Ivo plauderte angenehm und unterhaltsam. Frieda konnte verstehen, dass Lissy seinem Charme erlegen war. Da er nur sechs Jahre jünger war als sie selbst, wollte sich nicht so recht das Gefühl einstellen, das normalerweise aufgrund des Generationenunterschieds zwischen Schwiegermutter und Schwiegersohn herrschte. Sie stießen auf Jakomina an, die derzeit am echten Schauplatz weilte.

»Hoffen wir, dass es ihr so gut geht wie uns!« Und dann stießen sie auf die Rheinlandbefreiung an, auf den Abzug der französischen Besatzer fünf Jahre vor der ursprünglich nach dem Versailler Vertrag festgelegten Frist.

»Im nächsten Sommer wird's am Rhein jede Menge Feste und Feuerwerke geben«, prophezeite Ivo. »Stresemann hat sehr gut verhandelt. Nur ihm verdanken wir den Youngplan und die vorzeitige Räumung.«

Frieda bot ihm das Du an.

Am Ende des gelungenen Abends, als Lissy bereits im Badezimmer war, mixte Ivo Frieda an der Hausbar noch einen Absacker. Sie machten es sich auf der Loggia in tiefen Gartensesseln bequem. Er zündete sich eine Zigarette an.

»Sobald das Bauvorhaben in Berlin-Mitte abgeschlossen ist, sprich, wenn alle Eigentumswohnungen verkauft sind«, sagte er entspannt zwischen zwei Zügen, »werde ich mich finanziell von der Sartorius Bank abnabeln können.« Frieda spitzte die Ohren. »Dann würde mich auch ein Zerwürfnis mit meiner Familie nicht mehr ruinieren.« Er beugte sich vor und sah Frieda direkt in die Augen. »Natürlich werde ich sie heiraten. Sie weiß es nur noch nicht.«

Frieda sagte nichts. Erleichtert lächelte sie still vergnügt vor sich hin und genoss ihren Cocktail.

Den nächsten Tag verbrachten sie und Lissy bummelnd am Ku'damm, mit mehreren Erholungspausen in Cafés. Sie lernte auch kurz deren Freundin und frühere Kollegin Mia kennen, eine kesse, handfeste Berlinerin, die ihr gefiel. Nicht zuletzt, weil sie so humorvoll von ihren zehn jüngeren Geschwistern erzählte.

»Das könnte die richtige Frau für Dodo sein«, sagte sie hinterher zu Lissy.

Ihre Tochter lachte nur. »Mia ist eine echte Asphaltpflanze, die gehört in die Großstadt.«

Am Nachmittag des folgenden Tages begab Frieda sich ins Tagungshotel. Mit einer aufgeregten Grete ging sie in den Vortragssaal. Natürlich bestand die Zuhörerschaft überwiegend aus Männern. Nur eine Handvoll Ärztinnen, ansonsten mitreisende Gattinnen oder Töchter, wahrscheinlich auch die eine oder andere Geliebte, lockerten optisch die Ansammlung wichtiger Anzugträger etwas auf. Grete deutete an, dass sie und Max endlich mal wieder eine leidenschaftliche Liebesnacht verbracht hatten. Man sah es ihr an. Ihre Augen leuchteten. Sie hatte eine besonders starke, warme und liebenswürdige Ausstrahlung.

Wer Max kannte, spürte seine Nervosität zu Beginn der Ausführungen. Doch sie verflog schnell, schließlich war *Der Stand der Meeresheilkunde* sein Thema. Er versäumte nicht, zu den mit einem Projektor gezeigten Lichtbildern von Norderney immer wieder die Vorzüge ihrer Insel herauszustellen.

»Bei Seegang gleicht die Strandpromenade einem Gradierwerk, nur dass es mit einer Länge von sechs Kilometern unerreicht ist.« Sein Fazit zum Thema Dauerheilung von an Katarrhen der Luftwege erkrankten Kinder lautete: »Der Erfolg liegt nach einer Kur im Höhenklima bei sechzig Prozent, nach einer Seekur jedoch bei achtzig Prozent.« Er verwies auf den höheren Jodgehalt, der sich in Luft, Wasser, sogar in der Kuhmilch und in Pflanzen an der Nordsee messen lasse und wesentlich dazu beitrage, dass die Schilddrüse richtig funktioniere. »Deshalb kommt ja auch der Kropf an den Seeküsten nur selten vor.«

Er erwähnte Studien, die nachwiesen, dass an der See mehr rote Blutkörperchen gebildet würden und Blutarmut im Gegensatz zu früherer Überzeugung durch eine Seekur sehr wohl gebessert werden könne.

»Ist er nicht wunderbar?«, flüsterte Grete stolz.

Frieda drückte zustimmend ihren Unterarm. Zum Glück war Gretes Ausschlag nach Theklas Abschied wieder abgeheilt. Max pries den positiven Einfluss von Kuren im Winter auf die körperliche Verfassung und ganz allgemein zu jeder Jahreszeit auf das Seelenleben. Dazu zitierte er sinngemäß einen Kollegen.

»Der Frühling und das Seeklima haben eines gemeinsam: Beide sind in ihrer Wirkung auf die Psyche mit einem Schluck Sekt vergleichbar.« Es folgten noch einige Ausführungen spezieller Art über Sozialversicherungen, die völlig zu Recht stichhaltige Belege für die Heilungsaussichten forderten, weshalb mehr Studien wünschenswert wären. Sein Vortrag endete unter großem Applaus.

»Meine Güte, was führen wir für ein prickelndes Leben«, flachste Frieda. »Jeden Tag Sekt!«

Sie fuhr mit der Straßenbahn zurück zur Wohnung, um sich umzuziehen. Ivo befand sich noch auf der Baustelle in Mitte. Lissy lag auf dem Sofa und las.

»Meine Beine fühlen sich so schwer an.«

»Na, das ist normal in deinem Stadium der Schwangerschaft«, tröstete Frieda sie. »Hast du Hunger?« Sie machte eine Suppe heiß, schmierte Brote und servierte sie als hübsch dekorierte Schnittchen wie früher. »Ich bleib auch gerne bei dir, wenn du möchtest.«

»Danke, Mama!« Erfreut setzte Lissy sich auf und begann zu löffeln. »Aber dass du bleibst, ist nicht nötig. Der Roman wird gerade richtig spannend, und Ivo kommt ja auch bald.«

»Ehrlich?«

»Ja, ehrlich.«

»Und wenn doch was sein sollte?« Frieda zögerte.

»Wir verstehen uns bestens mit den Nachbarn, die unter uns wohnen.«

»Also gut.«

Frieda duschte, schminkte und parfümierte sich und zog ein neues, von Lieske nach einem Ullstein-Schnitt genähtes Kleid an. Es war aus blaugrauer Seide mit eckigem Dekolleté, darüber trug sie eine dazu passende, lose fallende Jacke. Der Stoffgürtel saß auf der Hüfte, aber nicht so tief, wie man ihn noch vor Jahren getragen hätte. Der Rock durfte inzwischen wieder ein wenig glockig ausschwingen. Komplettiert wurde ihr Aufzug durch echte Seidenstrümpfe, ihre schönsten Spangenschuhe, Hut und Täschchen. Während sie vor dem Spiegel im Entrée der Wohnung helle Lederhandschuhe überstreifte, betrachtete sie sich von Kopf bis Fuß. Gar nicht so übel für vierzig Jahre. Sie hatte zwar im Laufe der Zeit etwas zugelegt, aber ihre Figur konnte sich immer noch sehen lassen. Ihre Frisur mit Mittelscheitel und kinnlangen Wasserwellen umschmeichelte das Gesicht.

»Du siehst fabelhaft aus, Mama!«, sagte Lissy, die aus dem Wohnzimmer gekommen war. »Hier sind noch ein paar lange Perlenketten.«

»Perlen? Etwa echte?«

»Ach, was! Man trägt doch heutzutage Modeschmuck. Diese hier sind von Chanel.« Tatsächlich, die Ketten waren das i-Tüpfelchen. »Viel Spaß, Mama! Grüß Tant' Grete!«

Der Liftboy des Tagungshotels kündigte das obere Stockwerk an, und der Fahrstuhlhalt sorgte dafür, dass es in Friedas Kniekehlen wippte. Mit Kribbeln im Bauch folgte sie den anderen Herrschaften bis in den Vorraum des Speisesaals. Dort fand ein Cocktailempfang mit grandiosem Ausblick auf das Lichtermeer der Vier-Millionen-Stadt statt. Die meisten Gäste standen in kleinen Grüppchen, einige saßen in Clubsesseln um niedrige runde Tische herum und rauchten. Grete und Max waren bereits anwesend, sie stellte sich zu ihnen vor eines der Panoramafenster und nippte an dem exotischen Getränk, das ihr ein livrierter Diener angeboten hatte.

»Professor Dr. Adalbert Schmitz, Entwickler zahlreicher Medikamente durch Selbstversuch«, stellte Max ihr ihren Tischherrn vor, einen etwas schusselig wirkenden Mann, vielleicht Mitte vierzig, mit britischem Backenbart.

Nach dem Krieg hatte er sich von ihm selbst entwickelte Impfstoffe als erster Versuchsperson injiziert und damit die Medizin enorm vorangebracht. Das dadurch angesammelte Vermögen hatte die Inflation ihm wieder geraubt, aber sein Ruf öffnete ihm noch immer Türen.

»Soso, von Norderney kommen Sie … wie interessant!« Es folgten Erinnerungsschnipsel aus seinen Ferien in der Kinderzeit. Frieda kannte das, wann immer sie die Insel verließ, stieß sie auf jemanden, der schon mal da gewesen war und ihr Norderney erklärte. Gefolgt von Sätzen wie »Kennen Sie den jungen Rass? Gibt's die Vermieterin Boomgaarden in der Roonstraße noch? Und was macht Käpt'n Kluin?« Meist konnte sie dazu etwas sagen.

»Es fehlt noch der Direktor der Dresdner Arzneimittel-firma, die unsere Tagung so großzügig unterstützt, mit seiner Gattin«, sagte ein würdig wirkender älterer Arzt, der wohl in die Organisation eingebunden war. »Aber ich denke, wir können schon in den Saal hinübergehen und Platz nehmen.« Es gab einen Saalplan und Tischkarten. Professor Schmitz bot Frieda den Arm, sie fühlte sich ziemlich distinguiert, als sie an seiner Seite den Raum wechselte. Grete warf ihr ein winziges Mundwinkellächeln zu, das nur sie beide verstanden.

Die Vorspeisen wurden bereits an den ersten Tischen serviert, als das verspätete Ehepaar aus Dresden eintraf und sich mit dem dichten Verkehr entschuldigte. Der ältere Arzt, der mit seiner Gattin ebenfalls an ihrem Zwölfertisch saß, machte sie mit den anderen bekannt. Frieda konzentrierte sich noch auf eine Antwort von Professor Schmitz, sodass sie ihre volle Aufmerksamkeit erst mit Verzögerung auf die Neuankömmlinge richten konnte.

Und – ihr Herz setzte für einen Schlag aus, bevor es anfing zu rasen. Da stand, zwei Meter von ihr entfernt, Joseph! Ihr Joseph. Mit grauen Schläfen, stattlich, eine Erscheinung, immer noch unverschämt gut aussehend. Und er starrte sie an, als hielte er sie für eine spiritistische Erscheinung.

»Direktor Gartenstein von den Aporo-Werken in Dresden«, sagte der ältere Arzt, »Frau Merkur von Norderney, eine Freundin unseres geschätzten Redners Dr. Lubinus und seiner Gattin …«

»Jaja«, unterbrach Joseph ihn. Er kam auf sie zu, beugte sich etwas vor, wobei er ihr voller Staunen in die Augen sah, nahm ihre Hand und führte sie langsam an seine Lippen. »Wir kennen uns. Frieda!« Er küsste ihre Fingerspitzen, ihr Herzschlag puckerte bis in die Ohren. Es kostete sie allergrößte Mühe, einigermaßen Haltung zu bewahren. Sie schluckte. Es gelang ihr kaum zu lächeln. »Joseph.«

»Wir kennen uns aus unserer Jugendzeit«, versuchte nun Grete, ihr zur Seite zu springen. »Wir haben einst auf einem Ball, dessen Orchester Paul Lincke höchstpersönlich dirigierte, gefeiert und getanzt.« Sie sang *Glühwürmchen, Glühwürmchen, flimm're!* an, und gleich strahlten alle.

»Oh ja«, pflichtete Max erfreut bei, »das waren Zeiten, was? Unbeschwerte Tage auf Norderney, die Welt war noch in Ordnung.«

Mittlerweile hatte Frieda sich wieder im Griff. Sie schaffte es, freundlich zu lächeln. »Welche Überraschung! Ich dachte, du lebst in Düsseldorf.«

»Das ist eine lange Geschichte.« Er wandte sich Grete zu. »Ach, und Grete! Auch du hübscher denn je!«

»Kannst du dich noch an Max erinnern?«, fragte Grete, »den jungen Arzt, der mich damals geheilt hat?«

»Was, unser Dr. Lubinus ist dein Mann? Glückspilz! Hervorragender Vortrag vorhin übrigens.« Er küsste Grete die Hand, klopfte Max auf die Schulter. Dann setzte er die Vorstellungsrunde bis zum Ende fort und nahm Platz. Nachdem auch für seine Frau, eine gepflegte Matrone, der man Reichtum und mangelnden Esprit auf den ersten Blick ansah, alle Regeln der Höflichkeit erfüllt waren und sie neben Joseph ihre Vorspeise in Angriff nehmen konnte, entspannte sich die Situation vordergründig. Man speiste und plauderte und scherzte.

Der ältere Arzt hakte nach, weshalb die Gartensteins denn nun eigentlich in Dresden lebten. Joseph fasste die Geschichte mit wenigen Worten zusammen.

»Wir waren von der Besetzung der linksrheinischen Gebiete betroffen. Als unser Hauptwerk bei Düsseldorf unter französische Verwaltung kommen sollte, gelang es einigen Mitarbeitern noch, wichtige Betriebsunterlagen rechtzeitig in die unbesetzte Provinz Sachsen zu unserem Tochterwerk in Dresden zu bringen.« Er lächelte gewitzt. »Sie haben dafür gesorgt, dass die Franzosen sie nicht in die Finger bekamen.«

Seine Frau Anna schaltete sich ein. »Wir wohnen in einer sehr schönen Villa am Elbhang im Stadtteil Weißer Hirsch. Mir gefällt es inzwischen ausgezeichnet in Dresden.« Sie wandte sich an Frieda.

»Ist Ihr Gatte auch Mediziner?«, wollte sie mit gekünstelter Süße wissen.

»Nein, er ist Friseurmeister.« Frieda spürte, wie ihre Wangen heiß wurden. »Wir haben auf Norderney einen Friseur- und Schönheitssalon.« Das mit dem Schönheitssalon sagte sie sonst nicht, aber es stimmte ja, und es klang vielleicht ein bisschen bedeutender.

»Ach ja?«, antwortete Anna Gartenstein in einem Ton, aus dem Frieda heraushörte, dass sie sagen wollte: Und warum sitzt so eine hier bei uns am Tisch? Im weiteren Verlauf des Abends warf sie Frieda ab und zu einen misstrauischen Blick zu. Ihr war anzusehen, dass sie nachdachte. »Dann kennt ihr euch aus dem Sommer unserer Verlobung, oder?«, entfuhr es ihr schließlich.

»Ja, richtig«, antwortete Joseph.

Und Frieda fragte sich, wie sie diese Situation bis zum Dessert durchstehen sollte, ohne dass ihr vorher das Herz aus dem Leib sprang.

Mal sah sie auf ihren Teller und versuchte, wieder in einen vernünftigen Atemrhythmus zu kommen, mal schaute sie hoch. Dabei konnte sie, obwohl sie sich bemühte, nicht vermeiden, dass ihr Blick Joseph streifte. Sobald sie sich in die Augen sahen, legte der Gefühlssturm in ihrem Innern wieder um einige Windstärken zu.

Sie wusste nicht, was sie da gerade aß oder trank, sie arbeitete sich einfach so manierlich wie möglich durch das Menü und beteiligte sich nicht am Tischgespräch. Die Männer waren schnell bei der großen Politik, die Damen hielten sich an typische Frauenthemen. Vor allem Josephs Frau parlierte, wie es sich gehörte. Grete dagegen befand sich in einer gelösten, übermütigen Stimmung. Sie machte einige witzige Bemerkungen. Die Begeisterung über die Tagung, vielleicht auch die Aufregung über das unerwartete Wiedersehen und die ungewohnten Cocktails hatten ihre Zunge gelockert.

Professor Schmitz äußerte sich zu der Rede, die Außenminister Stresemann zwei Tage zuvor vor dem Völkerbund in Genf gehalten hatte. »Ein vereintes Europa strebt er an, mit einer gemeinsamen Währung!«, sagte er spöttisch. »Und er glaubt allen Ernstes, das sei keine Utopie?«

»Das wird er nie durchsetzen«, gab ihm ein jüngerer Arzt recht. »Hitler und seine Partei sind strikt dagegen. Sie haben Hugenberg auf ihrer Seite, und der unterstützt mit seinem Zeitungsimperium all jene, die Rache fordern und Deutschland wieder groß machen wollen. Das Trauma des schmachvollen Friedens muss überwunden werden.«

»Ich bin sehr für eine Versöhnung, obwohl ich in französischer Kriegsgefangenschaft war«, widersprach Max. »Oder gerade deshalb. Wenn sich die europäischen Länder vereinigen, müssen sie keine Kriege mehr gegeneinander führen.«

»Eine gemeinsame Währung wäre für international tätige Unternehmen wie Aporo von großem Vorteil«, hörte Frieda Joseph sagen.

Sie bewunderte ihn dafür, dass er einen ruhigen, überlegenen Eindruck machte. Sie dagegen musste sich konzentrieren, ihre zittrigen Hände unter Kontrolle zu behalten, damit ihr nichts von der Gabel rutschte.

»Stresemann sieht ziemlich krank aus in letzter Zeit«, bemerkte der ältere Arzt. »Im Sommer hatte er einen Arterienkrampf in den Beinen. Er musste deshalb wichtige Termine absagen. Ich meine, er sollte sich mehr schonen.«

»Immerhin kommt er mit seiner Frau regelmäßig zur Kur nach Norderney«, hob Grete hervor.

»Ist sie nicht jüdisch versippt?«, fragte Anna Gartenstein spitz.

»Wer weiß, ob er ohne diese Seekuren überhaupt noch bei Kräften wäre«, warf die Gattin des älteren Arztes ein, »ob er geleistet hätte, was er geleistet hat.«

»Dass er Norderney privat aufsucht, ist nicht zuletzt meiner Freundin Frieda Merkur zu verdanken«, sagte Grete mit einem schelmischen Lächeln.

Frieda zuckte zusammen. Was behauptete sie da?

»Nein!«, wehrte sie verlegen ab. »Natürlich nicht.«

»Doch!«, beharrte Grete beschwipst. »Ich erinnere mich an unsere erste Begegnung mit ihm, das war 1920. Er gehörte noch als einfacher Reichstagsabgeordneter zu der Kommission, die unser Seehospiz inspizierte.«

»Also, ich hab damals nur geholfen, ein kleines Picknick für die Kommission in den Dünen vorzubereiten«, stellte Frieda richtig. Wahrscheinlich glühten ihre Wangen inzwischen.

»Ja, du hast deine legendären Mandelkekse gebacken.« Grete kicherte wie ein junges Mädchen. »Ich seh's noch vor mir … Er stand da in den Dünen, knabberte verzückt einen deiner Mandelkekse, und als hätte der Genuss ihm seine Sinne geöffnet, schaute er plötzlich ganz anders auf die Landschaft um sich herum.«

»Er hat dich bewundert«, erwiderte Frieda, »du lagst malerisch dahingegossen am Dünenhang.«

»Nein, nein! Er atmete tief durch, und ich erinnere mich noch genau, dass er laut sagte: Ich muss unbedingt mal mit mehr Zeit wiederkommen, privat.«

»Womit der Nachweis erbracht wäre, dass es eine direkte Verbindung von unserer Frieda zur Stabilisierung des Gesundheitszustands von Stresemann gibt«, scherzte Max, offenbar beflügelt vom Erfolg seines Vortrags. »So gesehen verdanken wir die Aufnahme Deutschlands in den Völkerbund und die vorzeitige Räumung des Rheinlandes nicht nur Stresemanns Geduld und Verhandlungsgeschick, sondern auch Friedas Mandelkeksen. Das nennt man eine Kausalkette.«

Die meisten am Tisch schmunzelten.

Frieda lächelte gequält, sie machte eine abwehrende Handbewegung, ihr war das Ganze eher peinlich.

»Kein Zufall!« Grete giggelte vergnügt, sie nahm noch einen Schluck Wein. »Schon der damalige Reichskanzler Fürst von Bülow, übrigens jeden Sommer Stammkunde im Inselsalon, nannte sie ›meine kleine Freundin‹.«

»Sie scheinen ja wirklich eine ganz besondere Frau zu sein …« Professor Schmitz erhob sein Glas, alle anderen taten es ihm gleich. »Auf Ihr Wohl!« Sie stießen miteinander an.

»Auf eine besondere Frau!«, sagte Joseph.

Sein Blick ging ganz tief. Wie kann er mich nur so ansehen, dachte sie. Da begreift doch jeder, was los ist.

Lissy

Das Telefon klingelte. Mühsam hangelte Lissy sich mit ihrem dicken Bauch vom Sofa hoch. Ivo war am Apparat.

»Hallo, meine süße Robbe. Alles in Ordnung?«

»Ja, alles bestens.«

»Du, wir haben hier einen Interessenten für eine Fünfzimmerwohnung. Es wäre gut, wenn wir mit ihm noch ein Lokal aufsuchen würden, um ihn vollends zu überzeugen.«

»Wer ist denn ›wir‹?«

»Ach, Walter ist auch hier. Für ihn wär's wichtig, dass bald Bares aus seinen Investitionen zurückfließt.« Walter ließ sich seine wechselnden Damenbekanntschaften einiges kosten. Kein Wunder, dass es Mona ärgerte, ihren einstigen Ehemann ständig mit einer Neuen in der Clique zu treffen, die er auch noch verwöhnte. Lissy überlegte, ob seine Sprunghaftigkeit vielleicht ein Hinweis darauf war, dass er Mona immer noch liebte und in keiner anderen Frau das fand, was sie für ihn bedeutet hatte. Aber vielleicht war das auch eine zu romantische Betrachtungsweise. »Kann ich dich denn noch zwei Stunden allein lassen?«, fragte Ivo.

»Kein Problem, Darling. Ich les die letzten dreißig Seiten bis zum Schluss meines Romans.«

»Immer noch Vicki Baum?«

»Ja, *Menschen im Hotel.* Sehr spannend! Und solltest du nach dem hoffentlich guten Ende noch nicht zurück sein, leg ich mich einfach schon schlafen.«

»Du, vielleicht dauert's auch nur eine gute Stunde.«

»Hetz dich nicht meinetwegen.«

»In Ordnung. Bis später also!«

»Ja, tschüss, viel Erfolg und Grüße an Walter!«

Sie hatte das Gefühl zu watscheln, als sie ins Bad ging. Das Gewicht des Kindes drückte auf die Blase, sie musste schon wieder zur Toilette. Wie sie sich nach ihrer alten Leichtigkeit sehnte!

Nachdem sie die Spülung betätigt und die Hände gewaschen hatte, bemerkte sie Feuchtigkeit zwischen ihren Oberschenkeln. Viel Feuchtigkeit, zu viel. Etwa Blut? Erschrocken hob sie ihr Kleid, jetzt floss ein Schwall Wasser aus ihrem Unterleib. Hilfe! Was war das? Natürlich – die Fruchtblase, sie musste geplatzt sein. Aber sie hatte doch noch gar keine Wehen!

Eigentlich sollte der Blasensprung, das wusste sie von ihrem Arzt, während der Geburt, ungefähr im ersten Drittel, erfolgen. Panisch, hilflos, drehte sie sich, immer noch ein Frotteetuch in der Hand, vor dem Spiegel hin und her.

Je mehr Fruchtwasser entweicht, überlegte sie, desto weniger kann es noch das Kind schützen. Sie musste es aufhalten.

Rasch hangelte sie sich ins Schlafzimmer, legte sich aufs Bett, schob ein dickes Kissen unter ihr Becken. Sie versuchte, ruhig zu atmen. Tant' Grete hatte ihr einige Atemübungen beigebracht.

Ihre Gedanken wurden etwas klarer. Sie erinnerte sich an eine Kollegin in Dimitris Salon, die ein zurückgebliebenes Kind hatte. Es war nach einem vorzeitigen Blasensprung tiefer gerutscht, dabei hatte sich die Nabelschnur um seinen Hals gewickelt und ihm die Luft abgeschnürt. Das Gehirn war nicht mehr richtig durchblutet worden. Es hätte auch ersticken können.

Verzweifelt überlegte Lissy, was sie tun sollte. Wenn sie aufstünde, um zum Telefon zu gehen und Hilfe zu rufen, riskierte sie ein Unglück.

»Nein!«, schrie sie entsetzt.

Dann riss sie sich zusammen. Auch Hysterie würde dem Kind schaden. Sie musste liegen bleiben und abwarten, bis jemand kam.

»Mama!«, flüsterte sie weinend. »Mama, komm! Hör mich! Hilf mir!«

Frieda

Frieda starrte auf das Dessertbesteck. Die Anspannung war kaum mehr zu ertragen. Dankbar registrierte sie, dass nun einige der Herren aufstanden, um zwischen den Gängen auf der Dachterrasse zu rauchen. Grete und die Frau des jüngeren Arztes erhoben sich ebenfalls, um frische Luft zu schnappen und den Ausblick zu genießen. Frieda schloss sich ihnen an.

Als sie am Geländer stehen blieben, kam Joseph dazu. Grete warf Frieda einen bedeutungsvollen Blick zu.

»Ach, ist das dort drüben die Synagoge?«, fragte sie und zog die Arztgattin mit sich fort.

»Frieda.« Joseph lächelte verhalten. »Du bist noch schöner geworden.«

»Dass wir uns hier wiedertreffen …«, sagte sie.

»Wie geht es dir?«

»Gut. Danke. Und dir?«

»Ja, kann nicht klagen.«

»Meine Tochter«, *unsere Tochter,* dachte sie, »lebt in Berlin. Sie erwartet ein Kind.«

»Wie schön, ich gratuliere.«

Sie spürte seine Energie, seinen Wunsch, ihr viel näher zu kommen und ganz andere Dinge zu sagen. Aber sie befanden sich unter Beobachtung. Aus den Augenwinkeln registrierte sie, dass Grete, ihre liebe, gute Freundin, Josephs Frau in ein Gespräch verwickelte und damit von ihnen fernhielt. Frieda atmete tief durch.

»Alle zehn Jahre sehen wir uns«, sagte er. »Verrückt, oder?«

»Ja.« Ihre Blicke verrieten einiges von dem, was sie nicht aussprechen konnten.

»Bist du glücklich mit deinem Mann?«, fragte er leise.

Sie überlegte kurz. Sie waren ein gutes Gespann. Sie hörte ihm gern zu, wenn er morgens im Bad sang, er war zuverlässig, wohlwollend, und er verstand es, sie zu trösten.

»Ja.« Sie bemühte sich um Festigkeit in der Stimme. Aber nicht so glücklich, wie wir es geworden wären, dachte sie. Die Magie fehlt. Mit dir hätte das Leben mehr Tiefe und mehr Poesie gehabt. »Unser Sohn macht uns viel Freude, der Salon läuft.«

»Das freut mich.«

»Und du?«

Er hob selbstironisch eine Braue. »Alles hat seinen Preis. Was gibt's denn Neues auf Norderney?«

»Oh, eine Menge. Das kleine Logierhaus, weißt du noch, wo ganz früher das Café Hoegel drin war, ist abgerissen worden. Sie bauen an der Stelle Europas erstes Meerwasserwellenhallenbad.«

»Gewaltig! Schon allein das Wort!«

Sie lachte kurz auf. »Ja, die Kinder lieben es, vor allem beim Galgenwortspiel.«

»Aber ich hoffe, einiges ist auch unverändert«, sagte er, »der Strand ... und der Leuchtturm ...«

Sie nickte, natürlich verstand sie die Andeutung. »Der Turm leuchtet, sein Licht ist immer noch da.«

Der Ausdruck in seinem Gesicht veränderte sich, es wirkte plötzlich nackt. Und die Art, wie er sie ansah, bereitete ihr eine Gänsehaut.

»Allein zu wissen, dass es dich gibt, Frieda«, sagte er langsam, »hilft mir immer wieder.«

Sie lächelte schmerzlich. »Ja, ich weiß.«

»Das Licht in uns, das wir sehen, wenn wir träumen ...«, begann er, stockte und führte den Satz nicht zu Ende.

»Ich weiß«, erwiderte sie.

Ein Ehepaar spazierte auf sie zu. Der Mann begrüßte Joseph und wollte wegen eines Aporo-Medikaments etwas von ihm wissen.

»Entschuldigen Sie mich bitte.«

Frieda nutzte die Unterbrechung, um in den Puderraum zu gehen. Dort versuchte sie, sich zu sammeln. Doch die innere Unruhe wich nicht. Im Gegenteil, auf einmal mischte sich Angst um Lissy hinein. War es wirklich nicht weiter schlimm gewesen, dass sie über schwere Beine geklagt hatte? Was, wenn Ivo nicht bei ihr sein konnte? Sie selbst war mit Bonno gut zwei Wochen vor dem errechneten Geburtstermin niedergekommen. Vielleicht lagen frühe Geburten in der Familie, und ihre Tochter brauchte sie in diesen Minuten ...

Du machst dich verrückt, mahnte Frieda sich dann wieder. Du bist durcheinander, weil das Wiedersehen mit Joseph dich aufwühlt. Aber das ungute Gefühl Lissys wegen legte sich nicht.

Kurzentschlossen fuhr Frieda mit dem Fahrstuhl hinunter in die Hotellobby und bat am Empfang um die Vermittlung eines Telefongesprächs mit dem Anschluss von Ivo Sartorius. Dort nahm niemand ab. Sie wartete fünf Minuten und wiederholte den Anruf. Vergeblich.

Noch beunruhigter kehrte sie ins Dachgeschoss zurück. Sie ging an den Tisch, der gerade abgeräumt wurde, zog ihre Jacke über, nahm die Handtasche und suchte Grete auf der Dachterrasse, um sich zu verabschieden.

»Was, du willst schon gehen?«, fragte ihre Freundin

entgeistert. »Das Dessert kommt doch noch. Und überhaupt …«

»Ich mache mir Sorgen um Lissy, ich muss! Sie geht nicht ans Telefon.«

»Vielleicht macht sie gerade einen Spaziergang.«

Frieda schüttelte den Kopf. Nervös kramte sie in ihrem Täschchen nach dem Wohnungsschlüssel, den Lissy ihr mitgegeben hatte, für den Fall, dass sie und Ivo schon schliefen, wenn sie zurückkam.

»Ich hab so ein Gefühl, Grete … Tut mir leid. Entschuldige mich bei den anderen, besonders bei Joseph.«

Sie nahm ein Taxi.

Kaum hatte sie die Wohnungstür aufgeschlossen, vernahm sie schon Lissys aufgeregte Stimme. »Mama? Ivo?« Sie drang aus dem Schlafzimmer. Dort lag ihre Kleine mit verweintem Gesicht. »Mama, ich hab solche Angst!«

Frieda erkannte gleich, was los war. »Wie oft kommen die Wehen?«

»Noch gar nicht.«

»Gar nicht?« Frieda lief zum Telefon. Zum Glück standen die Telefonnummern für Notfälle in einem Notizbuch, das auf der Kommode lag. Sie alarmierte den ärztlichen Hilfsdienst und kümmerte sich um Lissy. »Das wird schon, mein Schatz. Bleib ganz ruhig.«

In Wahrheit machte sie sich größte Sorgen.

Jakomina

Oberes Mittelrheintal, September 1929

Schwer beladen kehrten Jakomina und Rudolf vom Einkaufen zurück in sein altes, gemütliches Häuschen, das am Rheinufer gegenüber vom Restaurantschiff stand. Ein weinberanktes Spalier trennte seinen Vorgarten von der Uferstraße. Das Lokal schien gut besucht zu sein, zumindest waren auf dem mit Fähnchen geschmückten Deck fast alle Plätze besetzt. Der neue Geschäftsführer, Schorsch, ein entfernter Verwandter von Rudolf, hatte den Betrieb im Griff.

In Rudolfs Küche, die Jakomina zu seiner Belustigung hartnäckig Kombüse nannte, luden sie alles ab, was sie für das neue Menü benötigten, das ihr für die Speisekarte vorschwebte – Rehrücken, Spätburgunder für die Soße, Zutaten für selbst gemachte Nudeln und eingelegte Weinbergpfirsiche.

»So, das hätten wir geschafft«, sagte Rudolf zufrieden.

Er nahm Jakomina in den Arm, ganz selbstverständlich, wie er sie auch schon am Tag ihrer Ankunft am Bahngleis in den Arm genommen und ihr einen dicken Schmatz aufgedrückt hatte. Sie ließ es sich gefallen. Nein, mehr als das, jetzt blieb sie sogar ein paar Sekunden länger an seinen gut gepolsterten Körper geschmiegt und fühlte seine Wärme. Er roch gut. Für sein Alter wirkte Rudolf trotz Übergewicht und leichter Kurzatmigkeit durchaus attraktiv. Zum einen lag es an der Größe, man fühlte sich bei ihm gut aufgehoben, beschützt, aber vor allem wohl an seiner Bereitschaft, fröhlich zu sein. Die Geheimratsecken waren im Laufe der Jahre so weit zurückgegangen, dass er mit dem Resthaar einen komplizierten Überschlag über die Halbglatze zu frisieren pflegte. Den allerdings fand Jakomina lächerlich. Mit allen fünf Fingern strich sie die gestärkten Strähnen zurück.

»Lass es, Rudolf«, sagte sie tadelnd mit einem liebevollen Kopfschütteln. »Bist doch trotzdem ein gut aussehender Mann.«

»Du findest mich gut aussehend?« Er strahlte und kokettierte ein wenig. »Könntest du das bitte noch mal wiederholen?«

»Na ja.« Sie zierte sich ebenso kokett.

Er nahm sie fester in den Arm. »Dann passen wir doch sehr gut zusammen. Du bist eine schöne Frau.«

»Ach, Rudolf, das war einmal!« Resigniert winkte sie ab. »Ich kann jeden Tag Urgroßmutter werden.«

»Die schönste Urgroßmutter am ganzen Rhein! Wenn du lächelst, Jakomina, sehen deine Falten aus wie Sonnenstrahlen. Dann schau ich dich besonders gerne an.«

Mit einer Grimasse befreite sie sich aus der Umarmung. Aber sie fühlte sich leicht und froh und unternehmungslustig wie schon lange nicht mehr. »Dann woll'n wir mal!«

Sie wusch sich die Hände im Spülbecken, um mit den Vorbereitungen fürs Kochen zu beginnen. Rudolf öffnete die Burgunderflasche. Er schenkte eine Probe ein, kostete und reichte ihr das Glas weiter.

»Nicht schlecht. Was meinst du?« Beim Weinverkosten war sie noch Anfängerin, aber begabt und ehrgeizig. Sie drückte die benetzte Zunge gegen den Gaumen und nickte zustimmend. »Was machen wir denn bloß, wenn im Sommer all die

Befreiungsfeiern stattfinden?«, überlegte Rudolf laut. »Unser Schiff wird nicht ausreichen für den Ansturm, ich sag's dir! Wir bräuchten noch eine geniale Idee.«

In diesem Augenblick betätigte draußen jemand den Türklopfer.

»Post! Telegramm!«

Jakominas erster Gedanke war, dass auf Norderney etwas Schlimmes passiert sein musste. Kaum war sie mal nicht da, lief alles aus dem Ruder … Dann dachte sie an Lissy in Berlin und stürzte hinter Rudolf her zur Haustür.

»Für Frau Fisser«, sagte der Telegrammbote.

Sie riss den Umschlag auf. »*Marina da*«, las sie vor. »*Mutter & Tochter wohlauf. LG Frieda.*« Ihr fiel ein Stein vom Herzen. Jubelnd fiel sie Rudolf um den Hals. »Ein Mädchen! Ich bin tatsächlich Uroma. Das müssen wir feiern!«

An diesem Abend luden sie die Stammgäste des Schiffslokals ein. Es wurde getrunken, gesungen, geschunkelt und getanzt. Ein Bombardement aus Tünnes-und-Schäl- und Frau-Wirtin-Witzen erschütterte ihr Zwerchfell. Spät in der Nacht wankte sie mit Rudolf als Letzte über die Gangway zurück ans Ufer. Eine halb volle Flasche Riesling hatte er noch als Schlummertrunk mitgenommen.

Jakomina schnupperte. In der milden Luft schwebten reife, spätsommerliche Aromen. »Lass uns ein wenig gehen«, bat sie. »Es ist so viel gequalmt worden.«

Arm in Arm spazierten sie am Rhein entlang. Die Umrisse der Weinberge und des Loreleyfelsens zeichneten sich wie Scherenschnitte vor einem samtig blauen Himmel ab. Der Geruch von feuchtem Gras im Mondschein stieg ihr in die Nase. Es war verrückt, dass sie sich ausgerechnet als frischgebackene Uroma plötzlich wieder jung fühlte.

»Komm, setz dich!« Rudolf legte seine Jacke über einen Baumstamm am Ufer. Er selbst nahm darauf Platz wie auf einem Pferd, mit je einem Bein rechts und links und zog sie vor sich runter. Mit dem Rücken gegen ihn gelehnt genoss sie es, mitten in einem wahr gewordenen Rheintraum zu sein. Er reichte ihr die Flasche. Sie nahm einen Schluck und schmeckte nach.

»Gelbe Früchte, Schiefergestein, mineralisch«, sagte sie, als sie ihm die Flasche über ihre Schulter zurückgab.

»Sehr gut! Wer hätte das erwartet von einer Ostfriesin!« Er drückte ihr einen Kuss aufs Haar und begann, ihr wieder ein paar Sternbilder zu erklären.

Es war wunderschön. Die romantische Stimmung, der Dusel in ihrem Kopf, die Freude im Herzen. Und auf einmal hatte sie einen Geistesblitz.

»Weißt du was? Wir veranstalten im Sommer ein riesiges Picknick am Rheinufer entlang!«

»Ja, das ist es!« Rudolf war sofort begeistert. »Mit Tischen und Stühlen in einer langen Reihe. Wer will, kann auch eine Wolldecke mitbringen.« Sie übertrumpften sich mit Ideen, wie ein solches Picknick aussehen könnte. »Wir bedienen, und wir bieten verschiedene Fresspakete zum Mitnehmen an.«

»Oder auch nur Getränke, für diejenigen, die ihre Verpflegung mitbringen.«

Später, als Jakomina schon in ihrem Bett im Gästezimmer lag, klopfte Rudolf an ihre Tür. »Ja?«

»Darf ich reinkommen?«

»Ja.«

Sie machte ihre Nachttischlampe an. Er trug ein langes Schlafhemd, in der Hand hielt er Kamm und Schere.

»Würdest du mir die langen Strähnen abschneiden?«

»Jetzt?«, fragte sie entgeistert.

»Warum nicht?«, antwortete er mit schwerer Zunge. Na gut, dachte sie, warum nicht, und stand auf. Sie wechselten in die Küche, wo er auf einem Hocker Platz nahm. »Du hast übrigens vorhin ›wir‹ gesagt, Jakomina, als wir über den nächsten Sommer sprachen.« Er grinste.

»Hab ich das?«

Ohne es weiter zu kommentieren, schnitt sie ihm routiniert die Haare. Die Prozedur dauerte nicht lang.

Er blickte in einen Spiegel und stöhnte auf. »O Gott«, sagte er, »so krieg ich nie mehr 'ne Frau.«

Sie musste furchtbar lachen. In der Tat war der neue Anblick gewöhnungsbedürftig. »Lass ein bisschen Sonne draufscheinen, gebräunt wirkt es ganz anders. Die Frauen werden sich um dich reißen.«

»Jetzt kann ich mir nicht mal mehr die Haare raufen!«

Sie lächelte. »Musst du ja auch nicht. Es war deine freie Entscheidung. Schieb morgen nicht die Schuld auf mich oder auf den Wein. Es ist schon spät.«

»Würdest du mich denn heiraten, Jakomina?«

Aus Spaß war plötzlich Ernst geworden.

Sie freute sich über seinen Antrag. Aber sie dachte auch an ihre Witwenrente, an ihr sicheres Auskommen, daran, dass sie in den zehn Jahren als Witwe durchaus ihre Entscheidungsfreiheit zu schätzen gelernt hatte.

»Wenn ich jemals wieder heiraten wollen würde, dann dich, Rudolf«, antwortete sie gerührt mit einem milden Lächeln. »Aber die Zeiten haben sich geändert. Man muss nicht mehr unbedingt einen Trauschein haben. Und was die Moral angeht: Kein Mensch wird annehmen, dass es in einer wilden Ehe in unserem Alter noch sonderlich wild zugeht.«

»Vielleicht änderst du deine Meinung ja noch, wenn ich gebräunt bin und du erlebst, wie sich andere Frauen um mich reißen«, antwortete er augenzwinkernd.

»Wer weiß?«, antwortete sie. »Schlaf gut.«

»Du auch.«

Jakomina ging zurück ins Gästezimmer und machte es sich in ihrem Bett gemütlich. Sie hatte ein Foto von Fritz mitgenommen, aber nicht aufgestellt, weil es ihr in Rudolfs Haus unpassend erschien. Ab und zu holte sie es, wie jetzt, aus der Nachttischschublade hervor und sprach leise mit ihm. Den Heiratsantrag erwähnte sie nicht. Es gab Aufregenderes.

»Wir haben eine Urenkelin bekommen, Marina. Ist das nicht wunderbar? Der Name gefällt mir gut, er klingt nach Meer.«

Mucki schien zu lächeln. Beinahe glaubte sie, seine Hasenzähne sehen zu können.

Weißt du, was mir am besten daran gefällt, Minchen?

»Nein, was meinst du?«

Es mag ein wenig unmoralisch klingen, aber ich freue mich doch gewaltig, dass unsere Urenkelin den Nachnamen Fisser trägt.

Mit einem zufriedenen Gefühl schlief Jakomina ein.

Einige Tage später erreichte sie ein Brief von Lissy. Darin schilderte sie die dramatischen Umstände der Geburt. *Wenn Mama nicht, von einer Ahnung getrieben, früher nach Hause gekommen wäre, hätte es schlimm enden können. Die Wehen setzten erst mit stundenlanger Verspätung ein. Aber Gott sei Dank ist unser kleines Mädchen rundum gesund. Marina ist das süßeste Kind der Welt! Sie hat schon richtig lange dunkle Haare. Wir schicken Dir bald ein Foto. Mama ist gestern nach Hause zurückgefahren. Sie lässt herzliche Grüße ausrichten.*

Rudolf bewies weiter jeden Tag, dass er ein liebenswerter und zu tausend Verrücktheiten aufgelegter Mann war. Anfang Oktober, an einem ganz normalen Wochentag, konnten sie beide nicht schlafen und begegneten sich mitten in der Nacht in der Küche.

»Hast du auch noch Appetit auf was Leckeres?«, fragte Rudolf. Sie nickte. Gemeinsam plünderten sie die Vorratskammer und improvisierten »schon mal übungshalber« ein Picknick – in seinem Bett. Dazu mussten sie natürlich auch die passenden Weine probieren. »Kennst du den schon?« Immer wieder fiel Rudolf ein Witz ein, den sie noch nicht gehört hatte. Sie kamen aus dem Lachen nicht heraus. »Da soll mal einer behaupten, bei uns wär nichts mehr los im Bett«, sagte er, und sie prustete schon wieder los.

Nach dem Gelage ergab es sich ganz selbstverständlich, dass sie nebeneinander einschliefen. Irgendwann hielt Rudolf sie in den Armen. Es gefiel ihr.

Am nächsten Morgen hatte sie ein schlechtes Gewissen, doch das wurde schon bald von einer überraschenden Nachricht übertönt.

»Stresemann ist tot!«, rief ihnen der Nachbar zu. »Er ist an einem Herzinfarkt gestorben. Mit nur einundfünfzig!«

Die Nation war erschüttert, und wenn man den Zeitungsberichten glauben durfte, trauerte ganz Europa um den Staatsmann. Bei seiner Beerdigung drei Tage später in Berlin nahmen Hunderttausende Abschied von ihm. Im voll besetzten Weinlokal erschienen die Gäste in Trauerkleidung. Rudolf schaltete das Radio ein. Ein Reporter berichtete in einer Direktübertragung vom Trauerzug durch die Hauptstadt. Sie konnten den Choral hören, den die vor dem Sarg marschierenden Musiker spielten. Viele Leute weinten. Auch

Jakomina. Ihr war, als hätte die Welt in dieser Stunde aufgehört, sich zu drehen.

»Stresemann hat die Koalition der Mitte zusammengehalten«, meinte Rudolf, als sie hinterher mit einigen seiner Freunde zusammensaßen. »Ich fürchte, sein Tod wird denjenigen Auftrieb geben, die von einer Diktatur träumen. Was soll jetzt bloß werden?«

»Es ist jedenfalls kein gutes Omen«, sagte Jakomina beklommen.

Am Abend nahm sie das Foto ihres Mannes aus der Schublade und setzte sich damit aufs Bett. »Was sagst du zu all dem, Mucki?«

Aber zum ersten Mal antwortete er ihr nicht.

Lissy

Berlin, Oktober 1929

Sie war müde, sie war aufgedreht, sie war glücklich. Die Geburt ihrer Tochter stellte Lissys Alltag völlig auf den Kopf. Schon während der Schwangerschaft hatten sie und Ivo auf ausschweifende Partys verzichtet und waren öfter zum Gestüt nach Stockfelde rausgefahren, wo sie viel in einem Badeteich, der zum Gut gehörte, schwamm, im Garten werkelte oder im Liegestuhl las, während Ivo sich um die Pferde kümmerte. Nun bestimmte Marina in ihrer Berliner Wohnung rund um die Uhr, wann sie schlief oder wachte.

Lissy konnte sie stundenlang anschauen. Alles war faszinierend – die Bewegungen, die Mimik, der feste Griff ihrer Fingerchen und überhaupt die Perfektion dieses kleinen Menschen, den sie auf die Welt gebracht hatte. Oft leistete Ivo ihr dabei Gesellschaft. Dann lag sie auf der einen Seite, er auf der anderen, dazwischen das Kind – und sie staunten über das zappelnde Wunder.

Ivo war ebenso stolz wie sie, wurde allerdings schneller ungeduldig, wenn der Säugling schrie. Deshalb wollte er ein Kindermädchen einstellen.

Doch Lissy lehnte das ab. Sie mochte die Intimität dieser ersten Zeit. Noch wollte sie sich nichts abnehmen lassen. Sie empfand keine Sehnsucht mehr nach irgendwas, sondern lebte intensiv im Hier und Jetzt.

Die Clique kam, um zu gratulieren. Daisy und Freddy schenkten ein Schaukelpferd, Mona und Hans eine Babytragetasche mit passendem Ausgehjäckchen. Walter, ausnahmsweise ohne neue weibliche Begleitung, verfiel dem Kinnertön – die Branntwein-Rosinen hatte ihre Mutter noch mit aufgelöstem Kandis für den traditionellen Begrüßungstrunk der neuen Erdenbürgerin angesetzt. Isidor wollte Probeaufnahmen von Marina auf einem Bärenfell machen. Emma und Rieke sangen im Duett ein Kinderlied.

Mia brachte selbst gehäkelte Babyschühchen und bewies, dass sie als Älteste von elf Kindern mit Säuglingen umzugehen verstand. Ylvi und Käte schickten originelle Strampelanzüge. Das Männerpaar aus der Wohngemeinschaft unter ihnen war ebenso entzückt von Marina wie das lesbische Pärchen, weshalb sie ernsthaft über einen – vorübergehenden – Partnertausch diskutierten.

Vier Wochen nach der Geburt überraschte Ivo Lissy mit Karten für die Premiere einer Operette von Franz Lehár im Metropol-Theater.

»Du musst mal wieder raus!«

Es fiel ihr schwer, sich das erste Mal – wenn auch nur für drei Stunden – von ihrem Baby zu trennen. Aber andererseits freute sie sich auch auf Abwechslung und Theaterflair. Mia bot sich an, auf Marina aufzupassen.

Alle Abendkleider waren Lissy zu eng geworden, eines konnte zum Glück durch das Auslassen einer Naht schnell weiter gemacht werden. Darüber trug sie eine bestickte Samtjacke im Kimonostil. Das passte zur Operette *Im Land des Lächelns*, die in China spielte.

»Dein Gesicht ist weicher geworden, fraulicher«, stellte Ivo fest, als er Lissy zum ersten Mal seit der Geburt wieder festlich zurechtgemacht sah. Das tiefe Dekolleté gefiel ihm offenbar. »Und ich finde dich unglaublich sexy.«

Das Metropol-Theater befand sich in der Behrenstraße im Bankenviertel, wo auch die Sartorius Bank ihren Sitz hatte. Die Hauptrolle spielte der Tenor Richard Tauber, für den sich Tant' Grete schon seit Jahren begeisterte. Also eher eine Aufführung für die ältere Generation, dachte Lissy und wappnete sich innerlich. Wenn Geschichten zu sentimental wurden, sträubten sich ihr die Nackenhaare. Auch Ivo misstraute jeder Vorkriegsromantik und witzelte gern über zu viel Gefühlsduselei.

Vorne in einer Salonloge, die sie mit zwei Paaren teilten, nahm sie neben ihm Platz und war bald völlig gefangen von der Stimmung, der Handlung und der Musik. Als Tauber im zweiten Akt *Dein ist mein ganzes Herz* schmetterte, lief ihr ein Schauer nach dem nächsten über Rücken und Oberarme.

»O Gott«, flüsterte sie Ivo zu, ein letztes Aufbäumen gegen den Sog. »Das ist ja unglaublich schmalzig.«

»Aber so wahr«, flüsterte er und legte seine Hand auf ihre. »Heirate mich, Lissy!«

Das hatte er schon einmal vorgeschlagen. Aber nicht so. Nicht mit diesem Blick. Ihre Augen füllten sich mit Tränen. *Dein ist mein ganzes Herz.* Sie konnte nicht sprechen. Nur nicken. In ihrem Brustkorb wurde es weit. Ja, ich will, dachte sie. Es soll endlich alles seine verdammte spießbürgerliche Ordnung haben. Die Welt soll wissen, dass wir uns lieben, der liebe Gott soll uns seinen Segen geben, und Marina soll aufwachsen mit der Gewissheit, dass ihre Eltern ein glückliches Ehepaar sind. Alles andere interessiert nicht. Ich bin kein trotziger Backfisch mehr, sondern eine junge Mutter.

»Ich liebe dich«, raunte Ivo ihr ins Ohr. Um seinen Mund spielte ein Lächeln, doch in seinen Augen lag tiefer Ernst, als er eine Zeile aus der Arie wiederholte: »*Wo du nicht bist, kann ich nicht sein.*«

Diese Worte lösten in ihr einen Gefühlssturm aus, der auch ihre letzten Bedenken wegfegte. Ihre Lippen antworteten tonlos: Ich liebe dich auch. Und dann küssten sie sich.

Die beiden anderen Paare tuschelten.

Am Schluss, noch während das Publikum begeistert applaudierte, verließen sie das Theater, um so schnell wie möglich wieder nach Hause zu kommen.

Die Kleine hatte ihre ersten Stunden ohne Mama gut überstanden. »Sie ist ein Zuckerstück«, schwärmte Mia. »Die meiste Zeit hat sie geschlummert. Oh, und ihr beiden seht ja aus, als würden Sternchen um euch herumtanzen. Ist die neue Operette so himmlisch?«

»Überzeug dich selbst!«, antwortete Ivo. »Wir haben dir als Dankeschön fürs Aufpassen zwei Karten für nächsten Samstag mitgebracht.«

»Vielen Dank! Das wär aber wirklich nicht nötig gewesen.«

»Es gibt zwar kein Happy End«, ergänzte Lissy. »Aber es geht unter die Haut und ans Herz. Wer das nicht erlebt hat, der hat wirklich was versäumt!«

»Machst du bitte ein Foto von uns dreien?«, bat Ivo. Er hatte sich kürzlich eine Agfa-Kleinbildkamera gekauft.

»Ich hab noch nie fotografiert«, wandte Mia ein.

»Kein Problem, ich mach die Voreinstellungen. Pass auf, du hältst diesen Abstand ein, und dann drückst du auf diesen Knopf.« Er erklärte ihr auch, wie die supermoderne Vacublitzlampe funktionierte.

Lissy nahm Marina aus ihrem Körbchen und stellte sich vor der dekorativen Wohnzimmertapete neben Ivo. Der legte den Arm um sie.

»Bitte lächeln!«, rief Mia.

Es blitzte, und sie sahen tatsächlich für eine Weile Sternchen.

»Wunderbar, danke!« Ivo nahm ihr den teuren Apparat wieder ab.

»Unser erstes Familienfoto«, sagte Lissy stolz.

In der folgenden Woche spürte sie, dass etwas Ivo stark beschäftigte. »Es ist geschäftlich, damit will ich dich nicht belasten«, antwortete er auf ihre Nachfrage. Als sie mit Mia telefonierte, die nach ihrem Theaterbesuch ebenso hingerissen vom *Land des Lächelns* war wie sie, erzählte die ihr, dass ihre Aktien nicht mehr stiegen.

»Sie sind immer noch hoch«, sagte Mia. »Aber es tut sich nichts mehr. Ich überlege, ob ich sie nicht verkaufen sollte.«

»Du, von so was hab ich keine Ahnung«, antwortete Lissy wahrheitsgemäß. »Neulich hat Ivo noch einen Experten zitiert, der sagte, die Kurse befänden sich dauerhaft auf einem hohen Niveau.«

Für sie gab es Wichtigeres – im Moment das nächste Bäuerchen von Marina.

Walter rief häufiger als sonst an. Ivo befand sich hinterher immer in gereizter Stimmung. Überhaupt blieb er länger fort, auch abends, suchte öfter die Bank auf, und allmählich drang es auch in Lissys Kokon aus Mutterliebe und Babywelt, dass auf den internationalen Finanzmärkten große Nervosität herrschte.

»Machst du dir deshalb Sorgen?«, fragte sie ihn.

»Wir haben in unserem Baukomplex in Mitte alles verkauft beziehungsweise verpachtet«, erklärte Ivo ihr. »Die Verträge sind unterzeichnet.« Das beruhigte sie, denn sie wusste inzwischen, dass der erfolgreiche Abschluss dieses Projekts die Voraussetzung für Ivos Unabhängigkeit von der Sartorius Bank und damit von seiner Familie bedeutete. Er machte trotzdem eine besorgte Miene. »Noch haben allerdings nicht alle Käufer bezahlt. Einige sind, ehrlich gesagt, längst überfällig. Walter wird langsam unruhig. Dazu kommt, dass die Aktien nicht mehr steigen, sodass er seine fälligen Raten auch nicht mit Kursgewinnen bedienen kann.«

»Walter scheint in letzter Zeit mehr zu trinken als sonst.«

»Ja, leider.« Ivo zögerte, bevor er weitersprach. »Er geht auch nicht mehr zur Psychotherapie.«

Lissy hätte gern gewusst, weshalb er sich überhaupt auf die Couch gelegt hatte. Aber da Ivo sich seinem besten Freund gegenüber loyal verhielt, wollte sie ihn nicht bedrängen und fragte nicht weiter.

Eines Abends mitten in der Woche besuchte Walter sie überraschend noch zu später Stunde. Er war nicht mehr nüchtern. Die Männer zogen sich in Ivos Arbeitszimmer zurück, das zugleich Bibliothek und Raucherzimmer war. Nach einer Weile hörte Lissy, wie der Ton lauter wurde. Sie ärgerte sich darüber, denn Marina war gerade eingeschlafen.

»Mann, Ivo, so kann ich meine Raten nicht zahlen. Du bist schuld! Also lass dir was einfallen. Du hast mir zugeraten!«

»Die Gegenmaßnahmen laufen auf vollen Touren. Banken und Investmentfirmen machen gerade jede Menge Stützungskäufe, die Makler arbeiten bis tief in die Nacht«, entgegnete Ivo aufgebracht. »Aber, mein Lieber, es war deine freie Entscheidung. Du hast mich doch bekniet, dich mit ins Boot zu holen. Und ich häng viel tiefer drin als du.«

»Ja, natürlich, ich weiß ja.« Walter wiegelte ab. Doch noch immer war Angst aus seiner Stimme herauszuhören. »Meine Nerven liegen blank. Und nicht nur meine. In New York hat die Polizei vorsorglich das Börsenviertel abgeriegelt. Wenn's nun an der Wall Street knallt …«

»… dann kann das für uns in Europa sogar gut sein. Die Amis werden wieder mehr bei uns investieren wie noch vor zwei Jahren. Wir müssen einfach die Ruhe bewahren.«

»Das – kann – ich – nicht!«, brüllte Walter.

Im Herrenzimmer polterte es, als wäre ein Gegenstand umgefallen.

Marina wurde wach, sie begann zu schreien. Lissy ging ins Schlafzimmer, um sie zu beruhigen. Als das Kind endlich wieder schlief, war Walter verschwunden. Ivo wollte noch mal raus, um die neuesten Ausgaben der Abendzeitungen zu kaufen.

Was sich am folgenden Donnerstag an der Wall Street ereignete, drang wegen der Zeitverschiebung erst am Freitag ins Bewusstsein der deutschen Öffentlichkeit. Die Aktienkurse befanden sich im Sturzflug. Panik brach aus, auch an den deutschen Wertpapierbörsen.

Ivo ließ sich kaum noch zu Hause blicken. Abends rief er an. »Ich übernachte in der Bank«.

Während Lissy sich um Marina kümmerte, priesen am Wochenende Zeitungsjungen auf der Straße unter ihrem Fenster im Stundentakt neue Extrablätter an. Sie machte sich große Sorgen, aber war zur Untätigkeit verdammt.

Am späten Sonntagnachmittag erschien Ivo, um sich zu rasieren und die Kleidung zu wechseln. Er wirkte übernächtigt und hektisch.

»Ja, es ist dramatisch, ich hätte so was nicht für möglich gehalten«, gestand er, während er sich nach dem Duschen rasierte und sie mit dem Kind auf dem Arm in der Badezimmertür stand. »Aber jetzt muss ich mich erst mal um Walter kümmern. Der rastet sonst noch völlig aus. Ich werd ihn nach Stockfelde bringen.«

»Kann ich irgendwas tun?«

»Nein, bleib hier, kümmere dich um unsern Hasen und behalte du wenigstens einen kühlen Kopf.« Er zog sich an, eilte im Laufschritt zur Wohnungstür, kehrte noch mal um und umarmte sie beide. »Ich bleib vielleicht über Nacht in Stockfelde.«

»Können wir nicht mitkommen?«, fragte sie mit einem bangen Gefühl. »Was sollen wir denn hier ohne dich?«

Vielleicht konnte sie ihm ja doch helfen, und wenn sie nur bei ihm war.

Wo du nicht bist, kann ich nicht sein.

Ein Lächeln huschte über sein angespanntes Gesicht. »Ich komm ja wieder.«

Er küsste sie und Marina, und dann wandte er sich auch schon zum Gehen. Sie sah ihm nach, bis sich die Fahrstuhltüren hinter ihm schlossen.

Ivo meldete sich weder am Abend noch am folgenden Montag. Lissy hätte auf dem Gestüt anrufen können, aber sie wollte nicht stören.

Am Dienstag brach der Finanzmarkt endgültig zusammen. Banken forderten ihr Geld zurück, Anleger mussten ihre Aktien gezwungenermaßen zu jedem Preis verkaufen. Einige Werte fielen um mehr als neunzig Prozent. Mehrfach brach der Aktienhandel zusammen. An diesem Tag gingen ungezählte Firmen pleite, Banken schlossen, meldeten Bankrott an. Und es war erst der Anfang von etwas, dessen Ausmaße noch kein Mensch richtig einschätzen konnte.

Angeblich stürzten sich in New York etliche Aktienhändler aus dem Fenster. Lissy hoffte, dass die Boulevardpresse wieder mal maßlos übertrieb. Aber auch in Berlin, wo zahlreiche altehrwürdige Familienunternehmen vor dem Ruin standen, wählten Menschen den Freitod.

Lissy telefonierte mehrfach mit Mona und Daisy, die von weiteren Schreckensnachrichten berichteten. Mona hatte gehört, dass auch die Sartorius Bank erledigt war. Gerade als Lissy doch in Stockfelde anrufen wollte, weil sie es einfach nicht mehr aushielt, klingelte es an der Wohnungstür. Hatte Ivo seinen Schlüssel vergessen?

Sie öffnete. Zwei Männer, einer in Polizeiuniform, einer in Zivil, standen vor der Tür. Der in Zivil wies sich als Kriminalpolizist aus.

»Frau Sartorius?«

»Nein. Mein Name ist Elisabeth Fisser. Ist … ist was mit Ivo?« Alles Blut schoss ihr eiskalt im Bauch zusammen. »Ich bin seine Verlobte«, fügte sie schnell hinzu.

»Dürfen wir reinkommen?«

»Ja natürlich. Bitte.«

Sie gingen ins Wohnzimmer. »Setzen Sie sich besser«, sagte der Uniformierte. Sie nahm im Sessel Platz, die Männer blieben stehen. Angstvoll sah sie den Wortführer an. »Fräulein Fisser. Ivo Sartorius hatte einen Unfall.«

»Einen Unfall?« Der Ausdruck in den Augen des Polizisten bestätigte ihre schlimmste Befürchtung. Sie starrte ihn an, dann seinen Kollegen, weil sie hoffte, dass einer von beiden die Schreckensnachricht zurücknehmen oder alles ins Positive wenden würde. Mit irgendeiner Bemerkung, einem Lächeln oder wie auch immer. Doch der tödliche Ernst blieb, und damit senkte sich die Gewissheit wie eine Bleiplatte auf ihr Herz. »Er ist ... ist ...?« Sie konnte es nicht aussprechen.

Der Kriminalpolizist nickte. »Er ist tot. Wir müssen prüfen, ob es sich wirklich um einen Unfall handelt.«

»Wie ... wieso?«

»Vielleicht war es Selbstmord oder ... Mord. Es befand sich noch ein Mann im Auto.«

»Ich verstehe nicht ...« Sie schüttelte heftig den Kopf. »Kein Selbstmord! Bestimmt nicht. Wir wollten heiraten, nächste Woche wollten wir das Aufgebot bestellen!«

»Ein grüner Horch, zugelassen auf den Namen Ivo Sartorius, ist in einem See nahe Stockfelde untergegangen. Beide Insassen sind tot. Ob ertrunken oder durch eine andere Ursache ums Leben gekommen, wird noch geprüft.«

»Ertrunken ...«, flüsterte sie.

Ertrunken im Auto. Wie das Wickwief es vorhergesehen hatte. Lissy rang nach Luft, sie hörte wie durch Watte, dass der Kriminalbeamte erklärte, die Leichen würden derzeit von Gerichtsmedizinern untersucht. Auch vor Ort seien Spuren gesichert worden, um den Hergang zu klären.

»Kann ... kann ich ihn sehen?« Sie wollte nicht glauben, was sie tief im Innern längst wusste. Dass er sie verlassen würde, wenn sie ihn zu sehr liebte.

Aus dem Schlafzimmer hörte man das Baby weinen. »Unsere Tochter ...«, erklärte sie hilflos.

Trotz betont amtlicher Miene des Uniformierten wurden seine Augen feucht.

»Haben Sie jemanden, der auf das Kind aufpassen kann?«

»Unter uns, die Nachbarn …«, sagte sie mit fremder Stimme.

Nachdem sie Marina in ihrer Tragetasche der Nachbarin anvertraut hatte, folgte sie wie in Trance den Polizisten, die sie in ihrem Auto mitnahmen.

Vielleicht ist er es nicht. Vielleicht ist es nur ein Albtraum. Gleich werde ich wach, wir frühstücken wie immer zusammen, Ivo wird mich auslachen und mir großzügig sein Eigelb für mein Brötchen geben.

Sie hielten im Innenhof eines großen Backsteingebäudes. Lissy folgte den Polizisten. Wartete auf einem Behördenflur, wo es nach Bohnerwachs und Desinfektionsmitteln stank.

»Fräulein Fisser?« Wie albern, dass man sie noch immer Fräulein nannte. Was hast du für seltsame Gedanken?, fragte sie sich selbst. Begreifst du nicht, in welcher Situation du dich befindest? »Fräulein Fisser, sind Sie bereit?«

Ein Mann im Arztkittel führte sie in einen Leichenschauraum. Kalte Kacheln überall. Grünes Tuch über einem Körper auf schmaler Liege. Daneben noch einer.

Ein älteres Paar kam ihr entgegen. Völlig abwesend, mit schreckensstarren Mienen. Ivos Eltern. Sie beachteten Lissy nicht, als sie an ihr vorübergingen.

»Seine Identität ist bestätigt worden«, sagte der Mediziner. »Wollen Sie ihn wirklich sehen?«

Sie nickte. Er schlug das Tuch bis zur Schulter zurück.

Ja, es war Ivo.

Sein Gesicht wirkte nicht entstellt, aber verzerrt, die Haut war rot gefleckt. Sie strich mit einer Hand über seine Wange, berührte seine kalten Lippen. Ivo, mein geliebter Ivo. Ein Schmerz von ungeahnter Dimension rollte auf sie zu wie eine Monsterwelle und begrub sie unter sich. Um sie herum wurde es dunkel.

Ihr Verstand und ihr Körper begriffen es nur ganz langsam. Die Wucht, mit der das Ungeheuerliche sie traf, seine Ausmaße ließen sich nicht gleich erfassen. Ihr war, als wäre der Himmel heruntergefallen und lastete nun auf ihrer Brust. Letzte Reste von Energie reichten gerade noch aus, um im Bett zu liegen, zu atmen und zu überleben.

Ihre Mutter war einen Tag, nachdem sie durch Mia von Ivos Tod erfahren hatte, an ihrer Seite. Sie sagte nicht viel. Sie war einfach da.

Später konnte Lissy sich kaum an diese Zeit erinnern. Alles lag in einem grauen Nebelmeer, nur wenige kleine Inseln ragten daraus hervor.

Da war die Beerdigung gewesen, von der sie durch Freunde erfahren hatte, weil von Ivos Eltern keine Einladung an sie ergangen war. Und die Beerdigung von Walter am selben Tag. Mona, ebenso bleich und betäubt wie sie, hatte sie umarmt und ihr gestanden, sie habe immer etwas Derartiges befürchtet.

»Walter war jähzornig, er wurde schnell gewalttätig. Vor allem, wenn er unter Druck stand und getrunken hatte. Deshalb musste ich ihn verlassen, aus reinem Selbstschutz …«

»Ich hatte ja keine Ahnung!«

»Deshalb hielt es keine Frau lange bei ihm aus. Es hängt mit dem Krieg zusammen … Traumata, mangelnde Impulskontrolle. Ivo wusste Bescheid. Er hat ihn ermutigt, eine Therapie zu machen. Sein bester Freund. Und ausgerechnet …«

Sie brach in lautes Schluchzen aus. Lissy konnte nicht weinen. Sie konnte nicht einmal Zorn auf Walter empfinden. Dumpfes Entsetzen lähmte sie.

Mona hatte bei der Polizei eine entsprechende Aussage gemacht. Die erklärte in ihrem Abschlussbericht, es sei höchstwahrscheinlich ein Unfall gewesen. Kein Selbstmord des Fahrers oder Tötungsdelikt des Beifahrers aus Rache, was aufgrund der finanziellen Katastrophe, die beide getroffen hatte, durchaus plausibel gewesen wäre. Vermutlich sei während eines Streits das Steuer verrissen worden. Es gebe Brems- und Schleuderspuren, aus denen ersichtlich werde, dass der Horch nicht mit Absicht in den See gelenkt worden sei. Einen erweiterten Suizid des Beifahrers könne man allerdings nicht völlig ausschließen.

Beide Männer waren laut Obduktionsbericht tatsächlich ertrunken.

Lissy sah Ivo unter Wasser im Auto. Mit aufgerissenen Augen versuchte er, sich zu befreien, verzweifelt kämpfte er, während das Wasser höher und höher stieg. Wie jede Nacht schreckte sie mit Herzrasen schweißgebadet aus diesem Albtraum hoch und hatte das Gefühl, gleich selbst keine Luft mehr zu bekommen. Sie biss in ihr Kissen und schrie sich die Stimmbänder heiser. Irgendwann schlief sie vor Erschöpfung ein. Und beim Aufwachen gab es wieder diesen Moment, in dem sie erst glaubte, alles wäre wie immer, dann zunächst vage empfand, dass etwas Grauenvolles geschehen war, und schließlich die Erkenntnis in ihr Bewusstsein sickerte, dass sie Ivo nie wiedersehen würde.

Stundenlang lag sie apathisch auf dem Sofa. Ihre Mutter zwang sie zu essen, auch, damit sie Marina weiter stillen konnte. Sie zwang sie zur Körperhygiene.

Und dann kamen diese Herren, die ihr erklärten, dass Ivo Sartorius sein gesamtes Vermögen verloren und einen Berg Schulden hinterlassen hatte. Der Baukomplex in Mitte hatte ihn ruiniert. Aktiendepots, Firmenbeteiligungen, das Gestüt in Stockfelde und die Wohnung – nichts davon gehörte noch ihm beziehungsweise seinen Erben, alles hatte er beliehen für die Finanzierung dieses einen großen Projekts. Ohne Börsenkollaps wäre er mehrfacher Millionär geworden und hätte nie wieder arbeiten müssen.

»Im Grunde, gnädiges Fräulein, können Sie froh sein, dass Sie noch nicht verheiratet waren«, erklärte ihr einer der Anzugträger. »Als Frau Sartorius hätten Sie Verpflichtungen bis an Ihr Lebensende gehabt.«

Das alles interessierte sie nicht wirklich. Aber natürlich musste sie überlegen, wie sie in Zukunft ihren Lebensunterhalt bestreiten sollte. Mia, die am Schwarzen Freitag all ihre Ersparnisse verloren hatte, kam, um sie zu trösten.

»Ich hab mit Dimitri gesprochen, Lissy. Er würde dich wieder einstellen im Schönheitssalon.«

»Danke«, antwortete sie. »Aber wie soll das gehen? Wer kümmert sich in der Zeit um Marina?«

»Na ja, es gibt Tagesmütter. Das kostet natürlich, aber das kriegen viele berufstätige Frauen hin.«

Lissy holte tief Luft. »Ich muss darüber nachdenken.«

In einer Stunde, als sie gefasster war, schrieb sie Ivos Eltern einen Kondolenzbrief, obwohl sie sich ihr gegenüber so eklig verhalten hatten. Aber sicher litten auch sie, und vielleicht ließe sich gemeinsam eine Lösung finden. Lissy legte einen Abzug des Fotos bei, das Mia von ihnen mit Marina gemacht hatte. Ihr erstes Familienbild, ihr einziges. Sie hoffte, dass es die trauernden Eltern ein wenig trösten würde, von ihrem Enkelkind zu hören. Doch das Ehepaar Sartorius antwortete ihr nicht einmal.

Ihre Mutter drängte sie, mit Marina im Kinderwagen spazieren zu fahren. »Das Kind braucht Sonne und frische Luft. Und du brauchst das auch.«

Ohne nachzudenken, schob Lissy den Wagen in Richtung Tiergarten. Beinahe jedes Haus, jede Straße, jeder Platz erinnerte sie an Ivo. Und doch herrschte eine andere Atmosphäre als sonst in der Stadt. Die große Party war vorbei. Ganz Berlin trug Trauer. Lissy fand das mehr als angemessen. Weil nichts je wieder gut werden konnte.

Frieda

Das war ja wohl die Höhe! Frieda hielt an sich, denn natürlich musste Lissy diese Entscheidung ganz allein treffen. Aber dass der Anwalt, ein eitler Stenz mit schlecht ondulierten Wellen, den Ivos Eltern ihnen in die Wohnung geschickt hatten, es überhaupt wagte, Lissy einen solchen Vorschlag zu unterbreiten, ohne sich in Grund und Boden zu schämen, das war ungeheuerlich!

»Wenn ich Sie richtig verstanden habe«, wiederholte Lissy, die auf dem großen Sofa in ihrem schwarzen Kleid zart und zerbrechlich wirkte, »dann bieten Herr und Frau Sartorius mir an, Marina für immer zu sich zu nehmen.«

»So ist es, verehrtes Fräulein Fisser. Sie wird die allerbeste Erziehung erhalten und damit blendende Aussichten auf ein Leben in der gehobenen Gesellschaft.«

»Hat die Sartorius Bank nicht Bankrott angemeldet?«

Lissys Stimme vibrierte. In ihren Augen erkannte Frieda ein boshaftes Glitzern. Immerhin, ein Zeichen von Vitalität.

»Das ist korrekt«, antwortete der Anwalt. »Aber Frau Sartorius besitzt aus ihrem persönlichen Erbe zum Glück noch einige Vermögenswerte, Villen et cetera. Es wird dem kleinen Mädchen an nichts mangeln.« Er räusperte sich, während er ein vorgefertigtes Schreiben aus seiner Aktentasche zog. »Und für Sie, als Starthilfe in ein neues Leben, also ... ähm ... da können wir gleich heute einen Vertrag machen. Über eine großzügige Summe, die es Ihnen zum Beispiel erlauben würde, einen eigenen kleinen Friseursalon zu eröffnen. Na, was sagen Sie?«

Einige Atemzüge lang herrschte Stille. »Sie schlagen mir allen Ernstes vor, mein Kind zu verkaufen?« Lissy sprang auf. »Raus mit Ihnen!«

Widerstrebend erhob sich der Anwalt. »Ihnen ist möglicherweise der Ernst Ihrer Lage nicht ganz bewusst. Sie müssen bis zum Ende des Monats diese Wohnung räumen, sie kommt in eine Zwangsversteigerung …«

»Raus!«, herrschte Lissy ihn an. »Bevor ich ausfallend werde. Und richten Sie dem Ehepaar Sartorius aus, sie sollen sich fernhalten von meiner Tochter! Wir kommen auch ohne sie klar.«

»Aber verehrtes …«

»Na los, raus! Haben Sie nicht gehört?«

Frieda war ebenfalls aufgesprungen. Sie öffnete die Tür und winkte den verblüfften Mann mit übertriebener Geste hindurch.

Eilig setzte er seinen Hut auf, klemmte die Aktentasche unter den Arm und entschwand.

Frieda lernte Lissys Freunde kennen, die alle unter Schock standen, aber versuchten, ihrer Tochter beizustehen. Besonders die Nachbarn von unten waren sehr hilfsbereit. Mona, die Exfrau des Mannes, der Ivo vermutlich mit ins Unglück gerissen hatte, rief an und bat Frieda, Lissy zu fragen, ob sie ihren Anblick überhaupt ertragen könne.

»Natürlich«, antwortete sie. »Aber nicht heute oder morgen.«

Frieda telefonierte mit Grete. »Ich lebe in ständiger Angst, dass sie sich was antut«, flüsterte sie. Lissy hatte sich mit Marina ins Schlafzimmer zurückgezogen.

»Pass auf«, antwortete Grete im Tonfall der erfahrenen Krankenschwester. »Du besorgst dir einen Trichter und einen Schlauch und viel Salz. Angenommen, sie hat Tabletten genommen, Veronal oder so was, dann löst du das Salz in lauwarmem Wasser auf, steckst ihr den Trichter in den Mund und den Schlauch in den Trichter.«

»Einen Trichter, einen Schlauch, Salz …«, wiederholte Frieda wie für einen Merkzettel. »Und das Salzwasser kippe ich in den Schlauch?«

»Richtig. Wenn sie viel Salzwasser im Bauch hat, muss sie sich übergeben. Damit kommen auch die Tabletten aus dem Magen raus.«

»In Ordnung«, antwortete Frieda leise. »Dann weiß ich Bescheid. Ist ja auch nur für alle Fälle.«

»Klar, ich versteh dich. Aber mach dich nicht verrückt!«

»Weißt du eigentlich, wie's im Inselsalon läuft?«

»Alles gut. Jakomina ist wieder vom Rhein zurück, und Bonno spielt oft bei uns. Er übernachtet auch manchmal hier.«

»Danke dir. Grüß alle schön. Tschüss, Grete!«

»Tschüss. Sag Lissy, ich denk an sie.«

»Ja, das mach ich.«

»Mama?«, hörte sie Lissys Stimme hinter sich. Sie drehte sich um. Mit betroffener Miene stand Lissy im Entree, offenbar hatte sie das Gespräch mitgehört. Sie legte die Arme um ihren Hals. »Mama, ich verspreche dir hoch und heilig, dass ich mich nicht umbringe. Marina braucht mich doch.«

Auch für Lissys Freundin Daisy hatte sich das Leben grundlegend verändert. Ihr Kavalier war über Nacht verarmt. Sie stattete Lissy einen Besuch ab. Frieda machte Kaffee.

»Ich weiß, ich kann dich nicht trösten«, hörte sie Daisy sagen. »Aber ich will dir sagen, dass ich jederzeit für dich da bin.«

Die beiden sprachen fast nur über Ivo – das einzige Thema, das Lissy noch zu interessieren schien. Nun erfuhr Frieda nachträglich einiges über den Mann, der beinahe ihr Schwiegersohn geworden wäre. Auch wenn sie sich hier in Berlin von ihrer praktischen, zupackenden Seite zeigte – Blumen goss, Windeln wusch, einkaufte, kochte –, zerfloss sie fast vor Mitleid, und es erschütterte sie tief, dass ein so großes Glück innerhalb von Sekunden hatte zerstört werden können.

Als Marina sich meldete, stand sie auf, um das Kind nebenan zu wickeln. Dann ging sie ins Wohnzimmer und reichte es Lissy.

»Stillen kann ich sie nicht.«

Mit unbewegter Miene legte ihre Tochter den Säugling an die Brust. Sie erfüllte ihre Pflichten als Mutter, aber die innere Anteilnahme, das intuitive Wechselspiel mit Scherzen, Lachen, Betüddeln und Babysprache kam nicht von Herzen. Frieda tat ihr Möglichstes, diesen Mangel auszugleichen, indem sie ihr Enkelkind viel herzte und mit ihm schmuste.

»Ich an deiner Stelle würde jetzt schnell noch einige Möbel und Gemälde verkaufen«, sagte Daisy. »Das ist ja alles kein billiges Zeug. Du könntest sicher einige Monate gut davon leben.«

»Es gehört mir nicht.« Lissy schüttelte matt den Kopf. Damit war das Thema für sie offenbar erledigt. »Was hast du denn nun vor, Daisy?«

»Och, um mich muss man sich keine Gedanken machen. Pferdeverstand wird immer gebraucht. Aber was wird mit dir und Marina?«

Auch Frieda sah ihre Tochter gespannt an. Eigentlich gab es nur eine vernünftige Lösung. Da sie aber Lissys Freiheitsdrang kannte, hielt sie es für klüger, sie nicht zu überreden, sondern von selbst darauf kommen zu lassen.

»Marina und ich? Wir werden wohl erst mal wieder zurück nach Norderney ziehen, denke ich. Oder?« Fragend sah Lissy sie an.

Frieda nickte erleichtert. »Natürlich. Kommt nach Hause.«

Wenige Tage, bevor sie abreisten, schaute Daisy wieder vorbei. »Schade«, sagte Frieda, »Lissy ist auf dem Friedhof.«

»Das passt ganz gut«, erwiderte Daisy. »Dürften wir uns wohl mal kurz die Wohnung ansehen?« Hinter ihr stand ein kultivierter Mann. »Das ist Herr van Steen, Auktionator.«

Verblüfft ließ Frieda beide eintreten. Sie gingen durch jedes Zimmer, blieben öfter stehen, betrachteten Möbel oder Kunstwerke, besprachen sich leise. Frieda ahnte, was Daisy im Schilde führte, und erhob keinen Widerspruch.

Am Morgen ihres Abreisetages verabschiedeten sie sich von den Nachbarn unten, bei denen sie auch die Wohnungsschlüssel hinterließen. Daisy ließ sich wieder blicken. Sie überreichte Lissy einen dicken Briefumschlag.

»Alles Gute!«

»Kommen Sie uns doch mal auf Norderney besuchen«, sagte Frieda freundlich, »Sie und die anderen Freunde.«

»Na klar«, antwortete Daisy ironisch, »ich könnte ja in der Saison ein paar Wochen als Stallmädchen arbeiten, die anderen als Spülkraft oder Eintänzer. Das kriegen wir schon hin.«

»Mona kann auch ruhig mitkommen«, betonte Lissy ernst. »Es war doch nicht ihre Schuld.«

»Sie hat Angst, dass sie dich an ihn erinnert.« In Daisys Augen blitzten Tränen.

»Mich erinnert alles an Ivo.«

Lissy

Norderney, Ende 1929

Die Insel wollte dich noch nicht gehen lassen. An diesen Satz ihrer Mutter musste Lissy denken, als sie durch ein Bullauge der Fähre die Umrisse Norderneys erkannte. Die Villen am West-strand tauchten aus einem nieseligen Grau auf. Mit gemisch-ten Gefühlen näherte sie sich dem Ort, von dem aus sie sich einst in weite Ferne gesehnt hatte. Doch als sie ihren Fuß auf die Insel setzte, die unvergleichlich frische, prickelnde Winter-luft einatmete und die Möwen über sich schreien hörte, fühlte sie sich aufgenommen. Zurück in der Heimat. Abgeschirmt von den Unbilden der Welt. Hier würde sie sich, von vielen wohl-meinenden Menschen beschützt, einigeln können. Oma Jako-mina stand am Pier und schloss sie stumm in die Arme.

Zu Hause wurde sie von Else fast erdrückt. Lissy zog mit Marina in Bonnos Spielzimmer. Ihr Bruder war schon sechs Jahre alt und sehr selbstständig für sein Alter. Ostern würde er eingeschult werden. Er freute sich über Marina.

»Die ist jetzt meine kleine Schwester«, verkündete er stolz.

Alle kamen vorbei und wollten sich kümmern – Tant' Grete und Onkel Max, Tant' Rieka und Onkel Felix, selbst der Meister gab sich Mühe, Oma Meta und Opa Dirk, On-kel Dodo, ihr alter Spielkamerad Fokko, Elke, Trienchen, die vielen Nichten, Vettern und Kusinen. Es war zwar tröstlich, wurde ihr jedoch bald zu viel.

Lissy zog sich völlig zurück. Eine unsichtbare Wand trennte sie vom Rest der Welt. Das Leben ging ohne sie weiter. Aber sie arbeitete wieder im Inselsalon mit. Sie funktionierte. Und Marina wurde gut umsorgt. Ihre Kleine war unkompliziert, Gott sei Dank, und jeder schmolz dahin, wenn sie vor Freude krähte.

Lissy mied Gänge durch den Ort, weil sie nicht von Nachbarn oder Bekannten angesprochen werden wollte. Denn selbst wenn viele aufrichtig Anteil nahmen, war ihre Art, es auszudrücken, oft plump und schmerzhaft. Den Satz »Du bist ja noch so jung« konnte sie nicht mehr hören.

In dem Umschlag, den Daisy ihr zum Abschied in die Hand gedrückt hatte, befanden sich viele große Geldscheine und ein Brief. Eine Weile hob sie ihn in einer Schublade auf, weil sie nicht wusste, was sie damit anfangen sollte.

Liebe Lissy, hatte Daisy geschrieben, *bitte nimm dieses Geld an, Du wirst es bestimmt irgendwann gebrauchen können. Ich habe mir erlaubt, das Interieur von Ivos Wohnung en gros an einen Auktionator zu verkaufen. Er wird gleich nach Eurer Abreise alles ausräumen. Ich weiß ja, wo sich der Schlüssel befindet. (Übrigens, derzeit laufen in Berlin jede Menge solcher Geschäfte.)*

Dies ist der Betrag, den der Auktionator bezahlt hat. Leider weniger, als zu erwarten gewesen wäre, weil es jetzt viele Insolvenzen und Einrichtungsversteigerungen gibt. Sträub Dich bitte nicht. Das Geld steht Euch zu, im moralischen Sinn sowieso, und in Ivos Sinn bestimmt erst recht. Da bin ich mir ganz sicher.

Ich umarme Dich. Halt die Ohren steif! Es kommen wieder bessere Zeiten.

Deine Freundin Daisy

Lissy entschied sich, das Geld für Marina anzulegen. Um ein Sparbuch für sie zu eröffnen, machte sie sich auf den Weg zur Bank. Vor einem Schlachtergeschäft standen Minna und die üblichen Klatschbasen mit ihren Einkaufskörben beisammen. Sie tuschelten gerade so laut, dass sie einige ihre Bemerkungen aufschnappen konnte.

»Allein, wie die sich bewegt.«

»Stolziert, als wär sie was Besseres.«

»Tja, Hochmut kommt vor dem Fall.«

»Gut, dass der alte Fritz das nicht mehr miterleben muss. Der hielt ja noch auf Ehre.«

»Erst Filmstar werden wollen und dann mit 'nem unehelichen Kind nach Hause kommen …«

Hämisches Gelächter folgte. Lissy wurde die Kehle eng, aber sie ging weiter, als hätte sie nichts gehört.

Im Geschäftsraum der Sparkasse traf sie auf Jap. Der fehlte ihr gerade noch. Sie war schon so angeschlagen, dass eine falsche Bemerkung sie aus der Fassung bringen würde. Deshalb wollte sie wieder gehen, doch Jap hatte sie bereits erkannt.

»Lissy!« Er reichte ihr die Hand. Das vertraute, frische Gesicht verriet nicht die leiseste Spur von Schadenfreude. In Japs freundlichen Augen las sie nur aufrichtiges Mitgefühl. »Es tut mir so leid«, sagte er.

»Danke«, erwiderte sie. Sie sahen sich an, und sie spürte, dass er ihr wirklich nichts nachtrug. »Danke«, wiederholte sie. Das war alles.

Sie nickten einander noch kurz zu, dann ging jeder seinen Geschäften nach.

Das Jahr 1930 begann, und die Wirtschaftskrise führte zu Massenarbeitslosigkeit, die vor Norderney nicht Halt machte. Alle Leute mussten sparen. Viele sparten sich auch den Friseur. Oder sie gingen dorthin, wo es am billigsten war. Erwin triumphierte. Bei ihm saßen auch diejenigen, die immer lauter nach einem starken Führer riefen. Im Inselsalon hatten sie so wenig zu tun wie nie zuvor. Der Damensalon war mit drei Friseurinnen eindeutig überbesetzt. Sie nahmen weniger ein, aber die Kosten liefen weiter.

Die Stimmung beim Frühstück befand sich auf einem Tiefpunkt. Marina hatte in der Nacht oft und ausdauernd geschrien. Die Wohnung war nun mal hellhörig, alle saßen mit Ringen unter den Augen um den Tisch.

»Oh, ich bin wie gerädert. Wie soll man da fröhlich ans Werk gehen?« Der Meister stöhnte. Er hatte sowieso schon schlechte Laune, weil die nächste Rate für das Darlehen, mit dem die neue Saloneinrichtung angeschafft worden war, bezahlt werden musste. »Wenn's wenigstens das eigene wäre«, rutschte es ihm raus.

»Jetzt schläft sie«, sagte Lissy erschöpft.

Sie zwang sich, noch einen Bissen zu frühstücken. Seit Ivos Tod wurde sie von ihren runtergeschluckten Tränen satt. Und wenn sie aß, schmeckte sie nichts mehr.

»Da hat ihr wohl nur ein Pups quergesessen«, meinte Else.

Lissy stand auf und ging an die Wiege, die tagsüber in der Küche stand. In diesem Moment schlug Marina die Augen auf, ihr Kind lächelte sie an. So unglaublich süß! Doch Lissy empfand keine Freude.

»Ich möchte euch etwas mitteilen«, sagte ihre Großmutter, die Einzige, die einen ausgeruhten Eindruck machte, ungewohnt feierlich. Alle sahen sie erstaunt an. »Ich möchte zu Rudolf an den Rhein ziehen.«

»Was? Etwa für immer?«, fragte der Meister.

»Ich glaube, das wäre für uns alle eine gute Lösung«, meinte die Großmutter. Sie errötete ein wenig. »Ich merke, dass ich ständig an Rudolf denke. Wir sind einfach gern zusammen. Ich hätte nicht mehr mit so was gerechnet. In meinem Alter … und überhaupt, dass ich mal wegwollen würde von Norderney … Aber auch ein Mensch kann einem Heimat werden.« Lissy schaute auf ihre Mutter, die gar nicht so überrascht wirkte. »Und außerdem ist hier nicht mehr viel für mich zu tun, da unten am Rhein schon. Lissy und die Kleine könnten in meine Wohnung wechseln. Dann werden eure Nächte auch wieder ruhiger.«

»Wenn du meinst, Schwiegermutter.«

»Oma, du kannst doch nicht einfach weggehen«, beschwerte sich Bonno.

»Bestimmt komm ich euch öfter mal besuchen«, versprach sie. »Lissy, was hältst du von der Idee?«

Es klang vernünftig. Aber Lissy war komplett überfordert. »Ich kann es mir nicht vorstellen«, antwortete sie wahrheitsgemäß. Dann musste sie gähnen.

»Leg du dich noch mal hin«, schlug ihre Mutter vor. »Ist ja doch nichts los im Geschäft. Else und ich halten ein Auge auf Marina.«

»Danke. Ich geh lieber raus.«

Lissy zog ihren Wintermantel an, ein Regencape darüber und setzte eine dicke Wollmütze auf. Sie lief hinaus an den menschenleeren Strand. Die Wolken hingen so tief, dass sie fast das Meer berührten. Der scharfe Wind war ihr egal. Sie empfand nichts. Marina hatte sie angelächelt. Und sie, ihre Mutter, hatte keine Freude gespürt. Das war doch schrecklich! Eine eigene Wohnung mit dem Kind stand in Aussicht. Und es ließ sie kalt.

Bewusst lenkte sie ihre Schritte nicht in die Dünen. Aber plötzlich stand sie vor dem Häuschen des Wickwiefs.

Als hätte sie sie erwartet, öffnete Jantje die Tür. »Kumm rin!«

Sie machte Tee. Lissy setzte sich widerstrebend auf den Platz, auf dem sie Zeugin des Vörlopps geworden war.

»Es ist passiert, wie du gesagt hast, Jantje.«

»Ich weiß. Tut mir furchtbar leid, min Wicht.«

»Und jetzt …« Lissy stockte. Sie fühlte sich leer, antriebslos.

»Und jetzt?«

»… bin ich eine schlechte Mutter. Ich kann mich nicht mehr freuen.« Hilflos hob sie die Schultern. »Über Marina, meine ich, mein Baby. Oder über irgendwas anderes.«

Jantje setzte sich. »Wenn ein Mensch große körperliche Schmerzen erleidet, fällt er in Ohnmacht«, erklärte sie. »Das gilt auch für die Seele. Deine Seele ist wohl gerade ohnmächtig vor Schmerz.«

»So was gibt's?«

»Du hast noch einen großen Berg Trauer vor dir.«

Lissy schaute zum Fenster hinaus. Vor ihrem geistigen Auge sah sie sich, wie sie versuchte, mit einem durchlöcherten Teelöffel eine Düne abzutragen.

»Das schaff ich nie.«

»Doch, das schaffst du. Aber du musst durch den Schmerz. Du musst ihm erlauben, da zu sein.«

»Ich glaub, das halt ich nicht aus.«

»Wenn du den Schmerz nicht zulässt, kann auch die Freude nicht zurückkommen. Erst der Schmerz, dann die Freude.«

»Aber ich würde darin untergehen.«

»Nein, du schaffst das. Trauerschmerz kommt in Wellen. Wie die Nordsee. Zwischen den Wellen kannst du Luft holen, und die Abstände dazwischen werden immer länger. Du wirst nicht untergehen.«

»Aber Ivo … Er ist ertrunken«, flüsterte Lissy. »Und … und ich hab ihm nie laut gesagt, dass ich ihn liebe.«

»Dann hol es nach. Sag es ihm jetzt.«

»Wie soll denn das gehen? Er ist tot!«

»Tja, weißt du … Mit der Zeit ist das so eine Sache«, erwiderte das Wickwief langsam. »Du hast doch selbst einen Vörlopp miterlebt. Wenn es in die eine Richtung gehen kann, in die Zukunft, sollte man dann nicht auch in die andere Richtung gehen oder andere Grenzen überschreiten können?«

Lissy schüttelte zweifelnd den Kopf. Das wurde ihr jetzt zu spökenkiekerisch.

»Die Liebe ist eine Brücke in die andere Welt«, sagte das Wickwief. »Rede in Liebe mit ihm. Er wird dich hören.«

Das wäre zu schön, dachte Lissy. Allein – sie glaubte es nicht.

»Danke für den Tee«, sagte sie und erhob sich.

Das Wickwief reichte ihr zum Abschied die Hand. »Du wirst wieder glücklich sein.«

Durch die Dünen ging Lissy zurück zum Strand und dann an der Brandungszone entlang in Richtung Osten. Sie dachte an Ivo.

Der Wind blies immer noch kräftig. Ihre Ohren begannen zu schmerzen. Sie zog die Mütze tiefer und setzte sich windgeschützt auf eine Randdüne. Weit und breit war kein Mensch zu sehen.

Sie blickte auf die Nordsee hinaus. Die kräftigen Wogen trugen Schaumkronen und liefen wie Spitzenschleier auf dem Strand aus. Die Wolken waren so mächtig, dass sie den gesamten Himmel beanspruchten. Diese Wucht, mit der das Meer auf sie zudonnerte, sagte doch alles. Hier bin ich, ein kleiner unbedeutender Mensch. Dort ist die Naturgewalt, eine Ahnung von Ewigkeit.

Ivo, dachte sie. Ivo, Ivo. Warum haben wir uns nie über den Tod unterhalten? Immer nur feiern, Party machen, das Leben genießen. Was kommt danach? Was hast du geglaubt? Wahrscheinlich eher nichts Gutes. Du bist im Krieg gewesen. Aber vielleicht kümmert sich Gott oder die große Macht, falls es sie gibt, überhaupt nicht darum, was wir glauben. Dann wäre es auch egal, was du geglaubt hast. Du könntest jetzt trotzdem bei den Engelein sitzen oder Teil eines großen ewigen Stroms sein. Danke noch mal, dass du mich gezwungen, na ja, sagen wir, überredet hast, mehr zu lesen. Ich denke jetzt öfter an den *Steppenwolf* von Hermann Hesse.

»Ivo, Ivo …« Sehnsüchtig flüsterte sie seinen Namen. Dann sprach sie ihn laut aus. »Ivo.« Ihr Herz klopfte mit kleinen, schnellen Stößen. Und dann rief sie, so laut sie nur konnte, in den Wind übers Meer: »Ich liebe dich!«

Sie brach in Tränen aus. Ich liebe dich, ich liebe dich! Sie musste weinen. Sie weinte und weinte und konnte schließlich vor Schluchzen kaum noch Luft bekommen. Hast du mich gehört? Ich wollte es dir wenigstens einmal laut gesagt haben, dachte sie.

Und plötzlich überkam sie ein Gefühl, als wäre Ivo ihr ganz nahe. Sie spürte seine Gegenwart. Er strich ihr über den Kopf, er küsste zart ihren Nacken. Ich weiß es doch, meine süße Robbe, dass du mich liebst. Das weiß ich schon lange. *Dein ist mein ganzes Herz.* Kümmer dich um unsere Tochter. Ich liebe euch beide, bis in alle Ewigkeit. Ruft mich, wenn ihr mich braucht. Du kannst immer Verbindung zu mir aufnehmen. Aber klammere dich nicht an die Vergangenheit, und lass mich gehen. Führt euer Leben weiter. Seid glücklich.

Als Lissy keine Tränen mehr hatte, fühlte sie sich getröstet. Es war ein anderes, ein heilsames Weinen gewesen.

Auf dem Rückweg spürte sie, wie Sandkörner ihr ins Gesicht flogen und die Haut piksten. Sie roch die angeschwemmten Algen, die aufschäumende Nordsee. Sie sah jetzt unterschiedliche Grautöne – graublau, grüngrau, steingrau, gelbgrau, olivgrau.

Auf ihren Lippen schmeckte sie Salz.

Friedas Mandelkekse

Zutaten

250 g Butter, zimmerwarm

120 g Puderzucker

1 Päckchen Vanillezucker oder das Mark einer Vanilleschote

1 kl. Prise Salz

2 Eigelb

2 EL Milch

300 g Mehl

100 g fein gemahlene Mandeln

40 g Speisestärke

100 g halbierte geschälte Mandeln

Zubereitung

Butter in kleine Würfel schneiden, mit dem gesiebten Puderzucker, einem Eigelb und Vanillezucker schaumig rühren. Das gesiebte Mehl, Speisestärke und die gemahlenen Mandeln dazugeben und zügig zu einem festen Mürbteig verkneten. Den Teig zu einer Kugel formen, in Frischhaltefolie wickeln und mindestens eine Stunde im Kühlschrank ruhen lassen.

Backofen auf 180 Grad vorheizen (Heißluft 160 Grad).

Den Teig auf einer bemehlten Fläche (oder zwischen zwei Backpapierzuschnitten) 4–5 Millimeter dick ausrollen. Herzen ausstechen und auf ein mit Backpapier belegtes Backblech legen. Ein Eigelb mit 2 Esslöffeln Milch verquirlen, die Herzen damit bestreichen. In jede Herzmitte zwei halbe Mandeln drücken. Auf mittlerer Schiene 10–13 Minuten backen.

Die Mandelkekse auf dem Backblech zunächst etwas abkühlen lassen, aber noch warm vorsichtig ablösen und auf einem Kuchengitter vollständig erkalten lassen.

NACHWORT

Was ich über die Hintergründe zu Band 1 und 2 des Insel-salons geschrieben habe, gilt auch für den dritten Band. Die Protagonisten sind fiktiv, alle im Roman vorkommenden Norderneyer mit schlechten Charaktereigenschaften erfunden. Der historische Hintergrund ist gründlich recherchiert. Manches klingt vielleicht zu abenteuerlich, doch es hat wirklich stattgefunden: das Wohltätigkeitskonzert mit Ruhrkindern vor den ehemals Königlichen Strandhallen 1923, ebenso die Eiskarawanen im Februar 1929 übers zugefrorene Watten-meer. Davon sind übrigens auch beeindruckende Fotos über-liefert. Die Lufthansa (damals noch Luft Hansa) flog Mitte der Zwanziger tatsächlich Norderney an, und die Verantwort-lichen träumten eine Weile ernsthaft davon, hier einen Flug-hafen für den internationalen Luftverkehr einzurichten.

Dr. Gustav Stresemann besichtigte wirklich 1920 als Mit-glied einer Kommission das Seehospiz und weilte auch spä-ter mehrfach zur Kur auf Norderney. Ob er für Mandelkekse geschwärmt hat, weiß ich allerdings nicht, in diesem Punkt habe ich mir etwas dichterische Freiheit erlaubt.

Wieder möchte ich mich sehr herzlich bei all jenen bedan-ken, die so viel zur Geschichte der Insel recherchiert und ge-schrieben haben. Darauf konnte ich aufbauen. Ganz beson-ders danke ich dem Archivar der Stadt Norderney, Matthias Pausch, und seinem Vorgänger Manfred Bätje. Außerdem freue ich mich, dass ich mit Ruth Sebes sprechen konnte, die lange mit ihrem Mann einen traditionsreichen Friseursalon auf Norderney geführt hat. Auch wenn die Friseurfamilie Fisser frei erfunden ist, verdanke ich ihr einige Inspirationen. Ich bedanke mich bei Hans-Helmut Barty, der eine umfangreiche Norderney-Chronik online pflegt (www.norderney-chronik. de) und der Facebook-Gruppe *Norderney im Wandel der Zeit*, vor allem Elisabeth Schelkes, Jochen Pahl und Johnny Rass. Sehr hilfreich waren auch die Norderney-Bücher von Jann Saathoff, die aus einer Serie für den *Norderney Kurier* hervorgegangen sind.

Beim Thema Geschichte des Friseurhandwerks und allem, was damit zusammenhängt, hat mich der leider inzwischen verstorbene Heinz Zopf hervorragend unterstützt. Der ausgebildete Friseur und pensionierte Oberstudienrat trug jahrzehntelang Exponate für das weltgrößte Friseurmuseum zusammen, das heute an der Deutschen Friseurakademie Neu-Ulm untergebracht ist (www.herr-zopfs-friseurmuseum. de). Er versorgte mich mit Hintergrundmaterial und beantwortete geduldig jede Frage zur Historie der Haarkunst, wofür ich sehr dankbar bin.

Ein wunderbares Team hat die Entstehung dieses Romans professionell, anspruchsvoll und mit viel Freude an der Arbeit begleitet. Dafür danke ich ganz herzlich
    - der Literaturagentin Petra Hermanns
    - den Blanvalet-Lektorinnen Johanna Bedenk und Anna-Lisa Hollerbach
    - und der Textredakteurin Margit von Cossart.
    Was nützte das beste Manuskript, wenn es nicht gedruckt, beworben und unter die Leute gebracht würde? Deshalb auch

allen anderen Mitarbeiterinnen und Mitarbeitern des Verlags Blanvalet, die zum Gelingen beitragen, vielen Dank!

Ich danke ebenso meinen Testleserinnen Johanna, Martina, Theodore und Tjalda für ihre Rückmeldungen, Rieke fürs Überprüfen des Backrezepts und Dandelion dafür, dass er mir stets Zuflucht gewährte, wenn Corona oder Baulärm das Arbeiten in meiner Hamburger Stadtwohnung schwierig machten.

Mehr Material zu den *Inselsalon*-Hintergründen finden Sie auf meiner Website www.romane-von-sylvia-lott.de. Über Rückmeldungen von Ihnen, liebe Leserin, lieber Leser, freue ich mich immer sehr. Wenn Sie mögen, schreiben Sie mir auf meiner Facebook-Seite https://www.facebook.com/Sylvialott.romane, und wenn der Roman Ihnen gefallen hat, verbreiten Sie es gern mit einer Bewertung und ein paar Zeilen im Internet weiter.

Im nächsten Band, *Neue Träume im Inselsalon*, erleben die Frauen vom Inselsalon die Zeit von der nationalsozialistischen Herrschaft bis zu den Anfängen des Wirtschaftswunders. Darin erfahren Sie, ob Lissy sich für ein neues Glück öffnen kann, worin das besondere Talent ihrer heranwachsenden Tochter Marina liegt, welche Auswirkungen deren Aufenthalt mit der Kinderlandverschickung in Österreich auf die Arbeit im Salon hat und was das Leben noch für die Freundinnen Frieda und Grete bereithält.

Ich wünsche Ihnen beste Unterhaltung!

Sehr herzlich
Ihre Sylvia Lott

Bildnachweis

Umschlag– Innen – U2
Kartenillustration www.buerosued.de

Umschlag – Innen – U3

Stadtarchiv Norderney: Bild 2 – Promenade Weststrand; Bild 4 – klassisches Norderney Werbemotiv aus den 1920er Jahren; Bild 5 – Eiswinter 1928/29
stock.adobe.com: Bild 1 – ca. 1929 Tanzgesellschaft (Archivist); Bild 3 – Flapper im Badeanzug aus den 1920er Jahren unter einem Sonnenschirm sitzend (aleutie); Bild 6 – Junge Frau mit modischem Bob der 1920er Jahre (M2)